SERGENT
LADY
Killer

Image de couverture : Shutterstock
Couverture : Ariane Galateau
Collection créée par Hugues de Saint Vincent et dirigée par Arthur de Saint Vincent
Ouvrage dirigé par Marie Bechet et Alice Severin

34-36, rue La Pérouse
75116 Paris
www.hugopublishing.fr

ISBN : 9782755673524
Dépôt légal : mars 2024
Imprimé en Espagne par Liberduplex

DELPHINE
AUDRET

SERGENT LADY *Killer*

Hugo Poche

NEW ROMANCE®

PLAYLIST

« Middle of the Night », Ellen Duhé
« Sweet Child O'Mine », Guns N' Roses
« You Oughta Know », Alanis Morissette
« Middle of the Night », Loveless
« I Want to Be with You », Chloe Moriondo
« Blinding Lights », The Weeknd
« Won't Let You Go », Martin Garrix
« In Your Eyes », The Weeknd
« In Your Eyes », Robin Schulz & Alida
« Wonder », Shawn Mendes
« Good 4 You », Olivia Rodrigo
« Good for You », Selena Gomez & A$AP Rocky
« Hello », Adele
« Set Fire to the Rain », Adele
« Some Magic », Lònis
« Blue Jeans », Lana Del Rey
« Better in Time », Leona Lewis
« Be Okay », Victoria Nadine
« Wrecked », Imagine Dragons
« Burning Bridges », Sigrid

« This Love », Taylor Swift
« Undo », Sanna Nielsen
« Legends Never Die », League of Legends
« Warriors », Imagine Dragons
« Impossible », Nothing But Thieves

Pour retrouver ces titres plus facilement
dans la playlist Sergent *Ladykiller*,
scanne ce QR code :

PREMIÈRE PARTIE

Improviser

(« IMPROVISE »)

CHAPITRE 1

À peine débarquée à Jacksonville, en Caroline du Nord, et je regrettais déjà le Maine.

Je n'avais pas fait trois pas sur le bitume brûlant du parking de l'aéroport qu'une moiteur lourde s'abattait sur mes épaules, à plus de dix-neuf heures, faisant rebiquer les petits cheveux sur ma nuque.

Je n'étais clairement pas habillée pour la météo locale, avec ma chemise en flanelle, un débardeur, un jean *boyfriend* et des baskets. Tout ça parce que j'avais craint la température façon chambre froide de l'avion. Mais bon, frileuse un jour, frileuse toujours.

Je plongeai la main dans ma besace à la recherche de mon téléphone pour vérifier que Jack ne m'avait pas envoyé d'autres messages depuis ceux que j'avais découverts lors de mon escale à Atlanta.

Jack
Coincé à la base.

Ne cherche pas à prendre
les transports en commun.
C'est une vraie merde à Jacksonville.
Oublie aussi le taxi.
Lili viendra te chercher.

« Lili » ?

C'était qui, celle-là ? Sa petite amie ? Il ne m'avait jamais parlé d'elle pendant nos visios hebdomadaires.

Étant donné qu'il avait écrit son SMS plusieurs heures auparavant, je n'avais même pas cherché à le rappeler. J'avais environ quatre-vingt-dix-neuf pour cent de chances de tomber sur son répondeur. Clairement, un Marine n'est pas la personne à contacter en cas d'urgence vitale, à moins de vouloir agoniser sur sa boîte vocale.

Je ne savais même pas à quoi ressemblait Lili. Comment j'allais bien pouvoir la repérer à l'aéroport ?

Jack devait s'être fait une réflexion similaire, car le premier SMS était suivi d'un autre, envoyé deux minutes plus tard :

Jack
Avec Pamela.

En lisant cela, j'avais carrément bondi sur mon siège, indignée.

Moi, je n'avais pas le droit ne serait-ce que de m'approcher de Pamela, et lui, il la confiait à une fille dont il n'avait jamais prononcé le nom devant moi ?

Je lâchai mon téléphone dans mon sac en constatant qu'il n'y avait rien de plus dans la conversation après le dernier SMS, contenant un numéro de téléphone, sans doute celui de la fameuse Lili.

Résignée, je soupirai bruyamment puis attrapai la poignée de ma valise, glissante sous ma paume humide.

Malgré le ciel encombré de nuages, la forte luminosité me força à porter mon autre main en visière pour protéger mes yeux tandis que je m'avançai en quête de la perle rare. Quelles étaient les chances de trouver plus d'une Porsche 911 des années 1970 sur le parking d'OAJ[1] ?

J'aurais bien parié là-dessus si je n'avais pas besoin de réserver le peu d'argent qu'il me restait pour des achats plus importants. Des lunettes de soleil, par exemple. Je me traînai donc à travers les allées de voitures jusqu'à la repérer enfin. En m'approchant du côté conducteur de la superbe antiquité noire, je laissai mes yeux vagabonder sur la carrosserie luisante, sans pouvoir m'empêcher de penser à mon père, la gorge serrée.

Ce véhicule, c'était à la fois son joujou et un projet insensé.

Il avait investi une bonne part de ses économies, en plus d'une hypothèque sur la maison, dans l'achat de cette Porsche 911, « une belle affaire » comme il se plaisait à le répéter. Moi, j'appelais plutôt ça

1. Aéroport Albert J. Ellis, à Jacksonville.

une épave. Papa connaissait à peine deux ou trois bricoles en mécanique, alors restaurer une voiture de collection comme celle-là ? C'était perdu d'avance…

S'il n'y avait pas eu mon petit frère.

À quinze ans, cet idiot s'était laissé happer par les mauvais groupes et il traînait toute la journée sur le terrain de basket avec des voyous au lieu d'aller au lycée. Il séchait tous les cours… sauf celui de mécanique.

D'où l'idée de mon père pour le ramener dans le droit chemin. Le plus dingue, c'est que ça avait marché.

Jack avait fini par passer plus de temps dans le garage avec lui qu'avec ses amis. Il était même retourné au lycée car papa – ce génie ! – avait négocié l'achat des pièces détachées nécessaires à la restauration en fonction des notes que mon frère rapportait.

À l'époque, j'étais déjà à l'université et quand je rentrais le week-end, je ne pouvais m'empêcher d'être jalouse de leur complicité. Alors que j'avais toujours été sa petite fille chérie, je ne le croisais plus qu'en coup de vent.

Bien sûr, j'ai regretté d'avoir ressenti cela quand il est mort, huit mois plus tard.

Si j'avais mis un dollar de côté chaque fois que Jack s'enfermait dans le garage pour la bichonner, je serais devenue millionnaire. Et ça me serait bien utile. Car même quand l'argent de la vente de la maison a commencé à diminuer, même quand j'ai dû prendre un deuxième job pour nous faire vivre,

Jack et moi, il n'a jamais été question de se séparer de la Porsche. Ça aurait été comme nous arracher notre père une seconde fois.

Maman avait l'habitude de dire en rigolant que papa préférait sa voiture, « cette caisse qui était plus sexy que Pamela Anderson » selon ses propres mots, à sa femme. Voilà pourquoi Jack et moi avons surnommé la Porsche Pamela.

En mémoire de nos disparus.

Je me penchai sur la vitre ouverte, prête à rencontrer sa mystérieuse conductrice.

Pourtant, quand je croisai le regard masqué de lunettes de soleil de la personne assise derrière le volant, j'eus comme un doute.

Un *gros* doute.

C'était forcément la bonne voiture. Mis à part l'infime probabilité de trouver exactement la même bagnole de collection à cet endroit bien précis, la plaque d'immatriculation ne trompait pas : PAM37A.

Je soupirai à nouveau, me demandant dans quel traquenard je m'étais encore fourrée.

Aucune trace de la Lili à laquelle je m'attendais. À la place, j'avais devant moi un visage aux traits acérés qui aurait fait mourir de plaisir n'importe quel sculpteur de l'Antiquité.

Des pommettes hautes et saillantes, comme marquées au burin. Une peau mate. Un nez fin, un peu dévié sur la droite, sûrement le résultat d'une vieille bagarre. Des lèvres épaisses et sensuelles ouvertes sur un large sourire qui dévoilait des dents blanches, un peu désalignées en bas et en haut, où la canine gauche chevauchait légèrement l'incisive voisine. Des cheveux rasés sur les côtés et suffisamment longs sur le dessus de son crâne, bien que flirtant avec les trois pouces[2] réglementaires, pour qu'on remarque leur couleur brun chaud.

Un Marine, donc. Et si j'en doutais encore, les plaques d'identité militaire et la chaîne boule que je devinais sous le tee-shirt blanc tout simple tendu sur son large torse m'auraient détrompée.

Avant que je ne puisse dire quoi que ce soit, il ouvrit la portière et sortit de l'habitacle, me dominant de toute sa carrure, au bas mot vingt-cinq centimètres et quarante kilos de plus que moi.

Mon regard fut irrésistiblement attiré vers ses bras bronzés qui auraient pu servir de modèle anatomique tant les muscles étaient marqués. De plus, sur celui de gauche, ses biceps et triceps étaient magnifiés par des tatouages d'un noir profond, comme des ronces aux épines acérées, qui contrastaient de façon spectaculaire avec la blancheur de son vêtement.

Le reste devait être dans la même veine à en croire son ventre plat et la manière dont ses cuisses étiraient agréablement le tissu délavé de son jean.

J'en demeurai tout simplement bouche bée.

---

2. Unité de mesure américaine. Trois pouces correspondant à un peu plus de sept centimètres.

– T'as des bagages ? me demanda-t-il d'une voix grave et rauque, avec un léger accent traînant du Sud, qui me fit frissonner malgré la chaleur étouffante.

– Oui, répondis-je, avec un geste en direction de ma valise cabine à roulettes, mon sac de sport et ma besace.

Son attention se porta sur mes sacs, et il fronça les sourcils, l'air décontenancé pendant une seconde.

– Tu n'as que ça ? lâcha-t-il, l'incrédulité perçant clairement dans sa voix éraillée.

Donc il était ce genre de gars qui pense qu'une femme se trimballe forcément avec l'équivalent d'une boutique H&M fraîchement approvisionnée chaque fois qu'elle se déplace.

Militaire et macho, quelle surprise…

Sans pouvoir m'en empêcher, je levai ostensiblement les yeux au ciel.

– Oui.

Ma réponse laconique lui arracha un sourire en coin, dessinant une petite fossette dans sa joue gauche.

Bon sang, il était vraiment canon !

Sans me consulter, monsieur le Chevalier Servant attrapa la poignée de ma valise et se dirigea d'un pas alerte vers l'avant de la voiture. Il plaça mon bagage dans le coffre avec un air satisfait et regagna la portière conducteur à côté de laquelle je me tenais encore.

Ses yeux étaient toujours planqués derrière ses lunettes de frimeur, mais j'aurais pu jurer qu'il venait de me reluquer de haut en bas.

Je ne correspondais sans doute pas au standard des nanas avec qui il traînait habituellement. Un mec aussi séduisant et conscient de l'être devait avoir une femme pendue à chacun de ses bras tous les soirs et la fâcheuse tendance de ne jamais réutiliser la même deux fois.

Pourtant, il sourit d'un air appréciateur, comme s'il aimait malgré tout ce qu'il voyait, et je remarquai que, bizarrement, les défauts de sa dentition renforçaient le charme de son sourire de *play-boy*.

Je secouai la tête, agacée, et me détournai pour rejoindre le côté passager de Pamela.

Je n'avais absolument pas besoin de problèmes supplémentaires, et ce gars-là se trimballait pratiquement avec une pancarte « Emmerdes à venir ». La dernière fois qu'un beau mec m'avait reluquée de cette façon, je m'étais retrouvée embarquée dans une histoire de trois ans et j'avais fini par rester sur le carreau. C'était d'ailleurs précisément la raison de ma présence dans cette antichambre brûlante et moite de l'enfer, alors, merci, mais non merci : je passerais mon tour.

En prenant place sur le siège passager, je me demandai de quoi j'allais bien pouvoir parler avec ce spécimen masculin bourré de testostérone pendant les trente minutes qu'allait durer le trajet jusqu'au centre-ville. Quand j'avais assisté à la cérémonie d'admission de Jack, après le *bootcamp*, j'avais rencontré certains de ses confrères, et j'avais vraiment dû prendre sur moi pour ne pas hurler face aux propos bien sexistes et conservateurs que certains avaient tenus devant moi. Pourtant, aucun d'entre eux ne m'avait fait une impression comme mon chauffeur du jour.

J'avais à la fois envie de le détester viscéralement et de lui sauter dessus, et je n'avais aucune idée d'où sortaient ces sentiments contradictoires, surtout à l'égard d'un mec avec qui j'avais à peine échangé deux phrases.

Quand il mit le contact, le moteur de Pamela ronronna doucement, sous le vacarme d'une chanson pop crachée par les enceintes, m'arrachant une grimace. Après m'avoir brièvement regardée, mon conducteur trifouilla quelques boutons sur l'autoradio, un modèle d'apparence ancienne malgré son écran tactile sur lequel s'affichaient des logos d'applications mobiles. Quand les premières notes de « Sweet Child O' Mine » des Guns N' Roses retentirent dans l'habitacle, je ne pus retenir un sourire.

Ce n'était pas mon groupe préféré, mais monsieur Beau Gosse ne pouvait pas le savoir. À vrai dire, le débardeur vintage avec le logo des Guns N' Roses que je portais avait appartenu à maman. L'attention était charmante et me touchait bien plus que je ne voulais l'admettre.

OK, je l'avais peut-être mal jugé. J'avais décrété que c'était un connard juste parce qu'il avait une belle gueule. J'étais plus intelligente que ça.

Pourtant la chanson se finit avant que je ne trouve comment lancer la conversation.

Je doutais qu'une approche dans le genre « Désolée, je t'ai pris pour un trou du cul. Ce n'est pas ma faute, j'ai tendance à me méfier des mecs trop beaux pour être honnêtes » soit bien perçue. Et puis, pour être parfaitement sincère, je ne savais pas de quoi parler. Avant que je ne supprime tous mes réseaux sociaux, j'étais tombée sur nombre de publications de mon frère et de ses comparses Marines. Il n'y avait pas grand-chose qui semblait les intéresser au-delà de faire n'importe quoi pour amuser la galerie ou de se bourrer la gueule, voire les deux en même temps.

Les minutes passèrent, dans un silence confortable meublé par la musique des Guns, le bourdonnement du moteur de Pamela et le rugissement du vent qui s'engouffrait par les fenêtres ouvertes. Malgré le courant d'air, je mourais de chaud sous ma chemise. Je pris quelques secondes supplémentaires pour la retirer avant d'ouvrir la bouche.

Bon, c'est vrai, j'essayais de gagner du temps.

À cause de l'étroitesse de l'habitacle, de la largeur des épaules de mon chauffeur ou d'une combinaison des deux, au moment où je sortis le bras gauche de ma manche, ma peau nue effleura brièvement la sienne, dans une gerbe d'étincelles. En tout cas, c'est comme ça que je le ressentis. Au vu du rapide coup d'œil qu'il jeta dans ma direction avant de reporter son regard sur la route, je devinai qu'il avait éprouvé un picotement similaire.

C'était vraiment perturbant d'être assise là, dans la voiture de mon frère, avec un mec dont je ne savais rien, même pas le prénom !

– Et donc, attaquai-je d'une voix forte pour qu'elle porte par-dessus le vent et la musique, elle est passée où, Lili ?

À ce nom, il tourna vivement la tête vers moi.

– Lili ? répéta-t-il, l'air abasourdi.

– Jack a dit que c'était Lili qui viendrait me chercher, précisai-je d'un ton dans lequel mon agacement commençait à percer. Elle est où ?

Mon conducteur eut une réaction à laquelle je ne m'attendais pas du tout. Il éclata de rire.

Outre le fait que je ne comprenais vraiment pas ce qu'il y avait de drôle, je fus davantage irritée par la façon dont son rire le rendait encore plus séduisant. Il y avait quelque chose dans ce son qui me donnait envie de m'approcher de lui. Ou alors, c'était parce que son visage se transformait quand il riait, effaçant cette suffisance qu'il affichait habituellement. En tout cas, ça me portait sur les nerfs.

Est-ce qu'ils me faisaient une blague, Jack et lui ?

C'est là que je fus à nouveau prise d'un horrible doute. Il ne m'avait jamais demandé qui j'étais. Était-ce vraiment moi qu'il était venu récupérer à l'aéroport ?

Forcément, étant donné qu'il conduisait Pamela.

J'allais ouvrir la bouche pour lui poser la question quand son portable, abandonné dans le vide-poche, s'illumina, remplaçant la musique des haut-parleurs par une sonnerie.

Son rire mourut sur ses lèvres quand il jeta un bref coup d'œil à l'autoradio avant de décrocher d'une pression sur l'écran tactile.

– Ouais ?

– Eh, mec, tu passes ce soir ? demanda une voix masculine.

– Je finis un truc. J'en ai encore pour une trentaine de minutes.

Le *truc*, c'est-à-dire moi, ne le prit pas très bien.

À chaque fois qu'il ouvrait cette bouche pulpeuse, il confirmait qu'il était l'incarnation du combo gagnant beau militaire macho !

Du coup, il est probable que j'aie soupiré. Fort.

Et que mon charmant conducteur m'ait jeté un regard de travers, que je ressentis parfaitement malgré les lunettes de soleil qu'il avait toujours vissées sur son nez presque droit.

Je lui lançai à mon tour une œillade corrosive puis détournai la tête vers la vitre. Nous étions toujours sur l'autoroute, entourés de verdure, mais à quelle distance de l'appartement de mon frère ? Ça, aucune idée.

Enfin, si c'était bien là qu'on allait. On était partis depuis une vingtaine de minutes, à vue de nez, et il avait affirmé ne pas être disponible pour encore une demi-heure. Que comptait-il faire de moi ?

Après avoir raccroché, il ouvrit la bouche et prit une grande inspiration, se préparant à me dire quelque chose que je n'allais sans doute pas apprécier. Alors je croisai les bras sur la poitrine et fixai résolument la vitre de mon côté de Pamela.

La première impression était souvent la bonne : un connard comme les autres.

Quelques minutes plus tard, la voiture s'engouffra dans le parking d'une résidence. Nous dépassâmes plusieurs bâtiments beiges de deux étages aux toits gris et avec de jolis balcons de bois, disposés en fer à cheval autour de la piscine collective avec ses transats désertés à cette heure avancée. Mon chauffeur manœuvra habilement à travers l'ensemble, jusqu'à une place libre devant une des constructions du fond. Sans un mot, il coupa le moteur et s'extirpa de l'habitacle.

Le temps que je fourre ma chemise en boule dans ma besace, que j'attrape mon sac sur la banquette arrière, là où je l'avais balancé, et que je sorte de Pamela à mon tour, il avait déjà récupéré ma valise dans le coffre et m'attendait près de la portière passager.

– Tu veux que je monte avec toi ? demanda-t-il d'un air qui suggérait plutôt le contraire, en me montrant l'immeuble derrière moi.

– Pas besoin, je vais me débrouiller.

– Appartement vingt-sept, deuxième étage, indiqua-t-il mécaniquement.

Puis il me tendit un jeu de clés que je pris sans un mot, en faisant bien attention à ne pas le toucher. Notre bref contact dans la voiture m'avait suffi et surtout, je ne souhaitais pas qu'il devine l'effet que cela me faisait. Je préférais largement qu'il continue à me toiser derrière ses Ray-Ban.

Comme s'il lisait dans mes pensées, il souleva les lunettes pour les percher sur le haut de son crâne, me dévoilant pour la première fois ses pupilles d'un vert tirant sur le marron. J'avais vu juste : il avait un regard perçant, de séducteur, du genre qui sait exactement comment te faire flancher.

– Au fait, je m'appelle Flynn, balança-t-il nonchalamment. On se croisera dans le coin.

Je hochai la tête, pas sûre de savoir quoi faire de cette information. J'avais à la fois envie de le revoir et de me cacher dans un trou à chaque fois qu'il passerait rendre visite à Jack, dont il était visiblement un ami ou au moins un compagnon d'armes. Mon frère n'aurait pas confié Pamela à n'importe qui.

Alors que j'allais m'esquiver et le laisser retourner à ses activités beaucoup plus importantes que de trimballer un « truc », les mots m'échappèrent :

– Comment tu as su que c'était moi que tu devais ramener ?

Il fronça les sourcils et me jeta un coup d'œil perplexe.

– Tu ne m'as jamais demandé mon nom, précisai-je.

Un sourire enjôleur se dessina lentement sur ses lèvres pleines, m'arrachant un frisson par la même occasion :

– Tes yeux, Chiara.

Sur ces mots, il tourna les talons, remonta à bord de Pamela et fit démarrer le moteur sans un regard pour moi, me laissant pantoise sur le parking de ma nouvelle résidence.

Oui, sans aucun doute, il était dangereux.

CHAPITRE 2

Je ne vis personne avant le lendemain matin.

Une bonne odeur de café vint chatouiller mes narines et me donna le courage d'ouvrir les paupières sur le plafond beige. Quand la brume du sommeil se dissipa enfin, j'écarquillai les yeux, bondis du lit et me précipitai hors de la chambre.

Je trouvai Jack dans la cuisine, attablé sur le comptoir bar en stratifié blanc devant son petit déjeuner, une tasse à la main.

– Jack ! m'écriai-je.

Il eut à peine le temps de se lever de son tabouret haut et de m'ouvrir ses bras que je m'engouffrai dans son étreinte et le serrai fort contre moi.

Pressée contre son torse chaud et dur comme la pierre, je me délectai de son odeur, un reste de déodorant citronné, d'un faible relent de lessive et surtout de ce parfum qui le caractérisait.

Le parfum de mon petit frère. C'était comme revenir à la maison. Je m'imprégnai de sa force quelques secondes, bercée par ses bras puissants, avant de le relâcher et de me reculer pour l'observer.

Quand il avait quitté le nid, quatre ans auparavant, c'était un adolescent de dix-huit ans au visage encore marqué par les rondeurs de l'enfance, avec des cheveux blond foncé qui lui tombaient dans les yeux et qu'il repoussait continuellement de ses grandes mains dont il ne savait que faire.

Et là, il se tenait droit devant moi, fièrement campé de toute la hauteur de son mètre quatre-vingts, arborant des bras aux muscles saillants. Ses traits affûtés par sa coiffure réglementaire étaient juste adoucis par le sourire tendre qu'il m'adressait.

– Tu m'as manqué, soupirai-je, la gorge serrée par l'émotion.

Avant ce moment, je n'avais pas mesuré à quel point c'était vrai. Il m'avait énormément manqué. En sept ans, j'étais passée de grande sœur distante à maman de substitution, pour ne devenir ensuite qu'un fantôme, un nom qui s'affichait de temps en temps sur l'écran de son téléphone, avant de finalement me transformer en sujet d'inquiétude pour lui.

Alors même si, en toute objectivité, il aurait été impossible d'être soudés comme les doigts de la main avec sept ans d'écart, j'avais bien l'intention de profiter de cette opportunité pour repriser notre relation avec du fil indestructible.

– Toi aussi, Kiki, dit-il avant de m'embrasser tendrement sur le front.

J'avais toujours détesté ce surnom débile, surtout quand j'étais adolescente et que Jack me collait la honte en m'appelant comme ça devant mes copines, mais en cet instant, je le chérissais de tout mon cœur.

Mon frère posa son menton sur mon front, et j'en profitai pour me blottir encore quelques instants contre lui et savourer sa présence. Nous ne nous étions pas vus autrement qu'en FaceTime depuis le Noël précédent, si bien que j'avais oublié qu'il était si grand, si calme, si rassurant. Je n'avais plus envie de quitter la sécurité de ses bras, ils étaient comme un bouclier entre nous et le monde entier.

– Tu veux déjeuner ? me demanda-t-il finalement.

– Oui, répondis-je en me détachant de lui à contrecœur.

On aurait tout le temps de se câliner et de rattraper les moments perdus pendant mon séjour à durée indéterminée.

Jack me contourna pour s'approcher d'un des placards en hauteur et l'ouvrit pour me montrer son intérieur, notamment des flocons d'avoine et une brique de lait d'amande.

– J'ai acheté ce que tu m'as demandé. Et il y a du café, bien sûr, compléta-t-il en indiquant la machine à capsules qui trônait fièrement sur le plan de travail.

J'acquiesçai avec un grand sourire. Il était bien connu que je n'étais bonne à rien tant que je n'avais pas avalé ma première dose de caféine de la journée.

– Je suis désolé de t'avoir lâchée hier, reprit mon frère tandis que je préparais mon porridge sur la cuisinière. Fallait que je finisse des trucs pour avoir ma journée.

Surprise, je me retournai vers lui, la poitrine gonflée de joie.

– C'est vrai ? Tu es en congé ?

Les vacances étaient accordées avec parcimonie chez les Marines. On n'était même pas à l'abri qu'il soit rappelé au Camp Lejeune dans la journée si nécessaire, mais l'attention me touchait à un point inimaginable.

– Ouais ! Et puis, ce n'est pas comme si tu avais besoin de moi pour t'installer. Tu t'es débrouillée toute seule pour trouver ta chambre !

– Tu n'habites pas dans un château ! m'esclaffai-je, avec un geste vers le reste de la pièce à vivre, avant de venir m'installer à ses côtés.

L'appartement de Jack n'était certes pas immense, mais largement suffisant pour nous deux.

Il n'y avait que deux chambres, si bien que j'avais facilement identifié la mienne en arrivant la veille dans le logement vide. Celle de mon frère n'était meublée que d'un grand lit fait au carré, d'un placard, et possédait sa propre salle d'eau. Dans l'autre chambre, attenante à une salle de bains spacieuse avec baignoire, il avait pris la peine d'installer une commode à trois tiroirs en chêne et un fauteuil, en plus du lit et du placard intégré.

Ce n'était pas un palais, mais je m'y sentais comme une reine.

– Alors, qu'est-ce que tu penses de Jacksonville ? s'enquit Jack, après m'avoir laissé avaler quelques bouchées de ma mixture qu'il considérait avec une grimace de dégoût.

En ça, il n'avait pas changé. Mon véganisme lui échappait complètement.

– Je n'en ai pas vu grand-chose, en fait. Des bâtiments, un peu d'eau ?

Jack rit de ma description sommaire, mais je ne mentais pas vraiment. J'avais passé la majorité du trajet déconcentrée par mon conducteur au lieu de découvrir le paysage de la ville où j'allais vivre *a minima* un an.

Ce qui me rappela quelque chose.

– Mais au fait, elle est passée où, cette Lili ? demandai-je d'un ton accusateur.

Jack tourna la tête si vite vers moi qu'il devait s'être froissé un muscle.

– Attends, comment tu es arrivée jusqu'ici ? s'étonna-t-il. Tu as pris un taxi ?

– Ton *pote*, insistai-je lourdement, Flynn est venu me chercher. Avec Pamela.

Un sourire espiègle naquit lentement sur les lèvres de mon frère tandis que ses yeux s'illuminaient d'une lueur amusée.

– Oh… Flynn, hein ?

Il prononça le nom de son ami avec un rictus encore plus grand. Sans être là, ce Flynn arrivait toujours à me courir sur le haricot.

– Quoi ? Je n'aurais pas dû rentrer avec lui ?

– Si, si… répondit-il, en riant de plus belle.

J'avais de plus en plus l'impression d'être victime d'une mauvaise blague. Et s'il y a bien une chose que je détestais, c'était d'être prise pour une idiote. Ça commençait sérieusement à me fatiguer, cette histoire de mystérieuse copine. L'agacement se transformait en colère, titillant les limites de ma patience.

– Et donc ? Lili ? crachai-je, n'y tenant plus. Tu ne veux pas m'en parler ?

Pour toute réponse, Jack éclata franchement de rire.

– J'en ai marre que tout le monde rigole à mes dépens à cause de cette gonzesse, marmonnai-je à l'attention de Jack dont l'hilarité redoubla.

Il finit par se calmer suffisamment pour avaler une gorgée de café, mais je boudais déjà, la tête dans mon bol. Il me lança :

– Je voulais t'emmener dans le bar où je traîne toujours avec les gars, ce soir, et Lili sera là. Ça te dit ?

Les « gars » devaient être ses frères Marines âgés de vingt ans et quelques tout au plus, avec qui je n'avais sans doute aucun point commun et qui ne deviendraient sûrement pas mes meilleurs amis. Mais si Lili y était, la soirée s'annonçait beaucoup plus intéressante.

J'avais deux ou trois mots à dire à cette Lili, qui n'était rien d'autre que source de moqueries depuis deux jours.

– Compte sur moi, *private*[3] Johnson, dis-je en faisant un salut militaire.

– C'est caporal, maintenant, corrigea-t-il avec un air plus sérieux et un peu vaniteux.

– Oh pardon, *caporal* ! Tu veux que je te fasse une révérence et tout ça ?

– Non, ça ira, rigola-t-il de bon cœur. Mais si tu pouvais brosser mes bottes…

– N'y compte pas trop. Je ne suis pas là pour te servir de domestique !

Le rire qui illuminait son visage le fit paraître un instant plus jeune que ses vingt-deux ans. Malgré tout, il y avait sur ses traits une gravité qui n'existait que depuis la mort de nos parents, les Marines et l'Afghanistan, et qui assombrissait ses yeux d'un bleu presque translucide.

Il avait exactement les yeux de maman et, quand il riait candidement de cette façon, ça me rappelait douloureusement la bonne humeur constante de notre mère, qui était le pilier, l'âme même, de notre famille. Physiquement, Jack lui ressemblait beaucoup. Il avait ses cheveux blond foncé, sa haute silhouette, sa peau mate, son rire facile et ses traits fins.

Quant à moi, j'avais davantage pris du côté paternel. J'étais menue et brune, la peau pâle, la bouche large et charnue. Le seul point commun que nous avions, c'était la couleur de nos iris.

3. Simple soldat, rang le plus bas dans la hiérarchie militaire.

Mes yeux étaient d'un bleu plus soutenu que les siens, mais restaient très clairs et contrastaient avec mes longues mèches sombres aux reflets acajou.

– C'est cool, reprit Jack. En plus j'aimerais bien te présenter au patron du bar. Une des serveuses a démissionné la semaine dernière, et il recherche quelqu'un pour la remplacer.

Un boulot ? Tombé du ciel ? C'était ma priorité en emménageant à Jacksonville !

J'étais déjà en train d'adresser une prière de remerciement à l'univers et d'acquiescer avec entrain, quand Jack me devança :

– Avant que tu t'emballes, c'est un temps partiel, mais ça peut toujours dépanner.

– Super ! Merci d'avoir pensé à moi. Je chercherai un deuxième job en complément s'il le faut.

– Tu n'as pas besoin de faire ça, Kiki, insista-t-il avec une petite grimace crispée. On peut se débrouiller.

– Tu crois qu'on peut vivre à deux avec la paie d'un Marine, même si tu es monté en grade ? lançai-je, exaspérée parce qu'on avait déjà eu cette conversation à plusieurs reprises. Je te rappelle que tu ne touches pas de supplément famille pour moi. Et j'ai besoin de mettre de l'argent de côté.

Jack n'ignorait pas que mon espoir à moyen ou long terme, selon l'état de mes finances, était de reprendre mes études. C'était peut-être illusoire. Pourtant, je gardais cet objectif en ligne de mire, comme un phare dans la nuit, parce qu'après tout ce que j'avais vécu ces trois dernières années, il me fallait vraiment une carotte pour avancer.

Jack hocha la tête, l'air résigné, car il savait très bien que je ne changerais pas d'avis.

Quitter le Maine et le rejoindre à Jacksonville était pour moi l'occasion de reprendre ma vie en main et de me réinventer totalement. Partir devant et ne pas me retourner. Mais pour cela, j'avais besoin d'argent et d'un plan d'attaque.

Et quoi de mieux que de vivre avec un Marine pour trouver la motivation d'avancer coûte que coûte ?

CHAPITRE 3

Il était un peu plus de dix-huit heures quand Jack et moi passâmes la porte du Smithy's, accueillis par un bourdonnement de voix, le cliquetis des verres et une forte odeur de friture.

– Eh, Jack ! fit une serveuse blonde, vêtue d'un polo moulant bleu ciel et d'un short noir, en avançant près de nous.

– Salut Wendy, ça va ? répondit mon frère, un sourire enchanté sur le visage.

Cheveux bouclés jusqu'aux épaules, beaux yeux bleus, haute silhouette élancée et sourire qui ne trompait personne : la demoiselle aurait bien croqué mon petit frère à pleines dents. Ce sourire vacilla juste un instant quand son regard se posa sur moi.

– Je te présente ma sœur, Chiara, reprit Jack. Elle va vivre avec moi pendant quelque temps.

La tension qui habitait Wendy depuis qu'elle m'avait repérée disparut en un claquement de doigts et son regard se fit amical. Elle me salua et me souhaita la bienvenue.

– Ils sont là-bas, déclara-t-elle ensuite à l'intention de Jack avec un geste vers le fond du bar. Tant que je vous ai sous la main, qu'est-ce que je vous apporte ?

Jack se tourna vers moi.

– Une Bud, s'il te plaît, demandai-je à Wendy.

– Mets-moi une Bud, un panier d'*onion rings*, un *reuben*[4] et une grande portion de frites pour commencer, compléta Jack.

Wendy s'éloigna vers le comptoir tandis que Jack m'entraînait à l'arrière de l'établissement où chaque pas supplémentaire me donnait l'impression d'être une extraterrestre tout juste débarquée de la planète Normalité.

Il y avait quelque chose d'oppressant à évoluer dans ce temple du sport, peint exclusivement en cyan, noir et blanc à la gloire des Panthers. À quel moment l'accumulation de maillots sous cadre, casques en vitrine et fanions devient-elle excessive ? Quand il y en a jusqu'au plafond, comme ici ? En tout cas, cela semblait plaire aux clients dont les yeux alternaient entre le fond de leurs bières et les dizaines de télés qui diffusaient ce soir-là du base-ball. Je détestais le sport, sous toutes ses formes, et pourtant, si j'avais de la chance, c'était dans ce bar sportif que je ferais mes premières armes à Jacksonville. Merveilleusement ironique, non ?

---

4. Sandwich grillé fait de bœuf, de choucroute, d'emmental et de sauce russe.

Et d'ailleurs, les clients en question ne me mettaient pas plus à l'aise. Coupes de cheveux millimétrées, corps musclés : nous étions sans aucun doute dans l'établissement préféré des Marines de Camp Lejeune. Mais surtout, alors que nous nous faufilions entre les chaises, je grappillai des bribes incompréhensibles de conversion qui me firent écarquiller les yeux. Ça parlait de « *grunts* », « *pogs* », « *gunny* » ou « *Field day* », autant de mots qui renforçaient mon impression de venir d'une autre planète. Nous nous arrêtâmes près d'une table ronde, autour de laquelle étaient rassemblés trois hommes au crâne rasé.

– Les gars ! entonna Jack quand nous fûmes à portée.

Les voix se mélangèrent, en une cacophonie de « Salut ! », « Johnson ! » et « Hey ! ». Je me tenais derrière lui, si bien que Jack dut se décaler et m'inviter à avancer d'une pression dans le dos.

– Voici ma sœur, Chiara.

Je me sentis poussée sous le feu des projecteurs, trois paires de prunelles me scrutant avec curiosité. Un regard pesait plus lourd que les autres.

Flynn était là, ses longs doigts bronzés pianotant autour de sa bouteille de bière, le visage fermé dans une expression indéchiffrable, mais ses pupilles brûlaient d'une intention pesante, comme s'il n'en croyait pas ses yeux. Pourtant j'étais nettement plus présentable que la veille quand il m'avait récupérée à l'aéroport. Je portais un tee-shirt blanc *oversize* à l'effigie du groupe Nirvana, rentré dans un jean slim taille haute. Mes cheveux retombaient en vagues souples jusqu'à mes reins. Je m'étais même maquillée, avec un *smoky eye* léger et un gloss rosé sur les lèvres. Et pourtant, Flynn semblait à deux doigts de prendre ses jambes à son cou.

Perdue dans cet échange visuel, je faillis louper les présentations de Jack, qui n'avait pas remarqué que je ne l'écoutais pas et me désignait chacun de ses amis de l'index, en partant de la gauche de la table :

– Chiara, voici Brown, me présenta mon frère en désignant un géant aux cheveux foncés et aux yeux clairs. Tu connais déjà Flynn et voici Gableston, le *boot*.

Mes yeux se posèrent sur ce dernier, dont la peau brune et le visage harmonieux me firent immédiatement bonne impression. Le silence s'était fait autour de la table, en attendant que je dise quelque chose :

– Salut *jarheads*[5] !

Mon emploi du surnom habituel des Marines fut récompensé par de grands éclats de rire. Flynn secoua doucement la tête, un sourire en coin révélant la fossette dans sa joue gauche, comme s'il n'était pas surpris. S'il croyait me connaître parce qu'il

5. *Jarheads* signifie littéralement « têtes de bocal », en référence à la tonte que les futurs Marines subissent à leur entrée au *bootcamp*.

avait échangé cinq phrases avec moi, il n'allait pas être déçu du voyage.

Jack me fit signe de m'installer à la place vacante, à côté de Gableston, pendant qu'il allait récupérer une chaise pour lui à la table d'à côté.

– Je suis Garrett, en fait, Garrett Gableston, commenta mon voisin, avec un grand sourire amical.

– Pourquoi Jack t'appelle *boot* ? Je croyais que c'était le surnom réservé à ceux qui arrivent tout juste du *bootcamp*.

– Non, soupira-t-il. Ils appellent comme ça tous ceux qui ne sont pas encore allés au combat, même les officiers !

Son rire franc le rendit encore plus sympathique. C'était quelqu'un d'aimable et je n'en revenais pas de penser ça d'un copain de mon frère. Peut-être parce qu'avec l'échantillon qu'il m'avait envoyé la veille, je m'attendais encore au pire.

– Johnson nous a dit que tu allais rester quelques mois ? continua Garrett sur un ton interrogatif qui laissait percer une sorte d'espoir.

– Je vois qu'il vous a bien renseignés, soulignai-je alors que mon frère s'installait justement à ma gauche.

Restait à savoir en quels termes Jack avait parlé de moi à ses amis. Est-ce qu'il m'avait présentée comme un poids ou comme une bénédiction ? Même si j'étais ravie de cette colocation, je n'avais toujours pas digéré la honte de compter sur la charité de mon petit frère pour m'en sortir. J'avais quand même ma fierté.

Une voix grave, de l'autre côté de la table, me tira de mes pensées déplaisantes :

– Par contre, Johnson, on est d'accord que t'as oublié de nous préciser que ta frangine est un bonbon pour les yeux ? tonna le géant.

– Ouais, renchérit un Garrett enchanté, même qu'il n'avait jamais de photos à nous montrer !

– Et c'est exactement pour ça que je ne vous ai rien dit, bande de chiens ! intervint mon frère au moment où une voix féminine se fit entendre derrière nous.

– Chaud devant !

Wendy se tenait dans mon dos avec un plateau rempli de tout ce que Jack avait commandé. Elle déposa nos boissons devant nous et les paniers au centre de la table, en poussant ceux qui y étaient déjà, vidés. Elle eut à peine le temps de lâcher la nourriture que des mains se précipitaient dessus. On aurait dit qu'ils n'avaient pas mangé depuis des jours.

– Ma belle, tu me remets la même ? fit le dénommé Brown, en lui tendant sa bouteille de bière.

– Bien sûr, Johnny ! acquiesça Wendy avant de repartir à l'assaut de la salle.

Mon frère saisit sa bière et la leva devant lui :

– Bon ben, bienvenue à toi, Kiki, me dit-il avec une pointe d'émotion dans la voix. Même si tu es bien trop jolie pour ces abrutis.

Ses yeux étaient plus brillants que d'habitude. Finalement, peut-être qu'il ne me voyait pas comme un boulet. En tout cas, il n'y avait aucune trace d'irritation dans ses prunelles, mais plutôt de l'amour et du soulagement.

Ma gorge se serra, comme si j'avais avalé une boule de coton. La vache, il allait me faire pleurer, ce petit con !

– Bienvenue, Chiara ! reprirent les autres en chœur.

À la mention de mon prénom, je me tournai vers Johnny Brown, qui m'observait avec curiosité :

– Chiara, qu'est-ce que tu penses de la Caroline du Nord ?

Je laissai échapper un ricanement :

– Il fait chaud !

Il partit d'un rire tonitruant, tandis que Jack et Garrett se mirent à me raconter des anecdotes plus hallucinantes les unes que les autres sur Parris Island, là où ils avaient tous effectué leur *bootcamp*, et où il ne faisait *a priori* pas bon vivre.

Le seul qui n'ouvrit pas la bouche, ce fut Flynn. À se demander pourquoi il venait traîner dans un bar avec ses compagnons d'armes s'il ne participait pas.

Ou alors c'était parce que j'étais là. En tout cas, s'il restait muet, il n'était pas aveugle. Du coin de l'œil, je percevais son regard acéré qui se promenait librement sur moi, comme un courant d'air chaud qui soulevait les petits poils sur mes bras.

Au bout d'un moment, je me penchai vers mon frère et murmurai :

– Bon, elle arrive quand, Lili ?

Encore une fois, à la mention de ce nom, il éclata de rire. Je commençais sérieusement à en avoir marre. Les autres se tournèrent vers lui à l'unisson, l'air intrigué, essayant visiblement de comprendre pourquoi il se marrait tout seul comme un idiot.

– Qu'est-ce qui se passe ? demanda prudemment Garrett.

Il fallut à Jack plusieurs essais, entrecoupés d'éclats de rire, pour arriver à balbutier :

– Chiara me harcèle depuis ce matin pour savoir qui est ma *copine* Lili.

Une vague d'hilarité se répandit autour de la table, tous les visages se parant d'une expression amusée. Tous sauf Flynn, évidemment. Il se laissa aller contre le dossier de sa chaise en croisant les bras sur le tee-shirt noir qui mettait en valeur son large torse, étirant ainsi les ronces tatouées en longues lignes sombres sur son biceps gauche, son légendaire sourire en coin bien en place.

Je le lui aurais bien fait bouffer, tiens.

– En fait, je lui ai dit que c'est Lili qui viendrait la chercher à l'aéroport, et elle a vu débarquer Flynn. Depuis, elle n'arrête pas de m'emmerder pour rencontrer Lili, développa Jack, en frottant le dessous de ses yeux larmoyants.

Abruti !

Je le scrutai avec mon plus beau regard noir, qui dut finir par faire un trou à l'arrière de son crâne rasé, car il se tourna vers moi avec un sourire malicieux.

Ensuite son attention se reporta vers ma droite :

– Tu veux bien lui expliquer, *Flynn* ? dit-il en appuyant exagérément sur son nom.

Un long soupir lui répondit, puis sa voix rauque s'éleva pour la première fois de la soirée :

– Flynn, c'est mon nom de famille, lâcha-t-il nonchalamment, comme si tout cela l'ennuyait profondément. Mon prénom, c'est Lilian.

Et la lumière fut : j'étais en compagnie de Johnny Brown, Garrett Gableston… et Lilian Flynn. Lili, c'était lui !

Flynn, ou plutôt Lilian, me fixait ardemment, comme si j'étais demeurée de ne pas avoir pigé avant, mais avec leur manie de s'appeler par leurs noms de famille, comment j'aurais pu deviner ?

Les autres ricanaient autour de moi et pourtant j'étais prise au piège de ce regard pas tout à fait vert ni marron. Il me donnait envie de m'approcher davantage, d'emprisonner son visage entre mes paumes et d'inspecter la façon dont les couleurs se mêlaient dans ses iris.

Merde ! Je ne voulais pas ressentir ça pour un mec comme lui, pétri d'arrogance et de vanité. Pourtant, mes yeux revenaient inlassablement à l'enfoiré de service, alors que c'était exactement ça qui m'avait plongée dans les emmerdes jusqu'au cou ces trois dernières années.

C'est pourquoi je fis ce que je savais faire de mieux. Ne dit-on pas que la meilleure défense, c'est l'attaque ?

– Lilian, alors ? Ce n'est pas un prénom courant pour un mec.

D'ailleurs, c'était plutôt ironique qu'un parangon de virilité comme lui porte un nom féminin[6]. Son sourire en coin réapparut, de même que la lueur prédatrice dans ses yeux, mais j'aurais juré y apercevoir une émotion fugace, une douleur rapidement remplacée par sa suffisance, juste avant qu'il ne réponde :

– Ouais, c'est celui de ma connasse de grand-mère. Ma mère était une camée, faut croire qu'elle ne savait pas bien ce qu'elle faisait entre deux trips à l'héroïne.

Double merde !

J'aurais voulu disparaître dans un trou. Même si mon ego avait été blessé, ce n'était pas une raison pour frapper un homme à terre. Maman disait toujours qu'il n'y a aucune fierté à appuyer là où ça fait mal.

Sans me laisser le temps de m'excuser pour mon indiscrétion, Flynn reprit :

– Mais il paraît aussi que c'est un prénom masculin français. Ça se dit « Lilian ».

---

6. Dans les pays anglophones, Lilian est un prénom féminin, l'équivalent de notre « Liliane ».

La façon dont il le prononça, mélange de son intonation du Sud et d'un léger et sensuel accent français, me fit frissonner de la tête aux pieds.

– Comment tu sais ça ? interrompit Johnny.

– J'ai habité quelques mois dans une famille d'accueil où la mère était canadienne francophone, et c'est comme ça qu'elle m'appelait.

Je regrettai soudainement de l'avoir jugé si durement. Quand on a vécu des épreuves comme celles qu'il devait avoir traversées, c'était normal de s'endurcir et de présenter une carapace au monde. Si j'en croyais les commentaires que j'entendais à mon sujet, je n'étais moi-même pas spécialement avenante.

À l'avenir, il faudrait que je me montre plus sympa avec lui. À en croire le sobriquet débile que mon frère lui avait donné, on allait sûrement se croiser régulièrement. Car Jack ne donnait de surnom qu'à ceux qu'il affectionnait particulièrement.

– Oh, putain, tu m'avais jamais raconté ça ! reprit Johnny. Ça doit marcher du tonnerre avec les nanas, Lilian !

– Oh, ouais ! ricana Flynn, avec son air de séducteur à deux balles, en me regardant droit dans les yeux, les bras toujours croisés sur sa poitrine dans une posture faussement nonchalante.

Il allait finir par me faire développer des personnalités multiples. Une minute, j'avais envie de me rapprocher de lui et de le serrer dans mes bras. Et celle d'après, je rêvais de lui arracher son sourire en coin.

Avec la bouche et les dents.

Bordel de merde…

L'agitation à ma droite m'arracha à cette étreinte visuelle perturbante. Garrett semblait chercher quelque chose sur le sol et, afin de l'atteindre, il fut obligé de se rapprocher de moi jusqu'à ce que son siège heurte le mien dans un bruit sec.

– Pardon, me dit-il avec un sourire entendu en se relevant avec son téléphone.

Ça n'avait pas l'air de l'ennuyer tant que ça, tout compte fait. Jack le remarqua aussi car il attira d'une poigne puissante ma chaise, avec moi posée dessus, dix centimètres plus près de lui.

– N'en profite pas pour peloter ma sœur, *boot*, menaça-t-il.

À ces mots, la tête de Flynn tourna vivement dans notre direction, ses yeux lançant des éclairs à Garrett. Ils avaient quoi, les chiens de garde, là ? Et on se demande encore pourquoi on surnomme les Marines les *Devil dogs*[7] ?

– Désolée, je suis apparemment venue avec mon service de sécurité, plaisantai-je avec un sourire gêné à l'intention de Garrett pour essayer de détendre l'atmosphère.

– C'est ça, les grands frères ! rigola Johnny. Je fais pareil avec mes sœurs !

– Sauf que Jack, c'est mon *petit* frère ! Oui, je sais, on ne dirait pas quand on se tient l'un à côté

7. Littéralement « chiens de l'enfer ».

de l’autre, fis-je en soulignant la différence de taille entre le haut de mon crâne brun et la pointe de ses cheveux blonds.

– Si, il y a quand même une ressemblance, affirma l’armoire à glace en face de moi.

– C’est les yeux, intervint une voix rauque sur ma droite.

Ébahie, je me tournai vers Flynn qui me scrutait à nouveau. Il décroisa les bras et se pencha nonchalamment vers la table jusqu’à y poser les avant-bras, à la manière d’un félin qui s’avance vers sa proie. Comment faisait-il pour rendre le moindre de ses mouvements sexy à mourir ?

– Vous avez les mêmes yeux, reprit-il.

Tout le monde autour de la table semblait suspendu à ses lèvres. Et moi, je comprenais mieux la remarque qu’il m’avait faite la veille en me déposant chez Jack. Il m’avait reconnue comme la sœur de son pote grâce à nos prunelles si semblables.

– Il vous faut autre chose ? lança alors Wendy.

Garrett reprit une bière, Flynn commanda un Mountain Dew et Johnny lui désigna sa bouteille pour qu’elle lui rapporte la même.

– Eh, Wendy, Jim est dans le coin ? interrogea Jack.

– Il est au bar, lui répondit-elle avec un sourire aimable.

Jack se tourna alors vers moi tout en repoussant son siège :

– Viens, on va voir le patron.

Jack slaloma entre les tables, tapant ponctuellement dans le dos d'un gars ou lançant des « Rah ! », mais il ne s'arrêta pas avant qu'on ait rejoint le comptoir.

– Eh, Jim ! interpella mon frère.

Un homme charpenté, barbe et courts cheveux gris, se retourna et sourit amicalement, avant de nous rejoindre.

– Rah, Jack ! Comment ça va ? demanda-t-il en lui claquant l'épaule alors même que mon frère était bien plus grand que lui.

– Super ! Je te présente Chiara, ma sœur.

L'homme se tourna vers moi et m'observa un instant avant de me tendre la main.

– Je vous laisse discuter ? intervint Jack en me regardant avec attention.

Je n'avais pas besoin de lui pour négocier les conditions d'une embauche. Fallait-il que je lui rappelle que je l'avais fait alors qu'il n'avait pas encore de poil au menton ? Il n'avait jamais été aussi protecteur avec moi que depuis que j'avais débarqué à Jacksonville. Son attitude de ce soir en était une démonstration éclatante, comme s'il avait oublié qui était l'aîné de nous deux.

Jim attendit à peine que mon frère tourne les talons avant d'entamer :

– Alors Chiara, Jack m'a dit que vous aviez de l'expérience dans la restauration ?

Je lui expliquai rapidement les différents postes que j'avais occupés en tant que serveuse et les responsabilités qui m'incombaient.

– C'est très bien. Mais j'ai aussi entendu dire que vous aviez géré un restaurant ?

Visiblement, Jack avait du mal à tenir sa langue en ce qui me concernait. Et au vu de l'espoir qui illuminait les yeux bleus de Jim, ma réponse avait beaucoup d'importance.

– Oui, j'ai été manager d'un restaurant pendant trois ans.

Il hocha la tête, l'air satisfait.

– Et des études d'économie par-dessus le marché ?

– Je devrais plutôt vous demander ce que Jack ne vous a pas déjà raconté ! plaisantai-je.

Typiquement, ça aurait été bien que mon frère omette la petite faillite du restaurant en question…

– Ne le prenez pas mal, Chiara. En fait, le départ de cette serveuse est une opportunité pour moi. J'ai pris ma retraite des Marines pour profiter de la vie et de ma famille, et je passe une bonne partie de mes journées ici au lieu d'être dehors sur mon bateau. Ne vous méprenez pas, j'adore ce job et tous ces couillons, dit-il en direction de la salle, mais je voudrais mieux employer mes vieux jours.

Il m'attrapa par le bras et m'emmena un peu plus loin, à l'écart du bar, là où on pourrait parler sans être dérangés.

– Je ne vais pas vous mentir, vous êtes sûrement surqualifiée pour ce travail, mais j'ai aussi compris que vous aviez besoin d'argent rapidement ?

J'acquiesçai, la gorge nouée. Il était clair que je ne pouvais pas vraiment faire la difficile.

– Ce que je vous propose, c'est un poste, disons, hybride. Il me faut vraiment une serveuse pour les soirées car ces têtes d'œuf ont toujours soif après avoir couru toute la journée. Mais le reste du temps, j'aimerais quelqu'un pour gérer les commandes, la comptabilité et ces trucs chiants à mourir qui m'empêchent de sortir mon bateau. Vous me suivez ?

Je hochai la tête, prête à remercier ma bonne étoile. C'était beaucoup plus que j'espérais.

– Évidemment, on oublie le temps partiel. Quarante heures par semaine, dix dollars de l'heure, mais je vous garantis qu'avec un minois comme le vôtre, vous allez ramasser pas mal de pourboires. La serveuse qui a démissionné est déjà rentrée avec plus de deux cents dollars supplémentaires dans la poche ! Essayez juste de ne pas vous laisser embobiner par un des gars pour aller vivre à l'autre bout du pays ! rigola-t-il de bon cœur. Embaucher des jolies serveuses comporte sa part de risque, surtout dans un établissement fréquenté par le personnel de la base, mais c'est bon pour les affaires. On fait comme ça ?

Je serrai la main qu'il me tendait pour accepter le marché. Et voilà, j'avais un job !

Je rejoignis la table de Jack, le sourire aux lèvres. Sans la protection de mon frère, les regards insistants, les sourires séducteurs et les exclamations du style « Tu cherches de la compagnie, ma jolie ? » accompagnèrent mon chemin, jusqu'à ce qu'une voix familière douche l'enthousiasme de ses compères :

– Ta gueule, Rodriguez ! Elle ne te toucherait même pas avec un bâton !

Il ne me restait que deux mètres à parcourir, et si les autres clients continuèrent à me détailler, plus personne ne se risqua à une remarque. Mon frère était tourné vers moi quand je me rassis, le visage tendu par l'excitation :

– Alors ?

– Je commence demain !

Je récoltai des félicitations et des sourires. Flynn me gratifia même d'un clin d'œil et leva son verre de soda dans ma direction.

– Attends, tu commences quand ? s'inquiéta soudain mon frère.

– Demain soir… Ça pose un problème ? Tu avais besoin de moi pour quelque chose ?

– Non, ce n'est pas ça, mais on n'aura pas le temps de te trouver une voiture d'ici là… Je pensais avoir quelques jours pour me retourner, marmonna-t-il dans sa barbe.

Je pouvais presque voir les rouages fonctionner dans son cerveau. Au bout d'un bref instant, il échangea un coup d'œil avec Flynn qui lui répondit par un hochement de tête. Ça avait duré moins d'une seconde et c'était fascinant de les voir communiquer par la pensée.

– C'est bon, conclut Jack. Tu prendras Pamela. Et *Lili* viendra me chercher, ajouta-t-il en rigolant.

– Mais ça veut dire que tu vas me laisser toucher à ta précieuse Pamela ? Toute seule ?

– Je dois drôlement bien t'aimer.

– Ou tu veux juste que je brosse tes bottes pour de vrai.

– Tu le ferais ?

– Même pas en rêve, petit con !

Quelques minutes plus tard, les amis de Jack décidèrent collectivement qu'il était temps d'aller se coucher afin d'être en forme pour la séance de « PT » du lendemain matin – « pratique sportive », me traduisit Jack.

– D'ailleurs, c'est toi qui vas conduire Pamela pour rentrer, comme ça, je serai là pour te guider et tu mémoriseras la route.

– T'es sérieux ?

– Faut bien que tu t'y mettes à un moment ! Tu as déjà conduit une voiture avec une boîte manuelle, non ?

Je devais avoir l'air horrifié car il soupira :

– On va faire un détour pour que tu t'entraînes…

Finalement, il lui en coûtait plus que prévu de me laisser manipuler son joujou. Je le pris comme une petite vengeance pour m'avoir fait marcher avec Lili.

– Je passe juste aux toilettes avant.

– Yep, je t'attends dehors, conclut-il en me montrant où aller.

En sortant des WC, j'essayai de mémoriser les différents espaces : le bar, les jeux, les tables rondes, les banquettes. Cet environnement allait être le mien sept à huit heures par jour. Maintenant que j'y étais, je pris conscience que j'avais hâte de me remettre en activité. J'étais tellement absorbée par le lieu que je faillis rentrer dans une grande silhouette et laissai échapper un petit cri de surprise :

– Désolé, je ne voulais pas te faire peur, lâcha une voix rauque familière.

Encore une fois je fus frappée par la carrure de Flynn, qui me dépassait d'une tête et avait les épaules si larges que je me sentais comme face à un mur, si tant est que les murs pouvaient emballer votre rythme cardiaque d'un seul regard. Je m'arrêtai devant lui et il s'avança d'un pas, envoyant vers moi une bouffée de son odeur boisée.

Nous nous observâmes quelques instants et je remarquai les plis aux coins de ses paupières, la raideur de sa mâchoire et la petite cicatrice sur son menton. En tout cas, il y avait une ligne plus claire entre les poils sombres de sa barbe qui recommençait à pousser.

– Je t'ai attendue ici parce qu'on est partis du mauvais pied, toi et moi, déclara-t-il.

Je tâchai de ne pas me focaliser sur le fait qu'il m'avait suivie jusque-là pour me dire ça. Je ne savais pas quelle impression je lui avais donnée, mais de mon côté, je m'étais forgé une opinion sur lui sans réellement essayer de le connaître. Pourtant, s'il était aussi ami avec Jack que je le pressentais, il devait avoir un bon fond.

C'est pourquoi je répondis :

– Peut-être, oui.

Alors il fit une chose à laquelle je ne m'attendais pas du tout. Il tendit la main dans l'espace entre nous et déclara d'une voix assurée :

– Sergent Lilian Flynn. À votre service, Madame.

Ébahie, je glissai ma paume dans la sienne. Ses longs doigts se refermèrent doucement autour des miens. Ce simple contact se répercuta dans mon corps comme une onde magique qui réveilla chacune de mes cellules endormies. J'oubliai un instant de respirer, troublée par la sensation de sa peau chaude contre la mienne. Puis je levai les yeux vers les siens, des puits dans lesquels je pourrais si facilement me perdre, et je le pensais vraiment quand je répondis :

– Chiara Johnson. Enchantée.

CHAPITRE 4

Cinq petits kilomètres. À peine neuf minutes de trajet selon le GPS.

Je pouvais le faire, non ?

Par acquit de conscience, je vérifiai quand même combien de temps il me faudrait pour y aller à pied. Quand on y pense, cinq kilomètres, ce n'était pas beaucoup. Pour réussir leurs tests d'évaluation annuels, les Marines devaient courir cette distance en moins de vingt-huit minutes après avoir fait des séries de tractions, pompes et abdos. Mais pour une personne normale, ça prenait plus d'une heure de marche. Pas étonnant qu'ils soient tous aussi intenses. Les endorphines devaient leur monter au cerveau.

Je soupirai longuement.

– Bon, Pamela, dis-je dans l'habitacle qui sentait le produit d'entretien pour cuir, sois sympa avec moi, tu veux bien ? C'est mon premier jour de boulot.

Le moteur ronronna quand j'actionnai le contact et la radio s'alluma sur la dernière station que Jack avait écoutée, une chaîne d'information en continu. Je l'éteignis tout simplement, trop nerveuse pour en chercher une autre. Je parvins à faire démarrer le moteur sans caler et lâchai un petit cri de joie.

Je pouvais le faire.

Finalement, au bout de dix minutes d'enfer, mon dernier virage à droite apparut et j'arrivai sur le parking du Smithy's où je me garai sur l'une des places dédiées aux employés que me montrait Jim et je m'écroulai sur le volant.

Le trajet m'avait paru beaucoup plus court quand Jack nous avait conduits la nuit précédente. J'essuyai mes mains dégoulinantes de transpiration sur mon jean avant de sortir de l'habitacle et de me hâter vers Jim qui n'avait pas bougé.

– Belle voiture ! dit-il avec un clin d'œil.

– Elle ne risque rien ? demandai-je, soudain alarmée en remarquant qu'elle détonnait au milieu des pick-up et des citadines. Jack me tuera s'il y a la moindre rayure et je ne veux même pas imaginer ce qu'il fera si elle n'est plus là à la fin de mon service.

– Ne t'inquiète pas, fit Jim avec un petit rire. Tous les habitués savent que c'est le véhicule d'un Marine. Il ne lui arrivera rien. Tu verras, personne n'osera même utiliser la place d'à côté !

– Ils ont si peur que ça de lui ? interrogeai-je, assez surprise.

Au-dessus de nous, un avion de l'armée fendit le ciel bleu gris dans un vacarme assourdissant. Jim leva les yeux vers l'appareil tout en m'ouvrant la porte pour me faire entrer d'un signe galant :

– Non, c'est plutôt du respect envers ceux qui servent notre pays.

Encore une fois, j'en restais ébahie, mais comment pouvais-je juger ? Avant aujourd'hui, je n'avais jamais habité dans une ville qui vivait grâce à une base militaire.

Dès que je passai le seuil, je remarquai la différence d'ambiance d'avec la veille. À la lueur du jour, la salle, peuplée par trois clients rivés aux écrans télé, paraissait bien plus grande. Jim m'entraîna d'abord dans la cuisine pour rencontrer le chef, puis dans une pièce minuscule coincée derrière le comptoir, qui servait de bureau, pour signer mon contrat et m'expliquer rapidement comment fonctionnait l'établissement.

Le Smithy's ouvrait du matin au soir, du mardi au samedi, mais il faisait surtout du chiffre en soirée grâce aux militaires qui débarquaient pour la diffusion des matchs de sport professionnel. Je travaillerais de seize heures à vingt-trois heures du mardi au jeudi, et jusqu'à deux heures du matin les vendredis et samedis. Après ces explications, Jim me fournit deux tenues au logo du Smithy's, puis je me changeai rapidement dans le vestiaire et le rejoignis dans la salle où il discutait avec Wendy.

– Salut, Chiara, c'est ça ? demanda la jolie blonde.

– C'est bien ça !

– Et donc tu vas vivre avec ton frère ? commenta-t-elle, une lueur dubitative dans ses yeux bleus.

Je me doutais qu'elle ne me lâcherait pas avant d'en savoir plus donc je lui donnai le minimum syndical :

– J'étais fauchée, il a proposé de m'héberger et de m'aider à repartir du bon pied. Pour l'instant, ça fonctionne, dis-je en montrant la salle autour de nous.

Elle me rendit un sourire amical.

– Allez, ma pauvre, tu verras, Jacksonville n'est pas si mal, même si tout tourne autour de cette fichue base et qu'on s'ennuie comme des rats morts. Au moins, on a de beaux Marines pour améliorer le paysage !

– Toi, ça fait longtemps que tu vis ici ?

– J'y ai vécu toute ma vie ! Et je bosse ici depuis un an et demi, donc si tu as besoin de quoi que ce soit…

Une voix masculine nous interrompit de derrière le comptoir :

– Les filles, je ne vous paie pas pour parler chiffons ! Les clients ont soif !

Wendy leva les yeux au ciel, surtout parce que Jim arborait un grand sourire complice, preuve qu'il ne nous en voulait pas de faire connaissance, et que les verres de nos trois clients étaient encore pleins.

– Viens Chiara, on va préparer les tables et remplir les distributeurs.

***

Huit heures plus tard, Pamela était à nouveau en sécurité sur le parking de la résidence. Aucune collision, pas de rayures : je n'avais même pas calé sur le chemin du retour. Pourtant j'étais aussi exténuée par les deux trajets de dix minutes que par le service. C'était beaucoup trop de stress de conduire le bébé chéri de Jack. J'allais finir par décéder d'une crise cardiaque à vingt-neuf ans.

J'extirpai mon mètre soixante-deux de l'habitacle et me demandai comment des Marines charpentés comme Jack et Flynn parvenaient à en sortir avec grâce. Je me précipitai vers l'appartement, rêvant d'une bonne douche qui me débarrasserait de l'odeur du service et de la sueur provoquée par Pamela. Un instant, je me demandai si les sites de voitures d'occasion acceptaient les facilités de paiement, mais rapidement je compris qu'une dépense de plus ne ferait que retarder mon rêve d'université…

Quand je passai la porte de mon nouveau chez-moi, à minuit passé, je fus surprise de découvrir Jack affalé sur le canapé, le salon tout juste éclairé par la lumière de la télévision.

– Salut… Tu m'as attendue ?

– Salut Kiki, ça a été ton premier service ? Je voulais être sûr que tu rentres bien, étant donné que tu avais peur de conduire Pamela, expliqua mon frangin avec un sourire moqueur.

– Tu prends ton pied, là, non ? Sale ingrat ! Après tout ce que j'ai fait pour toi… lâchai-je d'un ton ironique en délaçant mes sneakers.

Je m'avançai vers lui, en savourant le contact de la plante de mes pieds sur le parquet. Après huit heures debout, même des baskets se transforment en instruments de torture.

– À ton avis, ça coûte combien de louer une voiture ? demandai-je quand je fus presque à sa hauteur.

Les yeux bleus de Jack délaissèrent l'écran pour se poser sur moi et ses sourcils se froncèrent en constatant que je ne plaisantais pas.

– C'était si terrible que ça ?

– Tu veux que je meure avant mes trente ans ? Parce que je te préviens, à l'heure actuelle ton héritage s'élève à la modique somme de zéro dollar.

Jack soupira longuement, comme si je me comportais en enfant difficile. Mais bon, merde à la fin, tout le monde n'a pas une passion pour les vieilles bagnoles !

– Pour être complètement transparent, j'essaie de dénicher une voiture à emprunter, mais pour l'instant, je fais chou blanc. En attendant, on va trouver une solution, OK ? Une qui n'implique pas que tu conduises Pamela, évidemment, ajouta-t-il après avoir observé mon visage.

– D'accord. Merci, petit con.

– De rien, grande emmerdeuse.

Je gagnai ma chambre, le sourire aux lèvres.

CHAPITRE 5

Ça faisait bien dix minutes que j'attendais devant l'immeuble quand une grosse Jeep noire, du genre à tuer trois ours polaires chaque fois qu'on met le contact, s'engouffra dans le parking. Un bras bronzé et tatoué dépassait de la fenêtre conducteur : pas de doute, mon chauffeur était de retour. Voilà ce que je récoltais à trop me confier à Jack.

M'avait-il manqué ? Pas le moins du monde !

Il eut à peine le temps d'actionner le frein que je me précipitais vers la portière passager et l'ouvris en grand, contrariée parce qu'il m'avait fait poireauter et parce qu'apparemment il fallait un escabeau pour grimper dans son engin de mort.

Encore un qui avait quelque chose à compenser.

– T'es à la bourre ! glapis-je en attachant ma ceinture à la hâte.

– Bonjour à toi aussi, *Baby doll*.

Venait-il sérieusement de me comparer à une poupée ? Quelle classe ! J'étais presque étonnée qu'il ne m'ait pas encore sifflée. En tout cas, si j'avais besoin d'une preuve supplémentaire de son peu de considération pour les femmes, elle venait de m'exploser aux oreilles.

– Ne m'appelle pas comme ça ! grondai-je, alors que mon agacement se muait en colère contre lui, digne représentant de ces beaux mecs qui se croient tout permis.

– C'est toujours un plaisir de te voir, continua-t-il comme si je n'avais rien dit. Oui, j'ai passé une excellente journée, je te remercie de me le demander.

– Tu peux y aller ? fis-je avec un signe vers le pare-brise. Tu vas me mettre en retard.

– Négatif, dit-il en enclenchant docilement la marche avant. Tu m'as dit d'être là à « seize cents » et tu remarqueras qu'il est « quinze quarante-cinq ». Et… (Il leva l'index dans ma direction alors que j'ouvrais la bouche pour répliquer.) Pour ton information, un Marine n'est jamais en retard. À l'heure, c'est déjà trop tard.

Je fermai les yeux et respirai un grand coup pour tenter de faire redescendre ma fureur à un niveau qui ne risquait pas de me provoquer un infarctus. Ça ne fonctionna pas.

– Je *commence* mon service à quatre heures, abruti ! aboyai-je en ponctuant l'insulte d'un coup d'index au nom brodé sur sa poitrine, au cas où il aurait un doute sur l'identité dudit abruti.

La surface sous mon doigt était sacrément dure.

– Ça veut dire que je dois y être un peu avant pour me préparer, repris-je, ranger mes affaires au vestiaire et saluer mes collègues.

– Oh, donc à eux, tu leur dis bonjour ! remarqua-t-il d'un ton sarcastique.

– Ne change pas de sujet.

– Si tu voulais que j'arrive plus tôt, il fallait juste le préciser, déclara-t-il calmement, ce qui ne fit que mettre de l'essence sur le feu de ma colère. J'aurais été là à l'heure.

Idiot de militaire qui suit les consignes à la lettre…

Je soupirai d'exaspération. D'autant que c'était ma faute.

À ma décharge, j'avais paniqué en recevant ce SMS d'un numéro inconnu. J'avais d'abord cru que Tom m'avait retrouvée et qu'il allait débarquer à Jacksonville avec son sourire enjôleur. Puis j'ai compris que le contenu de ce pauvre texto ne voulait rien dire, deux petits mots bâclés qui avaient pourtant réussi à m'énerver :

Numéro inconnu
Quelle heure ?

C'était là que j'avais compris ce que Jack avait voulu dire par : « On va trouver une solution. » De toute façon, mon frère ne semblait plus capable de faire quoi que ce soit sans son pote *Lili*. Du coup, j'avais répondu par un texto tout aussi laconique que le sien, puisqu'apparemment je n'étais pas assez importante pour qu'il me consacre plus de deux secondes de sa journée :

Chiara
4 P.M.[8].

Et ça venait immanquablement de se retourner contre moi, ce qui m'énervait encore plus.

– Et puis, reprit Flynn avec un long coup d'œil dans ma direction, tu es déjà changée, non ?

Est-ce qu'il était en train de mater mes jambes dans mon short de boulot ? Puisque visiblement tout était permis, je le détaillai à mon tour. Son uniforme camouflage dont les nuances de kaki, marron et beige s'accordaient parfaitement avec sa peau bronzée, lui allait à ravir. Les manches repliées de sa veste soulignaient le gonflement de ses triceps et…

Un raclement de gorge m'obligea à relever les yeux vers ses lunettes d'aviateur, dont ses sourcils dépassèrent furtivement deux fois.

– Contente-toi de conduire, bougonnai-je, mortifiée, avant de détourner le regard vers la vitre passager.

Mais j'eus le temps d'apercevoir le coin de sa bouche pulpeuse se relever en un sourire satisfait.

***

8. Quatre heures de l'après-midi, c'est-à-dire seize heures en Europe.

– « Quinze cinquante-six ». Tu as même quatre minutes d'avance !

Je ne pris pas la peine de répondre. Je posais déjà la main sur la poignée de la portière pour dégager de là fissa, quand Flynn poursuivit.

– Comment tu rentres après ton service ?

– … Jack ?

– Il a un exercice avec des véhicules de combat amphibies.

Ça voulait dire qu'il pouvait rentrer ce soir, demain ou dans plusieurs jours. Comment le savoir ? Il ne devait même pas être joignable.

Note pour plus tard : mettre en place un calendrier partagé dans lequel je forcerai Jack à écrire méticuleusement son emploi du temps. Enfin, si ça ne changeait pas à la dernière minute !

– Je demanderai à Wendy… ou Jim… ou je rentrerai à pied, balbutiai-je, réfléchissant à voix haute.

Finalement, une heure de marche, ce n'était pas cher payé, par rapport à m'infliger sa présence si énervante.

– Ouais… lâcha Flynn en secouant la tête. Ça n'arrivera pas. Je passerai te chercher.

Juste comme ça, mon sang recommença à bouillir dans mes veines. J'en avais soupé, des mecs qui prenaient des décisions à ma place !

– Tu sais quoi ? T'es peut-être super pote avec mon petit frère, mais ça ne te donne pas le droit de me dicter ce que je dois faire de ma vie. Je ne suis pas sous tes ordres, *sergent* !

Il souffla fort par le nez et un muscle se contracta dans sa mâchoire.

– Ton *petit* frère me botterait le cul jusqu'à Okinawa si je laissais quoi que ce soit t'arriver alors que je lui ai assuré que je m'occuperais de toi.

Foutus Marines avec leurs principes de serviabilité à la mords-moi-le-nœud !

– Mais quelle bande de machos à la con ! T'as rien d'autre à faire que de me coller ? Une gonzesse à sauter, par exemple ?

Je n'aurais pas dû dire ça. Un truc comme « faire des pompes » ou « emmerder quelqu'un d'autre » aurait largement fait l'affaire, et je m'en rendis compte au moment exact où les mots s'échappèrent de mes lèvres. Ça signifiait que je l'imaginais de cette façon, avec une autre, au lit. Que ça me rendait jalouse, alors que je ne voulais rien avoir à faire avec lui. Bon sang, il n'aurait pas pu être moche ? Ma vie aurait été tellement plus simple !

Il se contenta de me fixer avec son sourire en coin, ses foutues lunettes de frimeur, son corps d'athlète et son uniforme.

– Je n'ai pas le temps de me disputer avec toi, tu m'as suffisamment mise en retard comme ça.

Je sortis de sa bagnole en claquant violemment la portière. J'eus quand même le temps de l'apercevoir se marrer avant de tourner les talons. Quel connard !

***

– Hello Bernie ! Qu'est-ce que vous voulez ce soir ?

– Comme d'habitude, ma jolie : un burger, des frites et une Bud light.

– Désolée, c'est le temps que je retienne. Bientôt, je ne vous le demanderai plus.

Jim m'avait prévenue que les clients fidèles prenaient toujours la même chose et qu'il me faudrait retenir ces commandes particulières. J'avais d'ailleurs vu faire Wendy quelques minutes auparavant quand un des habitués s'était installé dans son secteur. Du bar, alors qu'elle était en train de rassembler des boissons pour une autre table, elle avait crié : « Don, comme toujours ? » et elle avait directement passé la commande en cuisine.

– Ça ne me dérange pas, rigola le client. Et puis, comment je pourrais admirer ton joli minois si tu ne passes plus à ma table ?

Je lui souris poliment et repartis sans tarder vers le comptoir. Jim m'intercepta après que j'eus glissé le ticket en cuisine :

– Tu t'en sors très bien. Les clients t'adorent. Bernie est revenu exprès pour te voir, fit-il en levant les sourcils d'un air entendu.

Je m'arrêtai net sur mes pieds et lui adressai un regard incrédule. Bernie avait largement l'âge d'être mon grand-père, en plus d'en avoir l'apparence.

– C’est juste un vieil homme qui aimerait encore avoir trente ans ! se marra Jim. Bon, sinon on est jeudi, donc ça sera calme ce soir. À cause du *Field Day*. (Je devais afficher un air interrogateur car je ne savais pas du tout de quoi il causait). Tu parles avec ton frère ?

– Je suis arrivée il y a quatre jours, il n’a pas eu le temps de me raconter toutes les bizarreries de ses potes. Qu’est-ce qu’ils ont encore fait ? soupirai-je.

J’avais eu ma dose de Marines pour la journée. Mes nerfs s’agitaient dès que je repensais à mon trajet avec Flynn. Jim éclata de rire.

– Demain, les officiers inspecteront la propreté de l’intégralité du régiment, chambres incluses. Donc ce soir, tous les Marines qui vivent dans les baraquements font le ménage à fond.

– Tu es sérieux ?

Il acquiesça avec un sourire joyeux.

– Je me demandais comment ça se faisait que l’appartement de Jack était nickel. Je veux dire, chez un homme célibataire de vingt-deux ans, je m’attendais à devoir enjamber des caleçons sales dans le salon. Tu aurais vu l’état de sa chambre quand il était ado… OK, donc en ce moment, ils sont tous en train de récurer leurs chambres à la brosse à dents.

– C’est ça ! rigola Jim.

Je devais bien avouer qu’il y avait quelque chose de comique à imaginer ces grands gaillards en train de frotter le sol comme si leur vie en dépendait.

– C’est l’occasion pour toi de prendre tes marques avant le grand vendredi. Demain, ils auront passé l’inspection et ils auront vraiment besoin de se détendre.

– *Oorah* ! répondis-je comme j’avais entendu les Marines le crier lors de la cérémonie d’admission de Jack.

Cela fit rire Wendy qui arrivait près de nous avec un plateau rempli de boissons.

***

J’eus un moment d’hésitation en passant la porte du bar, six heures plus tard : avec qui allais-je rentrer ? Le sergent Belle Gueule en avait-il finalement eu assez de moi ?

Peut-être n’aurais-je pas dû m’emporter autant pour des broutilles, et en toute honnêteté, ma colère n’était pas entièrement dirigée contre lui. C’était surtout la façon dont son visage était resté totalement impassible, voire franchement amusé, quand je lui avais crié dessus, qui avait mis le feu aux poudres. Un fourmillement se réveilla dans mon estomac au moment où je repérai la Jeep noire garée sur le parking, et vers laquelle je m’avançai, encore indécise sur la manière de me comporter.

Son profil apparaissait dans l’obscurité de l’habitacle grâce au rétroéclairage du téléphone qu’il manipulait. La danse changeante de luminosité et de couleurs sur les reliefs de ce visage sculpté était si fascinante que j'en oubliai le passage des secondes.

Merde ! Depuis combien de temps l'observais-je comme ça ?

Morte de honte, j'attrapai la poignée et ouvris la portière. Le plafonnier s'éclaira, obligeant Flynn, incommodé par le changement de luminosité, à plisser un instant les yeux.

Je grimpais sur le siège quand il lança de sa voix rauque :

– T'en as mis, du temps. J'ai cru que j'allais devoir descendre pour te forcer à embarquer.

Et voilà. Il suffisait qu'il ouvre la bouche pour que la moindre once de sympathie que je pouvais ressentir à son égard parte en fumée.

– Tellement de sollicitude, j'en suis toute retournée ! dis-je sur un ton hypocrite en portant une main à mon cœur.

– Tu ne savais pas comment me demander mon Insta ?

Déconcertée, je baissai les yeux sur le téléphone qu'il avait toujours à la main. Est-ce qu'il me prenait pour une admiratrice prête à rafraîchir mon écran toutes les cinq minutes, à l'affût d'une nouvelle photo de sa belle gueule ?

– Laisse-moi deviner, répliquai-je d'un ton acide. C'est un truc du genre « arobase marines *underscore* beau gosse » où tu postes des vidéos de toi torse nu en train de faire des tractions ?

Il éclata de rire, déposa le portable dans le vide-poche, mit le contact et enclencha la marche arrière puis la marche avant, sans jamais cesser de se marrer.

– Ça te plairait ? finit-il par dire au bout de quelques secondes.

Qu'est-ce qui me plairait ? Des photos de lui torse nu ?

Pas du tout. D'ailleurs, je ne salivais pas et mon rythme cardiaque ne s'était pas emballé à cette idée. Et de toute façon, au moment de la rupture avec mon ex, j'avais supprimé tous mes comptes, coupé les ponts avec mes anciens amis et personne ne savait que j'avais déménagé en Caroline du Nord. Je n'allais pas tout gâcher pour le plaisir de m'afficher en ligne et d'apercevoir quelques abdos.

– Je ne vais plus sur les réseaux sociaux, répondis-je platement. Dessus, il n'y a que des trous du cul.

Les yeux toujours rivés sur la route, Flynn recommença à rire, et ce son caressant remua quelque chose dans ma poitrine.

– Waouh, *Baby doll*, je ne pensais pas que t'étais branchée porno en ligne. Fais gaffe, ça peut devenir une addiction.

Je soupirai d'exaspération en levant les yeux au ciel. Encore ce surnom. Et qu'il ne commence pas à venir me chercher sur le terrain de l'addiction ! J'en avais sûrement mieux mesuré les ravages que… Soudain, je me rappelai que sa mère était une droguée et qu'il était donc tout aussi concerné par le sujet.

N'empêche que :

– Je t'ai déjà dit de ne pas m'appeler comme ça ! exigeai-je en ponctuant mes mots d'un coup de poing sur son bras droit, juste en dessous de sa manche, là où sa peau était chaude et lisse.

Il me jeta un regard amusé et je compris, trop tard, qu'il utilisait justement ce surnom parce que ça m'enrageait.

– Eh ben dis donc, y'en a, de la force, dans ce petit poing ! rigola-t-il en se massant à l'endroit où je l'avais frappé.

Il devait l'avoir à peine senti, ce crétin. J'avais envie de bouder. Ça ne m'était pas arrivé depuis le collège quand ma mère m'interdisait d'aller au centre commercial avec mes copines. À la place, je suivis le mouvement de ses doigts sur sa peau mate.

– Tu peux toucher si tu veux.

La voix rauque me sortit de ma transe.

– Et pourquoi pas un bisou magique en prime ? raillai-je, vexée d'avoir été surprise.

Il se marra une nouvelle fois. D'habitude, je ne faisais pas cet effet-là aux gens. Je n'avais jamais été la comique de service. Cela dit, je n'avais jamais rencontré personne qui me faisait aussi facilement perdre mon sang-froid que Lilian Flynn. Peut-être qu'il me forçait à révéler une toute nouvelle facette de ma personnalité ?

– Si tu le proposes… susurra-t-il d'une voix séductrice.

– Dans tes rêves, Marine.

– J'aurais essayé… soupira-t-il en s'arrêtant à un feu rouge.

Je reconnus la grosse intersection près du concessionnaire. Nous étions presque arrivés. J'en profitai à nouveau pour le détailler à la lumière des réverbères. Évidemment, à cette heure-ci, il avait quitté l'uniforme. *Dommage*, chuchota au fond de moi une petite voix que je fis taire. Il avait enfilé un tee-shirt noir dont la matière souple semblait ultra-confortable et un survêtement en coton foncé. Je remontai vers son visage et le vis dissimuler un bâillement derrière sa main.

Avait-il veillé exprès pour venir me chercher ?

– Tu as attendu longtemps au Smithy's ?

Il tourna la tête vers moi, les yeux agrandis de surprise, et chercha ses mots un instant. Je pris alors conscience que c'était la première fois que je m'inquiétais pour lui, ce qui me donnait l'impression d'être une mégère sans cœur. Ça faisait trois fois qu'il interrompait ses plans pour me balader à droite et à gauche, et je lui avais toujours renvoyé une façade acerbe.

Le feu passa au vert, il fit démarrer le moteur et annonça platement :

– Pas si longtemps.

J'étais sûre qu'il ne me disait pas tout.

– Je vais reformuler. Tu as attendu combien de temps sur le parking ?

Il soupira et pinça les lèvres, l'air réticent à répondre.

– Flynn ? l'encourageai-je.

– Je suis arrivé à « vingt-trois-trente », finit-il par lâcher d'un ton nonchalant.

J'étais sortie à minuit passé. Il poursuivit avant que je n'aie le temps d'ouvrir la bouche, pour lui présenter des excuses par exemple, ce qui aurait été un bon début :

– Comme tu finissais ton service à « vingt-trois cents », j'ai pensé qu'il vous faudrait au moins trente minutes pour ranger. Alors je me suis grouillé de ramener mes fesses, j'avais trop peur de te trouver en train de piétiner sur le parking, prête à me briser les rotules.

Il le disait sur le ton de la plaisanterie, mais quelque chose dans sa voix laissait deviner qu'il était tout de même un peu blessé.

Bon sang, j'étais bien une mégère sans cœur.

– Je suis désolée de t'avoir fait poireauter, déclarai-je d'une petite voix coupable.

– T'inquiète, dit-il en me jetant un coup d'œil rapide alors qu'on tournait devant la caserne des pompiers. On a l'habitude d'attendre et de se faire hurler dessus, chez les Marines. Tu as déjà entendu le dicton : « Dépêche-toi et attends[9] » ? Cela dit, je n'aurais pas dit non à un *drill instructor* comme toi. Avec ces yeux et cette bouche, je t'aurais obéi au doigt et à l'œil. J'aurais même fait tout ce que tu

9. « *Hurry up and wait* », phrase très souvent entendue dans l'armée américaine.

voulais en moins de temps qu'il n'en faut pour le dire, ajouta-t-il d'un ton plus bas qui sous-entendait une proposition que je n'avais qu'à saisir.

En avais-je envie ? Je n'avais sûrement qu'à tendre la main vers ce bras qu'il me proposait de toucher un peu plus tôt. Mon souffle se coupa dans ma poitrine à l'idée d'effleurer cette peau nue si tentante.

Il arrêta la Jeep juste devant l'immeuble de Jack et ne me laissa pas le temps d'aller jusqu'au bout de ma réflexion :

– D'ailleurs, si tu veux de l'aide pour ton petit problème d'addiction au porno en testant ce que ça donne IRL, je suis toujours partant pour des missions supplémentaires, m'informa-t-il avec un clin d'œil malicieux. Après tout, j'ai juré de mettre mon corps à disposition de mon pays et de mes compatriotes.

Ce corps qui me faisait saliver, là ? Je laissai dériver mon regard vers ce qu'il m'offrait et déglutis difficilement.

Un rire étouffé me fit relever la tête vers ses yeux brillants, qui paraissaient marron sous l'éclairage de la lampe de l'immeuble, et son putain de sourire en coin. Jack m'avait une fois raconté qu'à la caserne, on appelait les lits des *racks*, comme les étagères sur lesquelles on range les fusils, car l'arme principale des Marines, c'est leur corps.

Flynn savait qu'il était canon et il était capable de manier l'arme que la génétique lui avait offerte avec beaucoup d'adresse. Cela suffit à me faire immédiatement redescendre de mon petit nuage.

– Abruti ! braillai-je juste avant de sortir de sa grosse bagnole en claquant la portière.

Ce n'est qu'arrivée dans l'entrée de l'appartement que je me rendis compte que la charmante personnalité de Flynn réduisait à néant toute indécision de ma part vis-à-vis de lui. Je réagissais instinctivement. Finalement, ça avait des avantages, de se conduire comme un con.

***

Jack était affalé dans le canapé, uniquement vêtu d'un short, en train de comater devant Netflix.

– Eh, j'espère que tu ne m'as pas encore attendue ?

– Non, t'inquiète, je me suis posé là en rentrant et j'avais la flemme de me relever. Ce n'est pas plus mal que tu m'aies interrompu, sinon j'aurais passé la nuit ici.

Il avait l'air au bout du rouleau, ses traits étaient tirés, sa bouche, pincée en un pli amer.

– Je n'aurais jamais pensé entendre un Marine prononcer le mot « flemme ». Tu peux le répéter pendant que je te filme ? Ça va faire un carton sur TikTok.

Il me lança le coussin assorti au tissu du divan sans conviction, si bien que je réussis facilement à l'éviter.

– J'ai entendu claquer une portière, reprit-il. J'imagine que Lili est passé te chercher ? Désolé de ne pas être venu à sa place. C'était une journée de merde, et comme il s'est proposé…

Je m'approchai du canapé et lui fis signe de bouger ses longues jambes pour que je puisse m'asseoir. Mon petit frère était devenu le sosie de Captain America. Le garçon maigrelet était désormais une machine à tuer. Et en y réfléchissant bien, ce n'était pas totalement faux.

C'était la première fois que je le voyais torse nu depuis que j'étais arrivée et remarquai sur son cœur un tatouage qui n'était pas là avant. Je reconnus l'aigle, symbole des Marines, ainsi que l'inscription « *Semper Fi*[10] », accompagnés d'un fusil la tête en bas, un casque, une botte et un numéro, dont je ne connaissais pas la signification.

Je me laissai chuter de tout mon poids sur l'assise, puis retirai mes baskets avec un grognement de satisfaction.

– Ça, dis-je en enlevant mes chaussettes, c'est le meilleur moment de la journée d'une serveuse.

– Essaie donc de courir dans le sable avec un uniforme de combat complet et on en reparlera, rétorqua Jack en faisant lourdement tomber ses mollets sur mes cuisses.

Je laissai échapper un grognement, accusant le coup. Rien que cette partie de son corps devait peser plus que moi tout entière.

10. Devise latine signifiant « Toujours fidèle ». Elle désigne le dévouement et la loyauté des Marines.

– Tu ne veux pas me masser les pieds ? reprit-il avec un petit sourire fripon dans lequel je reconnus le bébé qu'il avait été.

– Non, répondis-je en lui lançant mes chaussettes sales à la tête, mais elles retombèrent mollement sur son torse. Qu'est-ce que vous avez tous avec les massages ce soir ?

Il dégagea les vêtements puants avec une grimace écœurée et se redressa sur un coude, cherchant mon regard.

– Lili t'a emmerdée ?

– Non, il s'est contenté d'être lui-même, mais ça suffit à me faire sortir de mes gonds.

Une ombre passa brièvement sur le visage de mon frère.

– Quoi ? interrogeai-je, inquiète.

– C'est juste que ça me fait chier que vous ne vous entendiez pas.

Je n'aurais pas exactement formulé les choses de cette façon. Le problème concernant Flynn, c'était plutôt que je ne savais pas si j'avais davantage envie de le gifler ou de lui arracher les vêtements, et ça m'agaçait encore plus. Pourtant, devant le visage malheureux de mon petit frère à qui je ne pouvais rien refuser, je ne pus que répondre :

– Je te promets de faire des efforts pour être sympa avec ton pote.

Jack secoua doucement la tête tandis qu'un petit sourire triste apparaissait sur ses lèvres.

– C'est plus que mon *pote*, Chiara. Il est comme un frère, l'une des deux personnes les plus importantes de ma vie, dit-il en me désignant pour me faire comprendre que j'étais la seconde. Il m'a vraiment sauvé les miches là-bas…

En Afghanistan, traduisis-je. J'avais remarqué qu'il ne prononçait jamais ce nom s'il pouvait l'éviter. Un muscle se contracta sur la mâchoire de mon frère, ses yeux se perdirent un instant vers le plafond blanc, il déglutit, inspira profondément, et quand il reporta ses prunelles sur moi, elles scintillaient comme du cristal.

Inconsciemment, je secouai la tête.

Non…

Ma poitrine se contracta violemment. Je savais ce que ça signifiait et je n'avais pas envie de l'entendre. Pourtant, il continua quand même.

– Ce que je veux dire, ajouta-t-il d'une voix étranglée, c'est que sans lui, je serais rentré au pays entre quatre planches.

Le silence s'abattit lourdement sur le salon. La douleur et la tristesse dansaient dans ses yeux trop brillants. Mais surtout, c'est la peur que je pouvais y lire qui me fit l'effet d'un coup de poing dans le ventre.

Ma gorge s'enflamma, les larmes perlèrent sous mes paupières. Il ne m'en avait jamais parlé auparavant. Je n'avais pas su que mon petit frère, la seule famille que j'avais sur cette terre, avait failli mourir.

À cette pensée, les larmes dévalèrent mes joues, et je portai naturellement les mains à mon visage.

Voulais-je cacher mon chagrin ou ma honte de ne pas m'en être préoccupée avant ? Je ne lui avais jamais vraiment demandé comment s'était passé son déploiement. Nous ne parlions que de banalités pendant les appels qu'il avait réussi à me passer pendant qu'il était là-bas. Il n'avait jamais mentionné qu'il était passé à un cheveu de la mort.

– Je suis désolée, Jack, je ne savais pas, murmurai-je entre deux sanglots.

À côté de moi, l'assise bougea, et je me retrouvai soudain enveloppée par deux bras puissants.

– Voilà pourquoi je ne t'en ai pas parlé. Je ne voulais pas te faire de peine, dit Jack tout bas dans mon oreille.

Je m'abandonnai à l'étreinte rassurante de mon frangin, évacuant dans les larmes l'idée douloureuse de tout ce que j'aurais pu perdre. Je n'aurais pas survécu à la disparition de mon frère. Il était tout ce qu'il me restait.

– Je t'aime, tu le sais, non ? parvins-je finalement à chuchoter quelques minutes plus tard, la gorge irritée d'avoir trop pleuré. Je ne te le dis jamais, mais tu le sais ?

– Oui, murmura-t-il contre mes cheveux. Et moi aussi, je t'aime. Tu le sais ?

Je hochai la tête pour toute réponse. Et tant qu'on y était, il y avait autre chose que je devais rectifier :

– Je suis navrée de ne pas avoir été plus présente pour toi, quand tu étais là-bas. Tu avais besoin de soutien, tu devais être terrifié, et tout ce qui m'occupait l'esprit, c'était ce foutu restaurant et ce profiteur de Tom. J'aurais dû être là pour toi.

L'étreinte de ses bras se resserra autour de moi. Je soupirai de contentement, bercée par son grand corps à l'odeur citronnée.

– Tu l'es maintenant. C'est tout ce qui compte. Et moi, je suis désolé de ne jamais t'avoir dit à quel point je te suis reconnaissant pour tout ce que tu as sacrifié pour moi.

– Je le referai mille fois, Jack…

– Je sais, me coupa-t-il, la voix chargée d'émotion. Mais j'ai enfin l'occasion de te rendre la pareille. S'il te plaît, laisse-moi prendre soin de toi. J'en ai besoin. Quelques mois, pas plus. Après, tu pourras recommencer à être Super-Chiara-qui-jongle-avec-trois-jobs, mais pour l'instant, laisse-moi m'occuper de nous deux. D'accord ?

J'acquiesçai contre son épaule. Je ne comprenais que trop bien cette nécessité de vouloir subvenir aux besoins de sa famille. C'était ce qui m'avait donné la force de me lever chaque matin pendant trois ans, alors que j'avais juste envie de me rouler en boule dans mon lit et de pleurer nos parents. Mais j'avais trouvé le courage au plus profond de moi parce que Jack comptait sur moi.

– Quand est-ce que mon petit frère est devenu un homme ? rigolai-je dans un sanglot.

– Quelque part au *bootcamp*, me répondit-il dans un petit rire étranglé.

Je me reculai et m'essuyai les joues avec les paumes. Jack avait aussi le visage humide, et surtout son épaule et son torse étaient trempés par mes larmes. Je soulevai un bout de mon polo pour éponger sa peau.

– Sinon, ça a été ton service ?

– Ça aurait pu être pire. Je me suis disputée avec Flynn, deux fois, j'ai les pieds et le dos en compote, mais j'ai récolté cinquante dollars de pourboires et j'ai visiblement une touche avec Bernie, qui ressemble étonnamment à Papi Harold, tel qu'il doit être actuellement au cimetière.

Jack rigola, me secouant au passage puisque j'étais à moitié allongée sur lui. Ce son était comme du baume cicatrisant sur mon cœur meurtri. Je ne voulais rien entendre d'autre de sa part. Des rires pour toujours, des sourires sur son visage, et le reste n'aurait pas d'importance.

– Pourquoi vous vous êtes disputés, Lili et toi ?

– Il est passé me chercher en retard.

Jack se releva si vite que je faillis rouler sur le tapis.

– Sans blague ? demanda-t-il d'un air intéressé. S'il y a bien un truc sur lequel il est intransigeant, c'est l'heure.

– Disons qu'il y a eu un malentendu.

Jack se marra de plus belle. J'étais passée à un cheveu de l'infarctus et ça le faisait rire. Je lui donnai une petite tape sur le bras.

– Et j'imagine que tu as fait ta Chiara et que tu lui as gueulé dessus ?

– Oui.

Jack éclata de rire, les yeux brillants de larmes. Je les préférais nettement à celles qu'on avait partagées quelques minutes auparavant, mais je ne comprenais pas vraiment ce qu'il y avait de drôle.

– Oh, putain ! J'aurais aimé voir ça ! S'il te plaît, je peux le chambrer ?

– Pourquoi tu veux ramener ça sur le tapis ?

– Parce qu'on va se marrer ! s'exclama Jack en hochant la tête, avec un sourire facétieux. Je lui parlerai après le regroupement, juste avant qu'il parte faire l'inspection. Y'en a qui vont morfler !

– Ah, c'est lui qui fait le tour ? J'ai appris ce qu'est le *Field Day* aujourd'hui. Je comprends mieux pourquoi l'appart est impeccable.

– D'ailleurs, tu me ramasseras ces chaussettes dégueulasses, dit-il en montrant lesdites chaussettes par terre. Et pour ton information, moi aussi, je fais les inspections. Tous les sous-officiers, en fait.

– Je dois te féliciter ?

– Oui, parce que j'ai été assez malin pour quitter les baraquements dès que j'ai pu !

Jack hocha la tête, l'air assuré d'avoir pris la meilleure décision de sa vie. La remarque de mon frère était la preuve qu'il avançait de manière réfléchie dans la vie, contrairement à moi, alors que j'étais l'aînée. Pourtant, j'étais bien partie lors de mes deux premières années et demie à l'université, convaincue de mon chemin tout tracé vers la réussite. Et une plaque de verglas et de mauvaises décisions ont suffi à tout chambouler.

À moi de corriger le tir, maintenant…

Sans que je comprenne vraiment comment, mon attention se retrouva accaparée par le film d'action que regardait Jack et, ce soir-là, je devais bien admettre que mon frère avait raison : étrangement, ça vidait la tête de voir exploser des véhicules toutes les trente secondes.

Au moment de me coucher, je repassai les événements de la journée et compris que j'avais une seconde chance en or de construire une vraie relation avec mon frangin, d'adulte à adulte.

J'avais toujours cru qu'en tant que grande sœur, c'était mon rôle de remplacer notre mère et de m'occuper de mon petit frère. D'avoir trois jobs pour gagner le maximum d'argent et lui acheter tout ce qu'il voulait, pour qu'il ne se sente pas différent de ses copains. Pour qu'il ait l'adolescence la plus normale possible. Mais c'était un vœu pieux, voué à l'échec dès le départ, au moment précis où la voiture de nos parents s'était écrasée contre un arbre.

Nous ne serions jamais une famille comme les autres. Mais je n'avais plus à tout porter sur mes épaules, d'autant que celles de Jack étaient deux fois plus larges que les miennes dorénavant.

On pouvait partager. Je pouvais laisser mon frère veiller sur moi.

Et pour une fois, ça faisait du bien de savoir que quelqu'un assurait mes arrières.

CHAPITRE 6

Le lendemain, je me retrouvai une nouvelle fois à attendre en bas de l'immeuble. Jack m'avait promis une surprise, chose qui m'inquiétait d'autant plus. Quand une berline noire, suivie de la Jeep monstrueuse que j'adorais détester, se gara juste devant moi, j'étais déjà aux premières loges.

Jack sortit de la Honda avec un grand sourire satisfait et me rejoignit à petites foulées, dans son uniforme camouflage.

– Et voilà ! s'écria-t-il quand il fut près de moi.

Je ne devais pas être bien réveillée car je ne compris pas tout de suite de quoi il parlait.

– Quoi ? Je te manquais ?

– Mais non, Kiki ! La voiture ! C'est pour toi !

Je restai ébahie une seconde, la bouche ouverte, ne sachant pas quoi dire. Ce n'était sans doute pas le genre de véhicule que j'aurais choisi moi-même, mais comme maman le disait toujours quand elle achetait quelque chose qui ne convenait pas à l'adolescente capricieuse que j'avais été : « À cheval donné, on ne regarde pas les dents ! »

Une voiture était synonyme d'indépendance, et c'était exactement ce que je recherchais. Il y avait pourtant un détail qui pouvait tout changer. J'allais poser la question, mais Jack me devança :

– Oui, boîte automatique, confirma-t-il avec un clin d'œil espiègle.

La joie gonfla ma poitrine et mes lèvres se fendirent d'elles-mêmes en un grand sourire. Il fallait vraiment croire mon frère quand il affirmait qu'il allait prendre soin de moi. Un logement, un boulot, et maintenant une voiture. Si je remontais la pente, c'était en grande partie grâce à lui.

Quelque temps auparavant, j'aurais peut-être pris cela pour de la condescendance, mais je comprenais après notre discussion de la veille que c'était sa façon de me montrer qu'il m'aimait.

– Merci, frérot, t'es le meilleur ! m'exclamai-je.

– Je n'ai pas fait grand-chose, dit-il en me tendant les clés avec un grand sourire.

Je ris en constatant qu'il ne savait toujours pas accepter les compliments. Pourtant, mon sourire mourut sur mes lèvres quand un bref coup de klaxon retentit. Un bras tatoué sortit par la vitre ouverte de la Jeep pour faire signe à Jack de ramener ses fesses.

J'avais bien envie d'adresser en retour au chauffeur un geste qui implique de ne lever que le majeur, mais je me retins en entendant le chuintement d'une porte vitrée sur ma droite.

– Désolé, faut que j'y retourne. Y'a le plein. Oh, bonjour Etta ! s'exclama Jack à l'attention de la vieille dame qui venait de sortir sur sa petite terrasse. À ce soir au Smithy's, Kiki !

Il s'engouffra dans la Jeep qui démarra dès que la portière se referma. La base était en train de brûler ou quoi ? Comme un fait exprès, un hélico militaire survola l'immeuble dans un grondement, sans avoir l'air d'aller plus vite que d'habitude. Ça ne devait pas être si grave que ça.

J'observai un instant la Jeep s'éloigner en regrettant de ne pas avoir des lasers à la place des yeux. Son conducteur n'avait même pas pris la peine de venir me saluer. Qu'est-ce que ça lui aurait coûté, à Sa Majesté la Belle Gueule, de sortir de son engin de mort pour un bref « Bonjour, Chiara. Jack, faut qu'on y aille : le président vient d'appeler et on doit rappliquer fissa au camp » ? Je veux dire, qu'est-ce qui pouvait bien justifier d'avoir autant le feu aux fesses ?

Ou alors peut-être qu'il était bien content d'être enfin débarrassé de moi. Quel petit con…

– Qui êtes-vous, jeune femme ?

La question inattendue eut le mérite de faire refluer ma colère. Je tournai la tête vers la dame âgée, qui avait dû être la typique Belle du Sud. Ses cheveux gris étaient impeccablement coiffés, ses mains ridées et couvertes de taches brunes, délicatement croisées sur sa jupe fleurie et elle m'observait de son regard perçant.

– Eh bien, balbutiai-je, prise au dépourvu. J'habite ici. Je suis arrivée il y a quatre jours.

– Je sais cela. Vous avez emménagé avec lui, l'adorable Marine du deuxième, asséna-t-elle sur le ton indigné de quelqu'un dont on vient de froisser l'ego. Ce que je vous demande, c'est qui vous êtes.

Oh, la police des mœurs ! Qu'est-ce que ça pouvait bien lui faire ? Mon frère vivait avec qui il voulait ! Pourtant, me doutant qu'elle n'était pas du genre à abandonner avant d'avoir obtenu satisfaction, je m'entendis lui répondre :

– Je suis Chiara, la sœur aînée de Jack.

J'étais à deux ou trois mètres d'elle, sur l'allée pavée, mais je ne pus manquer l'étincelle dans ses yeux bleus à l'idée d'un bon ragot.

– Vous avez quelque chose d'important à faire là maintenant ?

Je secouai la tête malgré moi, abasourdie.

– J'allais déjeuner…

– Allez chercher votre repas et venez donc tenir compagnie à une vieille dame.

Je n'en revenais toujours pas. Et pourtant : quand j'entrai dans l'appartement de Jack, je me surpris à attraper mon assiette et à redescendre vers le logement du rez-de-chaussée.

Après avoir jaugé d'un œil critique mon assiette de salade, Henrietta Richard – « Appelez-moi Etta » – me fit asseoir à sa table et entreprit de me tirer les vers du nez.

– Alors qu'est-ce qui vous amène à Jacksonville ?

Je ne savais pas vraiment comment répondre. Je ne voulais pas dévoiler toute ma vie à une inconnue juste parce qu'elle trompait l'ennui en harcelant ses voisins.

– Vous ne travaillez pas à la base, constata-t-elle d'un ton résolu. Je vous ai vue partir hier avec votre tenue de serveuse. Il n'y a pas de bar de là où vous venez ? C'est où, déjà ?

– Du Maine, me surpris-je à répondre.

Etta acquiesça, l'air entendu, comme si elle avait déjà eu ce genre de conversation avec Jack. Puis elle me fit un geste de la main pour m'inciter à en dire plus. Je cherchais mes mots, réfléchissant à ce que je pourrais lui confier pour qu'elle me laisse tranquille sans pour autant tout déballer, quand elle reprit d'une voix plus douce :

– Qu'est-ce qui se cache derrière ces beaux yeux tristes ?

Il n'en fallait pas plus pour que les vannes s'ouvrent en grand :

– J'ai subi une déconvenue financière et je n'avais pas d'autre possibilité que de demander la charité de mon petit frère. Je suis pathétique, hein ?

– Je ne crois pas, mon chou. Je pense au contraire que vous avez été assez courageuse pour accepter de l'aide. Souvent les gens s'enfoncent dans leurs problèmes pour ménager leur ego.

C'étaient peut-être ses paroles bienveillantes, qui mettaient du baume sur ma fierté amochée, ou son air de gentille grand-mère, mais je lui racontai tout.

Qu'à la mort accidentelle de nos parents, j'avais brusquement laissé tomber la fac de Bowdoin en plein milieu de ma dernière année, avant de pouvoir valider mon diplôme de comptabilité, pour subvenir aux besoins de mon frère de quinze ans. Il n'y avait personne d'autre pour s'occuper de nous. Pas d'oncles, ni de tantes. Pas de grands-parents, sauf une grand-mère, malade d'Alzheimer et placée en maison médicale. De toute façon, elle était elle aussi décédée trois mois plus tard.

J'avais donc tiré un trait sur mes études, vendu la maison de notre enfance pour rembourser l'hypothèque, loué un minuscule appartement et trouvé un job en complément parce que notre pécule diminuait à vue d'œil.

Puis j'avais été embauchée en tant que serveuse dans le restaurant où Tom était chef. J'étais tombée amoureuse de ses yeux bleus et de ses belles paroles. Peu importait qu'il ait des idées bien arrêtées sur ce que devait être la cuisine, et que ce qu'on le forçait à préparer dans cet établissement était en dessous de ses capacités. Avec lui, je me sentais spéciale, reconnue.

Il avait réussi à me convaincre de quitter mon job et d'investir mes quelques économies dans l'affaire qu'il rêvait de diriger : un restaurant végane à Portland, dans un État où la majorité des plats tourne autour des produits de la mer. Et je l'avais cru, de toute mon âme. De toute ma naïveté, même.

Je n'avais compris que bien après ce qu'il avait vu en moi. Cette détermination qui m'animait à réussir coûte que coûte. Ce besoin de reconnaissance de la part de quelqu'un que je considérais comme une figure d'autorité, moi qui manquais cruellement de repères paternels. Cette nécessité de me plonger dans un nouveau projet pour repousser les idées noires qu'avait amenées le départ de Jack chez les Marines. J'étais l'associée idéale. Et Tom, qui voulait ouvrir son restaurant sans avoir à le gérer, le savait parfaitement.

Je narrai tout le reste à Etta qui m'écoutait religieusement :

Les responsabilités que j'avais endossées pour maximiser nos bénéfices. Je gérais tout, de la salle aux commandes, en passant par le ménage, la communication et la comptabilité, sauf la cuisine qui était réservée à Tom. Et quelque part, ça me flattait d'être indispensable. Grâce à nos efforts, le restaurant commençait à se faire une belle réputation, les gens étant curieux de tester les plats de Tom qui avait un vrai don pour végétaliser les mets traditionnels. Ça aurait pu marcher.

Si le confinement en 2020 ne nous avait pas obligés à fermer boutique. Si les aides avaient suffi et que nous n'avions pas accumulé les retards de paiement. Et surtout si Tom n'avait pas tout fichu en l'air : les dépenses irréfléchies, les prêts contractés à des taux insensés et, le plus grave, les jeux d'argent en ligne qui avaient vidé nos comptes épargne, même le mien puisque j'avais été assez stupide pour lui accorder une procuration. S'il ne m'avait pas menti et mise devant le fait accompli quand les huissiers avaient toqué à la porte.

Et pourtant j'étais restée à ses côtés. J'avais même vendu ma voiture pour payer la thérapie contre sa dépendance. Et je n'avais pris conscience qu'au retour d'Afghanistan de Jack que je fonçais droit dans le mur. Pendant sa permission de quelques jours, il était passé dans le Maine, pour me voir, et j'étais toujours fourrée au restaurant, essayant encore de le sauver, ou auprès de Tom qui réclamait mon attention. Juste avant de repartir, Jack m'avait coincée entre quatre yeux et m'avait asséné que je ne pouvais pas continuer comme ça. Que je méritais mieux. Que je me détruisais à petit feu. Que battre en retraite est parfois préférable plutôt que de s'enliser dans une guerre perdue d'avance.

Alors quand, quelques mois plus tard, Jack m'avait annoncé qu'il venait d'acheter un appartement grâce à un prêt à taux réduit contracté avec l'armée et qu'il avait une chambre pour moi, j'avais pris ma décision. Pour une fois, j'avais décidé de renoncer.

J'avais rempli le dossier de faillite. J'avais vendu tout ce que j'avais pu, du matériel de cuisine, mon ordinateur et mes meubles, pour rembourser les créanciers. J'avais quitté Tom. De toute façon, l'amour avait fait place à du ressentiment depuis bien longtemps. Dès que j'eus plié bagage, j'avais pris le vol que mon petit frère avait acheté pour moi.

Et voilà où je me trouvais, dans l'appartement d'Henrietta, le visage maculé de larmes, à presque trente ans, n'ayant rien accompli dans ma vie.

– C'était donc ça, toute l'agitation de la semaine dernière, déclara Etta. Comme si l'univers venait de retrouver sa juste place.

J'essuyai mes joues de ma paume libre et me tournai vers elle pour trouver une explication à cette phrase mystérieuse.

– L'autre jour, votre frère et ses copains de régiment ont trimballé des cartons et des grands sacs dans les couloirs. Au deuxième passage devant ma terrasse, j'ai demandé à Jack ce qu'ils trafiquaient, il m'a répondu que c'était un emménagement. C'était pour vous, appuya-t-elle d'un doigt dans ma direction. Et vous voulez que je vous dise quelque chose ? Il était évident que ça le rendait heureux.

Je souris, émue au plus profond de moi par cette confidence qui chassait une des angoisses que j'avais ressentie au commencement de ce nouveau chapitre de ma vie. Outre la honte que m'inspirait ma situation, je redoutais plus que tout d'être une entrave à la liberté de Jack. Quel homme de vingt-deux ans voudrait vivre avec sa sœur aînée ?

Peut-être parce qu'elle lisait le conflit dans mes yeux, la vieille dame serra ma main plus fort de ses doigts frêles.

– Vous pouvez être fière de la façon dont vous avez élevé votre petit frère. C'est un homme bon.

Puis, sans me laisser le temps de commenter, elle me lâcha la main.

– Il vous a déposé une voiture, tout à l'heure, c'est ça ? poursuivit-elle d'un ton déterminé. C'est bien, vous n'avez plus besoin de ces messieurs pour vivre votre vie, hein ?

– Oui, j'avais hâte !

Pourtant, je me sentais un peu déçue au fond. Est-ce que j'en étais venue à apprécier mes trajets dans la Jeep ? Alors que Flynn et moi passions notre temps à nous prendre le bec ? Est-ce que j'aimais être avec lui ? Pourtant si j'en croyais ce qu'il venait d'arriver, je me torturais inutilement. Visiblement, il n'avait qu'une envie : se barrer le plus loin possible de moi.

Il y avait tellement de questions dès qu'il s'agissait de lui.

– Vous pourriez me conduire au supermarché une fois par semaine ? reprit Etta, m'empêchant de suivre le cours de mes pensées.

– Bien sûr ! affirmai-je, ravie de cette diversion. Comment faisiez-vous jusqu'à présent ?

– C'est la femme du sergent du bâtiment d'à côté qui m'emmenait mais je ne l'aime pas. Elle ne fait que parler de ses gosses qu'elle trouve merveilleux, alors que je les vois, moi, ses « petits trésors », et je peux vous affirmer que ce ne sont pas des anges. Un jour, je vais finir par lui dire ses quatre vérités.

J'éclatai de rire.

– Pour la paix du voisinage, je crois qu'il vaut mieux que vous veniez avec moi, Etta. Je passerai vous voir ce week-end pour qu'on s'organise.

En regagnant l'appartement une heure plus tard, aussi bizarre que cela puisse paraître, j'étais convaincue qu'Etta allait devenir une très bonne amie. Passer du temps avec elle me faisait du bien, beaucoup plus que la compagnie d'un certain *play-boy* toujours planqué derrière ses lunettes de soleil.

CHAPITRE 7

Jim avait raison. Ce vendredi soir-là, le Smithy's était bondé. Grâce à l'observation détaillée de Wendy, je parvins à classer les clients en trois groupes de façon à mieux anticiper leurs commandes.

Il y avait tout d'abord les fans de sport venus regarder et commenter les matchs diffusés. Plus loin de cette agitation, les habitués s'étaient installés pour manger des plats simples entre amis. Et puis, comme l'avait annoncé Jim, les Marines, libérés de leurs obligations de la semaine, qui étaient clairement là pour décompresser. Ils avaient bien souvent un œil sur les télés, une main près de leur bière et l'autre qui traînait facilement.

J'attendais au comptoir que la barmaid me prépare une dixième tournée de bières quand Wendy apparut à côté de moi avec sa propre commande :

– Jack et ses potes sont arrivés, m'informa-t-elle avec un regard malicieux. Je les ai fait asseoir dans ta section.

– Merci… Mais pourquoi tu me regardes comme ça ?

Elle ne répondit pas tout de suite. À la place, elle se plaça derrière moi et défit le chignon brouillon que j'avais attaché à la va-vite tant j'avais chaud, puis elle tressa mes longs cheveux, sans dire un mot.

– Qu'est-ce que tu fabriques ?

– Tourne-toi, dit-elle sans répondre à ma question, en me plaçant face à elle.

Elle tira sur mon polo, décrocha un bouton du col, agrandissant mon décolleté. Et pour finir, elle sourit comme le chat du Cheshire d'*Alice au pays des Merveilles*.

– Flynn est avec eux.

Mes joues se mirent à chauffer, mais je ne savais pas si c'était un reste de la colère que j'avais ressentie à son égard plus tôt ou si j'étais nerveuse à l'idée de le voir.

– Et ?

– D'un, il ne t'a pas quittée des yeux depuis qu'il a passé la porte, et de deux, il est particulièrement canon ce soir. Vas-y, tes boissons sont prêtes, dit-elle avec un geste vers le plateau que la barmaid avait fini de remplir.

Bizarrement, cette information me donnait plus envie de me planquer dans le vestiaire que de retourner en salle. Pourtant, j'y allais quand même, tout d'abord pour déposer les bières tant qu'elles étaient encore fraîches, puis pour saluer mon frère. Après tout, j'avais à peine eu le temps de le remercier pour la voiture à cause de ce crétin de Flynn.

Lorsque mes yeux tombèrent sur leur table, je m'arrêtai net dans mes baskets, comprenant *exactement* où Wendy avait voulu en venir. Je fis demi-tour, cherchant ma collègue, en lançant des « J'arrive tout de suite » aux clients qui m'interpellaient au passage.

– Wendy, tu peux…

– Non, asséna-t-elle avec un grand sourire moqueur.

– Tu ne sais même pas ce que j'allais te demander, bougonnai-je.

– Tu voulais que je me charge de leur table, et la réponse est non.

Merde, comment avait-elle deviné ?

– S'il te plaît ! Je te donnerai la moitié de mes pourboires, la suppliai-je.

– C'est tentant, mais c'est toujours non, rigola-t-elle.

– Je t'arrangerai le coup avec mon frère, proposai-je en me rappelant les sourires ravis qu'elle lui adressait chaque fois qu'elle croisait son regard.

L'indécision prit possession de ses prunelles pendant deux secondes.

– Je vais être honnête avec toi. J'avais complètement flashé sur lui quand j'ai commencé à bosser ici, mais il ne s'est jamais rien passé avant qu'il soit déployé et quand il est revenu, il était différent. Maintenant, le temps est passé, et je ne me vois pas tenter quoi que ce soit. Donc c'était bien essayé, mais il va falloir que tu fasses avec !

Et elle s'éloigna vers sa moitié de la salle en jubilant. J'avais dû être une sacrée garce dans une vie antérieure. Je ne voyais pas d'autre explication. Sinon pourquoi m'imposer quelqu'un d'aussi énervant et d'aussi beau à la fois ?

J'y retournai, la mort dans l'âme. Autant affronter la bête le plus vite possible. Si ça se trouvait, il avait un morceau de salade coincé entre ses dents de travers.

Je me campai à côté de leur table, à la gauche de Jack, en essayant d'éviter le regard de son voisin que je sentais peser sur moi :

– Salut les gars, qu'est-ce que je vous apporte ?

Outre Jack et Flynn-que-je-ne-regardais-pas, Johnny et Garrett m'offrirent des sourires radieux. Je pris leurs commandes avant de me tourner vers Flynn, qui attendait patiemment son tour.

– Et pour toi ?

Il me détaillait de ses yeux noisette qui semblaient plus verts ce soir-là, peut-être grâce à sa chemise blanche qui mettait en valeur son large torse et la couleur dorée de sa peau. Il avait roulé les manches, comme si c'était une veste d'uniforme, au-dessus de ses coudes, là où commençaient les ronces de son tatouage.

Bref, Wendy avait raison : il était particulièrement canon. Et il me scrutait comme s'il avait envie de me dévorer toute crue. Est-ce qu'il avait des tendances lunatiques ? Il m'évitait le midi et me mettait au menu le soir ? Il allait finir par me rendre cinglée.

J'eus à peine écrit le nom de sa boisson – « Une Bud, s'il te plaît » – que j'entendis :

– Johnson, tu nous présentes ta sœur ?

Mon frère soupira longuement, tandis que je relevai la tête vers les trois hommes debout derrière Garrett. Un en particulier, qui se tenait devant les autres, ne me quittait pas de ses iris noirs et séduisants.

– Elle se passera bien de connaître des trous du cul dans votre genre, répondit Jack d'un air menaçant.

Le brun plissa les yeux et tapa sur l'épaule d'un de ses amis.

– Putain… T'as vu, de près, elle est encore plus ban…

– Fais gaffe à ce qui va sortir de ta grande gueule, Rodriguez ! gronda Flynn, le poing contracté sur la table et l'air prêt à sauter à la gorge du premier qui voudrait attenter à ma vertu.

Mais pour une fois, je fus reconnaissante de son intervention. Je n'aimais pas du tout la façon dont le nouveau venu me déshabillait du regard. Sous ses yeux qui balayaient mon corps, je me sentais presque nue, d'autant plus avec le bouton qu'avait fait sauter Wendy. J'avais envie de me retourner et de le refermer. Mal à l'aise, je me dépêchai de les laisser, surtout quand mon frère se joignit élégamment à la bataille :

– Si t'arrêtes pas de la regarder comme ça, je vais te botter le cul si fort que tu vas chier par ta grande gueule de…

Lorsque je revins avec les consommations quelques minutes plus tard, la première chose que je remarquai, c'était que les trois autres avaient disparu. Alors que je m'approchais, les gars ne m'ayant pas encore repérée, je captai des bribes de leur conversation : « C'est la Honda de Martinez, non ? Comment vous l'avez chopée ? », « Demande à Lili, c'est lui qui a tout fait », « J'ai appelé Martinez. La voiture était chez sa mère à Wilmington. »

– On s'est rencontrés à mi-chemin à midi, conclut Flynn en croisant mon regard, l'air gêné que j'apprenne le rôle prépondérant qu'il avait joué.

Pourquoi cela le dérangeait-il que je sois au courant ? Même s'il l'avait fait pour ne plus m'avoir dans les pattes, c'était sympa. Je commençai à répartir les bières sur la table avant de lui dire :

– Tu remercieras Martinez pour moi la prochaine fois que tu parleras avec lui ?

– Ça ne sera probablement pas avant un moment, donc tu pourras le faire toi-même quand il rentrera, répondit-il avec nonchalance. Faut quand même que tu te rendes compte qu'il gagne au change : au lieu de végéter sur un parking, sa voiture est entre les mains du meilleur *motor T*[11] de Camp Lejeune. D'ailleurs, c'est ça qui l'a décidé.

– Merci, dis-je en les regardant tous les deux. Je peux vous encaisser maintenant ? C'est plus simple à gérer avec le monde.

Ils sortirent tous leurs portefeuilles et commencèrent à empiler un tas de billets sur la table. Il y avait bien plus que ce que l'addition mentionnait. Garrett en déposa un dernier puis se tourna vers moi avec un sourire contrit :

– Désolé, Chiara, je ne peux pas mettre plus. Il faut que je garde du cash pour tout à l'heure.

– Pas de problème, il y a déjà beaucoup trop, m'exclamai-je.

Ce fut seulement à cet instant que je compris. J'étais tellement focalisée sur Flynn et sa foutue chemise qu'on avait envie de lui arracher bouton par bouton que je n'avais pas remarqué qu'ils étaient tous sur leur trente-et-un.

– Vous êtes très élégants ! Vous allez où ? demandai-je, incapable de me retenir.

Pourquoi je posais la question ? Ça ne me regardait pas. Ils étaient majeurs et vaccinés, après tout. Alors pourquoi mon estomac se tordait-il d'appréhension ?

---

11. Abréviation de *motor transport* désignant les Marines chargés de conduire les véhicules militaires pour déplacer les troupes ou le matériel. Les *motor T mechanics* s'occupent de l'entretien et des réparations.

– On va aller « s'encanailler » dans un club, répondit Johnny avec un clin d'œil espiègle en mimant les guillemets dans l'air. « Mais en respectant les limites, Messieurs, sinon les NJP[12] vont pleuvoir sur vous lundi matin comme les feux d'artifice du 4 juillet », continua-t-il d'une voix guindée, imitant sans doute leur supérieur.

– « Et que je ne reçoive pas de coup de fil parce que le *lance corporal* Schmuckatelli[13] a mis le feu à ses poils pubiens pour amuser la galerie. Sinon ça sera nettoyage du parking tous les jours jusqu'à nouvel ordre et confiscation des téléphones portables pendant les réunions de sécurité, pour vous faire comprendre l'expression "mort par Powerpoint". *Copy* ? », enchaîna Garrett pendant que je ramassais l'argent sur la table et le fourrais dans ma ceinture.

– *Roger that*, *Staff Sergeant* ! répondit Johnny sous les rires de Jack.

En reprenant mon chemin, je ne pus m'empêcher de m'arrêter à côté de Flynn et de me pencher par-dessus son épaule. Il sentait bon, une odeur fraîche et enivrante qui fit flageoler mes jambes une microseconde.

12. *Non judicial punishment* : punition délivrée sans passage en cour martiale, qui peut prendre la forme d'une réduction de rang, perte de salaire, tâche supplémentaire, etc.

13. Argot pour désigner le Marine anonyme qui montre toujours le mauvais exemple.

– Merci, murmurai-je en lui serrant brièvement l'épaule des doigts.

Je ne précisai pas pourquoi : la voiture, Rodriguez, Jack, tout ce qu'il avait fait pour moi en moins d'une semaine. Il y avait l'embarras du choix.

Avant que je ne déguerpisse, il tourna son visage rasé de frais et m'effleura. Ses lèvres étaient proches des miennes, beaucoup trop étant donné qu'on était dans un bar, sur mon lieu de travail, devant mon frère… Là aussi, la liste était longue. Son haleine était chargée de la bière dont il avait pris une gorgée, preuve si j'en avais encore besoin que j'étais trop près.

Je fis un pas en arrière tandis qu'il chuchotait, tout comme moi :

– De rien.

Un client à la table voisine m'appela, et je fuis avec soulagement.

***

Mes pas ne me conduisirent pas près de leur table avant un long moment. Entre-temps, Jim avait privilégié une ambiance plus tamisée et avait monté la musique sans pour autant que cela ne devienne invivable. Le coin restaurant s'était vidé pour être aussitôt occupé par des buveurs, ce qui nécessitait plus d'allers-retours au comptoir. J'avais à peine fini de m'occuper d'une table qu'une autre m'appelait pour une tournée supplémentaire. Pourtant, mes yeux ne cessaient de revenir à eux, ou plutôt à *lui*, si attirant que mes joues s'échauffaient chaque fois que je l'apercevais.

Et le plus perturbant, c'était qu'il n'était pas rare que mon regard rencontre le sien. Ses yeux m'effleuraient, comme une caresse. Malgré la foule et l'obscurité, je savais quand il m'observait.

Quand je revins dans le fond de la salle, je compris pourquoi je n'avais pas ressenti la sensation de son regard sur moi depuis plusieurs minutes. Trois chaises s'étaient ajoutées à leur table et étaient occupées par des jeunes femmes. Une d'entre elles, blonde avec de longs cheveux artistiquement bouclés, flirtait avec Flynn à côté duquel elle était assise ; les deux autres avaient l'air de converser indifféremment avec Jack, Garrett ou Johnny.

Un sentiment que je reconnus facilement me fit bouillir à l'intérieur : la jalousie.

Je soufflai un grand coup, ravalai ma déception et plaquai un sourire factice sur mon visage avant de m'approcher de la table, me positionnant comme au début de la soirée, à côté de mon frère, là où je ne pouvais pas voir le visage parfait de monsieur chaud-froid.

– Il vous faut autre chose ?

Du coin de l'œil, je perçus brièvement les yeux de Flynn sur moi, avant que son attention ne soit vite rappelée par la blonde. Dans un grand effort de volonté, je choisis de me focaliser sur les autres.

Après tout, j'étais là pour les servir, la moindre des choses était d'écouter leur commande.

Les gars reprirent des bières. Deux des filles me demandèrent un verre de vin blanc et la blonde me fit un signe de la main pour me faire comprendre qu'elle voulait la même chose. Et pendant ce temps, Flynn continuait d'être absorbé par sa conversation avec sa voisine.

– Je reviens tout de suite, dis-je en tournant les talons.

Mais, prise d'un doute soudain, je me penchai vers l'oreille de mon frère, entre Flynn et lui.

– Il faudrait peut-être qu'on se mette d'accord sur un code si jamais tu ramènes une fille à l'appart'. Je ne sais pas, une chaussette sur la poignée ou tu m'envoies un SMS, mais la dernière chose que je veux, c'est tomber sur toi en train de copuler sur le canapé, quand je rentrerai à trois heures du matin.

Pour toute réponse, il éclata de rire.

– Je suis sérieuse, Jack.

– Je sais, c'est ça qui me fait marrer ! Si je ramène quelqu'un, tu seras la première au courant, grande sœur, se moqua-t-il.

– Je ne te demande pas un faire-part non plus, bougonnai-je.

Il s'esclaffa encore plus. J'allais repartir vers le bar quand de longs doigts chauds emprisonnèrent les miens.

– Eh, me demanda Flynn à ma droite, tu peux m'apporter un Mountain Dew ?

Pendant qu'il me parlait, ses doigts caressaient lentement ma paume. Toute mon attention était concentrée sur ma main, le frottement léger de sa peau contre la mienne, et j'oubliai un instant comment respirer. Je faillis même lui faire répéter sa commande. Je dégageai ma main, en apparence pour sortir mon bloc-notes, mais en réalité, c'était juste pour échapper à toutes ces sensations qu'il me faisait éprouver.

– Attends, ajouta-t-il alors que je rangeais carnet et crayon, prête à déguerpir au plus vite.

Il tira sur mon bras pour que j'approche mon oreille de sa bouche où il chuchota, son souffle brûlant sur mon cou m'arrachant des frissons :

– Je m'assurerai qu'il rentre sain et sauf à la maison. C'est moi le chauffeur, ce soir.

D'où le passage de la bière au soda, supposai-je. Cela dit, Flynn devait avoir mal interprété mes paroles. Je tapais déjà l'incruste chez mon frère, je n'allais pas non plus l'empêcher de vivre.

– C'est un adulte, il peut s'amuser s'il veut. Ma seule demande, c'est de ne pas voir quelque chose que je ne veux pas.

Au même instant, un mouvement dans mon champ de vision attira mes yeux vers sa cuisse, là où la blonde venait de poser sa main aux ongles manucurés. Écœurée, je remontai mon regard en terrain neutre vers ses pupilles. J'y lus surtout de la surprise, comme s'il ne s'était pas attendu à ça, mais ça ne voulait pas dire qu'il n'appréciait pas.

Je lui fis un petit signe entendu de la tête, pour lui signifier que mes paroles s'appliquaient aussi à son cas, puis je repartis vers le bar.

Je pris deux autres commandes sur le chemin du comptoir et les déposai avant de faire de même avec celles des gars. J'avais eu besoin de quelques minutes supplémentaires pour accepter et analyser ces sensations oubliées que Flynn me faisait éprouver.

Je n'avais pas traversé le pays pour m'embarrasser d'un nouveau sac de problèmes dissimulés sous une belle gueule. J'étais à Jacksonville pour repartir du bon pied. Et c'était exactement ce que j'allais faire. Le plus loin possible de Lilian Flynn. C'est pourquoi je fis exprès d'arriver par le côté opposé de la table : même si je l'avais en ligne de mire, il ne pourrait pas me toucher.

– Excuse-moi, Garrett. Tu peux faire passer ?

Le Marine au visage avenant se tourna vers moi avec un sourire ravi. Encore une fois, je le lui rendis en pensant que ma vie serait beaucoup plus simple si c'était lui qui faisait battre mon cœur plus vite. Mais j'avais peur que cela ne passe pour une tentative désespérée de rendre Flynn jaloux et l'encourager sur une voie que je ne voulais pas emprunter. Alors je me fis plus professionnelle que jamais, concentrée sur ma commande.

Je commençai à disposer verres et bouteilles sur la table et finis par déposer l'addition :

– Je vous encaisse ?

Les billets tombèrent sur la table jusqu'à ce que :

– Qui paie les consommations de ces charmantes demoiselles ? demanda Johnny.

Comme si j'avais pu les oublier, ces trois-là. D'ailleurs, elles s'étaient mieux réparties. La brune était près de Jack, une blonde entre Johnny et Garrett, et Flynn était toujours bien équipé de la sienne. De là où je me trouvais, je n'avais aucun moyen de savoir si elle n'était pas en train de le branler sous la table – et c'était très bien comme ça. La bouche pincée, le principal concerné avait les yeux ombrés de contrariété et rivés sur moi.

– C'est l'honneur du plus gradé normalement, s'exclama Garrett, tout content.

Trois têtes rasées se tournèrent de concert vers Flynn qui soupira longuement. Sans un mot, il ressortit son portefeuille de la poche de son jean et déposa la somme correspondante sur la table.

– C'est toi le plus gradé ? couina sa blonde en le regardant amoureusement. Tu es quoi ?

– Sergent, répondit Flynn d'une voix tendue.

Je n'eus pas l'honneur de découvrir la réaction de la fille car, alors que je récupérais le porte-addition pleins de billets, une voix tonitruante se fit entendre à la table d'à côté :

– Petite Johnson ! Laisse tomber ces enfoirés et viens par ici !

Je reconnus le Marine insistant de tout à l'heure et mon estomac se contracta brièvement d'appréhension. Jack aussi, car il commença à reculer sa chaise.

Je l'arrêtai d'un regard noir et me tournai vers lui :

– Rodriguez, c'est ça ? Je serai là dans une minute.

Alors que des exclamations s'élevèrent à ma droite (« Elle a retenu ton nom, mec ! », « Rodriguez a une touche avec la sœur de Johnson ! »), je m'approchai de Jack :

– Épargne-moi ta démonstration de petit frère surprotecteur et laisse-moi gérer ça à ma manière. Tu crois que je vais me faire respecter si tu interviens toujours à ma place ?

Après ma tirade énervée, Jack arbora la même tête que quand il se faisait gronder par maman, et mon cœur eut un raté. Malgré ses airs de gros dur, il n'était pas sorti de l'enfance depuis si longtemps que ça.

– Très bien, fais-le « à ta manière », concéda-t-il même si ça semblait lui coûter un effort considérable. Mais si ça dégénère, tu ne m'empêcheras pas de m'en mêler.

Ce qui s'était passé plus tôt m'avait prouvé que l'appui de Jack, et même de Flynn, me serait nécessaire dans certains cas. Néanmoins, je me devais d'essayer et je savais que si ça tournait mal, je pourrais faire appel à l'arrière-front.

– Nous sommes d'accord.

Quand je me détournai de lui et m'approchai de la table de Rodriguez, une voix rauque retentit derrière moi :

– Eh, Rodriguez ! Fais gaffe. Elle mord.

Je ne pus m'empêcher de sourire et de me retourner vers Flynn. Il était en train de m'observer, ses yeux pétillants de malice, et il m'adressa un clin d'œil qui me fit tressaillir.

– Je suis là, Rodriguez. Je t'écoute. Qu'est-ce que tu veux ? demandai-je, mon carnet à la main.

– Ton numéro de téléphone ? tenta-t-il, encouragé par les sourires goguenards de ses amis.

– Concentre-toi, fis-je en claquant des doigts devant son nez, qu'est-ce que tu veux boire ?

Il commanda une bière, comme ses copains, puis répéta :

– Et pour ton numéro ?

– Toujours pas, Rodriguez.

– Alors t'es vraiment la petite sœur de Johnson ? lança un de ses potes au crâne entièrement rasé.

Je soupirai fort.

– Pourquoi tout le monde pense ça ? Je suis sa grande sœur, pigé ?

Ma réplique ne provoqua pas les réactions que j'attendais :

– Waouh, t'es plus vieille que nous ?

– Tu peux nous apprendre des trucs ?

Sexuels, sans aucun doute. Je ne pris évidemment pas la peine de répondre. Et la remarque la plus étonnante vint sans surprise de Rodriguez :

– Tu veux être ma nounou ? On pourrait s'amuser avec mes joujoux, dit-il d'un ton suggestif.

– Tu sais, Rodriguez, je commence à comprendre pourquoi tu t'intéresses autant à moi, affirmai-je en m'approchant de lui lentement.

– Ah oui ?

Je fis mine de chuchoter, mais tous les occupants de la table entendirent parfaitement ce que j'avais à dire :

– C'est parce que je suis nouvelle. T'as dû épuiser le réservoir de filles du coin. Si plus aucune ne veut « s'amuser » avec toi, c'est peut-être parce que t'es trop con ou que tes « joujoux » ne sont pas très performants. Par conséquent, je vais devoir décliner. Je reviens tout de suite, conclus-je plus fort en m'éloignant.

Je n'avais pas fait deux pas que la voix de Rodriguez s'éleva de nouveau dans mon dos :

– Eh, Flynn ? Elle t'a déjà mordu ?

– Ouais, plusieurs fois, répondit la voix éraillée qui me remuait les entrailles. Ça devient moins douloureux avec le temps.

Un sourire se forma involontairement sur mes lèvres. Quand je revins avec les boissons quelques minutes plus tard, Rodriguez ne semblait pas en avoir fini avec moi :

– Petite Johnson, tu m'as manqué ! s'écria-t-il dès que je fus à portée de voix.

Je ne répondis pas. À la place, je disposai les bières devant chacun de ses amis et finis par Rodriguez, devant lequel je posai un Coca. Il me jeta un regard interloqué.

– Ce n’est pas ce que je t’avais demandé, chérie…

– Non, mais j’ai pensé que ça serait mieux pour toi, vu tes problèmes. Il paraît que l’alcool n’est pas recommandé quand on a des troubles de l’érection.

Ses copains poussèrent des « Oh ! », « Elle t’a eu ! », « Ça tire à balles réelles ! ». Rodriguez me fixa une bonne seconde, les yeux agrandis par le choc, puis il éclata de rire.

– Je vous encaisse ?

– Putain, elle m’a touché droit au cœur, dit Rodriguez en portant la main à sa poitrine.

Une voix familière s’éleva à la table d’à côté :

– Donne un pourboire digne de ce nom à ma sœur, enfoiré !

– Allez, *lance corporal* Rodriguez, sors-moi ces billets ! ajouta une voix rauque.

– *Aye*, Sergent !

Je récupérai l’argent et m’apprêtai à rejoindre d’autres tables quand des paroles auxquelles je ne m’attendais pas du tout me stoppèrent sur place :

– Les mecs, je suis amoureux. Petite Johnson, tu veux m’épouser ?

– Pas dans cette vie, Rodriguez.

***

Plus tard, Jack me trouva alors que je finissais d’encaisser une table :

– Eh Kiki, on y va. Et t’inquiète, si je ramène quelqu’un, on restera dans ma chambre, se moqua-t-il.

Je voulus le pousser, mais il ne bougea pas d'un centimètre. Si on ne peut même plus bousculer son petit frère…

– Parfait, garde ta porte fermée et ne t'en fais pas pour le bruit, j'ai des bouchons d'oreille.

Il allait rejoindre les autres qui l'attendaient près de l'entrée quand il repensa à quelque chose :

– Pour info, j'ai prévu d'aller pêcher demain. On va sûrement partir tôt, mais si ça te dit, je peux rapporter des pizzas pour le dîner ?

Beaucoup de personnes de vingt-neuf ans considéreraient qu'une soirée pizza avec leur petit frère est la définition de l'enfer, mais pour moi, ça ressemblait au paradis.

– Avec plaisir. Passe une bonne soirée, frérot.

Je ne pus m'empêcher de le suivre des yeux tandis qu'il se faufilait entre les tables. Les Marines avaient transformé mon frangin, c'était indéniable, mais je n'avais pas encore décidé si c'était pour le meilleur ou pour le pire.

Parmi le groupe qu'il rejoignait, mes yeux furent irrésistiblement attirés par un de ses amis en particulier, celui qui tenait à son bras l'éternelle blonde. Flynn avait ce genre de charisme qui faisait qu'on ne voyait que lui au milieu d'une foule. Comme s'il sentait que je l'observais, il tourna la tête vers moi et, même à cette distance, son regard me consuma entièrement.

Je lui adressai un petit signe de la main puis allai m'occuper de mes tables.

CHAPITRE 8

La sensation d'humidité dans mon dos m'arracha une grimace quand je me détachai du siège de la Honda. M'habituerais-je jamais à cette chaleur infernale ?

Je récupérai mes paquets dans le coffre, enviant brièvement les enfants qui s'éclaboussaient en criant dans la piscine de la résidence et fermais tout juste le hayon quand une voix m'interpella.

– Tu as fait du shopping ? me demanda Etta d'un ton intéressé.

J'acquiesçai avec un grand sourire satisfait :

– Oui, j'ai acheté deux ou trois bricoles.

– Viens donc me montrer ça.

Sans me faire prier, je la rejoignis dans son appartement. De toute façon, je n'avais rien de mieux à faire en attendant que Jack rentre de sa journée pêche. Dans la cuisine, Etta était déjà en train de sortir du frigo une carafe remplie de thé glacé, tandis que j'attrapai un plateau, des verres et l'assiette de biscuits qu'elle me désigna avant de la suivre au salon. Puis je lui montrai mes achats du jour, la première séance de shopping que je m'étais accordée depuis bien longtemps.

Le matin même, j'avais fait les courses, déposé une partie de mes revenus de la semaine dans le pot commun que nous avions établi, Jack et moi, pour les dépenses de la maison, et il me restait toujours des billets dans la main, sans doute grâce aux deux cent cinquante dollars de pourboire que j'avais rapportés la veille. Je n'en revenais toujours pas…

C'est pourquoi j'avais décidé de m'accorder une récompense : j'avais tout d'abord fait une descente à la friperie où j'avais déniché une robe de plage, un short en jean et des lunettes de soleil, puis j'avais filé au centre commercial pour m'offrir un maillot de bain et des sandales.

– Cette couleur t'ira parfaitement, approuva Etta en examinant la robe en dentelle bleu turquoise de forme kimono. Ça va faire ressortir tes yeux.

Tomber sur cette merveille à la friperie était comme un signe de l'univers. Elle était faite pour moi.

Quand j'eus tout rangé dans les sacs, Etta me mit d'autorité l'assiette de biscuits dans les mains :

– Tiens, prends un gâteau.

J'obéis volontiers car, m'étant levée tard, j'avais tout juste déjeuné avant de faire mes courses et je n'avais avalé qu'un yaourt glacé sans produits laitiers au centre commercial. Le gâteau d'Etta n'était probablement pas végétalien, mais je ne voulais pas vexer ma voisine en le refusant.

– Tu es trop maigre, Chiara, m'asséna Etta sur le ton que prenait autrefois ma mère pour me faire des remontrances.

Même si je me sentais bien dans mon corps petit et mince, Etta avait raison. J'avais beaucoup maigri depuis quelques mois à cause de ma perte d'appétit. Ma mâchoire refusait purement et simplement de s'ouvrir quand je passais à table. Ce trouble avait disparu de lui-même quand j'avais lâché le restaurant, si bien que j'étais convaincue que c'était une réaction de survie de mon corps, qui avait associé la nourriture aux emmerdes.

Pour faire plaisir à Etta et éviter les questions, je repris un biscuit :

– À propos de nourriture, ça vous va si je vous emmène au supermarché le lundi ?

– Tout me va tant que ce n'est pas avec la voisine ! Et qu'est-ce que tu fais ce soir ? Tu sors avec quelqu'un ?

Je ne pus m'empêcher de rigoler.

– Non, je passe la soirée avec Jack.

– Une jolie fille comme toi n'est pas faite pour rester chez elle un samedi soir ! Si j'avais fait ça, je n'aurais jamais rencontré mon Philip. Je t'ai déjà parlé de lui ?

– Non, déclarai-je, intriguée.

Alors Etta alla chercher ses vieux albums photo où je découvris sur les images en noir et blanc une jeune fille magnifique aux cheveux foncés et aux yeux clairs :

– Tu as vu ? J'étais pas mal, moi aussi, dit-elle avec un signe de tête complice vers moi, comme pour souligner notre ressemblance.

Pas étonnant qu'elle ait tapé dans l'œil de son Marine à l'âge de dix-huit ans ! Et Philip était également très séduisant. Ensemble, ils formaient un couple superbe.

Puis elle tourna la page et les photos firent place à des lettres, celles qu'ils s'étaient échangées quand Philip avait été envoyé au Viêt Nam. C'étaient des récits de guerre terrifiants, mais surtout remplis de mots d'amour. Heureusement, il était rentré indemne, du moins physiquement, et ils s'étaient mariés dès son retour, le soulagement et un amour profond se lisant dans leurs yeux sur leur portrait de mariage. Vinrent ensuite des photos à trois avec une petite fille blonde que je vis grandir au fil des pages, leur seul enfant car le couple avait des difficultés à concevoir. Ce sujet semblait encore douloureux pour Etta, si bien que je serrai fort sa main noueuse. Malgré tout, elle semblait avoir eu une vie heureuse.

Son mari était décédé deux ans auparavant, sa fille vivait à Raleigh, à deux heures de Jacksonville, et je compris dans ses mots qu'Etta se sentait seule, mais elle avait sa fierté, ce que je ressentis clairement quand elle me dit :

– Tu dois avoir mieux à faire que de perdre ton temps avec une vieille femme comme moi. Pourquoi tu ne te trouves pas un Marine à fréquenter ?

– Pourquoi forcément un Marine ? protestai-je. Et puis, je n'ai pas de temps à consacrer à un mec. Mon seul objectif, c'est de reprendre mes études.

– L'un n'empêche pas l'autre ! La double paie te serait bien utile pour financer tes études ! Je n'ai jamais regretté d'avoir épousé Philip, encore moins lorsqu'il rentrait tout fringant dans son uniforme, affirma-t-elle avec un sourire entendu. Tu devrais sortir avec le copain de ton frère, là, le grand brun.

– Flynn ? m'étranglai-je. C'est un connard. Pardon, Etta ! ajoutai-je en me rendant compte de ce que je venais de lâcher.

Elle m'adressa un claquement de langue, sans que je sache si c'était pour me réprimander de ma grossièreté ou pour me contredire.

– Tu te trompes sur son compte. C'est une bonne personne. Tu devrais lui donner une chance.

Aussi canon soit-il, on ne se supporterait jamais assez pour sortir ensemble. Et puis, il avait visiblement un faible pour les grandes blondes aux longs ongles roses, c'est-à-dire : tout mon contraire. En y repensant, quelque chose comme de la contrariété me noua les tripes.

– Désolée, Etta, mais on ne s'entend pas, lui et moi. On est incompatibles, un peu comme chien et chat. Vous ne nous avez pas vus nous disputer sur le parking jeudi après-midi ?

Ma voisine rigola doucement, me confirmant qu'elle avait tout observé depuis sa fenêtre. Je n'avais pas vraiment été discrète en lui hurlant dessus.

– Si ! Et je reste sur ma position. Tu devrais le laisser t'emmener dîner. Ça ne t'engage à rien. Au pire, tu y gagnes un repas gratuit.

Son sens pratique me fit rire, et la morsure de la jalousie dans mon ventre s'émoussa suffisamment pour que je retrouve ma bonne humeur. En parlant de dîner, je remarquai l'heure et bondis sur mes pieds.

– Il faut que j'y aille. Jack ne va pas tarder à rentrer, et j'aimerais me rafraîchir avant le dîner. On dit lundi quatorze heures pour les courses ?

– Oui, vas-y. Et pense à ce que je t'ai dit.

Je hochai la tête, mais intérieurement ma décision était déjà prise.

J'allais rester aussi loin que possible des beaux yeux noisette et des mains baladeuses de Flynn.

***

Effectivement, j'eus tout juste le temps de sortir de la douche que des clés cliquetèrent dans la serrure. Je me précipitai dans la cuisine pour accueillir Jack, ses lunettes de soleil relevées sur son front bronzé.

– Coucou ! La pêche a été bonne ?

Il se délesta des boîtes de pizza sur le comptoir.

– Ouais ! J’ai laissé toutes les prises aux gars, en supposant que ça ne t’emballerait pas des masses que je cuise les truites dans l’appartement.

Je dus faire une grimace dégoûtée car il éclata de rire.

– Je vais vite prendre une douche, dit-il en s’éloignant à grandes enjambées.

Il y avait trois pizzas, une petite et deux extra-larges. L’air iodé devait avoir aiguisé l’appétit de mon frangin. J’ouvris la plus petite boîte pour découvrir la commande que j’avais passée par SMS à Jack et l’enfournai pour la réchauffer. J’eus à peine le temps de refermer le four que la sonnette de la porte d’entrée retentit. J’avais dû oublier un truc chez Etta. J’étais partie tellement vite.

En ouvrant, je me figeai, ébahie, le bout du pouce encore plein de sauce tomate dans la bouche. Flynn avait un pack de bières à la main et un air perdu sur le visage, comme s’il ne s’était pas non plus attendu à me voir là. Il déglutit péniblement en m’apercevant. Avait-il oublié que j’habitais ici ? Je devais avoir l’air intrigué car il se sentit obligé d’expliquer d’un ton embarrassé :

– Jack m’a proposé de passer. Il ne te l’a pas dit ?

Je comprenais mieux la troisième pizza. Ce n’était pas pour combler l’appétit gargantuesque de mon frère, mais pour celui de Flynn.

– Non. Il vient de rentrer et a directement filé sous la douche.

– Tu ne travailles pas ce soir ? continua Flynn d'un ton prudent.

– Non. Quand l'autre serveuse a démissionné, Jim a demandé à sa fille de venir lui prêter main-forte ce soir, et comme elle s'était déjà arrangée pour être là, je lui ai exceptionnellement laissé ma place.

Il hocha la tête, comme pour reconnaître que mon explication avait du sens, mais il restait planté dans le couloir, l'air de ne pas savoir quoi faire.

– Entre, fis-je avec un geste de la tête vers l'intérieur.

Je ne pus m'empêcher de l'admirer quand il passa devant moi. Il portait un jean bleu clair délavé qui tombait bas sur ses hanches, attirant le regard vers ses fesses bombées. Il se débarrassa de ses baskets dans l'entrée avant de se tourner vers moi.

Je me dépêchai de faire remonter mes yeux au niveau de sa nuque pour qu'il ne puisse pas deviner ce que j'étais en train de mater, si bien que je trouvai immédiatement ses pupilles noisette dans lesquelles brillait une lueur incertaine.

– Écoute, commença-t-il, si ça t'embête que je sois là, je peux repartir.

– Il n'y a pas de problème. On est chez Jack, et tu es son invité.

Les mots sortirent de ma bouche plus sèchement que je ne l'aurais voulu, donnant l'impression que je n'avais pas mon mot à dire et que je ne voulais pas de sa présence ici.

D'ailleurs, une ombre traversa ses yeux et il hocha brièvement la tête en se détournant. Je n'avais aucune envie de le blesser. Je m'étais promis de me tenir loin de lui, mais ça ne signifiait pas qu'il ne pouvait pas passer du temps avec mon frère. Je commençais à comprendre qu'ils étaient inséparables, ces deux-là.

– Je me suis mal exprimée. Ce que je veux dire, corrigeai-je avec douceur, c'est que tu es le bienvenu. Viens. J'étais en train de réchauffer les pizzas.

Ses yeux retrouvèrent immédiatement les miens et il sembla y chercher quelque chose, peut-être une confirmation de ma sincérité. Il dut y déceler ce qu'il souhaitait car ses traits se détendirent et ses épaules se relâchèrent.

Avec un sourire amical, je le dépassai pour m'avancer vers la cuisine. Tandis que je faisais le tour du comptoir, il s'installa sur un des tabourets hauts. Je sortis ma pizza, la remis dans son carton pour la maintenir au chaud et enfournai les deux autres boîtes.

– Ton service s'est bien fini ? demanda-t-il de sa voix rauque, étonnamment proche.

Je n'avais pas imaginé qu'il serait aussi près de moi, ses avant-bras hâlés posés sur le bar. De là où je me trouvais, j'étais aux premières loges pour constater que ce jour-là, c'était le vert qui ressortait dans ses iris. Mes joues s'enflammèrent, et ça n'avait rien à voir avec la température du four.

– Oui, finis-je par répondre. Rodriguez et ses potes se sont tenus à carreau, aucun incident à déplorer.

Il rigola, de ce rire si sexy qui me nouait l'estomac, en me regardant avec aplomb, ce qui me donna une nouvelle bouffée de chaleur.

J'allais lui demander si sa soirée s'était également bien terminée, mais je n'avais pas envie de l'entendre dire qu'il était rentré avec la blonde, donc je me mordis la lèvre inférieure pour retenir ma curiosité.

– Lili, t'es arrivé !

La voix tonitruante de mon frère, qui déboula comme un éléphant dans la cuisine, me fit sursauter. Par réflexe, je revins à mes pizzas.

– Kiki, j'ai dit à Lili de passer. Y'a du base-ball. Ça ne t'embête pas ?

Que pouvais-je répondre ? Que je m'étais préparée à passer une soirée tranquille avec mon petit frère et qu'à la place, j'allais devoir la partager avec un mâle sexy qui me scrutait avec un drôle d'air sur son visage sculptural ? De toute façon, je n'étais que la grande sœur parasite dans l'histoire.

– Non, pas du tout, répondis-je avec un sourire poli.

– De toute façon, on se serait encore engueulés pour choisir le programme télé, poursuivit Jack.

Je soupirai théâtralement.

– Si tu ne voulais pas mater *Jack Reacher* pour la quinzième fois, on n'en serait pas là, contrai-je. Allez, les pizzas sont prêtes.

Nous amenâmes plats et boissons dans le salon. Jack et moi prîmes le canapé tandis que Flynn s'assit dans le fauteuil. J'étais à la fois soulagée et déçue qu'il soit si loin de moi et je ne parvenais pas à savoir quel était le sentiment dominant. C'était très agaçant, comme toujours quand Flynn était dans les parages.

Pendant que Jack allumait la télé, il fit signe à son ami de se servir :

– Enfin évite celle de Chiara, tu pourrais avoir des surprises.

Je donnai un coup de poing dans le bras de mon frère qui, évidemment, ne broncha pas.

– Pourquoi ? Tu mets de l'ananas sur ta pizza ? demanda Flynn avec une mine écœurée.

– Non, c'est une pizza végane, répondis-je.

Il écarquilla les yeux, ne s'attendant visiblement pas à cette raison.

– Ouais, mec… confirma Jack. Si tu savais les merdes qu'elle a foutues dans mon frigo…

Je lui assénai un nouveau coup sur le bras.

– Arrête, tu vas te faire mal, gronda-t-il.

Flynn fronça les sourcils au-dessus de ses yeux brillants de curiosité, et effectivement, il ne mit pas longtemps à demander :

– Tu es végane depuis longtemps ?

– Trois ans.

– Mec, intervint Jack, elle était *manager* d'un restau végane à Portland. C'est plus qu'une lubie.

J'émis un grognement de protestation. Encore un sujet sur lequel Jack et moi passions notre temps à nous disputer.

– Bien sûr, considérer que toutes les vies se valent et avoir une conscience écologique, ça n'a aucune importance… bougonnai-je. Vous ne pouvez pas comprendre. Toi… dis-je à l'attention de Jack, t'es… toi, et toi, me retournai-je vers Flynn qui m'observait attentivement un petit sourire aux lèvres, tu conduis un monstre écocide, donc ça te passe par-dessus la tête…

Flynn éclata de rire, l'air de ne pas en croire ses oreilles, alors que mon frère secouait son visage.

– Tu vois ? chuchota bruyamment mon frère tandis que je le tuais du regard. Ouais, moi aussi, je t'aime, dit-il en enfournant une énorme bouchée de pizza pepperoni, coupant court à la discussion.

Je pris une part de la mienne, délicieuse, et me demandai pourquoi Jack se montrait aussi buté.

– Ça a été aujourd'hui, à la base ? demanda Jack à Flynn.

Cela retint mon attention. Flynn travaillait aussi le samedi ?

– Ouais, les dortoirs sont impeccables. On pourrait bouffer par terre.

Ils se marrèrent tous les deux, semblant partager une blague de Marines, et quelque part je me sentis exclue par leur fraternité de *grunts*[14].

---

14. Surnom donné aux Marines faisant partie de l'infanterie.

– Tu bossais un samedi ? demandai-je, intriguée.

Flynn délaissa l'écran pour reporter ses yeux noisette sur moi. Il avait une façon d'observer qui vous donnait l'impression d'être poussée sous le feu des projecteurs. Qui vous enveloppait d'une chaleur équivalente à celle d'une centaine de spots.

– Ouais, je supervisais le re-nettoyage des baraquements.

– Suite au *Field day*, complétai-je pour voir si j'avais bien suivi.

Flynn acquiesça avec un sourire entendu qui étira sa bouche d'une façon diablement sexy :

– J'ai été plus sévère que d'habitude hier, un enfoiré m'avait mis en rogne juste avant l'inspection…

Il lança un regard en coin à Jack qui se marra sans quitter la télé des yeux. Je compris que mon frère avait mis à exécution sa menace de chambrer son pote pour notre dispute de l'autre jour.

– … et du coup, y'avait pas mal de bras aujourd'hui. C'est allé assez vite. J'ai même eu le temps de faire un tour de VTT cet après-midi. D'ailleurs, dit-il en posant sa bouteille et en avançant ses coudes pour me regarder droit dans les yeux, je suis désolé si tu n'as pas commencé ton service à l'heure jeudi.

C'était en grande partie ma faute, mais j'appréciai sa sollicitude, d'autant qu'il avait vraiment l'air navré.

– C’est bon, le rassurai-je avec un sourire complice. J’aurais dû être plus claire.

Il hocha la tête en refermant la bouche sur sa bouteille, puis il ajouta :

– Je tiens quand même à répéter pour mémoire que je n’étais *pas* en retard ! J’avais parfaitement respecté mon quart d’heure d’avance.

À ces mots, Jack rigola encore plus fort et je poussai un soupir agacé. En réponse, Flynn m’adressa un petit sourire irrésistible qui me coupa le souffle un instant. C’est la voix de mon frère qui me sortit de la contemplation de ses iris presque verts :

– Putain, je suis si content d’en avoir bientôt fini avec ce merdier. Vous allez me manquer, les gars, mais j’en peux plus de ces règles à la con.

– Comment ça, « bientôt fini » ? demandai-je.

Jack tourna la tête vers moi, l’air tendu :

– Ouais, je n’ai pas encore eu le temps de t’en parler, Kiki. Je ne renouvelle pas mon engagement. Je suis arrivé au bout de mes quatre ans et j’ai décidé de quitter les Marines.

– Sans blague ?

Il fallait croire que mon radar n’était pas si rouillé que ça. Il ne s’était pas autant adapté à cet environnement qu’il voulait le faire croire au premier abord. Est-ce que c’était à cause de ce qu’il s’était passé en Afghanistan ? Sûrement. Personne ne pouvait le blâmer de prendre ses distances, et surtout pas moi.

– Oui, je ne supporte plus cette discipline et tout le reste. Enfin, je reste tout de même réserviste pour les quatre prochaines années, ce qui veut dire qu'ils peuvent me rappeler au besoin, précisa-t-il. Brown va aussi quitter les Marines d'ici la fin de l'année.

Donc plus de déploiement, sauf en cas de guerre, traduisis-je. Je ne pouvais pas nier que ça me soulageait de savoir Jack en *relative* sécurité.

– Eh bien, finis-je par dire, si c'est ta décision, je te soutiendrai quoi qu'il arrive.

Mais je compris que ce choix était mûrement réfléchi. Voilà pourquoi il avait acheté un appartement en bénéficiant des aides que le gouvernement lui accordait dès qu'il l'avait pu. En ça, je savais que mon petit frère avait bien grandi.

– Tu as déjà réfléchi à la suite ? demandai-je pour savoir jusqu'où il avait poussé sa réflexion.

– Ouais, j'ai passé des entretiens dans les garages du coin, et j'ai reçu plusieurs promesses d'embauche, dont une qui m'intéresse vraiment.

– Tu parles ! intervint Flynn sans quitter la télé des yeux. Il s'est pointé là-bas avec Pamela, en racontant qu'il l'avait retapée tout seul et vu son MOS[15], le patron s'est sûrement retenu de lui lécher les bottes !

Il dut sentir peser mon regard car il se détacha de l'écran pour m'observer avec une question dans ses prunelles, alors je posai la mienne :

– Et toi ? Tu arrêtes aussi ?

15. *Military occupational specialty*, c'est-à-dire la spécialité d'un Marine au sein du bataillon.

Une ombre passa brièvement dans ses yeux avant qu'un masque prudent ne s'affiche sur son visage :

– Non. J'ai encore deux ans minimum à tirer.

Je hochai la tête, silencieuse. Pourquoi le lui avais-je même demandé ? Pour en apprendre plus sur lui ? Pour savoir s'il allait encore être longtemps dans les parages ?

– Mais quel crétin congénital, ce lanceur ! cracha mon frère à la télévision, me faisant sursauter.

Les yeux de Flynn quittèrent les miens et, sans ce poids, je me sentis soulagée.

Après cela, les gars s'immergèrent dans le match, leur conversation se résumant à des exclamations, si bien qu'une fois mon repas terminé, je me levai pour prendre l'ordinateur portable et les écouteurs de Jack afin de lancer une série. Mais rapidement, une main bronzée se dressa entre l'écran et moi. Jack me fit signe de retirer les écouteurs. En un coup d'œil vers la télé, je compris que c'était la mi-temps.

– Tu as fini ? demanda-t-il avec un geste en direction de ma pizza.

Il restait deux parts dans la boîte, mais je n'en pouvais plus. Les biscuits d'Etta avaient eu raison de mon appétit.

– Oui, je n'ai plus faim.

À ma grande surprise, Jack se tourna alors vers son pote :

– T'es sûr, Lili ? On peut en commander une autre si tu préfères.

– Ça t'embête si je finis ta pizza ? s'enquit Flynn sans faire attention au commentaire de Jack.

Les deux autres boîtes ne contenaient plus que des miettes. Puis l'idée que Flynn veuille goûter de ma pizza végane s'imprima dans mon esprit. Ça valait le coup d'œil.

– Non, vas-y, dis-je, intriguée.

Il se leva pour prendre la boîte, envoyant une bouffée de son parfum boisé dans ma direction, puis se réinstalla dans son fauteuil et croqua généreusement dans une part, sans afficher une grimace dégoûtée comme l'aurait fait mon frère.

– C'est pas si mauvais, conclut-il après avoir avalé la première bouchée.

Jack poussa un grognement de protestation.

– T'es pas obligé de dire ça pour lui faire plaisir.

– Non, sérieusement ! Le « fromage », dit Flynn en dessinant des guillemets dans l'air, est un peu caoutchouteux, mais ce n'est pas dégueulasse.

– Évidemment, c'est froid, remarquai-je. Tu vois, Jack, tu devrais essayer.

– Même pas en rêve. Après tu vas vouloir me faire bouffer du tofu ou d'autres trucs.

Je roulai des yeux vers le plafond.

– Ben oui, tu préfères sans doute bouffer des crayons[16], comme un bon vieux Marine. C'est quoi

16. Blague courante de la part des autres branches de l'armée américaine, pour se moquer du soi-disant manque d'intelligence et d'éducation des Marines.

ta marque favorite ? Les Crayola, non ? Parce qu'ils sont bien gras ? Est-ce que les couleurs ont des goûts différents ?

Jack se vengea d'une pichenette sur mon biceps qui me fit lâcher un cri de douleur. Toujours en train d'engloutir ma pizza, Flynn éclata de rire :

– Vous êtes un sacré duo, tous les deux !

Effectivement, on devait offrir un fameux spectacle. Jack et moi avions toujours été comme ça. Nos sept ans de différence devaient y être pour quelque chose, puisqu'il avait appris à se faire rembarrer par sa sœur en pleine crise d'adolescence dès qu'il avait été en mesure de formuler des mots.

– Peut-être que c'est dans un cirque qu'on devrait chercher du boulot, répliquai-je. Tu sais, quand t'auras lâché tes potes.

– Bonne idée, tu pourras faire le singe savant, confirma Jack, puisque t'es petite et incapable de fermer ta grande gueule.

– Et toi, tu seras le bouffon !

Il m'ignora ostensiblement pour se lever et lança à son pote :

– Une autre bière pour faire passer la pizza dégueulasse, Lili ?

Ce dernier acquiesça.

– Qu'est-ce que tu regardais ? me demanda Flynn d'un ton sincèrement intéressé.

Je n'eus pas le temps de répondre.

– Elle mate des séries avec des mecs à poil ! cria Jack depuis la cuisine.

Je levai les yeux au ciel tandis qu'un sourire malicieux se dessinait sur le visage de Flynn. Ses yeux brillèrent avant qu'il ne murmure à ma seule attention :

– Du porno, hein ?

Je soupirai en me rappelant la remarque qu'il m'avait faite alors qu'il me ramenait après mon service de jeudi, puis sa proposition de tester le sexe IRL avec lui. Cela suffit à rendre mes joues brûlantes.

– Le truc qui se passe en Écosse avec le roux, là, expliqua Jack qui revenait avec des bières fraîches.

– J'ai eu le malheur de regarder une fois en ta présence, soupirai-je pour mon frère.

– Parce que sinon, elle garde ça pour quand elle est toute seule dans sa chambre, continua-t-il pour Flynn d'un ton entendu.

Ce dernier partit dans ce rire rauque qui me secoua d'un grand frisson, si bien que je cachai ma gêne en reportant mon attention vers l'écran du portable, sans pour autant relancer une vidéo. Je basculai sur mes mails et en profitai pour effacer quelques spams, l'oreille traînante.

– Comment va la blonde ? demanda soudainement Jack.

– J'en sais rien. Je l'ai laissée devant chez elle et je suis allé me pieuter.

– Oh mec, pourquoi t'as fait ça ? Je veux dire, au Black, elle te suçait pratiquement la bi…

Je ressentis ces mots comme un uppercut dans l'estomac. Horrifiée et le souffle coupé, je relevai la tête vers eux, la bouche grande ouverte sur un cri silencieux, tandis que Flynn écarquillait les yeux et faisait à Jack le signe universellement connu pour lui sommer de la fermer. Il me désigna du goulot de sa bouteille tandis que Jack se tourna vers moi et constata que j'avais tout entendu :

– Désolé, Kiki !

Derrière Jack, Flynn s'agitait sur son fauteuil, le visage blême, clairement mal à l'aise. Il n'avait visiblement pas envie que je connaisse l'exposé intégral de sa partie de jambes en l'air avec la blonde, et ça tombait bien car je m'en passais très bien aussi. L'imaginer me laissait un goût amer dans la bouche et me donnait envie de hurler très fort.

– Ouais, trop de détails. Attends que je remette les écouteurs avant de poursuivre cette conversation, dis-je en les insérant dans mes oreilles.

Puis je leur montrai mes pouces levés pour leur assurer que la voie était libre. J'eus juste le temps de voir Flynn, l'air furieux, donner un coup de poing dans le bras de mon frère avant de me replonger dans la vie mouvementée d'Elizabeth II.

***

Un épisode plus tard, je fus brutalement ramenée à la réalité. Je me tournai vers les gars, et braillai :

– C’est bon, je peux enlever les écouteurs ?

J’attendis que Jack acquiesce avant de mettre en pause et de libérer mes oreilles.

– Le match est fini, m’informa Jack. Je vais me coucher.

À ces mots, Flynn porta la canette de soda à ses lèvres et commença à boire de longues gorgées. Jack, qui n’avait rien remarqué, poursuivit :

– La sieste sur le bateau n’a pas suffi à compenser les trois heures de sommeil de la nuit dernière.

Je fus prise d’une impulsion subite et les mots sortirent avant que je n’aie le temps de réfléchir :

– Flynn, intervins-je, tu n’es pas obligé de t’étouffer pour finir. Je ne suis pas fatiguée. Contrairement à d’autres, je me suis levée tard. Je peux te tenir compagnie pendant que tu bois tranquillement.

Il détacha lentement la boisson de sa bouche, sans avoir conscience de la sensualité de son geste, concentré qu’il était à m’observer, les sourcils froncés et les yeux interrogateurs.

OK, peut-être n’était-ce pas une bonne idée.

– T’es sûre ? demanda-t-il d’une voix incertaine.

À sa place, moi aussi je me serais posé la question. Je venais de lui proposer, de ma propre initiative, de passer du temps seule avec lui. C’était suspect. Il devait penser que j’avais l’intention de verser du poison dans sa canette dès qu’il aurait le dos tourné.

J'avais le cœur qui battait la chamade.

– Oui, assurai-je avec ce que j'espérais être mon ton le plus convaincant.

– Cool, dit Jack en bâillant. C'est sympa, Kiki. Bonne nuit.

Il fit deux pas puis se retourna vers nous :

– Essayez de ne pas vous entretuer, c'est la merde d'enlever du sang d'un tapis. Et puis j'aurais du mal à choisir à qui administrer les gestes d'urgence en premier.

– T'exagères ! m'exclamai-je, la bouche grande ouverte. Je suis ta sœur !

– Ouais, et Lili est mon frère !

Flynn se contenta de rire dans sa canette. Pourtant, même sous couvert de la plaisanterie, cette remarque innocente ne faisait qu'appuyer la profondeur des liens entre eux. À cet instant, je ressentis même un petit pincement au cœur à l'idée que mon frère avait trouvé une nouvelle famille quelque part, alors que je n'avais que lui.

Après réflexion, Jack se retourna à nouveau vers nous et ajouta avec un clin d'œil espiègle pour moi :

– Et évitez aussi de copuler sur le canapé.

– Putain, mec ! protesta Flynn, en s'étranglant sur sa gorgée de soda.

Tout le sang de mon corps vint s'amasser dans mes joues. Je devais être écarlate. J'essayai de parler, mais je m'étouffai avec ma propre salive. Je ne pensais pas que Jack allait un jour réutiliser mes propres paroles contre moi, surtout dans cette situation. J'aurais voulu me cacher sous le canapé.

– N'aie pas l'air choqué, Kiki. Il est doué, cet enfoiré ! Ses potes du *bootcamp* m'ont dit que le *drill instructor* l'avait surnommé *Ladykiller*[17]…

– Ferme-la, Johnson ! coupa Flynn d'une voix teintée de colère.

– … parce qu'il tombait les cibles aussi bien qu'il devait tomber les meufs, continua Jack en l'ignorant. Même toi, tu pourrais te faire avoir.

– Tu ne devais pas aller au lit ? conclut Flynn en le fusillant du regard.

Je me sentais vraiment stupide.

Parce que si je regardais la vérité bien en face, j'étais *déjà* en train de me faire avoir. Il suffisait d'observer la façon dont je réagissais quand il plantait ses iris noisette dans les miens. Bien sûr qu'il savait ce qu'il faisait. Je l'avais su dès le premier jour. Et quelque part, j'étais vexée que ce soit mon petit frère qui me le rappelle.

– Ne t'inquiète pas Jack, je suis vaccinée. Bonne nuit.

Mon frère, l'air rassuré, nous fit un signe de la main et s'éloigna en direction de sa chambre. Flynn attendit patiemment le claquement de la porte pour briser le silence inconfortable qui était tombé dans le salon :

– Tu veux dire quoi par « être vaccinée » ? demanda-t-il d'un ton neutre.

17. *Ladykiller* signifie « tombeur », « séducteur ».

De mon côté, je pris le temps de fermer l'ordinateur et de le poser sur la table basse avant de tourner la tête vers lui.

Il voulait paraître détaché, mais je le sentais contrarié. C'était peut-être à cause de sa bouche fermée en un pli amer ou de la lueur froide dans ses yeux.

– Tu sais… finis-je par répondre. Belle gueule, belles paroles.

Il hocha la tête dans un petit ricanement désabusé.

– Donc, c'est ça. Tu me fais payer pour les conneries d'un autre ?

– Pardon ?

Flynn expira une fois et avala une gorgée de soda comme pour se donner du courage avant de préciser sa pensée :

– Avant que tu n'arrives, Jack m'a dit que tu sortais d'une mauvaise rupture, qui t'a ruinée. Je suppose juste que c'est lui, la belle gueule dont tu parles.

Ce fut mon tour de ricaner. Il ne connaissait rien de ma vie et se permettait de me juger. Non franchement, c'était beaucoup mieux quand il n'ouvrait pas sa jolie bouche.

– C'est marrant que tu choisisses ce mot, « ruiner », parce que c'est exactement ce qui s'est passé, dans tous les sens du terme : adieu mon fric, ma confiance en moi, ma bagnole et même mes meubles ! Donc tu m'excuseras de ne plus courir aveuglément après les belles gueules. Et pour ton information, je ne te fais pas payer quoi que ce soit, c'est juste ma charmante personnalité. Tu sais, je « mords », lançai-je en reprenant ses propres mots de la veille.

Il rigola d'un rire qui contenait plus d'amertume que d'amusement.

– Alors c'est simplement que j'ai l'impression d'y avoir droit plus que les autres.

Parce que tu es plus appétissant, commenta une petite voix au fond de moi. Évidemment, je la fis taire.

– Tu te fais des idées, Flynn, dis-je à la place. Tu nous as bien vus nous chamailler, Jack et moi. Il faut croire que j'aime juste rembarrer les gens.

Il murmura dans sa barbe un truc que je ne saisis pas bien, quelque chose qui ressemblait à « Ou les tenir à distance ». Puis il resta silencieux pendant plusieurs minutes, les yeux dans sa canette, comme s'il réfléchissait à quelque chose.

– En tout cas, c'est bien que tu sois là. Pour Jack, reprit-il finalement à voix haute. Tu es arrivée il y a moins d'une semaine, et déjà il sourit plus. Il avait besoin de toi.

Mon estomac se noua à ses paroles, sans que je sache si c'était de la gratitude parce que j'avais besoin d'entendre ça, de la culpabilité parce que je n'avais pas été là plus tôt pour mon frère ou de la jalousie parce que d'autres en avaient profité pour occuper l'espace vacant que j'avais laissé.

Ce qui me rappela quelque chose que j'aurais bien voulu enfouir très loin, mais que je devais affronter malgré tout :

– À ce propos, je voulais te remercier…

Il se pencha sur ses avant-bras, le regard assujetti au mien, me montrant que j'avais retenu son attention. Il ne devait pas espérer des paroles gentilles de ma part. Je pris une grande inspiration, ouvris et fermai la bouche plusieurs fois, avant de réussir à sortir ces mots qui me déchiraient de l'intérieur :

– … de lui avoir sauvé la vie.

Clairement, il ne s'attendait pas à ça. Sous le choc, il expira bruyamment et pencha la tête vers ses genoux. J'avais beau lutter, ma gorge se serra, comme à chaque fois que j'y pensais depuis deux jours.

– Il t'a raconté ce qu'il s'est passé ? demanda-t-il, la tête toujours baissée, si bien que sa voix me parvint un peu assourdie.

– Non, croassai-je faiblement. Juste qu'il ne serait pas là aujourd'hui si tu n'étais pas intervenu.

Il regarda vers le plafond avant de reporter son attention sur moi. Ses yeux s'adoucirent une seconde en remarquant que j'étais bouleversée :

– Eh…

Il posa sa canette sur la table et fit le geste de s'approcher, mais renonça au dernier instant, perché sur le bord de l'assise de son fauteuil.

– Ça va ?

Je hochai la tête, les yeux un peu embrumés, et déglutis bruyamment avant de pouvoir parler.

– Ouais. Faut juste le temps que je l'accepte. Il ne m'avait rien dit.

– Je ne suis pas surpris, il n'en parle pas. C'est dur pour tout le monde, mais lui, il a développé une sorte de culpabilité malsaine.

Je rassemblai mon courage dans une inspiration, puis me lançai :

– Qu'est-ce qu'il s'est passé ? Si tu es d'accord pour me le raconter, bien sûr…

Il soupira longuement, laissa tomber son regard sur ses mains et commença son récit d'une voix encore plus rauque que d'habitude :

– Quand on était en Afghanistan, mon unité était chargée de patrouiller dans des petits villages. La plupart du temps, il ne se passait rien, on échangeait un peu avec les locaux, grâce à notre traducteur, on distribuait les sucreries de nos rations aux gamins, des trucs comme ça. Et puis quatre mois après notre arrivée, on nous a signalé que des soi-disant talibans avaient été aperçus dans un des villages qui faisaient partie de notre tournée habituelle. Du coup, c'est nous qui avons été chargés d'aller vérifier. Le rôle de ton frère chez les Marines, c'est *motor T operator*, tu sais ce que ça veut dire ?

Je secouai lentement la tête, hypnotisée par son récit.

– Il nous conduit où on doit aller. C'est moi qui ai demandé au *staff sergeant* de l'assigner à notre équipe. Pas seulement parce qu'on était déjà amis depuis un an, mais parce que c'est un bon mécano, en plus d'être un bon conducteur. Normalement, ce n'est pas son job. Mais je savais qu'à Camp Lejeune, quand il n'a pas de mission, il va toujours filer un coup de main aux *motor T mechanics*, et il sait tout réparer. Et quand tu pars en mission en plein milieu du désert, et qu'il peut se passer n'importe quoi, c'est vachement rassurant de savoir que le conducteur de ton Humvee peut le faire repartir avec du gros scotch et de la bonne volonté. Bref, il était avec nous ce jour-là.

« Quand on est arrivés dans le village, on s'est séparés. Mon équipe s'est postée sur les toits des maisonnettes, pour surveiller de haut, et les deux autres ont commencé à fouiller les baraques. Peut-être qu'on s'était laissés ramollir. Il faisait chaud, on n'avait pas vu d'action en quatre mois, je ne sais pas. Les gradés n'arrêtaient pas de nous répéter que « la complaisance tue ». C'est sans doute ça qui s'est passé. J'ai réagi une seconde trop tard. Les gars qui ont déclaré *all clear* cette maison avaient manqué de vigilance. En tout cas, j'ai juste eu le temps d'apercevoir un éclat métallique que le mec avait déjà surgi avec un fusil à la fenêtre et a abattu un de nos hommes sur la route, juste à côté de ton frère. Jack était le suivant sur sa liste. J'ai pas réfléchi. J'ai tiré, en plein dans le front. Le mec s'est effondré, mais il a dû appuyer sur la détente au moment où je l'ai touché car la balle a frôlé le cou de Jack. Ensuite, ça a été un carnage. On a fait sortir tout le monde des baraques, et on a fouillé le moindre centimètre carré de ce village. On a trouvé les autres, ils se sont défendus, on a été obligés d'en abattre certains et on a ramené ceux qui restaient au campement en tant que prisonniers.

« Jack n'a pas décroché un mot sur le chemin du retour. Il était livide, les dents serrées à s'en faire péter la mâchoire. Pas parce qu'il avait mal. C'était juste une plaie superficielle. Je pense que c'est parce qu'il a vu la mort lui faire coucou, et on avait tous oublié que ça pouvait arriver. Et les autres qui se félicitaient d'avoir enfin vu de l'action, et qui se demandaient si on allait avoir un ruban grâce à ça, je leur aurais bien cassé la gueule.

« Le plus ironique dans cette histoire, c'est qu'on l'a eu, notre *combat action ribbon*, ça fait joli sur notre uniforme. C'est même grâce à ça que j'ai eu ma recommandation pour passer sergent. Et tout ça parce que j'ai fait preuve d'initiative, que j'ai mené mon équipe dans la fouille de ce putain de village et qu'au milieu de ce merdier, j'ai tué un homme.

Il releva enfin la tête vers moi et planta dans le mien son regard hanté, obscurci par l'horreur, la culpabilité et la peine des survivants, comme s'il voulait guetter ma réaction.

– C'est une chose de buter des cibles et des bidons. C'est sympa quand on va au stand de tir. Mais tirer pour tuer, ça change tout. Pourtant, le geste est le même. Tu vises, t'appuies sur la détente. La différence, c'est que tu prends une vie et que ça te laisse une tache indélébile là, dit-il en désignant son torse de sa paume, même si personne ne la voit.

Moi, je le sais. Des fois, j'oublie. Et d'autre fois, quand je suis devant mon miroir, tout ce que je vois, c'est un tueur. Ces images ne s'effaceront jamais de mon esprit : les yeux écarquillés du gars quand la balle l'a atteint, la marque rouge sur son front, le nuage écarlate derrière sa tête, sa chute à la fois lente et rapide, comme si le temps s'était distordu.

Il s'interrompit un court instant, pendant lequel sa bouche prit un pli amer alors qu'il secouait la tête, l'air dégoûté :

– Le pire, c'est quand tu reviens au pays et que tu dis que t'arrives d'Afghanistan. La seule chose qu'on te demande, c'est : « T'as tué des terroristes ? » Comme s'il n'y avait que ça qui comptait. Ça ne devrait pas me surprendre, pourtant. C'est pour ça qu'on nous entraîne. Mais on ne supporte pas tous la pression de la même manière. Pour certains, c'est Call of Duty IRL. Pour d'autres, c'est l'enfer. Le gars qui a inspecté la pièce n'a pas tenu le coup. Le lendemain matin, on l'a retrouvé, les veines ouvertes, dans les chiottes.

J'en eus la respiration coupée une seconde en imaginant la douleur des familles de ces Marines tombés au combat. Ça aurait pu être moi.

– Donc on a perdu deux hommes dans cette histoire, et Jack n'est pas passé bien loin, continua Flynn comme pour confirmer ce que je venais de penser. Et tu vois, quand je suis devant mon miroir, je me rappelle que la raison pour laquelle j'ai buté ce mec presque par réflexe, c'était qu'il menaçait mon pote. C'était lui ou Jack. Et je le referai. C'est peut-être ça qui me fout le plus la frousse. Au fond, je suis un tueur.

Je fus debout près de Flynn avant d'en avoir pris conscience. Je m'assis sur l'accoudoir du canapé, tendis la paume vers lui et saisis une des siennes entre ses genoux. Il avait vraiment de grandes mains, aux doigts bronzés et légèrement rugueux, mais le toucher de sa peau chaude n'était pas désagréable, bien au contraire. Tous les nerfs de mon corps semblaient situés dans la partie en contact avec la sienne.

Il observa nos mains liées lui aussi, pendant un instant, avant de relever la tête vers moi. Les démons commençaient déjà à s'éloigner dans ses yeux, emportant l'ombre de la douleur.

– Eh bien moi, je te remercie du fond du cœur, et encore, je crois qu'un simple « merci » ne pourra jamais compenser tout ce que je te dois, murmurai-je d'une voix hachée, lourde d'une émotion contenue.

Il esquissa un sourire triste sans dire un mot. J'étais si près que je parvenais enfin à distinguer comment le vert et le marron se mêlaient dans ses iris. Il y avait un anneau brun près de sa pupille et le reste était d'une belle couleur olive, avec quelques paillettes marron disséminées. Puis ces mêmes yeux dérivèrent plus bas, vers mes lèvres, et l'air sembla soudain se raréfier dans la pièce. Ma tête se mit à tourner, comme si j'étais ivre.

Mes doigts se retrouvèrent entravés par une poigne d'acier. Mon cœur s'arrêta un instant puis repartit, plus vite que jamais, si fort que je crus qu'il allait sortir de ma poitrine par mes lèvres entrouvertes. Ses yeux trouvèrent à nouveau les miens.

L'instant fut rompu quand Flynn détourna le regard vers le couloir qui menait aux chambres. Après un court moment, il le ramena sur moi, mais son expression était radicalement différente. Il se racla la gorge puis déclara platement :

– Je ferais mieux d'y aller.

Quand il lâcha ma main, j'eus l'impression qu'on me jetait un grand seau d'eau glacée à la figure. Il se leva sans un mot et récupéra la canette et son téléphone sur la table basse. Mes jambes flageolèrent lorsque je quittai à mon tour le canapé.

Qu'est-ce qu'il venait de se passer ? Et plus important, qu'est-ce qu'il avait *failli* se passer ? Avait-il été sur le point de m'embrasser ?

Flynn fit le tour du fauteuil et se dirigea résolument vers l'entrée alors que je le suivais sans un mot en attendant qu'il remette ses baskets. Il se délesta de sa canette dans la poubelle de la cuisine et attrapa les boîtes de pizza vides. Quand il se tourna finalement vers moi, le visage impassible, ses mots n'étaient pas ceux que j'attendais :

– T'aimes vraiment le rock, hein ?

Donc on allait faire comme s'il ne s'était rien produit. *Mais il ne s'est rien produit justement*, souffla la petite voix dans ma tête. Flynn désigna de l'index mon tee-shirt Metallica, sur lequel je baissai les yeux.

– Ah, fis-je avec un petit rire artificiel. En fait, il appartenait à ma mère. Elle en avait toute une collection : AC/DC, Queen, Nirvana… Guns N' Roses.

Comme celui que je portais le jour où on s'était rencontrés. Il hocha la tête, montrant qu'il se le rappelait lui aussi, avant de s'approcher. Un instant, alors qu'il se penchait vers moi, je crus qu'il allait reprendre là où on s'était arrêtés et j'en eus le souffle coupé. Mais il se contenta de dégager une mèche de cheveux derrière mon oreille et de déposer un tendre baiser sur ma joue, puis il se recula brusquement comme si ce bref contact avec ma peau l'avait brûlé.

– Bonne nuit, *Baby doll*…

– Bonne nuit, *Ladykiller*.

– Tu sais bien que je n'aime pas ce surnom, commenta-t-il en haussant un sourcil.

– Et moi j'adore quand tu m'appelles *Baby doll*, ironisai-je.

Il se contenta d'un sourire narquois et, juste avant d'ouvrir la porte, il se retourna vers moi :

– Pour ton information, je n'ai pas couché avec la fille.

Une sensation légère prit naissance dans ma poitrine, quelque chose qui ressemblait à s'y méprendre à de la joie ou à de l'espoir, mais je devais me tromper, parce que ce qu'il faisait avec d'autres femmes ne me regardait pas.

– Ce ne sont pas mes affaires…

– Je crois que si, murmura-t-il.

Lorsque j'eus refermé la porte derrière lui et que ses pas s'éloignèrent dans le couloir, je portai la main à ma joue, là où il avait déposé ses lèvres quelques instants plus tôt et compris une vérité bouleversante : je l'aurais laissé m'embrasser.

Pire : je lui aurais volontiers rendu son baiser.

CHAPITRE 9

Je crus que Jack me faisait une blague quand il nous conduisit à un abri de sentinelle.

– Tu m'expliques ? demandai-je à mon frangin d'un ton peu amène.

Il m'avait réveillée en fanfare à l'aube, précisément à dix heures du matin, soi-disant pour m'emmener à la plage, et je me retrouvais là, à l'entrée de Camp Lejeune. Depuis que j'étais à Jacksonville, j'en avais entendu parler chaque jour et j'allais enfin le découvrir, mais je ne comprenais toujours pas ce que je faisais là.

– Il y a une plage réservée au personnel militaire et à nos familles.

– Sérieusement ?

– Oui. Sors ton permis, m'ordonna Jack.

Il s'arrêta devant le garde, présenta son badge et ma pièce d'identité. Comme j'étais escortée par un Marine, c'était visiblement tout ce dont j'avais besoin pour entrer dans la base.

– Bon, tu bosses où ? lançai-je quand nous pûmes avancer.

Jack soupira :

– Chiara, c'est immense, ici ! Je ne vais pas te faire une visite guidée !

Je me renfrognai une seconde avant de coller mon front à la vitre pour en voir le maximum. Camp Lejeune était gigantesque, presque une ville dans la ville. On passa le long d'énormes entrepôts, de grands terrains de sport, d'une forêt, de bâtiments de briques rouges à l'infini. J'aurais bien été incapable de retrouver mon chemin.

Nous arrivâmes trop vite à la plage, et je tirais toujours la tronche à cause de la fatigue. Après sa confession qui m'avait complètement chamboulée et la confusion dans laquelle m'avait laissée Flynn après notre presque baiser, je m'étais retournée dans mon lit une bonne heure avant de réussir à m'endormir.

Mais quand je mis les pieds sur cette merveilleuse plage, je compris pourquoi les Marines la gardaient pour eux. Devant moi, des kilomètres de sable doré bordaient une mer limpide d'un bleu azur. Mes sandales à la main, je suivis Jack le long de la barrière de piquets de bois jusqu'à ce qu'il dévie de son chemin vers un groupe.

Animés de leur propre volonté, mes yeux parcoururent l'espace, à la recherche d'une silhouette en particulier. Je ne repérai que Garrett et Johnny, assis sur leurs serviettes, et la déception me fit l'effet d'un caillou dans l'estomac en constatant qu'*il* n'était pas là. Pourtant, je ressentais précisément cette caresse sur tout mon corps, comme si quelqu'un était en train de détailler avidement chaque centimètre carré de ma personne. Je tournai la tête vers la droite, et tout fit sens.

Trois hommes de haute taille discutaient debout à deux mètres du groupe. Parmi eux, je reconnus Flynn, vêtu d'un seul bermuda de bain noir, dévoilant son torse dans toute sa gloire, ses *ID tags*[18] scintillant sous les rayons du soleil. C'était beaucoup trop cruel de me mettre en face de l'homme qui avait préféré fuir plutôt que m'embrasser, ça revenait à agiter un gâteau au chocolat sous le nez d'une personne au régime. De la torture.

C'était un fait. On pouvait utiliser son corps pour des cours d'anatomie. Tout y était : pectoraux carrés, tablettes de chocolat parfaitement dessinées, le V qui descend sous la ceinture, aussi. J'avais déjà vu ses bras, mais je découvris à cette occasion que ses épaules étaient une œuvre d'art à elles seules. Sur son bras gauche, les ronces de son tatouage s'enroulaient amoureusement – oui, amoureusement – sur une rose stylisée et encrée sur la tête de l'humérus, habituellement cachée par ses tee-shirts.

Il n'y avait pas un centimètre carré de ce torse à modifier. Un bonbon pour les yeux, et moi,

18. Nom donné aux plaques d'identification militaire des US Marines.

j'étais à la diète. Je soupirai, fort. La journée allait être encore plus compliquée que je ne le pensais. Pour preuve, les papillons dans mon ventre, qui ne devaient pas avoir reçu le mémo, manifestèrent leur enthousiasme par une vrille suivie d'un double salto.

Et à la façon dont je percevais que les yeux de Flynn, même masqués par ses lunettes de soleil, balayaient mon corps, millimètre par millimètre, je voyais qu'il appréciait lui aussi le spectacle. Je savais que j'avais eu raison d'acheter cette robe de plage. Est-ce qu'il avait un jumeau et s'échangeaient-ils régulièrement la place ? Je n'y comprenais plus rien.

J'eus à peine le temps de saluer Garrett que Johnny se précipita sur moi. Ses bras puissants se refermèrent autour de mon dos, il me souleva du sol et pivota soudainement vers l'océan. Je laissai échapper un glapissement, et mes sandales dans le sable par la même occasion.

– À l'eau ! cria-t-il sous les rires de Jack et Garrett.

– Non ! S'il te plaît, Johnny, j'ai encore toutes mes affaires sur moi, dont tes écouteurs, Jack, hurlai-je en direction de mon frère.

– Attends, Brown, ordonna Jack tout en faisant passer son tee-shirt par-dessus sa tête. Je tiens à mon matos. Tu pourras la balancer quand elle se sera débarrassée de tout ça !

Johnny me reposa sans protester avec un petit sourire machiavélique et il ne fallut pas dix secondes pour que les gars se précipitent ensemble vers la mer. Flynn me jeta un petit coup d'œil en coin en passant à côté de moi, mais il ne ralentit pas pour autant. Il allait me rendre cinglée.

Je finissais à peine de m'enduire de crème solaire que Jack tomba lourdement sur ma serviette, balançant du sable partout.

– Mais fais gaffe, abruti ! le disputai-je, en tentant désespérément de retirer les grains collés à mes jambes.

Jack ricana malicieusement et posa la serviette qu'il avait à la main.

– Tu peux me crémer le dos, Kiki ? demanda-t-il avec de grands yeux innocents.

– Non, tu te démerderas avec tes coups de soleil.

– Allez… supplia-t-il avec un petit sourire. Je pourrais me prendre un article 15.

Je soupirai, vaincue. Je n'avais aucune idée de ce qu'était un « article 15 », probablement une sorte de punition[19].

– T'es chiant, conclus-je en repêchant le tube de lotion dans mon sac. En plus, je suppose que tu n'as pas pris de crème ?

Il se retourna et m'adressa un sourire éblouissant.

– Je savais que tu y penserais.

– Des gosses, répétai-je. Ça fait les gros durs pleins de muscles, mais ça compte encore sur sa

19. Violation mineure du *Uniform Code of Military Justice*.

grande sœur à vingt-deux ans. Et dire qu'on vous colle des fusils dans les mains !

Ça fit rire Jack, pourtant il ne me détrompa pas. Je le suspectais d'ailleurs d'apprécier particulièrement que je prenne soin de lui. Je lui appliquai rapidement la lotion sur le dos, puis lui passai le flacon pour qu'il fasse le reste.

Ensuite il bondit sur ses pieds pour rejoindre Johnny, Garrett, Flynn et les deux hommes avec lesquels celui-ci parlait plus tôt d'une partie de volley. Au bout de cinq minutes, ils avaient tous plongé intégralement dans le sable au moins une fois.

Mes yeux étaient irrésistiblement attirés par l'un d'entre eux en particulier, mais je devais bien avouer qu'ils constituaient un ensemble vraiment agréable à observer avec le roulement de leurs muscles sollicités par le jeu et leurs peaux luisantes sous le soleil.

– Salut !

Une voix féminine me sortit de ma contemplation. Je tournai la tête vers une femme blonde aux yeux bleus, debout dans le sable à côté de ma serviette, qui m'observait avec un sourire sympathique.

– Pardon, je ne vous avais pas entendue, avouai-je piteusement.

– On se laisse facilement déconcentrer, murmura-t-elle en rigolant, tout en jetant un regard rapide vers les hommes. Je suis Stacy. Paul est mon mari, précisa-t-elle avec un geste vers l'homme brun qui échangeait plus tôt avec Flynn.

Je me présentai à mon tour, puis elle enchaîna sans pudeur :

– Mon amie et moi, dit-elle en désignant la femme enceinte assise près d'un bébé d'environ un an et d'une petite fille à peine plus vieille, on se disait que c'est ça qu'ils devraient montrer comme pub pour booster l'engagement des femmes chez les Marines.

Je compris qu'elle parlait de ce groupe d'hommes qui mettait l'eau à la bouche et j'approuvai d'un grand hochement de tête. Nos gloussements attirèrent l'attention des gars qui se rapprochèrent, sans doute pour savoir pourquoi nos joues étaient si rouges.

***

J'étais en train de sécher, assise sur ma serviette après la baignade, et je laissai dériver mon regard. De plus en plus de familles avaient rejoint la plage où résonnaient les cris des enfants surexcités et les hurlements des parents inquiets.

Malgré leur relative jeunesse, je n'étais pas surprise de trouver autant de familles sur cette plage militaire. Il était de notoriété publique que les Marines se mariaient jeunes et avaient rapidement des enfants. Quand on force les célibataires en dessous d'un certain grade à vivre à la caserne, le mariage revêt facilement des allures de saint Graal.

Pourtant, ces images vivantes de la parfaite famille américaine ne faisaient que confirmer ce que je ressentais : cette vie n'était pas pour moi. Pour l'instant, j'avais à accomplir des choses qui ne me concernaient que moi seule. J'avais consacré trois ans à me démener pour élever mon frère et trois autres à porter à bout de bras un rêve qui n'était pas le mien, pour quelqu'un qui n'en valait pas la peine. Il était temps de penser à moi, pour une fois.

Pourtant, je ne pus retenir un sourire attendri en constatant le bazar que provoquaient des humains de moins de cinq ans et fronçai les sourcils en observant un petit groupe d'entre eux qui ratissait le sable avec minutie, à la recherche de quelque chose.

– Ils cherchent des dents de requin, susurra une voix rauque, beaucoup trop proche de mon oreille, qui me fit sursauter.

Le cœur battant, je tournai la tête vers Flynn, accroupi à côté de moi, en train de s'essuyer le torse avec une serviette. Je ne pus m'empêcher de suivre le mouvement du tissu sur ses pectoraux gonflés en rêvant de récolter avec la langue les perles d'eau qui s'accrochaient encore à sa peau bronzée. Puis, seulement, ses mots me frappèrent :

– Attends, il y a des requins ?

Il éclata de rire, une lueur tendre passa dans ses yeux, plus verts que marron ce jour-là sous le soleil brillant :

– Au large, oui. Ils ne s'aventurent pas jusqu'ici, mais les courants marins rapportent les dents sur la plage.

Je soupirai exagérément en portant la main à ma poitrine.

– OK, ça me rassure.

Nous nous observâmes en silence quelques secondes, les yeux dans les yeux, avant que ses prunelles ne descendent sur ma bouche et qu'il ne s'humecte les lèvres de la pointe de sa langue. Mon cœur tambourinait si fort sous mon sternum que j'allais bientôt finir avec une côte cassée.

– Jack est OK pour que tu me passes de la crème solaire dans le dos, expliqua-t-il de sa voix rauque, plus hachée que d'habitude. Ça commence à brûler.

Ses mots me firent aussitôt redescendre de mon petit nuage, et si mon cœur continuait à battre vigoureusement, ce n'était plus le désir mais l'agacement qui l'animait.

– T'as sérieusement demandé l'autorisation à mon frère ? On est revenus en 1950 ou quoi ? Et si moi je ne veux pas ?

– Alors j'aurai des coups de soleil, dit Flynn avec un sourire blasé et en haussant ses larges épaules. Je ne voulais pas que Jack vienne me coller la tête dans le sable parce que tu posais tes mains sur moi. Et si tu veux tout savoir, ce qu'il a dit exactement, c'est : « Arrange-toi avec elle. Et n'hésite pas à invoquer l'article 15 » !

– Est-ce qu'il existe vraiment, cet article 15 ? demandai-je en soupirant.

– Oui, mais je ne pense pas qu'il s'applique dans ce cas précis, rigola-t-il.

Je soufflai encore une fois, et pourtant, l'idée de caresser sa peau était vraiment tentante.

– Tu as apporté de la crème ou t'es comme Jack et tu comptes sur les autres ?

Flynn se leva avec un sourire victorieux et alla fourrager sous le tee-shirt qu'il avait jeté sur sa serviette. Il revint et lorsque je le lui pris, nos doigts s'effleurèrent brièvement, réveillant les papillons dans mon estomac.

Préparez-vous les gars, il va y avoir une rave party dans deux minutes.

Flynn s'assit dans le sable et me présenta son dos. Je fis couler de la lotion dans ma paume, inspirai un grand coup et posai délicatement les mains sur ses épaules chauffées par le soleil. La peau dorée était lisse et dure sous mes doigts, et pourtant j'avais l'impression qu'elle était parcourue de petites décharges électriques. Ou alors ça venait de mes nerfs sursollicités par le contact de son épiderme.

– Pourquoi une rose ? demandai-je à voix basse alors que j'effleurais la fleur encrée dans sa peau.

– Je veux croire que même si la vie est merdique, il y a toujours du bon dans toute chose.

Je voulais le croire aussi. C'était typiquement ce genre de pensées qui m'avaient longtemps permis de tenir le coup, en me disant que rien n'arrive sans raison, ni la mort de mes parents, ni même mes déboires avec Tom. Il y aurait forcément du bon à en tirer.

En hochant la tête, je déplaçai les mains vers sa nuque si sexy. Il inspira bruyamment entre ses dents pendant que je luttais pour ne pas y déposer mes lèvres. J'avais toujours aimé les nuques d'homme, d'autant plus quand elles étaient accompagnées d'un roulement de muscles dorsaux puissants. Ou alors c'était juste lui.

J'en profitai pour le masser doucement pendant que j'étalais la crème le long de son dos. C'était tellement bon de toucher sa peau que mes mains en tremblaient. Il avait l'air d'apprécier lui aussi. Il laissa tomber sa tête sur sa poitrine et émit un petit grognement qui fit se tordre quelque chose dans mon estomac. Sa respiration s'accéléra, en accord avec la mienne.

Il fallait que je détourne mon attention, sinon j'allais faire une connerie du genre l'embrasser dans le cou. Sa remarque précédente m'avait fait comprendre que j'en savais bien peu à son sujet, c'est pourquoi je lançai :

– Bon alors, dis-m'en plus sur toi, Lilian Flynn.

– J'ai toujours détesté mon prénom, mais bizarrement j'aime bien quand c'est toi qui le prononces, susurra-t-il en relevant la tête, me laissant profiter de toute l'intensité de ses prunelles noisette rivées sur ma bouche.

Je pressai la main sur sa nuque, le forçant à abaisser la tête, officiellement pour le tartiner de crème, et officieusement parce que je me sentais fondre comme une glace au soleil sous l'effet de son regard insistant.

– Réponds à la question, ordonnai-je.

– Il n'y avait pas de question, dit-il en me détaillant de biais.

Je savais reconnaître une diversion quand j'en voyais une et c'était exactement de ça qu'il s'agissait. Flynn était passé en mode tombeur dans le seul but d'éviter ma demande, qu'elle soit formulée clairement ou pas. C'est pourquoi j'insistai encore plus. Il y avait là quelque chose à creuser.

– Je reformule : que peux-tu me dire sur toi, *Ladykiller* ?

Il soupira en secouant la tête et essaya de s'en tirer avec son sourire en coin.

– Je n'ai pas envie de parler de moi, *Baby doll.* Ce n'est pas intéressant.

Et voilà qu'il scrutait à nouveau mes lèvres. Ma suspicion se confirmait de plus en plus.

– C'est à moi d'en juger, rétorquai-je. Et puis, maintenant que Jack m'a pratiquement kidnappée pour venir ici, il faut bien que je mette ce temps à profit.

Malgré ma remarque, il sourit de toutes ses dents, ravi comme un chat qui venait d'avaler un canari.

– De mon point de vue, tu n'as pas l'air ligotée. Enfin, je veux dire, si tu es dans ce genre de délire, on peut s'arranger, susurra-t-il d'une voix lourde de promesses qui me fit frissonner malgré la morsure du soleil sur mes épaules. Je t'ai déjà dit que je ferais tout ce que tu veux…

À part répondre aux questions sérieuses, visiblement. Pourtant, je ne pouvais m'empêcher d'être émoustillée par sa proposition. Quelque chose de chaud s'éveilla dans mon ventre.

Concentre-toi, Chiara !

– Réponds plutôt à ma question.

Il commença par lever la tête vers le ciel au-dessus de nous, puis la laissa à nouveau tomber vers ses genoux, pendant que j'étalai la crème solaire le long de sa colonne vertébrale :

– J'ai grandi à Raleigh. Comme je l'ai déjà dit, ma mère était une junkie, juste assez clean pour me donner la vie sans foutre ma santé en l'air. Je ne pense pas qu'elle savait qui était mon père. Elle m'a refourgué à sa mère, ma bien-aimée et homonyme Lilian, et elle a disparu dans la nature. Quand elle en a eu ras le bol de s'occuper du rejeton de sa camée de fille, ma grand-mère m'a largué dans un centre social et elle a foutu le camp en Amérique du Sud, là où les services sociaux ne pouvaient pas aller la récupérer par la peau du cul. J'avais huit ans. Après ça, j'ai vécu dans des foyers et différentes familles d'accueil.

Flynn s'interrompit, le temps d'une grande respiration. La confession semblait tellement difficile pour lui que je regrettai d'avoir posé la question et de l'avoir obligé à y répondre.

Waouh, Chiara, bien joué !

Pourtant, mon cœur saignait pour ce gamin mal-aimé qui avait malgré tout réussi à grandir et à devenir un ami fidèle et loyal. Je me sentais si triste pour lui que j'avais envie de retrouver ceux qui l'avaient blessé afin de leur botter les fesses.

– Je me battais, reprit-il, la mâchoire crispée. Je trafiquais aussi, mais pas de la drogue. Je n'ai jamais touché à cette merde. La seule raison pour laquelle j'ai évité la prison, c'est parce que j'étais trop malin pour me faire prendre. Mais je savais qu'à la minute où j'aurais dix-huit ans, ma famille d'accueil me foutrait à la porte. Donc avec tout ça, quand les recruteurs des Marines sont venus nous faire leur petit speech dans mon lycée, j'ai vu une porte de sortie. Les Marines, où j'avais un toit et de la bouffe gratis, ou SDF. La décision a été vite prise. Et puis, ils avaient la classe, tu vois. Ils sont entrés dans le gymnase comme si le monde leur appartenait, et j'ai eu envie de vivre ça, moi aussi. D'être utile. De rendre quelqu'un fier. Il se trouve que ce n'était pas un mauvais choix, en fin de compte.

Je m'étais doutée que sa vie n'avait pas été une partie de plaisir. C'était juste que je n'imaginais pas à quel point. Combien de jeunes s'étaient engagés pour une raison comme celle-là ? Juste pour partir loin de chez eux ? On leur donnait tout. Logés, nourris, blanchis et payés en échange de leur service. Finalement, je devais bien admettre que ce n'étaient pas tous les conservateurs patriotiques sur lesquels je pensais tomber quand Jack m'avait annoncé sa décision de servir. D'ailleurs, si mon frère s'était engagé, c'était aussi pour gagner sa vie le plus vite possible en me retirant la charge de subvenir à ses besoins. Jack et Flynn avaient tellement en commun. Ce n'était pas étonnant qu'ils soient si proches.

Je restai silencieuse une minute, ne sachant pas par où commencer, puis posai ma main sur celle de Flynn et serrai doucement ses doigts chauds.

– Je suis désolée. Personne ne mérite ça.

Il tourna la tête vers moi et son sourire de séducteur ne mit pas longtemps à réapparaître, même si ses yeux restaient encore hantés par son récit.

– Est-ce que ça me donne des points de bonus ? dit-il en se penchant à nouveau vers moi. Tu as envie de me faire un câlin ? Tu peux si tu veux.

Je secouai la tête, en me demandant s'il pouvait rester sérieux plus de deux minutes.

– Reste tranquille, je n'ai pas fini, dis-je en reportant mon attention vers la masse de son dos que je n'avais pas encore terminé de tartiner de lotion.

Peut-être que j'avançais millimètre par millimètre, dans le but de prolonger cette presque caresse. En tout cas, personne ne pourrait le prouver. Je dis juste qu'on n'aurait pas pu trouver une peau mieux crémée sur toute Onslow Beach en ce dimanche après-midi.

J'apportais la touche de finition à son flanc gauche quand une voix féminine, arrivant par-derrière, me fit tressaillir :

– Salut, vous voulez vous joindre à nous pour une autre partie de volley ?

Flynn leva la tête vers la femme qui approchait, un sourire sincère sur les lèvres.

– Ouais ! Attends, j'appelle les autres.

Une fois sur ses pieds, il fit un signe vers la mer et se tourna vers moi.

– T'avais fini au moins ? J'ai oublié de te demander l'autorisation, se moqua-t-il avec son sourire en coin bien en place.

– Oui, soufflai-je avec exagération. Heureusement ! Il ne faudrait pas que tu récoltes un article 15 !

Flynn récupéra néanmoins le tube de crème sur la serviette et entreprit d'en appliquer sur son torse, sans me réquisitionner pour l'aider. Dommage…

La fille était restée là pour l'attendre et suivait, comme moi un peu plus tôt, le mouvement de la main de Flynn sur ses pectoraux, tandis qu'il s'appliquait à sa tâche. Je n'étais donc pas la seule à apprécier le spectacle. Alors qu'elle avait les yeux rivés sur lui, j'en profitai pour la détailler un peu, elle.

C'était une jeune femme à la peau brune lumineuse et aux cheveux noirs mi-longs, vêtue d'un bikini à l'imprimé tropical qui mettait en valeur sa longue silhouette athlétique. Elle ressemblait à une Amazone guerrière, ce qu'elle était effectivement comme en témoignaient les *ID tags* scintillants sur sa poitrine. Elle était presque aussi grande que Flynn, ce qui me la faisait paraître immense, à moi qui étais toujours assise sur ma serviette.

Se sentant sûrement observée, elle tourna ses prunelles d'un brun clair, presque mordoré, sur moi :

– Salut ! Je suis Madison, déclara-t-elle d'une voix mélodieuse, sympathique en apparence mais on pouvait y déceler une note soucieuse sous-jacente. Visiblement, elle se demandait qui j'étais, et surtout qui j'étais *pour Flynn.*

– Chiara… commençai-je.

– C'est la sœur de Johnson, compléta Flynn en me coupant la parole d'un ton tranchant comme si ça expliquait beaucoup de choses.

Si j'avais encore un doute, il venait de le faire voler en éclats. Être la sœur de Jack me classait dans la catégorie des personnes intouchables, et même si je le savais déjà, l'entendre de sa bouche si séduisante me fit l'effet d'un seau d'eau glacée. Voilà sans doute pourquoi il avait fait marche arrière la veille.

J'étais la sœur de son meilleur ami. Fin de l'histoire.

J'aurais dû être soulagée, parce que cette décision allait dans mon sens, mais étrangement je ne ressentais que de la déception.

– Madison fait partie de mon escouade[20], précisa Flynn à mon attention, me ramenant à la réalité.

---

20. Chez les Marines, le grade de sergent correspond à *squad leader*, c'est-à-dire qu'il ou elle a sous ses ordres douze hommes ou femmes, dont un ou plusieurs caporaux.

– Oh, ma pauvre ! dis-je à la jolie Marine. Flynn est ton chef ?

– Oui, Flynn est mon sergent, rigola-t-elle.

– Et tu n'as jamais eu envie de lui tirer dans le dos ? glapis-je en ouvrant les yeux de manière exagérément horrifiée.

– À vrai dire, c'est un très bon leader, affirma-t-elle avec un sourire attendri vers le principal concerné.

Le doute n'était plus permis. Madison éprouvait beaucoup plus que de l'admiration pour son supérieur, et cela me provoquait une sensation très inconfortable dans la poitrine. Pourtant, Flynn continuait à se comporter avec elle comme s'il n'avait rien remarqué.

– Tu as vu à quel point tu les traumatises ? Tu leur retournes complètement le cerveau pour qu'ils chantent tes louanges, balançai-je en secouant la tête d'un air faussement désapprobateur.

Flynn se contenta de se marrer.

– Et à part ton chef merdique, ça fait quoi d'être une femme chez les Marines ? demandai-je à Madison, poussée par la curiosité.

– C'est une très bonne expérience, très challengeante. C'est ce que je recherchais quand je me suis engagée. Évidemment, il y a toujours des gars qui pensent que les femmes n'ont rien à faire là, parce que nos exigences physiques sont plus faibles que celles des hommes, et on doit souvent bosser deux fois plus pour gagner leur respect. Et il faut aussi supporter les blagues niveau lycée de certains ! Mais tous ne sont pas comme ça, dit-elle en coulant un regard vers Flynn. Globalement, j'ai eu de la chance dans mon affectation parce que ce que je ressens, c'est que tant que je fais mon job et que je tiens le coup pendant la pratique sportive, les mecs sont respectueux avec moi.

Flynn hocha la tête comme pour confirmer ses dires, que cela ne faisait aucune différence pour lui que son escouade soit composée d'hommes ou de femmes.

– Parfois, je me sens comme une petite sœur pour eux, ajouta-t-elle avec une note de regret et je devinai qu'elle aurait aimé changer cela, surtout de la part du gars qui se tenait debout à côté d'elle.

– Je me souviendrai toujours de la façon dont tu as engueulé ce *boot* qui t'avait répondu « *Aye, Sir !* » ricana Flynn sans regarder Madison qui le scrutait maintenant avec un mélange de fierté et d'admiration. Et puis il suffit que les rageux te voient sur le stand de tir pour qu'ils ferment leurs gueules. Franchement, elle nous botte le cul à tous, ajouta-t-il pour moi. Tu sais qu'on dit des Marines qu'ils sont « les élus, les fiers[21] » ? Les femmes Marines sont « les encore plus rares, les encore plus fières ». Ce sont des dures à cuire.

Avoir sous les yeux leur complicité, même si elle était basée sur des faits purement professionnels, me

21. « *The few, the Proud* » est un des slogans des Marines.

causa un pincement désagréable dans la poitrine. Peut-être parce que je prenais conscience que chez les Marines, les relations de travail allaient bien au-delà d'une banale interaction entre collègues. C'étaient des amitiés pour la vie, riches d'expériences communes que nous autres, civils, ne pourrions jamais comprendre et qui nous laisseraient toujours en marge.

Et je commençais aussi à comprendre que je n'avais pas envie d'être tenue à l'écart de Flynn. Au contraire, je désirais être au plus proche de lui… Le problème, c'était que lui n'éprouvait visiblement pas la même chose. Il flirtait avec moi, mais ça n'allait pas plus loin quand on se retrouvait seuls et il venait d'expliquer pourquoi. Ma gorge se referma sur un sentiment amer de déception.

L'arrivée de Jack, Johnny et Garrett coupa court à la discussion. Ils suivirent tous Madison un peu plus loin sur la plage, sur le terrain de volley-ball aménagé, où ils disputèrent une partie acharnée avec un autre groupe de Marines. Après les avoir observés quelques minutes, je m'allongeai sur ma serviette et fermai les yeux.

***

Une silhouette s'étendit au-dessus de moi, bloquant les rayons du soleil. Je n'avais pas besoin d'ouvrir les yeux pour savoir qui osait interrompre ma séance de bronzette aussi grossièrement. Ce n'était pas la présence familière de Jack ni la masse chaleureuse de Johnny.

Chacune des cellules de mon corps était aimantée par celui qui se tenait à côté de moi, de la même façon que toutes les molécules d'eau de la mer réagissaient à l'attraction lunaire. Sous l'ombre, ma peau se couvrit de chair de poule. Les papillons dans mon ventre sortirent brutalement de leur sieste pour reprendre leur danse effrénée.

– T'es pas transparent, râlai-je, les yeux toujours fermés.

Il ricana, un son devenu tellement précieux pour moi en si peu de temps que ma gorge se noua. Le sable crissa, puis le soleil m'enveloppa à nouveau de sa chaleur.

– Les gars sont en train de débattre pour savoir lequel va te jeter à l'eau.

Sa voix était étonnamment près de mon oreille. J'ouvris curieusement les paupières pour découvrir Flynn accroupi juste à la lisière de ma serviette de plage. Ses cheveux mouillés étaient repoussés vers l'arrière, comme s'il sortait de l'océan. Je déglutis, bien plus troublée par sa proximité que je ne l'admettrais jamais devant lui.

– Et alors ? Tu viens me prévenir par charité ?

Il ne répondit pas. À la place, il glissa un bras sous mes genoux relevés et l'autre sous mes épaules, si vite que j'eus à peine le temps de comprendre ce qu'il se passait. J'étais déjà pressée contre son large torse. Un cri de surprise m'échappa, ce qui provoqua des exclamations plus loin, là où étaient les autres.

Sans perdre une seconde, il se mit à courir vers la mer à grandes foulées. Bien que les secousses fussent inconfortables, le trajet n'était pas si désagréable. Flynn était encore froid de son précédent bain de mer, mais il dégageait une odeur ensorcelante d'iode et de vétiver mêlés au parfum de sa peau. Son cœur cognait puissamment dans sa poitrine, contre mon oreille, au rythme de ses pas. Il ne ralentit qu'en atteignant le bord de l'eau, dans laquelle il commença à avancer lentement.

– Je croyais qu'il y avait débat sur celui qui aurait l'honneur de me balancer à la mer, dis-je.

Il me jeta un coup d'œil puis projeta à nouveau son regard devant lui, pour voir où il allait. Ses pas provoquaient de grandes gerbes d'eau qui m'éclaboussaient de façon intermittente, les jambes puis les bras.

– J'ai fait jouer les galons, répondit-il avec un sourire dans la voix.

– Quelle chanceuse je suis ! me moquai-je.

– De toute façon, je n'aurais laissé personne me retirer ce privilège.

Sa mâchoire se contracta un instant sur une pensée qui semblait déplaisante.

Celle d'un autre gars qui te porte dans ses bras, compléta mon imagination. Évidemment, je la chassai immédiatement.

Au fur et à mesure de sa progression dans l'océan, mon corps fut de plus en plus immergé, mes pieds tout d'abord, puis mes chevilles. Et pendant qu'il avançait dans l'eau, je jouais machinalement avec les *ID tags* qui pendaient sur sa poitrine, à portée de ma main. De cette perspective, j'avais une vue saisissante sur son visage, ses lèvres pulpeuses, les longs cils noirs qui bordaient ses yeux, ses pommettes bombées, ainsi que la petite cicatrice blanche sur son menton.

Flynn risqua un regard vers moi, rivant ses pupilles noisette aux miennes :

– Tu sais, j'essaie vraiment de bien me conduire, mais tu es en train de foutre en l'air tous mes efforts.

Mais moi, je n'avais aucune envie qu'il se tienne à carreau ! Je voulais voir se fissurer cette façade parfaitement contrôlée. Je voulais savoir si je me faisais des idées ou s'il ressentait aussi cette même attirance magnétique qui m'aspirait vers lui quoi que je fasse.

– Tu veux une médaille, peut-être ? raillai-je.

– Ouais, j'aimerais bien ! Enfin, je préférerais quand même éviter la *Purple Heart*[22].

C'était dans ce genre de moment que je me rappelais qu'aussi insouciants ils pouvaient paraître, là, à prendre du bon temps sur la plage, tous ces Marines pouvaient un jour ne jamais revenir de leur travail.

---

22. Médaille attribuée aux soldats blessés ou tués au combat.

Et sans même y penser, mes doigts effleurèrent les cinq lignes qui le résumaient sur ses plaques d'identité, tout ce qu'il resterait de lui si jamais il mourait sur un champ de bataille : son nom (FLYNN) ; ses initiales (L.J.) et son groupe sanguin (O POS) ; son numéro d'identification ; son appartenance aux Marines et sa taille de masque à gaz (USMC M) ; ses préférences religieuses (PAS DE PRÉFÉRENCE).

– Arrête de la regarder comme ça, gronda-t-il, les yeux sur l'horizon.

– Comme quoi ?

– Comme si tu voulais en mémoriser chaque détail.

Il s'arrêta net. L'eau m'arrivait à mi-mollets, mes fesses effleuraient la surface de l'océan.

Puis Flynn baissa les yeux en direction des miens et le temps s'arrêta.

Je me perdis dans ses iris, ce savant mélange de vert et de marron qui changeait selon son humeur et la météo.

Ma respiration se cala sur le rythme rapide de la sienne.

Il me sembla que ses lèvres se rapprochaient des miennes.

Ou alors c'était moi qui me soulevais dans ses bras.

Tout ce que je savais, c'est que j'étais complètement envoûtée.

– Attention à la chute, murmura-t-il de sa voix rauque.

La seconde d'après, mon corps, expulsé de ses bras puissants, plongea entièrement dans l'océan.

DEUXIÈME PARTIE

S'adapter

(« ADAPT »)

CHAPITRE 10

– T'as pris de la coke au petit déjeuner ou quoi ? demanda Jack alors que je m'agitais sur le siège passager.

– Non, mais cette fois-ci, je vais découvrir un autre endroit de Camp Lejeune ! m'exclamai-je alors qu'on s'arrêtait à la guérite de contrôle. Là où tu bosses, par exemple… ?

– Je ne t'emmène plus nulle part si tu n'as pas assez dormi…

La veille, nous avions fini le nettoyage de la salle tard après la fermeture du Smithy's, et le temps de rentrer, de me doucher et de faire redescendre l'énergie, j'avais dû m'endormir entre quatre et cinq heures du matin.

Le trajet à travers la base fut beaucoup plus court que le chemin pour accéder à la plage. Sincèrement, tout se ressemblait plus ou moins pour moi, alors que Jack naviguait là-dedans aussi facilement que… Eh bien, que quelqu'un qui empruntait ces routes tous les jours, me dis-je. Il avait raison, j'étais peut-être trop excitée…

Nous débarquâmes dans une zone pavillonnaire typique des banlieues américaines que je n'aurais pas imaginé trouver au beau milieu d'une base militaire : maisons alignées, pelouses ultra-vertes et tondues au millimètre, grandes allées, parcs pour enfants au centre des pavillons.

Jack se gara le long de la route devant une habitation jaune à la suite de plusieurs voitures, puis longea la façade jusqu'à atteindre une petite foule d'adultes et d'enfants qui étaient déjà rassemblés, sans que je sache s'ils étaient tous chez Stacy et son mari ou avec les voisins. En fait, il n'y avait pas de délimitation entre les jardins, si bien que c'était un grand espace commun de ce côté de la route.

Cap sur les amis de Jack parmi lesquels j'aperçus la grande silhouette de Johnny.

– Eh, les gars ! m'écriai-je, contente de me faufiler entre Johnny et un mec brun qui me tournait le dos, en grande conversation avec son voisin.

Au moment où ils répondirent à mon salut, un regard pesa sur moi à ma droite, sensation que je ne connaissais que trop bien, même si je ne l'avais pas éprouvée depuis deux semaines, jour pour jour. Et en effet, quelques secondes plus tard, je rencontrai des prunelles noisette à l'expression intense qui me clouèrent sur place.

– Salut, dis-je à Flynn sur le ton le plus neutre possible.

– Salut, me répondit-il de sa voix rauque.

Peut-être était-ce parce que ça faisait treize jours que je ne l'avais pas vu, mais je le trouvai plus beau que jamais. Je n'eus pas le temps de développer, car Johnny m'attrapa par les épaules pour me faire pivoter sur les talons de mes sandales dorées :

– Où est mon câlin, Minus ?

Et il m'enveloppa soudain dans ses bras musclés, me pressant contre son torse dur comme de la pierre. Avant de finir à l'hôpital, je lui frappai le dos du poing :

– Tu m'étouffes, abruti ! suffoquai-je.

Il me relâcha tout aussi brutalement et je fis semblant de me masser les flancs, attirant son attention sur mon tee-shirt.

– Tu l'as mis ! s'exclama-t-il.

– Évidemment ! J'en suis très fière.

Sur ma poitrine s'étalaient noir sur blanc les lettres USMC[23]. Hilare, Johnny me tourna vers le reste de la bande pour qu'ils puissent tous m'admirer à leur tour. Cela fit rire Garrett qui s'approcha, les bras grands ouverts, depuis l'autre côté du cercle :

– Moi aussi, je peux avoir mon câlin ?

Je m'engouffrai volontiers dans son étreinte, plus douce que celle de Johnny. Il sentait bon le déodorant, quelque chose avec du musc.

– On n'était pas sûrs de la taille, dit Garrett quand je me reculai, mais c'est pas mal.

23. U.S. Marine Corps.

– On a pris la plus petite taille, on a même hésité à aller au rayon enfants, ajouta Johnny en rigolant.

Je voulus lui envoyer une tape sur le biceps, mais il intercepta ma main dans son énorme paluche et me fit une clé de bras. Sans comprendre comment, je me retrouvai plaquée contre lui, mon poignet tordu entre nous. Je ne pratiquais pas le *close-combat*, moi.

– Tu vas te blesser, fillette, gronda-t-il de sa voix grave.

– Là, c'est toi qui me fais mal.

Il me relâcha immédiatement. Et pendant tout ce temps, Flynn nous observait, les yeux plissés et la bouche entrouverte, comme s'il venait de se réveiller dans un univers parallèle. Beaucoup de choses s'étaient passées en deux semaines.

– Brown et Gableston ont décrété que Chiara était notre nouvelle mascotte, expliqua Jack devant l'air confus de son meilleur pote.

– Parce qu'elle est toute petite et qu'elle aboie comme Chesty, compléta Johnny.

Je n'étais pas très fière de cette partie-là car être comparée au bouledogue, mascotte des Marines, ce n'était pas vraiment flatteur, mais d'un côté, je savais que c'était leur façon de m'accepter.

– Donc on lui a acheté un tee-shirt, pour la prochaine fois qu'on la sort en boîte, continua Johnny à l'attention de Flynn qui semblait de plus en plus estomaqué. Ça sera plus marrant quand elle aboiera sur un enfoiré qui essaiera de lui coller la main au panier.

Flynn écarquilla les yeux si grands qu'ils faillirent lui sortir de la tête, avant de se tourner vers Jack qui ricanait doucement.

– Et t'as laissé faire ça ? demanda-t-il d'une voix étranglée.

– Je n'étais pas là, dit mon frère en levant les mains devant lui. Brown et Gableston ont récupéré Chiara et Wendy à la fin de leur service, samedi dernier, et ils les ont emmenées au Black. Chiara est rentrée à six heures du matin en gloussant.

– Je ne gloussais pas ! protestai-je.

– Si.

Les gars avaient juste envie d'aller danser et ils nous avaient embarquées avec eux. Sincèrement, je ne m'étais jamais sentie aussi en sécurité dans une boîte de nuit. Entourées de nos deux gardes du corps, Wendy et moi nous étions éclatées. J'avais peut-être aboyé sur deux ou trois mecs, probablement suicidaires, qui avaient tenté de passer la barrière des amis de Jack.

– C'est dommage que tu n'aies pas voulu venir avec nous hier soir, continua Johnny.

– Désolée, j'étais crevée.

En réalité, mes règles étaient arrivées et j'avais juste eu envie de rentrer m'allonger avec une bouillotte sur le ventre. Je ne me voyais pas du tout aller me déhancher alors que le service avait déjà été pénible. Fort à propos, une voix tonitruante retentit derrière moi :

– Petite Johnson !

Je poussai un soupir et me retournai.

– Salut Sam !

– Sam ? murmura Flynn à côté de moi.

Sam Rodriguez se planta devant moi avec un grand sourire… Que je lui rendis sincèrement.

C'était un des événements qui étaient arrivés. Sam était là pendant cette soirée en boîte, ce qui m'avait permis de mettre les choses au clair avec lui. Je n'étais pas un morceau de viande sur lequel il pouvait déverser des grossièretés. Par conséquent, nous étions parvenus à un compromis : je ne « mordrais » plus s'il restait poli avec moi. Pour preuve : Rodriguez m'attrapa la main et déposa un baiser galant sur le dessus de mes phalanges.

– Non, vous l'avez vraiment fait ! dit-il à Johnny et Garrett, en rigolant et montrant mon tee-shirt. Ça te va bien. Ma proposition tient toujours. Tu veux m'épouser, petite Johnson ?

– C'est toujours non.

– Tu sais que ça me permettrait de quitter les baraquements, de toucher double paie, et à toi, d'avoir une assurance maladie gratuite.

– Oh attends, dans ce cas… dis-je en faisant mine de réfléchir. Non, toujours pas.

– Allez quoi ! Je ne sais pas si tu as déjà ouvert Tinder dans le coin, mais les seules possibilités, ce sont des Marines ou des femmes de Marines qui veulent s'amuser pendant que leur mari est déployé. Je vais finir par devoir épouser une strip-teaseuse !

Quoi de plus romantique que de s'entendre dire qu'on est un pis-aller…

– Au revoir, Sam, dis-je.

– À plus tard, fit-il en s'éloignant avec un sourire charmeur.

Quand je me retournai, j'étais enfin seule avec Flynn. Où étaient donc passés les autres ? Un rapide coup d'œil autour de moi me permit de distinguer la tête blonde de mon frère à côté du gril. Je forçai un sourire sur mon visage en revenant à l'homme près de moi.

Il avait purement disparu pendant deux semaines. Personne n'avait parlé de lui, tout le monde agissait comme si c'était normal qu'il ne soit pas là et je n'avais pas osé poser la question de peur qu'on me demande ce que j'en avais à faire. C'était comme s'il n'avait jamais existé autrement que dans mon esprit.

J'étais en colère et je l'étais encore plus de l'être contre lui. Est-ce que ça avait le moindre sens ? J'avais l'impression que la planète déraillait de son orbite à chaque fois qu'il se trouvait dans les parages.

– Dis donc, tu ne t'es pas ennuyée, ces derniers temps ! commença-t-il sur un ton qui ressemblait bizarrement à un reproche.

– Oui, tu sais, c'est un truc qui s'appelle la vie, rétorquai-je, plus cassante que je ne l'aurais voulu. Je suis aussi allée à la plage avec Wendy et ses amis, à Surf City, si tu veux un compte-rendu détaillé de mon emploi du temps.

Mon intonation le fit flancher.

– Tu es en colère contre moi, affirma-t-il d'un air incrédule.

– Pourquoi le serais-je ? Tu te crois à l'origine de toutes mes émotions ?

Il lâcha un petit rire désabusé et laissa son regard dériver vers les gens autour de nous avant de se ressaisir.

– C'est l'impression que ça donne. Tu es hautaine avec moi alors que les gars sont devenus tes meilleurs amis…

Était-ce de la jalousie que je décelais dans ses yeux ? Qu'est-ce que je devais en conclure ? Que je n'avais pas le droit de m'amuser quand il n'était pas là ? C'était comme s'il venait de souffler sur les braises incandescentes de ma colère.

– On a juste passé du temps ensemble et ça a créé des liens, rétorquai-je. Ça aurait pu être toi si tu n'avais pas été MIA[24] pendant deux semaines.

Il rigola amèrement à mon utilisation du terme militaire.

– Je n'étais pas MIA, j'ai passé deux putains de semaines en exercice sur le terrain !

Donc les autres le savaient, mais personne ne m'avait prévenue parce que… pourquoi ça m'aurait intéressée ?

---

24. *Missing in action* : personne disparue en temps de guerre, dont le corps n'a pas été retrouvé.

– Oorah ! Je suis contente pour toi. J'espère que tu en as retiré plein de bénéfices, dis-je avec un faux enthousiasme.

J'allais mettre fin à cette conversation qui ne menait nulle part. Je n'étais pas venue là pour me disputer. Et d'ailleurs, je n'avais toujours pas croisé Stacy.

Flynn soupira et plissa les yeux en serrant la mâchoire.

– Et quand est-ce que Rodriguez est devenu Sam ? cracha-t-il.

La jalousie, donc. Il n'avait pas le droit de me faire une scène alors qu'il ne s'était rien passé avec qui que ce soit, et que même si ça avait été le cas, ça ne le regardait pas. Pourtant, je choisis de ne pas lui montrer à quel point il me tapait sur les nerfs, même si ma poitrine brûlait de rage et que mon estomac faisait des nœuds sur lui-même.

– C'est son prénom, déclarai-je platement. Je ne suis pas comme vous autres, ça me fait bizarre de vous appeler par vos noms de famille.

– Je te rappelle que tu m'appelles Flynn, asséna-t-il, les yeux brillants de colère.

– C'est pas ce que tu veux ? Tu t'es présenté à moi de cette façon. Je croyais que tu détestais ton prénom ? Mais si tu préfères que je t'appelle Lilian, allons-y.

– Tu n'as aucune idée de ce que je veux, gronda-t-il tout bas.

Je ne pus m'empêcher de ricaner car, en effet, je l'ignorais totalement, et j'avais l'impression que lui aussi. Sinon il ne me ferait pas tourner en bourrique de cette façon.

– Enfin un point sur lequel on est d'accord.

Je marquai une courte pause puis conclus cette conversation sans queue ni tête :

– Maintenant, excuse-moi, je vais aller saluer Stacy.

J'eus juste le temps de faire un pas avant qu'il ne m'attrape le poignet et ne me ramène vers lui avec force. Je fus presque plaquée contre son torse qui dégageait son odeur boisée habituelle. J'en eus le tournis, à cause du mouvement brusque, de sa présence si charismatique et de la combinaison des deux. En tout cas, je me sentais comme étourdie, ce qui ne s'arrangea pas quand il se pencha vers moi, les prunelles illuminées d'une lueur sauvage :

– Je t'ai manqué, *Baby doll* ? chuchota-t-il à mon oreille, son souffle chaud titillant le point sensible de mon cou, juste sous mon lobe.

Un grand frisson dégringola le long de ma colonne vertébrale et mon cœur l'accompagna malgré lui. Je me retrouvai toute balbutiante, au bord du vertige :

– Quoi ? Non !

En fait, si. J'avais ressenti le manque de sa présence comme un tison chauffé à blanc planté tout droit dans ma poitrine, à chaque minute de ces treize jours interminables, mais il était hors de question que je le lui avoue. J'en étais même venue à regretter de ne plus entendre ce surnom détestable murmuré avec cette voix rauque qui me chamboulait tout entière.

Il ricana contre ma peau hérissée de chair de poule. J'étais tellement submergée par les sensations que mes paupières se fermèrent d'elles-mêmes.

– Toi, tu m'as manqué, poursuivit-il sur le même ton bas. Et tu as remarqué que je n'étais pas là. Ça me suffit… pour l'instant.

Il me lâcha soudainement et me laissa là, pantelante, pour rejoindre les gars du côté du barbecue. C'est pourquoi, une fois que j'eus retrouvé mes esprits, je n'eus aucun scrupule à me déhancher dans ce short en jean taille haute qui me faisait un cul d'enfer, en me dirigeant vers Stacy qui discutait avec d'autres femmes un peu plus loin.

Je savais que Flynn me suivait du regard.

Stacy se tourna vers moi, ses yeux bleus pétillant de joie, pour me serrer brièvement dans ses bras.

– Elle est sympa, votre maison, déclarai-je avec un sourire.

– Merci, on est installés depuis deux mois et on n'avait toujours pas eu le temps d'organiser cette crémaillère. Viens, je vais te présenter, dit-elle en me faisant avancer vers le groupe de femmes qu'elle avait quitté quand je l'avais interpellée. Mesdames, voici Chiara, la sœur du caporal Johnson. Elle est arrivée du Maine, il y a quoi ?

– Trois semaines, complétai-je.

Toutes les têtes se tournèrent vers moi avec des sourires plus ou moins sincères. Je distribuai des poignées de main tandis qu'on me demandait en rafale combien de temps j'allais rester avec mon frère et ce que je faisais dans la vie. J'avais l'impression de subir un interrogatoire de police.

– Je vais reprendre ma maîtrise de comptabilité. Et je me suis installée chez Jack pour un an ou deux. Il a acheté un appartement hors base, pour anticiper son départ des Marines, déclarai-je. C'est pratique.

– Oh ! Et quel âge as-tu ? Si ce n'est pas indiscret, bien sûr.

Bien sûr.

– Vingt-neuf ans. Ça surprend toujours les gens, mais je suis l'aînée.

Des mines choquées se tournèrent vers moi. Visiblement, elles ne s'attendaient pas à ça.

– Oh… Dans ce cas, tu devrais faire un tour au barbecue du voisin, lança toujours la même blonde avec un petit rire. C'est un *gunnery sergeant*.

À ma droite, Stacy se dandina inconfortablement, sa gêne nettement perceptible dans la petite grimace désolée qu'elle m'adressa.

– Pourquoi ? demandai-je, naïvement.

– Eh bien, expliqua la femme, les hommes qui ont un grade supérieur sont plus âgés. Ce serait plus approprié pour toi. Enfin, ils sont tous mariés à côté.

Je fis tout pour ne pas paraître outrée. C'était donc ça, leur regard sans équivoque. J'étais officiellement une vieille fille coureuse de Marines. Aïe.

Ces harpies avaient dû me voir discuter avec les gars et croire que j'étais là pour sécuriser un mariage avec un beau et jeune Marine, parce qu'évidemment, une femme de mon âge n'avait pas d'autre option dans la vie…

Sans pouvoir m'en empêcher, je pensai à Flynn et laissai errer mes yeux sur la masse des invités rassemblés dans le jardin pour apercevoir sa silhouette. Une brève pression sur la main me ramena dans l'instant. Je rencontrai les prunelles désolées de Stacy, discrète tentative de m'expliquer qu'elle n'était pas d'accord avec ce qu'il se disait.

– Je ne cherche pas à me marier, affirmai-je quand même pour cette bande de vipères.

– C'est dommage, avança une brune. Je connais un *staff sergeant* en plein divorce. Il va bientôt rendre la maison mais habite encore là, en attendant. Tu devrais passer devant pour faire connaissance. Je peux même aller chercher mon chien, si tu veux.

La façon dont elle exposait son sourire carnassier lui aurait valu des compliments de la part de mon dentiste. J'avais envie de l'étouffer avec une pince à barbecue, ni plus ni moins. Je devais mal cacher ma contrariété, car mon frère se mit soudainement à s'agiter un peu plus loin :

– Chiara !

Il avait retrouvé Flynn, Johnny et Garrett, et me faisait signe de la main de les rejoindre. Je pris une grande inspiration dans le but d'apaiser ma colère et reportai mon attention sur la femme :

– Ça va aller, mais merci d'avoir pensé à moi, dis-je calmement. Je suis désolée, on m'appelle. Stacy, je te retrouve plus tard ?

– Tu semblais avoir besoin d'un sauvetage, dit Jack tandis que je me laissais tomber entre Flynn et lui, sur le vieux drap qui recouvrait l'herbe.

– Tu n'as pas idée, soupirai-je. Merci, frangin.

Autour de nous, Johnny mangeait à la romaine, à moitié allongé, et Garrett était reparti vers le gril. Il me passa une bière, attendant que je développe, mais à la place j'avalai une gorgée pour essayer de détendre ma mâchoire. Sinon j'allais finir par me casser quelque chose à force de serrer les dents pour ne pas hurler.

– Crache le morceau ! s'exclama finalement Johnny, ses yeux bleus animés de curiosité et d'excitation. Tu semblais prête à aboyer !

Je repris une gorgée de bière pour m'accorder une seconde de répit. Elles avaient cherché à m'humilier en appuyant sur ce qu'elles considéraient comme mon point faible. Mais ça démontrait seulement à quel point leur conception de la vie était étriquée. Je n'étais pas une ratée parce que je n'étais pas mariée ou que je vivais avec mon frère à vingt-neuf ans.

Alors je décidai de tout garder pour moi et de jeter ça dans ma poubelle mentale, le seul endroit où ça méritait d'aller :

– Ce sont juste des connasses. Je ne comprends pas pourquoi Stacy traîne avec elles.

Flynn se retourna pour les observer un court instant, ses yeux semblaient hyper-concentrés tandis qu'il balayait rapidement le groupe.

– La grande brune, là, dit-il en désignant discrètement de la tête celle qui pourrait remplacer le requin dans *Les Dents de la mer*, ce n'est pas la femme de Moore ?

– Si, confirma distraitement Johnny en avalant une bouchée de son burger.

– C'est bien ce que je pensais. La dernière fois qu'on est allés au Black, elle était là, avec ses copines. Je l'ai vue glisser son alliance dans sa poche avant d'entrer dans le club.

Johnny leva les sourcils d'une manière sarcastique au-dessus de son sandwich tandis que Jack ricanait.

– Son mari est en Asie, m'expliqua Flynn avec un sourire entendu.

Oh... Donc elle avait peut-être déjà suivi son propre conseil. Je soupçonnais son chien de faire de longues et régulières balades devant la maison du pauvre *staff sergeant* en plein divorce. Elle connaissait sûrement son planning par cœur.

Je ne pus m'empêcher de l'imaginer et rigolai, toute trace de colère évaporée. Le regard de Flynn s'adoucit et son sourire se fit moins ironique.

Son intervention avait clairement eu pour but de me remonter le moral et cela m'aida aussi à être un peu moins agacée à son égard. Un peu seulement, il était quand même vraiment énervant.

Garrett arriva avec trois assiettes remplies de burgers et de frites, qu'il nous tendit, mais avant que je ne puisse en saisir une, Flynn l'interrompit :

– Attends. Ce n'est pas le burger de Chiara. Je reviens, me dit-il en se levant et en emportant l'assiette sans un mot supplémentaire.

– Au fait, Garrett, dis-je d'un air détaché, j'ai envoyé mon mail à la fac…

– Bravo ! Au moins une de nous qui s'occupe de son avenir !

On avait eu l'occasion de mieux faire connaissance pendant notre soirée en boîte et il m'avait confié qu'il s'était engagé chez les Marines pour pouvoir étudier. J'en étais restée ébahie. Je ne savais même pas qu'on pouvait faire ça. Or, il était visiblement possible de préparer un diplôme dans un établissement partenaire en bénéficiant d'aides financières, les formations au sein de l'USMC comptant même pour des crédits. Comme sa famille n'avait pas les moyens de lui payer l'université, Garrett avait choisi cette solution un peu détournée pour obtenir son diplôme en ingénierie. C'était plus long, mais astucieux. On avait enchaîné avec mon projet et il m'avait encouragée à lancer ma demande. Et je ne savais pas pourquoi, mais je n'avais pas envie de le décevoir.

De fait, j'avais vraiment pris le temps de faire mes recherches et d'envoyer un message à l'université d'État de Caroline du Nord, expliquant ma volonté de transfert, même si mes derniers cours dataient d'il y a sept ans.

Trois jours plus tôt, j'avais même reçu une réponse qui m'avait surprise. Vu mon histoire, ils avaient décidé de se montrer magnanimes. En plus, grâce aux cours d'été que j'avais suivis avant l'accident de mes parents, j'avais accumulé suffisamment de crédits pour que le semestre de printemps suffise à valider mon année. Bon, à l'époque, je m'étais inscrite à ce cours parce que le prof d'économie était jeune et canon, et que je pensais avoir ma chance avec lui… Finalement, ça avait quand même servi.

Ça, c'était la bonne nouvelle.

La mauvaise, c'était le montant des frais de scolarité : plus de sept mille dollars. Et cerise sur le gâteau : il me fallait remplir le dossier d'inscription – et faire le virement dans son intégralité – avant le seize novembre, c'est-à-dire dans à peine trois petits mois.

Depuis, j'avais retourné les choses dans ma tête, compté et recompté mes économies jusqu'à présent – mille dollars –, et je ne savais toujours pas si j'allais y arriver. Par conséquent, je n'en avais parlé à personne, pas même à Jack.

– Et toi, tu as bossé sur tes cours ? lançai-je avant qu'il ne m'interroge davantage.

– Joker ! répondit Garrett avec un petit sourire contrit.

Il m'avait aussi confié que c'était dur de concilier études et service actif, surtout pour ceux affectés à l'infanterie, ce que le recruteur des Marines avait visiblement « oublié » de lui préciser lorsqu'il s'était engagé. J'éclatai de rire en réponse.

Flynn revint à ce moment-là et attendit de se rasseoir gracieusement à côté de moi avant de me tendre l'assiette garnie qu'il avait à la main.

– Végane, dit-il simplement.

Le plat était composé de frites et d'un burger dans lequel je reconnus un steak végétal et du faux mage, en plus des habituels salade, cornichons et tomates.

– Il n'y avait que du ketchup comme sauce végane, ça ira ? demanda Flynn, l'air soucieux.

Dire que je n'en revenais pas était le deuxième euphémisme de la journée.

– Carrément ! m'exclamai-je, d'une voix ébahie et bien trop aiguë. Étant donné que je pensais m'alimenter de chips et de frites, c'est une nette amélioration. Mais il vient d'où, le steak végane ?

Flynn attrapa son burger et commença à manger en évitant mon regard. À ma droite, j'entendis :

– é… i… i… i… é… a… a… o… é

Je n'eus pas besoin de tourner la tête vers mon frère pour comprendre ce qu'il était en train de se passer.

– Jack, je t'ai déjà dit de ne pas parler la bouche pleine !

Il déglutit puis :

– C'est Lili qui les a apportés.

Je me retournai vers mon voisin de gauche, qui faisait toujours semblant de ne pas entendre ce que nous disions à cinquante centimètres de lui. Apparemment, manger rendait sourd.

– C'est vrai ? lui demandai-je.

Flynn eut l'air mal à l'aise une courte seconde et, si je ne l'avais pas regardé à ce moment-là, je n'en aurais rien su. Son visage se recomposa tout de suite, si bien que sa voix était assurée quand il répondit :

– Oui. J'étais sûr que ton crétin de frère n'y penserait pas. Mais je l'ai obligé à le faire cuire pour toi.

Effectivement, pour revenir à ce qu'on s'était dit plus tôt, plus le temps passait et moins je comprenais ce qu'il voulait. Il soufflait le chaud et le froid, comme si le tiède n'existait pas, et ça me donnait à la fois envie de partir en courant et de le serrer dans mes bras.

– Tu as forcé Jack à cuisiner pour moi ? répétai-je, incrédule.

– Ouais, dirent-ils tous les deux en même temps, sous les rires de Garrett et Johnny.

– Tu l'as menacé ?

– Pas particulièrement. Je lui ai juste demandé combien de fois tu l'avais fait pour lui. Il a grogné par principe et il s'y est mis, ricana Flynn de son rire un peu rauque.

– Tu es sûr qu'il n'a pas craché dessus ? Tu l'as surveillé ?

Flynn rigola en secouant la tête.

– Je pense que c'est sûr, tu peux y aller.

Je fis une petite grimace, l'air peu convaincue.

– Je m'en serais occupée moi-même volontiers, si ça m'avait empêchée de me faire bouffer toute crue par les harpies d'à côté.

Flynn fronça les sourcils, comme si l'idée ne lui était même pas venue à l'esprit.

– Non, ne réponds pas, conclus-je. J'avais oublié qu'il faut forcément être équipé d'un service trois pièces pour s'approcher du barbecue.

À ces mots, Flynn faillit s'étouffer avec la bouchée qu'il était en train d'avaler. Il dut prendre une gorgée de bière pour faire passer le nœud qui lui obstruait la gorge. Quand il eut fini, ses yeux étaient brillants, mais je ne savais pas si c'était à cause de son presque étranglement ou du rire qui agitait ses épaules. Pendant ce temps, j'avais saisi mon propre burger et croqué dedans.

– C'est délicieux, même si tu as craché dessus, frérot ! Merci, à tous les deux, dis-je en regardant alternativement Jack et Flynn, qui me répondit par un clin d'œil.

Je mangeai ensuite en silence pendant que les gars discutaient de manœuvres et d'« exercice grand froid », quoi que ça puisse être alors qu'on suffoquait sous la chaleur de Jacksonville.

***

À la fin du repas, un ballon de football apparut de nulle part et, avant que les gars ne réussissent à m'alpaguer, je me levai avec l'inébranlable volonté de me planquer dans un coin jusqu'à la fin de leur match. Il était hors de question que je joue avec eux, quelqu'un finirait par me confondre avec le ballon.

Je me mis alors à la recherche de la salle de bains, puis d'un coin tranquille pour m'allonger, à la fois parce que la fatigue de ma courte nuit venait de toquer à la porte et que mon utérus s'était mis à danser la samba.

En entrant dans la maison, le bruit des conversations et les exclamations des joueurs me parvinrent comme assourdis dans l'intérieur vide, rendant le claquement de mes sandales sur le parquet presque tonitruant. La première porte sur la gauche s'avéra dissimuler un débarras. J'essayai la deuxième sur la gauche et déboulai sur Stacy, en pleurs, dans ce qui était visiblement la buanderie.

Elle s'essuya rapidement les joues, l'air embarrassé d'avoir été surprise.

– Tout va bien, ce n'est rien, déclara-t-elle d'un ton qui manquait pourtant de conviction.

– Tu ne sembles pas aller bien, au contraire.

À ces mots, elle éclata à nouveau en sanglots. Je m'approchai davantage et avec d'infinies précautions, je la pris dans mes bras. Comme elle était plus grande que moi, c'était un peu bizarre, mais cela sembla lui faire du bien malgré tout. Elle pleura encore pendant quelques minutes contre moi puis se recula, gênée.

– Je suis désolée, ton beau tee-shirt est trempé, dit-elle en contemplant mon vêtement dont le col humide collait à ma peau.

Je haussai les épaules. Même si la sensation était désagréable à l'instant, ça serait résolu en dix minutes dans la fournaise du jardin. Stacy soupira longuement et sembla chercher une réponse par la petite fenêtre qui donnait sur la rue.

– Paul va être déployé, déclara-t-elle finalement.

Toute femme de Marine sait que ce moment arrivera un jour, que c'est une épreuve obligatoire dans une carrière, mais ça devait quand même faire mal.

– Je suis désolée, compatis-je en lui serrant brièvement l'épaule. Il est envoyé où ?

– En Europe de l'Est, en Pologne, je crois. Il part dans quelques semaines.

Je lui attrapai la main car les larmes envahissaient à nouveau ses yeux rougis et les paroles s'échappaient encore de sa bouche mais, cette fois, en une marée incontrôlable :

– Je ne sais pas si je vais réussir à tout gérer seule… Paul dit que c'est bien qu'on ait réussi à avoir une maison sur la base parce que je serai entourée d'autres épouses comme moi pour m'épauler avec notre fille si besoin, mais… Tu les as vues… Tu crois vraiment que je peux demander de l'aide à des femmes comme ça si je ne m'en sors pas ? Ce seraient les premières à colporter dans mon dos que je suis une mauvaise mère... Et je ne veux pas inquiéter Paul avec ça parce qu'il a tellement de trucs à faire avant de partir et qu'on s'engueule déjà pour des broutilles. Tout le monde nous répète que c'est important qu'on passe du bon temps ensemble... Et Paul, il est tellement fier d'être appelé sous les drapeaux... Son père a servi pendant la guerre du Golfe et j'ai l'impression qu'il ne se sentait pas à la hauteur jusqu'à présent. Donc je prends sur moi... Mais j'ai tellement de doutes, Chiara. Et s'il ne revient pas ? Les Marines... C'est la première ligne, « *first to kill*[25] » comme on dit... On ne peut pas faire comme s'ils allaient rester planqués dans une tente au fond du camp...

À cette idée, elle éclata de nouveau en sanglots, et je l'attirai dans mes bras. Il n'y avait rien que je puisse répondre à cela. Même si les États-Unis n'étaient pas en guerre en Europe à ce moment, la situation géopolitique pouvait changer à tout instant et, comme Stacy le disait, les Marines seraient les premiers envoyés au front.

Et je savais mieux que personne que tout pouvait arriver une fois qu'ils étaient là-bas.

Je la laissai donc exprimer son chagrin, en ravalant ma propre peine.

25. « Premiers à tuer ».

– Parfois, je me dis que s'il ne revient pas, j'aurai quand même quelque chose de lui, dans notre enfant, et j'ai l'impression d'être une horrible personne, murmura-t-elle d'une voix ténue, si bien qu'au début, je ne fus pas sûre qu'elle me le disait à moi.

– Tu n'es pas une horrible personne, Stacy, tu es juste humaine, tu as peur et c'est normal.

Quelques minutes plus tard, elle renifla et se recula, les yeux encore plus rouges et bouffis, mais l'air plus serein.

– Merci Chiara.

– Pas de problème. Et tu sais, si tu as envie de parler à quelqu'un qui ne te jugera pas, appelle-moi. Je ne pourrai pas t'être utile si tu as besoin de conseils concernant ton bébé, puisque, tu sais, je ne suis qu'une vieille fille de vingt-neuf ans qui n'a pas encore réussi à coincer un Marine au moins *staff sergeant*…

À ces mots, elle rigola en reniflant, ce qui produisit un adorable petit grognement de cochon qui nous fit rire toutes les deux.

– … Mais je serais ravie de te prêter une oreille compatissante ou de t'emmener quelque part pour te distraire, repris-je. D'accord ?

Elle acquiesça avec un petit sourire.

– Au fait, tu avais besoin de quelque chose ? finit-elle par demander.

– Oui, je cherchais les toilettes.

Il s'avéra que c'était la porte en face.

Quand j'eus terminé, je me remis en quête d'un coin tranquille pour faire ma sieste, le temps de recharger les batteries. Je finis par dénicher l'endroit idéal. Sur le devant de la maison, à l'extérieur, juste avant la portée d'entrée, il y avait une petite terrasse surélevée meublée d'un canapé. Je m'allongeai sur le divan dont la taille était tout juste adaptée à mon corps, extirpai mon téléphone de la poche de mon short, lançai une playlist et fermai les yeux.

***

Je fus réveillée par des doigts intrépides qui fourrageaient dans mes cheveux. Un de mes écouteurs disparut, emportant une partie de la mélodie rock qui berçait mon sommeil.

J'ouvris les paupières sur une paire d'iris vert et marron inscrite sur un superbe visage bronzé bien trop près du mien. Les lèvres ouvertes si tentantes étaient à peine à trois centimètres des miennes, si bien qu'il m'aurait suffi de décoller légèrement la tête du coussin pour qu'elles se rencontrent. Cette pensée fit battre mon cœur plus vite. L'air que j'inspirais par ma bouche entrouverte était brûlant, comme s'il provenait directement d'une fournaise à l'intérieur de sa poitrine.

Pourtant, à mon grand regret, Flynn se repoussa d'une pression de l'avant-bras, attirant mon attention sur le roulement des muscles sous sa peau dorée. Sans un mot, bien que l'air un peu ébranlé par cette courte interaction, il porta l'écouteur solitaire à son oreille et se dirigea vers l'autre bout du divan. Il souleva délicatement mes jambes pour s'asseoir sur le canapé, puis il replaça doucement mes sandales sur l'accoudoir, mes mollets suspendus au-dessus de ses cuisses. Une fois installé, il passa les mains derrière sa tête, étirant ainsi son tee-shirt d'un blanc lumineux sur ses pectoraux, vision de rêve que n'aurait reniée aucune couverture de magazine.

Il devait savoir que je l'observais car il ferma les yeux, son sourire en coin vaniteux bien en place sur sa putain de bouche parfaite.

Quel frimeur.

Je refermai paisiblement les yeux, toute tranquillité quittant pourtant mon corps dès que la musique suivante s'enclencha. Au début, nous nous contentâmes d'écouter l'envolée sensuelle des notes au piano, puis la voix audacieuse du chanteur.

Tout ce que je souhaitais, c'était mieux comprendre le spécimen masculin qui se tenait contre moi. Son bermuda frôlait doucement l'arrière de mes cuisses dans un frémissement qui me donnait envie de plus, surtout quand je pensais à sa peau sous le tissu.

Quand la voix nous chanta : « Viens, allonge-moi », une grande main chaude se posa sur ma cuisse nue, juste avant mon genou, et ce simple contact m'électrisa. Je pris une grande respiration que je relâchai quand sa poigne se crispa et qu'une deuxième se posa sur ma cheville, prise en étau puissamment. Ses doigts avancèrent sur ma jambe, presque jusqu'à la lisière de mon short, laissant une traînée de feu sur ma peau à la mention de ce qu'on pouvait faire « au milieu de la nuit ».

La vague reflua doucement quand le piano se chargea de la relève des guitares.

Je repris brièvement mon souffle avant de ressentir au plus profond de moi les flammes brûlantes que promettait la chanson. Cette vague qui menaçait de m'engloutir comme un « ouragan » de sensations provoquées par les doigts sur l'intérieur de ma cuisse et qui flirtaient avec la bordure de mon short, me laissant captivée par le contact « trop puissant » de ses mains sur ma peau nue. Particulièrement par celle qui caressait lentement mon mollet et l'autre qui était à la fois si près et si loin de l'endroit pulsant de désir entre mes cuisses. Ma respiration s'accéléra encore tandis que des images indécentes de nous deux en train de prendre chacun ce qu'on voulait de l'autre, jusqu'au petit matin, traversaient mon esprit délirant. J'imaginai sa peau chaude contre la mienne, ses lèvres et sa langue sur tout mon corps, et je laissai échapper un petit gémissement. Les doigts sur ma cuisse se resserrèrent encore, une sensation à la limite du plaisir et de la douleur, comme si leur propriétaire s'accrochait à ce qu'il pouvait pour garder le contrôle, quand, moi, tout ce que j'aurais voulu, c'est qu'il lâche et qu'il ose s'aventurer sous le denim.

Lorsque les dernières notes de piano retentirent, j'étais pantelante et mes joues me chauffaient autant que si elles avaient été placées au-dessus d'un bol de vapeur. La main sur ma cuisse s'envola soudainement et le poids du téléphone sur mon ventre disparut aussi vite.

Je rouvris les paupières.

Flynn était en train de me dévisager, les pommettes rougies, les pupilles dilatées, la bouche ouverte sur une respiration aussi rapide que s'il venait de finir un cent mètres…

Ou de s'envoyer en l'air.

Il retira l'écouteur de son oreille, étendit son bras sur le dossier du canapé et se racla la gorge.

– Waouh… C'était quoi ?

– Une reprise d'Ellen Duhé par Loveless[26].

Il resta silencieux, les yeux sur la rue, pendant quelques instants que je mis à profit pour me ressaisir moi-même.

Un peu plus, et c'était moi qui perdais le contrôle. Je me serais assise sur lui et l'aurais dévoré, peu importe qu'on soit dehors, au milieu de la base, à la vue de n'importe qui. Peu importe que je sois la sœur de son meilleur ami et que je ne supporte pas son arrogance. Voilà l'effet que Lilian Flynn avait sur moi : celui de semer le trouble dans mes pensées.

Finalement, il chercha à nouveau mes yeux, la lueur sauvage dans ses prunelles avait disparu pour

26. « Middle of the night », Loveless.

être remplacée par une expression parfaitement neutre.

– Donc, c'est ici que tu te cachais, dit-il d'une voix totalement stable qui ne laissait en rien supposer qu'il avait été à bout de souffle une minute auparavant.

Comme toujours, on allait faire semblant qu'il ne s'était rien passé. On pouvait toujours mettre ça sur le dos de la musique.

– Je n'étais pas vraiment cachée, puisque tu m'as trouvée, répondis-je, un peu vexée. Est-ce que Jack t'a déjà remboursé pour les courses ?

Il plissa les paupières, une question dans les yeux. Il avait l'air d'être à mille lieues de là.

– Pour moi. La nourriture végane. Parce que sinon, je peux le faire maintenant, précisai-je en me redressant pour attraper mon sac que j'avais posé au pied du canapé.

La main sur ma cheville se fit plus pressante, et je me rallongeai.

– Non, c'est bon. Ça me fait plaisir. On n'a qu'à dire que c'est pour me faire pardonner d'avoir été MIA pendant deux semaines.

Cela m'arracha un rire charmé. Ses petites attentions anéantissaient lentement mais sûrement les préjugés que j'avais pu avoir sur lui. Il n'était ni un macho, ni un tombeur. En fait, Etta avait raison : Lilian avait un bon fond. Je commençais à comprendre pourquoi tout le monde l'appréciait.

Lilian Flynn était un mec bien.

Cette conclusion me fit l'effet d'un poids qu'on me retirerait de la poitrine.

– Il n'y a rien à pardonner, mais merci quand même, acquiesçai-je. Je t'offrirai une bière la prochaine fois que tu passeras au Smithy's.

– C'est une stratégie pour me revoir ? dit-il avec un petit mouvement facétieux du sourcil, une lueur amusée dans les yeux.

Je donnai un léger coup de talon sur sa cuisse, ce qui le fit rigoler.

– Comme si tu n'allais pas y revenir de toute façon.

– C'est vrai. Alors qu'est-ce que tu faisais là, seule ?

– Je voulais me reposer parce que la nuit a été courte. Et puis, j'ai entendu dire qu'il y a un *staff sergeant* en plein divorce dans la maison au bout de la rue, et je me disais que je pourrais feindre l'évanouissement si jamais il venait à passer par là, tu sais, pour faire connaissance. Vous êtes bien formés aux premiers secours chez les Marines, non ?

Flynn acquiesça avec un petit sourire qui tendit sensuellement le bombé de sa bouche.

– Donc c'est un plan qui tient la route, ajoutai-je. La Belle au bois dormant peut aller se rhabiller.

Je ne savais pas pourquoi je lui racontais ça. Peut-être que j'étais encore déboussolée par l'expérience qu'on venait de vivre tous les deux. Comme si j'avais envie de le forcer à m'imaginer avec un autre. Le rendre jaloux pour le pousser à réagir.

– Si c'est celui auquel je pense, tu aurais plutôt intérêt à te planquer, parce que c'est un connard de première, et encore, je reste poli car je suis censé respecter mes supérieurs.

– D'accord, rigolai-je. Merci du conseil.

Il sourit d'une façon qui suffit à prouver que la colonie de papillons dans mon estomac était toujours là, puis son visage reprit son sérieux.

– Écoute, je suis désolé de ne pas t'avoir appelée quand j'étais sur le terrain. J'y ai pensé, mais…

M'appeler ? Pourquoi se serait-il donné cette peine ? Même s'il m'avait manqué, il ne me devait rien, et encore moins m'expliquer qu'il ne faisait que son travail. Pourtant, je ne pouvais m'empêcher de me demander comment j'aurais réagi si ç'avait été le cas. Aurais-je fait l'autruche ? Me serais-je forcée à avoir une voix détachée ? Peut-être que, malgré tout, je n'aurais pas réussi à cacher ma satisfaction de l'entendre.

– Au contraire, le coupai-je, ça aurait été bizarre que tu m'appelles, étant donné qu'on n'est pas exactement…

Je cherchai le mot adéquat. *Qu'est-ce qu'on était ?*

– … amis, complétai-je.

Il acquiesça, ses yeux à nouveau traversés par cette ombre fugace.

– C'est vrai, nous ne sommes pas…

Il déplaça à nouveau sa main de ma cheville à mon genou, lentement, en me regardant avec défi.

Je ressentis clairement le contact de chacun de ses doigts et de sa paume sur mon mollet. Et, autant dire que je n'avais jamais trouvé la peau de cette zone érogène avant que Lilian Flynn n'arrive presque à me donner un orgasme juste en la touchant.

– … *amis*, finit-il d'une voix basse.

Ses yeux brillaient à nouveau de cette lueur animale comme s'il allait me sauter dessus dans la seconde. D'anticipation, je me redressai sur mes coudes et ouvris la bouche.

C'était sans compter sur la sonnerie du téléphone sur mon ventre qui me fit sursauter. Quand je découvris le nom de Jack sur l'écran, je me sentis comme prise en faute. Mon frère nous espionnait-il ?

– Kiki, t'es où ?

– Sur la terrasse, devant la maison. Avec Lili, ajoutai-je après coup.

Je ne voulais surtout pas que Jack nous découvre là tous les deux et s'imagine des choses. Tout ça était purement platonique, on ne faisait qu'écouter de la musique entre non-amis.

– Oh, OK. Prête à y aller ?

J'avais complètement oublié que nous avions prévu de faire des courses avant de rentrer. Mon esprit était accaparé par des images de Flynn et moi, nus jusqu'à l'aube. Alors le supermarché…

– Quand tu veux, répondis-je dans le téléphone.

– J'arrive alors.

Je raccrochai, ramassai l'écouteur que Flynn avait lâché sur mon ventre et me redressai.

– On va rentrer, dis-je à Lilian, mais vu l'expression qu'il arborait déjà, entre déception et soulagement, il avait entendu toute la conversation.

Je me mis debout et alors que je passai devant lui pour gagner l'escalier qui permettait de rejoindre l'allée, il captura ma main dans la sienne. Ce simple contact manqua à nouveau de me faire perdre les pédales. J'avais de plus en plus de mal à résister à la puissance de cette attraction qu'il exerçait sur mon corps.

– En fait, je voulais te dire un truc…

Ses yeux se perdirent un instant sur la rue, derrière moi, comme s'il cherchait ses mots.

– Ça te dirait qu'on sorte ensemble un soir… ou samedi ou dimanche midi, si tu travailles toute la semaine ? On pourrait pique-niquer au bord de la New River.

Cela fit gonfler ma poitrine d'une émotion légère, d'une joie pleine d'espoir.

J'étais tellement, mais tellement, foutue…

– C'est un rencard ? demandai-je pour être sûre de bien comprendre.

Il lui suffisait de m'effleurer pour me faire tourner la tête, alors imaginer Flynn en mode séduction, ça allait me faire perdre pied.

– C'est ce que tu veux. Ça pourrait être juste, tu sais, pour faire connaissance, reprit-il d'une voix un peu incertaine après avoir détaillé l'expression de mon visage. On va être amenés à passer pas mal de temps ensemble.

Il me laissait donc le choix. Il pouvait être l'ami de Jack et, dans une moindre mesure, le mien… Ou plus que ça.

Je me penchai vers lui sans dire un mot, inspirant à pleines bouffées la douce odeur boisée qu'il dégageait. À mesure que je me rapprochais, la lueur dans ses prunelles changea, si bien que lorsque je ne fus plus qu'à quelques centimètres de son visage, il me considérait avec un air affamé. Mes pommettes se mirent à brûler, si fort que je devais me consumer de l'intérieur. Lentement, je déposai un baiser sur sa joue, au coin de sa bouche. Il laissa échapper un gémissement bas et un frisson de plaisir dégringola le long de mon échine.

– Appelle-moi, murmurai-je pratiquement contre ses lèvres, son haleine chaude caressant ma tempe.

Puis je tentai de me reculer.

Sur mon poignet, ses doigts se resserrèrent et tentèrent de me ramener contre lui, mais je résistai.

Qu'il goûte donc à ses propres traitements et à la frustration qui allait avec !

Il relâcha finalement ma main quand la tête blonde de Jack apparut au coin de la maison.

CHAPITRE 11

Tout arriva avec un simple mail. Comment une ligne de code, un concept complètement virtuel, pouvait-il foutre en l'air ce que j'avais planifié jusque-là ? C'était pourtant très simple : il suffisait que l'expéditeur du message soit mon ex.

En quittant le Maine, j'avais changé de numéro de téléphone mais fourni à Tom une adresse électronique au cas où il aurait besoin de me contacter au sujet de la procédure judiciaire que nous avions en commun. Il ne s'en était jamais servi jusqu'à ce jour-là, et j'avais naïvement cru que je pouvais l'oublier.

Grossière erreur.

Mon cœur accéléra automatiquement dans ma poitrine quand je découvris le message dont l'objet était « TR : DERNIER AVIS AVANT SAISIE ». Je le scrutai pendant plusieurs longues secondes, paralysée par la crainte, la poitrine au bord de l'explosion, avant d'oser cliquer dessus avec un geste lent. La lecture du mail ne calma en rien mon pauvre palpitant, bien au contraire.

Mes mains tremblaient, de ressentiment et d'appréhension, quand je passai mon portable en mode inconnu pour composer le numéro de Tom. Je pris une grande inspiration pour tenter de desserrer le nœud dans ma gorge le temps de deux sonneries.

– Tu peux m'expliquer ? attaquai-je d'un ton tranchant dès qu'il eut décroché.

– Ah, Chiara… Je suis content que tu m'appelles. Comment tu vas ?

Avait-il toujours eu une voix aussi énervante ? D'autant plus quand il voulait bavarder gaiement alors qu'il venait de balancer une bombe dans ma boîte mail.

– Arrête tes conneries et va droit au but : qu'est-ce que t'as foutu ?

– Pas besoin d'être aussi agressive, parce que je pourrais te retourner la question, déclara-t-il sur un ton qui ne présageait rien de bon.

Dans ma poitrine, mon cœur continuait à battre de plus en plus fort, une sensation à la limite de l'oppression qui m'obligea à m'asseoir sur un des tabourets du bar.

– Ça veut dire quoi ? Pourquoi on a encore une dette de douze mille dollars ?

– C'est un des prêts qu'on a contractés, affirma-t-il, parce que, de toute évidence, ce n'était pas grave de devoir autant d'argent.

D'une main moite, je serrai plus fort le téléphone contre mon oreille, alors qu'une tornade d'émotions, entre la colère et l'angoisse, me vrillait la poitrine. À ce stade, je devais même avoir de la fumée qui me sortait par les narines.

– Merci, *captain obvious*, ironisai-je. Pourquoi cette dette n'a pas été effacée avec la procédure de faillite ?

– J'en sais rien, moi, Chiara. C'est toi qui as monté ce foutu dossier.

Ses paroles me firent l'effet d'un coup dans le sternum. Est-ce que j'aurais pu oublier un des prêts ? Je pensais avoir tout épluché, mais il y en avait tellement… et j'étais si fatiguée à l'époque. Moi, la future comptable, faire une erreur aussi grossière ? C'était risible, mais tristement possible.

Ma gorge se contracta encore plus lorsque je me rappelai cette période noire, où j'avais été submergée par tout ce qui m'était tombé dessus. La colère, la tristesse, la trahison. Et les larmes me montèrent aux yeux malgré moi. Je les chassai d'un geste rageur.

Une seconde passa en silence. Tom respirait à l'autre bout de la ligne donc je savais que nous n'avions pas été coupés.

– T'es toujours là ? finit-il par demander.

– Oui, soupirai-je.

Je ne pouvais pas me laisser abattre, pas devant lui. Alors je pris une grande respiration et tentai de rassembler mes esprits. Je m'étais déjà sortie de cette situation. Je pouvais le refaire. Je devais juste balayer mes émotions et réfléchir rationnellement.

– Tu en as déjà remboursé combien ? repris-je d'une voix qui me semblait déjà plus ferme.

Une pause.

– Zéro ! Je viens de le découvrir comme toi.

Vu la teneur du mail, tout en « c'est le dernier avertissement », ça m'étonnait beaucoup. Par contre, que Tom fasse l'autruche devant ce genre de rappel à l'ordre, ça, c'était déjà plus probable. Je soupirai à nouveau.

– Laisse-moi contacter la société de recouvrement. Je te rappelle dans la foulée.

Soit l'homme à l'autre bout du fil n'était pas dans son bon jour, soit il avait fait de la condescendance sa marque de fabrique. En tout cas, après avoir vainement tenté de lui expliquer que je venais de découvrir cette dette, de ma voix la plus calme, j'entrai dans le vif du sujet :

– Monsieur Collins et moi-même avons engagé une procédure de faillite. Ce prêt aurait dû être effacé avec les autres !

Quand un ricanement me répondit, je compris que, une fois encore, je m'étais fait avoir en beauté. Je ne fus même pas surprise quand il déclara sarcastiquement :

– Pour cela, il aurait fallu éviter de mentir sur les conditions d'obtention !

Il passa les dix minutes suivantes à m'expliquer ce qu'il en était et lorsque je raccrochai, je laissai tomber lourdement ma tête sur le bar. Les larmes de rage que j'avais réussi à retenir jusque-là roulèrent sur mes joues bouillantes.

Comment j'avais pu rester quatre ans avec ce mec ? Ah oui, ça me revenait ! Il était charmant et j'étais naïve ! Quand est-ce que ça allait rentrer dans ma tête ? On ne pouvait pas faire confiance aux belles gueules.

Quand je repris mon téléphone, je me sentis emplie d'une froide détermination, mais si je l'avais eu en face de moi, je l'aurais sans doute giflé.

– Alors, il t'a dit quoi ? s'enquit Tom de cette voix qui faisait se hérisser les poils sur mes bras nus.

Je soupirai longuement en fermant les yeux. *Garde ton calme… Inspire, expi…*

– Mais putain. T'es vraiment débile ! explosai-je. Tu savais que mentir sur une demande de prêt, ça s'appelle de la fraude ?

– Tout ça pour cette histoire de location ? Franchement, je me suis planté ! Et alors ?

La mise en faillite avait annulé les dettes, après avoir remboursé celles qu'on pouvait, *sauf* celles contractées sur la base d'une fraude. Tom avait déclaré qu'on était propriétaires du restaurant. Or nous avions loué le local. Et ça changeait tout.

– Et alors ? répétai-je, abasourdie. Alors, il faut tout rembourser !

Pour la première fois depuis le début de la matinée, la belle assurance de Tom se fissura.

– Comment on va faire ? s'inquiéta-t-il.

– Il n'y a pas de « on », Tom. Tu es seul sur ce coup.

Encore un silence. J'allais avoir besoin d'un très bon avocat dans deux secondes parce que j'allais le tuer.

– Ton nom apparaît sur le prêt, Chiara. Tu es engagée autant que moi. En plus, je n'ai pas cette somme.

Je n'avais pas pu signer cette demande de prêt… À moins que si ? Je fus parcourue d'un doute. Est-ce qu'il l'avait glissée parmi les papiers que j'avais dû gérer pour les subventions ? C'était possible, j'étais tellement sous pression. Je n'avais peut-être pas bien regardé ce que je paraphais.

– Et moi, je l'ai ? rétorquai-je. J'ai tout vendu pour payer tes conneries ! Je n'ai plus rien !

– Je n'ai même pas de boulot, Chiara, et ils menacent de saisir ma voiture, s'emballa-t-il. Ils peuvent faire pareil pour toi. Il faut qu'on trouve un arrangement.

Et par « on », c'est de moi qu'il parlait. Il attendait de moi que je règle à nouveau ses conneries. Et avais-je vraiment le choix ? Parce que contrairement à ce que je venais de lui affirmer, il me restait encore quelque chose à perdre : un chèque de salaire tous les quinze jours. Mes gages pouvaient être saisis jusqu'à ce que la dette soit remboursée.

Et je pourrais tirer un trait sur la fac, que je ne savais déjà pas comment payer…

Une émotion était en train de gonfler dans ma poitrine, quelque chose qui pourrait m'engloutir, alors je la muselai une seconde pour réfléchir.

– OK, Tom, voilà ce qu'on va faire, finis-je par affirmer d'une voix confiante en apparence. Tu vas te bouger le cul jusqu'au concessionnaire le plus proche et vendre ta voiture sur-le-champ…

Il commença à protester.

– Je ne veux pas t'entendre ! continuai-je. Assume tes conneries ! Ça fera une bonne base de négociation avec la société de crédit. Je te rappelle dans une heure.

En attendant, je filai sous la douche et misai sur l'eau chaude pour m'aider à détendre les muscles contractés de ma nuque. J'espérais vraiment que malgré ce qu'avait affirmé le banquier, on arriverait à effacer une partie de cette dette. Sinon, où allais-je trouver six mille dollars ?

Un long frisson me dévala l'échine quand je compris que ce n'était pas la bonne question à me poser. En réalité, c'était : où allais-je trouver treize mille dollars ?

Je ne pouvais pas à la fois payer mon inscription à la fac et les conneries de Tom. À vrai dire, je ne pouvais réunir la somme demandée dans aucun des deux cas. Et même si, avec un peu de chance, on arrivait à étaler le paiement du prêt, je devrais récolter sept mille putains de dollars en trois mois pour m'inscrire à la fac !

Le pain de savon s'échappa de mes mains tremblantes et je portai une paume à ma bouche pour dissimuler le sanglot qui se pressait derrière mes lèvres. Malgré toute ma volonté, il me fut impossible d'empêcher des larmes brûlantes de se mêler aux gouttes d'eau sur mes joues.

Plus tard, je me fis couler un café, histoire de prendre des forces, puis attrapai mon téléphone :

– Alors, combien ? attaquai-je sans préambule.

– Il me l'a reprise à cinq mille dollars, se morfondit Tom. Elle en valait bien plus !

Je fermai mes paupières encore gonflées et endolories, puis soupirai. Avec cette somme en poche, j'aurais allègrement pu payer mon semestre à la fac et cet abruti osait encore se plaindre ?

– Waouh, c'est une super bagnole que tu t'es payée ! D'ailleurs, avec quel argent… Non, ne réponds pas. Moins j'en sais, mieux je me porte. Tu peux verser la totalité à la société de recouvrement ou tu as des frais à rembourser ?

Il resta silencieux quelques secondes, le temps de faire le calcul :

– Je peux donner quatre mille dollars.

– Super ! Va immédiatement déposer le chèque à la banque. Je rappelle la société de crédit, je te tiens au courant, dis-je juste avant de raccrocher et de composer à nouveau le numéro de l'entreprise de recouvrement.

Il s'avéra que verser cinq mille dollars en une seule fois était une excellente base de négociation pour un calendrier de remboursement échelonné. Mais ça voulait dire que les mille dollars que j'avais mis de côté pour la fac, en m'épuisant plus de quarante heures par semaine au Smithy's, venaient de partir en fumée à cause de Tom.

Je déglutis pour chasser la boule de lave qui avait pris naissance dans ma gorge avant d'oser :

– Pour le remboursement, vous vous adresserez en priorité à l'emprunteur principal, c'est bien ça ?

– Oui, concéda mon interlocuteur, et pas de bonne grâce. Mais je garde précieusement vos coordonnées, car les discussions avec vous, mademoiselle Johnson, sont bien plus fructueuses qu'avec Monsieur Collins.

La menace dans son ton ne m'échappa pas. Il saurait où me trouver et, à cette pensée, je me figeai, à bout de forces. Je me contentai d'envoyer un mail à Tom pour lui expliquer ce qui avait été décidé, en n'oubliant pas de lui remettre en pièce jointe les coordonnées bancaires de la société de recouvrement afin qu'il n'ait pas à les chercher lui-même.

Je restai assise au comptoir un long moment, épuisée rien qu'à l'idée de bouger. De l'extérieur, j'étais figée, mais à l'intérieur, c'était le chaos total.

Mon esprit ressemblait à une tornade, les idées se bousculaient les unes après les autres, en se heurtant au mur de mes émotions.

Tu ne peux pas le laisser gagner encore une fois.

Tu n'aurais pas dû dépenser inutilement de l'argent pour des conneries de fringues l'autre jour.

Tu peux décaler ton inscription à la fac à l'année prochaine. Tu n'as pas le couteau sous la gorge. Ce n'est pas grave.

En même temps, si tu as pu zapper un prêt de douze mille dollars, tu n'es pas faite pour la comptabilité. Laisse tomber et contente-toi de rembourser le prêt.

Tu peux y arriver. Tu peux tout faire.

Cette dernière pensée me donna la force de me lever. Je n'allais pas baisser les bras. Je redeviendrai Super-Chiara-qui-jongle-avec-trois-jobs, comme disait Jack, et j'intégrerai l'université en janvier, comme convenu. Je n'abandonnerai pas ce rêve-là. D'eux-mêmes, mes pieds me dirigèrent vers le bureau de Jack et j'allumai son ordinateur.

Je passai le reste de la journée sur des sites d'offres d'emploi, dans l'espoir de dénicher un travail à temps partiel, mais mes horaires au Smithy's étaient si particuliers qu'aucun job d'appoint ne pouvait convenir. Je songeai vaguement à démissionner puis repoussai cette idée absurde : je n'allais pas lâcher le travail que j'avais déjà ! À un moment, je me demandai même si m'engager dans les Marines pour faire financer mes études, comme Garrett, ne serait une bonne solution, avant de rejeter cette suggestion encore plus irréaliste que la précédente.

Au fur et à mesure que les minutes défilaient, mon enthousiasme diminuait et une colère mêlée à de la peur montait en moi. Quand je remarquai enfin l'heure sur mon téléphone, je poussai un cri effaré. J'allais être en retard au Smithy's ! Et dans la situation dans laquelle je me trouvais, j'avais plutôt intérêt à bouger mes fesses pour garder ce job !

J'eus tout juste le temps de me changer, d'attraper une des barres énergétiques protéinées de Jack dans le placard et de courir jusqu'à ma voiture. Heureusement qu'Etta était allée passer quelques jours chez sa fille à Raleigh car elle m'aurait sans doute disputée pour avoir claqué violemment la porte de l'immeuble.

Je fis un détour à la banque sur mon chemin vers le Smithy's pour me délester des mille dollars durement gagnés, les mâchoires serrées et les yeux brûlants de larmes.

***

Quand Jim entra dans le petit bureau derrière le bar où je m'occupais des commandes pour le réassortiment de la semaine, il comprit tout de suite que je n'étais pas de bonne humeur. C'était peut-être parce que je n'avais toujours pas desserré les dents ou que j'avais à peine répondu à son « bonjour » plein d'entrain.

– Qu'est-ce qui t'arrive, Chiara ?

– Ne t'inquiète pas, c'est personnel, tout va bien avec les commandes, me dépêchai-je de répondre.

Il ne manquerait plus que mon patron me prenne pour une bonne à rien incapable de remplir un tableur et qu'il me vire. Cela dit, ça réglerait le problème de la dette. Pas de salaire, pas de saisie.

J'avais vraiment cru pouvoir laisser toutes mes emmerdes avec Tom derrière moi en emménageant à Jacksonville. Mais peut-être que ce n'était pas assez loin pour un mec comme lui. J'aurais dû viser la Station spatiale internationale. Un soupir de frustration m'échappa.

Un raclement de chaise me ramena à la réalité et je levai les yeux vers Jim, assis en face de moi, le visage devenu sérieux.

– Qu'est-ce qui t'arrive ? répéta-t-il. Tu as de nouveau des problèmes financiers ?

– Oui, mais ça va s'arranger, assurai-je avec un petit hochement de tête.

Je l'espérais de tout cœur, même s'il fallait pour cela me dégoter un deuxième ou un troisième job…

– Jim, tu connais du monde dans le coin, repris-je, soudain requinquée. Si je voulais travailler le dimanche, tu pourrais me recommander à quelqu'un ?

– Oui, il y a un traiteur qui embauche souvent des extras pour des réceptions. Je peux lui parler de toi.

Je souris, prête à remercier, mais il ne m'en laissa pas le temps :

– Chiara, tu es au courant que les jours de repos sont faits pour se reposer, non ? Sinon, comment tu pourrais être efficace les autres jours ?

Il avait raison, évidemment. Et ça allait bien au-delà de l'inquiétude que je ne sois pas capable d'assurer mon service pour son compte. Il se faisait du souci pour ma santé, comme en témoignaient le pli désapprobateur de sa bouche et les lignes froncées sur son front.

– Je l'ai déjà fait, Jim. Je m'en sortirai, lui assurai-je. Et puis c'est temporaire.

Il soupira, et après m'avoir longuement observée, il dut comprendre que je n'avais pas l'intention de changer d'avis.

– Allez, viens, c'est l'heure d'aller servir quelques bières ! Ça te remontera le moral. Je crois même avoir aperçu ton copain Bernie dans la salle, rigola Jim.

Je laissai échapper un petit rire en secouant la tête. Ça n'allait pas régler tous mes problèmes, mais je pouvais au moins faire en sorte de les oublier le temps du service.

***

Un peu plus tard dans la soirée, Jim m'appela d'un geste de la main alors que je revenais vers le bar pour passer une commande.

Comme on pouvait s'y attendre, le service ne se passa pas très bien. Malgré le peu de clients en ce jeudi, je réussis à inverser certaines commandes et à faire tomber un plateau plein de verres vides. Côté pourboires, c'était assez mitigé.

– Si tu veux te renflouer rapidement, j'ai une suggestion à te faire.

Mes yeux durent briller d'intérêt car mon patron m'adressa un sourire entendu.

– Observe Wendy, dit-il en me la désignant dans la salle. Tu as vu comment elle se comporte avec les clients ?

Suivant son conseil, je prêtai attention à ma collègue pendant quelques minutes. Elle chaloupait entre les tables, arborait continuellement un grand sourire, adressait des petits mots aux clients et n'hésitait pas à flirter gentiment avec certains d'entre eux.

Tout l'inverse de moi. J'étais efficace, aimable et concentrée, mais je ne dégageais pas cette attitude chaleureuse.

– Tu vois ce que je veux dire ? reprit Jim à mes côtés, en me faisant sursauter.

J'étais tellement hypnotisée par Wendy que je l'avais carrément zappé.

– Je pense que oui, confirmai-je.

– L'ancienne serveuse était encore plus douée. C'est ça que tu dois trouver, et les billets se multiplieront dans ta poche.

Durant le reste du service, je m'efforçai de devenir la serveuse parfaite et effectivement, je finis la nuit avec quelques dollars de plus que d'habitude. Ce n'était pas grand-chose, mais dollar après dollar, mon capital augmentait.

– C'était pas mal, me dit Jim avec un clin d'œil, mais je suis sûr que tu peux faire encore mieux.

Cette étincelle d'espoir n'était qu'une petite farce de l'univers pour me faire croire qu'il était parti embêter quelqu'un d'autre. Car en vertu de la loi de Murphy, s'il existe une probabilité que quelque chose de pire arrive, elle va forcément se passer.

Et le pire se produisit quand je rentrai après mon service.

***

Pas de clés.

Pas de putain de trousseau dans mon sac !

Je fermai les yeux et soupirai en pressant mon front contre le mur.

En plus, je savais précisément où elles étaient. Dans la petite coupelle à côté de la porte, là où je les lâchais habituellement en rentrant et où je les avais laissées en partant plus tôt, tellement j'étais à la ramasse à cause de ce connard de Tom.

Je pivotai sur mes talons et me laissai glisser jusqu'à m'asseoir sur le sol. Il était une heure du matin et j'étais à la porte. Évidemment, la conciergerie de la résidence, là où se trouvait la clé passe-partout, n'était pas disponible avant plusieurs heures.

Je récupérai mon téléphone et, avec une pointe d'espoir, tentai de joindre mon frère mais tombai directement sur la boîte vocale. L'univers devait avoir un sens de l'humour particulièrement tordu car la situation était loin de me faire rire.

Abattue, je laissai tomber mes bras et ma tête sur mes genoux repliés. Quelque chose se pinça dans ma poitrine. Ma gorge commença à brûler.

Ne pleure pas. Si tu commences, tu ne t'arrêteras pas.

Je me forçai à prendre une grande inspiration par le nez et à souffler longuement par la bouche, comme je l'avais appris dans les cours de yoga que j'avais suivis il y a une éternité.

Il me restait un dernier espoir, très mince, de finir la nuit dans mon lit et pas sur le carrelage froid du couloir. Je déverrouillai mon téléphone et hésitai un instant, le doigt tremblant au-dessus du bouton d'appel. Je pris à nouveau une grande respiration et pressai l'icône verte. En attendant que le contact s'établisse, je portai l'appareil à mon oreille en mordillant ma lèvre inférieure. La première sonnerie résonna comme un coup de fusil dans le silence de la nuit, puis :

– Flynn.

Quelque part, j'étais soulagée de ne plus être seule dans cette galère. Ce nom, dans l'état de détresse dans lequel j'étais, me faisait l'effet d'un baume apaisant. Je savais au fond de mon cœur que Flynn était le genre de personne sur lequel on peut compter en cas de coup dur, celui qui ne laisse jamais quelqu'un à terre derrière lui.

Mais en même temps, cette voix rauque, encore emplie de sommeil, me retournait l'estomac d'une façon qui ne me permettait pas de me détendre totalement.

– Eh… C'est Chiara, chuchotai-je pour ne pas réveiller tous les voisins.

– Eh *Baby doll*, qu'est-ce qui se passe ? dit-il d'une voix bien plus alerte, donnant raison à l'adage qui affirme qu'« un Marine est en service vingt-quatre heures sur vingt-quatre, sept jours sur sept ».

J'étais tellement à bout de forces que je n'eus pas le courage de le reprendre sur ce surnom, et plus surprenant encore, il agit sur moi comme une caresse, une marque d'affection dont j'avais bien besoin à ce moment-là.

– J'ai une question débile à te poser à une heure du matin.

Il se marra doucement, et ce bruit soyeux au creux de mon oreille suffit à me torturer encore un peu plus.

– Tu n'aurais pas un double des clés de Jack ?

– J'en avais un…

Je me redressai, la poitrine gonflée d'espoir.

– … Mais il me l'a repris pour te le donner, à *toi*.

Un grognement de désespoir m'échappa, et je laissai à nouveau ma tête retomber sur mes bras.

– OK, lâchai-je. Merci quand même. Désolée de t'avoir réveillé. Au rev…

– Tu es où ? me coupa-t-il.

– Devant la porte fermée de l'appart', derrière laquelle se trouve bien sagement le trousseau de clés que je n'ai pas. Et évidemment, Jack ne décroche pas son téléphone.

Il ne dit rien. J'entendis seulement le son de sa respiration, qui me parut soudainement très intime ainsi murmuré dans mon téléphone, tout contre mon oreille. La peau de mes bras nus se couvrit de chair de poule.

– Viens chez moi, reprit-il plus sérieusement.

– Tu ne vis pas dans les baraquements ? m'étonnai-je.

– Non. J'ai un appart'. Viens.

Seule dans un logement avec lui, en pleine nuit ? Ma gorge se contracta de nervosité et d'anticipation.

À l'autre bout du téléphone, j'entendis soupirer. Fort. Et je me rendis compte que je n'avais pas répondu.

– Quelle solution tu as, Chiara ? demanda Flynn, la voix teintée d'exaspération.

– Je peux dormir dans ma voiture, lâchai-je juste pour le plaisir de le contredire.

– Sois sérieuse deux secondes. Viens ici. Je t'envoie l'adresse. Si tu n'es pas là dans quinze minutes chrono, je passe te chercher, commanda-t-il sur le ton qu'il devait utiliser pour faire bouger ses subalternes.

Je n'avais aucun doute sur le fait qu'il le ferait et me ramènerait chez lui en me portant comme un sac à patates s'il le fallait. Sur ces mots et sans me laisser le temps de répliquer, il raccrocha. Je pensai à Wendy, Stacy et Etta, toutes occupées ou absentes ce soir.

Quand il s'agissait de me faire miroiter Flynn sous le nez, on peut dire que les étoiles savaient soudainement comment s'aligner. Si bien que, quelques instants plus tard, quand je reçus son adresse, je pris appui sur le mur et me relevai, la mort dans l'âme.

CHAPITRE 12

Il ne me fallut que six petites minutes pour rejoindre l'adresse que j'avais tapée dans mon GPS, et trouver un immeuble d'un étage, recouvert de brique brune au rez-de-chaussée et de lambris beige au-dessus. Je me garai sur le parking et rassemblai mon courage pour sortir de la voiture. Ma nervosité était telle que j'en eus la nausée. J'avais l'impression d'être un chevalier sur le point d'affronter un dragon dans sa caverne : sans y avoir encore posé le pied, je savais que quelque chose d'important allait s'y jouer.

Pourtant, malgré mon malaise, mes pas me portèrent vers l'appartement douze, premier étage, probablement là où une lumière perçait les ombres de la façade. Quand j'arrivai sur le palier, je m'approchai lentement de la porte entrebâillée à gauche. Le battant s'ouvrit avant même que je ne toque tandis que je m'immobilisai sur mes pieds, le cœur battant la chamade.

Le dragon venait de se dévoiler, plus dangereux que jamais.

Flynn se tenait derrière la porte, *uniquement* vêtu d'un survêtement en coton noir. Et encore, puisque je l'avais dérangé, j'aurais dû être reconnaissante de son amabilité pour avoir enfilé un pantalon avant que je ne débarque au beau milieu de la nuit.

Là, à portée de main, offert au plaisir de mes yeux, son torse musclé s'étalait dans toute sa splendeur, juste nimbé d'une aura orangée provenant de la douce lumière tamisée de la lampe de salon.

Un fourmillement s'éveilla dans la paume de mes mains, souvenir d'avoir caressé chaque centimètre de son dos pour lui étaler de la crème solaire. Je déglutis difficilement, la poitrine compressée par l'envie d'approcher et de le toucher.

Il était à couper le souffle.

J'aurais peut-être dû m'en tenir au terrain connu de son visage. Sauf qu'il était surplombé d'une masse de cheveux bruns ébouriffés par le frottement de l'oreiller qui le rendait encore plus sauvage. Ou alors c'était l'expression d'agacement qu'il affichait.

Lilian roula des yeux en soupirant, comme si j'agissais de façon puérile, plantée là dans le couloir. Mais bon, pourquoi fallait-il qu'il ressemble à une statue de dieu grec ?

– Allez, dit-il tout bas avec un geste de la tête m'invitant à avancer.

J'étais là maintenant, alors j'obéis et entrai dans l'appartement.

Je ne sais pas trop à quoi je m'étais attendue. À rien sans doute, puisque je n'avais jamais imaginé poser un orteil dans l'appartement de Flynn. Mais c'était à son image, un studio propre et bien entretenu. Rien ne traînait, que ce soit sur le plan de travail de la cuisine ou sur la table de bois sombre pour deux personnes derrière lui, ou encore sur la table de salon à ma gauche. Il n'y avait même pas de poussière sur le meuble foncé supportant un écran plat et une console de jeux.

Les seuls éléments qui ne semblaient pas à leur place étaient l'oreiller et la couverture pliée au carré sur le canapé en tissu sombre.

Pour moi, songeai-je.

La déception me tomba dessus comme une pierre dans l'estomac quand je compris qu'il n'avait pas prévu de me faire dormir avec lui.

Dommage... dit la petite voix dans ma tête.

La ferme, lui répondis-je.

Je m'avançais sur le parquet foncé pour me délester de ma besace sur le divan quand il m'arrêta d'un geste de la main :

– C'est moi qui dors là. Tu prends le lit.

Au moment où je me tournai vers lui pour protester, il gronda :

– Pas de discussion ! Je dois me lever dans moins de quatre heures de toute façon.

Il était sûrement attendu à la base à l'aube pour la pratique sportive. D'un coup, toute ma colère, contre moi-même, l'univers et Flynn pour être si beau, retomba et je me retrouvai assaillie par la honte.

– Oh, Lilian, je suis vraiment désolée d'avoir gâché ta nuit !

– Ne t'inquiète pas, je me rendormirai sans problème, dit-il avec un petit sourire en avançant d'un pas vers moi.

Ah oui, j'avais encore oublié, c'était un Marine. Ils avaient trouvé la technique pour s'endormir n'importe où et n'importe quand. À propos de Marine qui ne dort pas beaucoup :

– Tu sais où est passé mon déserteur de frère ? demandai-je.

– Aucune idée.

– C'est bien ma veine, soupirai-je. Pour une fois qu'il ne glande pas sur le canapé en m'attendant…

– Comment ça ? intervint Lilian d'un ton pressant. Tu dis que Jack est toujours réveillé quand tu rentres tard ?

– Je le trouve très souvent devant la télé, comme s'il attendait que je rentre, oui. Tu crois qu'il y a autre chose ?

Flynn se passa la main sur le visage, puis regarda le plafond avant de soupirer et de revenir à moi, les yeux teintés d'inquiétude.

– Il faisait des insomnies après l'Afghanistan. Il m'avait assuré que c'était terminé.

– C'est comme ça depuis que je suis arrivée, le contredis-je en secouant la tête.

Je me sentais encore plus nulle. Mon frère n'allait pas bien et je n'avais rien remarqué tellement j'étais égocentrique. Ma gorge se resserra sur ma culpabilité, ce qui en rajouta une couche sur tous les sentiments accumulés de la journée, et à cause desquels je me sentais comme une bonne à rien stupide. Les larmes me montèrent aux yeux.

– Merde… jura Flynn. Ne t'en veux pas, tu ne pouvais pas le savoir. Ça doit être le déploiement, ajouta-t-il pour lui-même.

Mon frère n'était *pas* déployé… C'était peut-être parce qu'il était tard ou que j'avais passé une mauvaise journée, mais je ne comprenais plus rien. Comme j'étais en train de l'observer avec attention en quête de réponses, Lilian soupira avant de consentir à m'expliquer :

– Je pense que ça le stresse de voir partir ses potes.

– Tu veux dire que Paul n'est pas le seul à aller en Europe ?

Pendant une brève seconde, le visage de Flynn pâlit et se décomposa avant qu'il ne reprenne une expression plus neutre :

– Gableston… et d'autres…

En effet, ça devait être dur pour Jack de voir partir au moins trois de ses amis. Johnny quittait le service, deux autres étaient déployés. Après ce qu'il s'était passé la dernière fois, je me sentais encore plus lamentable de n'avoir rien remarqué.

– Écoute, ne t'en fais pas, reprit rapidement Flynn avec une voix douce. Je vais lui parler. Tu veux prendre une douche ?

Une douche, ça ressemblait au paradis dans ces conditions. Mais je n'avais avec moi que ce que j'avais sur le dos, c'est-à-dire mon uniforme de serveuse. Avec la fatigue du service et mes nerfs bien trop sollicités pour une seule journée, cela me fit pouffer comme une dinde.

Flynn me jeta un regard en coin, les yeux plissés sur une question.

– Je me disais que je n'avais que ces vêtements, tu sais, comme une jeune recrue partie pour Parris Island[27].

Il laissa échapper un petit rire. J'étais toujours plantée à côté du canapé, trop déboussolée pour faire un pas, et lui ne s'était quasiment pas éloigné de la porte, comme s'il cherchait à rester le plus loin possible de moi dans cet espace confiné. On aurait dit qu'il ne voulait pas de moi ici.

Il ne m'avait pas appelée comme je le lui avais suggéré le dimanche précédent, si bien que je

---

27. Localisation du *bootcamp* réservé aux nouvelles recrues. Ces derniers n'ont droit d'emporter qu'une tenue civile, celle qu'ils portent en arrivant, qui leur sera confisquée le temps du programme d'entraînement.

commençai à me demander s'il n'avait pas changé d'avis à propos de ce rendez-vous, ou de moi dans mon entièreté. Une deuxième pierre s'ajouta dans mon estomac. J'allais vraiment finir par être malade.

– Où est la salle de bains ?

Il désigna l'ouverture de gauche un peu plus loin après le salon. Je devinai que la chambre se trouvait derrière la deuxième porte entrouverte puisqu'il n'y avait pas d'autre pièce.

– Tu peux prendre le tee-shirt que j'ai pendu derrière la porte. Sauf si tu préfères dormir dans tes vêtements ?

La suggestion m'arracha une grimace. Je n'étais pas une Marine en opération. Mon polo dégageait une odeur dégoûtante de friture, probablement comme tout le reste de ma personne. Je ne voulais même pas penser à mes cheveux. J'ôtai mes baskets et mes chaussettes et m'avançai en silence vers la salle d'eau, puis me retournai vers lui :

– Merci.

– Il n'y a pas de quoi, dit-il avec un petit signe de tête et un léger rictus.

Mais ses yeux restaient pleins de questions, comme s'il ne savait pas quoi faire de moi.

La salle de bains était petite, mais propre et fonctionnelle. Une légère odeur résiduelle de Javel flottait dans l'air, comme dans celle de Jack.

Je trouvai effectivement un tee-shirt pendu à une patère derrière la porte, ainsi qu'une serviette parfaitement pliée posée en équilibre sur le lavabo et une brosse à dents encore emballée juste à côté du gobelet dans lequel reposaient une autre brosse à dents et un tube de dentifrice.

Ma reconnaissance envers Lilian grimpa d'un cran et je me sentis encore plus bête de lui reprocher de se conduire en gentleman avec moi alors qu'il avait préparé tout ça pour mon petit confort, après avoir été tiré du sommeil en plein milieu de la nuit.

Je ne perdis plus une seconde pour retirer mon tee-shirt puant et le pendis consciencieusement à la patère restante. J'allais devoir le porter à nouveau le lendemain.

Dans la douche, je trouvai un savon au parfum d'agrumes avec lequel je me nettoyai le plus rapidement possible, puis je renfilai ma culotte et saisis le tee-shirt, blanc, uni, tout simple.

Était-ce celui que portait Flynn lorsqu'il était venu me chercher à l'aéroport, le jour où je l'avais rencontré ? Ou le dimanche précédent, au barbecue chez les Davis ?

Sans vraiment avoir conscience de mon geste, je portai le tissu à mon nez. Le vêtement exhalait la même odeur de lavande que la serviette. Évidemment, il m'avait sorti un tee-shirt de son placard, pas de sa panière de linge sale !

Bizarrement, un soupir m'échappa, comme si j'étais… déçue ?

Décidément, j'étais complètement à la ramasse ce jour-là.

Pour autant, je rassemblai rapidement mes affaires pour ne laisser aucun bazar dans cet appartement rangé au cordeau. Je me brossai les dents, en m'observant dans le miroir qui surplombait le lavabo. Le démaquillage au savon sous la douche avait rougi mes yeux bleus, qui me mangeaient le visage, ainsi cerclés de cernes violacés. L'épuisement et les émotions de la journée m'avaient finalement rattrapée. Je passai les mains dans ma tignasse pour la démêler un minimum tout en continuant mon inspection. Un long soupir m'échappa comme je constatai que j'avais déjà été plus à mon avantage.

Puis, n'ayant plus aucune raison de m'attarder, je pris une grande inspiration et sortis de la salle d'eau, en tirant nerveusement sur le bas de mon tee-shirt qui m'arrivait à mi-cuisses.

Enfin, le tee-shirt de Lilian. Bref.

Je déboulai dans la pièce principale qui, même plongée dans l'obscurité, m'offrait une vue dégagée sur le canapé où Flynn était allongé.

Gauche toute, tourne-toi vers la chambre, ne regarde pas à droite.

Tu peux le faire.

Loupé.

Mes yeux dérivèrent de leur propre volonté vers le grand corps à moitié nu et allongé sur le canapé, magnifié par les quelques éclats de lune qui avaient réussi à passer la barrière des épais rideaux. La lumière argentée se reflétait sur son torse dénudé, soulignant les creux et les bosses de ses pectoraux gonflés. Les longs doigts de sa main droite étaient déployés sur son ventre où, par contraste avec les ombres, les vallons de ses abdominaux paraissaient encore plus dessinés. J'étais déçue de ne pas pouvoir détailler ses grandes jambes cachées par la couverture qu'il avait repoussée jusqu'à la taille. Je remontai donc le regard le long de sa poitrine, ses tétons délicatement ourlés par le clair-obscur, et m'attardai sur la façon dont sa posture, avec son bras gauche passé derrière sa tête, sous l'oreiller, faisait ressortir son triceps et son trapèze couverts d'encre noire.

Puis je déviai vers son visage sculptural et rencontrai ses yeux.

Ouverts.

Merde…

– Tu aimes ce que tu vois ? dit-il tout bas.

– Tu t'es déjà regardé dans un miroir, non ? rétorquai-je, vexée d'avoir été prise en flagrant délit. Tu sais que tu es canon. Sinon, tu ne t'afficherais pas comme ça à la vue de tous.

Il ricana avec un son caressant qui réveilla quelque chose tapi au fond de moi et, à cet instant, son sourire arrogant le rendit encore plus sexy, exposé dans sa nudité partielle.

– Je te rappelle qu'on est seuls ici.

Si cette pensée m'avait effleuré l'esprit plus tôt sur le parking, elle me heurta alors avec la violence d'un camion. Ici, il n'y avait pas de distractions, personne pour intervenir.

Nous étions seuls.

Et déjà à moitié nus.

Une alarme façon gyrophare retentit dans ma tête alors que la nervosité me tordait à nouveau l'estomac. Pourquoi me sentais-je intimidée à présent ? Sûrement car nous nous trouvions sur une pente glissante, semée de décisions qui pouvaient tout changer et dont les conséquences ne pourraient pas être effacées.

C'était ce qu'on devait ressentir debout sur le parapet, avant de sauter à l'élastique. Un pas qui peut tout bouleverser.

– Ouais, peu importe, dis-je en haussant les épaules.

J'allais me détourner et gagner la sécurité de la chambre, quand il me prit par surprise :

– Je ne pensais pas que c'était vrai, toutes ces conneries de « C'est bandant, une nana qui se balade dans tes fringues », mais j'y crois maintenant que je te vois comme ça, avec mon tee-shirt…

Quelqu'un devait avoir subitement monté le chauffage à fond car une bouffée de chaleur me fit chavirer une seconde avant que je ne reprenne mes esprits.

– Bonne nuit, Lilian, balançai-je en détournant le regard vers la porte de la chambre, là, à peine deux mètres plus loin, presque rien.

Et pourtant, j'avais l'impression d'avoir un océan à franchir. Mes talons étaient collés au sol. Je n'arrivais pas à bouger, même quand le canapé grinça et que des pieds nus claquèrent sur le parquet.

Même quand la force de son magnétisme se manifesta à cinquante centimètres de moi, puis plus près encore. Ma peau se mit à picoter en réponse à la proximité de la sienne, les petits poils sur mes bras se dressèrent comme sous l'effet d'un courant électrique.

Le cœur menaçant de s'échapper de ma poitrine, je levai la tête vers lui. Il était si près que je dus incliner le cou vers l'arrière pour trouver ses yeux, brillant d'un éclat dangereux dans l'obscurité.

Il avait perdu son sourire.

– Dans une seconde, je vais t'embrasser, grogna-t-il d'une voix encore plus rauque que d'habitude. Si tu ne le veux pas, tu as encore la possibilité de te barrer dans la chambre. Je ne viendrai pas t'y chercher.

Je restai là, à le scruter, les yeux dans les yeux, l'excitation me tordant de plus en plus l'estomac à mesure que le temps s'écoulait et que le désir emplissait ses prunelles.

C'était long, une seconde. Trop long. Je me dressai sur la pointe de mes pieds pour réduire la distance entre nous. Et quand les lèvres de Flynn s'écrasèrent sur les miennes, je l'accueillis avec autant de fougue qu'il en mettait à parcourir ma bouche.

Un instant plus tôt, mes pieds étaient sur le sol et celui d'après, mes jambes s'enroulaient autour de sa taille, ses mains puissantes sous mes cuisses, là où il les avait saisies pour me soulever comme un fétu de paille. Mes cinquante kilos ne devaient pas peser bien lourd pour un Marine surentraîné.

Je refermai les bras autour de sa nuque et me pressai sans vergogne contre son corps dur d'une poussée de mes talons contre ses reins, avec la conscience accrue de toutes les parties de nos corps en contact l'une avec l'autre. Sa respiration rapide soulevait mes seins compressés contre son torse nu. Une main sur la peau brûlante du haut de son dos et l'autre pressée sur les petits cheveux si doux de sa nuque, comme du duvet, maintenaient sa bouche sur la mienne pour que je puisse mieux la dévorer. Mon entrejambe écartelé sur le roc de ses abdominaux et dessous… la bosse qui durcissait dans son boxer, contre mes fesses, allumait petit à petit un brasier dans mon ventre.

Quand Flynn présenta sa langue entre mes lèvres, je lui ouvris le passage sans hésitation. Son goût de paradis explosa sur mes papilles quand elle rencontra la mienne pour une caresse sensuelle qui m'arracha un gémissement. Je me frottai encore plus contre lui, avide de sa peau.

Une seconde plus tard, je me sentis pencher en arrière. Mon dos rencontra une surface moelleuse tandis qu'un espace s'ouvrait entre nous, laissant s'infiltrer une bouffée d'air glacé. J'ouvris les yeux et me découvris sur le canapé, Flynn devant moi, un genou sur l'assise pour se stabiliser, ses mains toujours sous mes cuisses. Je le fis basculer en pressant ses épaules et dans le mouvement, je l'enfourchai pour me retrouver sur lui. Mes mains remontèrent sur son cou pour emprisonner son visage, ses joues rugueuses où la barbe repoussait contre mes paumes, et l'empêcher, si jamais c'était ce qu'il avait voulu, de rompre notre baiser.

Maintenant que la digue avait cédé, je me laissais entièrement emporter par le tsunami de mes sensations. Je m'étais réfrénée si longtemps que j'étais incapable de me détacher de lui. Je voulais coller chaque centimètre de mon corps contre le sien.

Et il ne voulait pas arrêter, lui non plus. Ses grandes mains remontèrent sur mes fesses puis dans mon dos, sous le tee-shirt, lentement, puis sur mes flancs, une caresse divine de ses doigts râpeux qui titillaient ma peau. Ses pouces s'arrêtèrent juste sous l'arrondi de mes seins, qu'ils parcoururent si nonchalamment que je crus défaillir. J'appuyai plus fermement ma culotte trempée contre le renflement en béton dans son caleçon, consciente que seules trois couches de tissu nous empêchaient d'être complètement peau contre peau.

Comme s'il avait lu dans mes pensées, Flynn recula sa bouche d'un centimètre, juste le temps de murmurer d'une voix éraillée par le désir fulgurant qui nous terrassait tous les deux :

– Tu permets que je récupère mon tee-shirt ?

Je souris contre ses lèvres pleines et me déplaçai vers l'arrière. Je plaçai mes mains sur l'ourlet et fis passer sans attendre le vêtement au-dessus de ma tête. Ma longue chevelure s'accrocha dans le col, mais Lilian n'eut pas la patience d'attendre que je m'en dépêtre : il le récupéra là, dans mes cheveux, avec un geste rapide avant de le lancer sur le côté sans regarder où il avait atterri.

À la place, ses yeux étaient rivés sur mes petits seins, le feu qui animait son visage ne laissait aucun doute sur le fait que la vue lui convenait parfaitement.

– Tu aimes ce que tu vois ? susurrai-je sur un ton de séductrice, en reprenant ses propres paroles.

Le sourire en coin qui me rendait folle réapparut sur ses lèvres gonflées par mes baisers, et il pressa son érection sur moi, pour appuyer ses propos :

– Beaucoup.

Je souris à mon tour et me plaquai à nouveau contre lui, peau contre peau, ma bouche sur la sienne. C'était délicieux.

Encore plus quand ses lèvres et ses dents remplacèrent ses doigts sur ma poitrine offerte. J'oubliai toute pensée cohérente, toute honte, me frottant contre lui, jusqu'à ce que je ne puisse plus retenir les gémissements de plaisir qui s'échappaient de ma bouche.

– Putain, *Baby doll*…

Je repris sa bouche dans laquelle j'étouffais mes grognements. Je commençais à voir des étoiles derrière les paupières, la chaleur menaçait d'exploser dans mon ventre, mon monde réduit à ce contact entre nous, là, entre mes cuisses.

– Chiara, reprit-il contre mes lèvres, d'une voix hachée et lourde. Qu'est-ce que tu veux ?

– Toi, lâchai-je, je te veux, toi.

Et pour mieux me faire comprendre, au cas où ce ne serait pas clair, je descendis du canapé et fis lentement glisser ma culotte le long de mes jambes.

Il déglutit, attentif au moindre de mes mouvements. Ses doigts se refermèrent sur l'élastique de son boxer noir qu'il abaissa d'un geste souple, se libérant de sa prison de tissu. Il se pencha rapidement vers la table basse et farfouilla dans un tiroir pour en sortir un carré argenté.

Je repoussai la pensée dérangeante qu'il avait besoin d'un stock de préservatifs dans son salon. *Plus tard*, me dis-je.

Il était déjà en train de déchirer l'emballage lorsque je lui ôtai la capote des mains. Il me jeta un regard interrogateur, mais s'adossa docilement sur le canapé alors que je m'avançai. Les bras étendus sur le dossier, la tête penchée en arrière, ses yeux brûlants fixés sur moi, les jambes écartées, il m'était complètement offert à la manière d'une espèce de dieu de la tentation qui me mit l'eau à la bouche. Je plaçai la protection sur son gland d'une main tandis que de l'autre, je le caressai doucement. Il ferma les yeux, une expression d'extase pure marquant ses traits sculpturaux.

Il était beau à mourir.

Je déroulai le préservatif sur toute sa longueur, me replaçai sur lui et m'empalai lentement avec un gémissement de plaisir étouffé jusqu'à ce que nos corps ne fassent plus qu'un.

Alors que je plongeais dans ses prunelles brillantes de désir, j'eus la sensation d'être transportée très loin, dans un lieu où rien d'autre n'avait d'importance.

Je n'avais jamais ressenti ça : une telle connexion, l'impression d'être à ma juste place, que ma peau avait été faite pour être contre la sienne, que mon corps s'ajustait parfaitement au sien. C'était tellement intense que j'en fus déboussolée un instant, envahie par l'émotion qui emplissait ma poitrine, comme une bulle d'euphorie.

J'allais jouir, juste en le sentant en moi.

Encouragé par les mouvements de Lilian sous mon corps et ses mains sur mes fesses, mon bassin se remit à onduler. Il me mena jusqu'au bord de la falaise, où un infime frottement suffit à me faire basculer dans l'abîme.

– Lili… murmuré-je dans sa bouche juste à temps avant que la vague de plaisir ne m'emporte. Je m'effondrai comme une poupée de chiffon contre son torse, vaincue par la puissance de l'orgasme.

Je me retrouvai allongée sur l'assise du canapé, la tête sur l'oreiller, avant d'avoir le temps de comprendre ce qu'il m'arrivait. Les yeux brûlants, le souffle court, Flynn se positionna au-dessus de moi, enroula mes jambes autour de sa taille d'une main directive puis s'enfonça en moi. Je l'attirai d'une pression sur sa nuque et l'embrassai. Il reprit ses va-et-vient, attisant à nouveau le feu dans mon bas-ventre.

Je n'étais plus que sensations : son odeur boisée dans mes narines, ses gémissements dans mes oreilles, sa peau et ses lèvres contre les miennes, le poids de son corps sur le mien, son sexe en moi.

Lilian attrapa ma cuisse gauche et l'inclina pour se loger plus profondément en moi. Il ne fallut pas longtemps pour que l'orgasme ne me submerge à nouveau, emportant Flynn avec moi.

Il ne se retira pas tout de suite, m'embrassant doucement le front, la joue et puis la bouche, caressant délicatement mes lèvres entrouvertes. Sa langue joua avec la mienne quelques instants avant qu'il ne recule la tête pour m'observer. Il y avait dans son regard une lueur qui fit s'envoler une nuée de papillons dans mon ventre…

Et me terrifia par la même occasion.

Je ressentis un profond soulagement quand il se leva, arborant un sourire satisfait, et se dirigea vers la cuisine, me tournant le dos. J'en profitai pour récupérer le tee-shirt blanc et ma culotte sur le sol et filer dans la salle de bains sans même un regard vers ses fesses.

Enfin si, un petit coup d'œil quand même. On n'a pas toujours une telle perfection devant soi.

Je m'appuyai sur la porte fermée de la salle d'eau et inspirai une grande goulée d'air, la tête levée vers le plafond blanc. Le « plus tard » venait de me rattraper.

Je m'assis sur les toilettes et pris mon visage entre les mains.

Je me sentais tellement fébrile que les larmes me montèrent aux yeux.

Pourquoi réagissais-je ainsi ? Je venais de vivre deux orgasmes époustouflants avec l'homme sur lequel je fantasmais depuis quatre semaines, alors pourquoi me sentais-je si bouleversée ?

Comme je ne pouvais pas rester indéfiniment sur la cuvette, je me levai, tirai la chasse et me lavai les mains dans le lavabo sans oser croiser mon regard dans le miroir.

Quand je remis le tee-shirt, le frôlement du tissu sur mon épiderme hypersensible me fit frissonner de la tête aux pieds. La sensation fut remplacée par une grimace lorsque ma culotte entra en contact avec mes parties intimes. Rien de pire qu'un bout de tissu trempé pour tuer tout le glamour.

J'ouvris la porte sur le salon en espérant ne pas rejouer la même scène. Je n'étais pas prête, émotionnellement parlant, pour remettre le couvert.

Sauf que la pièce était vide.

L'oreiller et la couverture avaient disparu du canapé, et le survêtement de coton noir avait été bien plié sur la table basse. J'espérais que Flynn avait disparu dans une autre pièce ou qu'il était sorti sur le balcon. En tout cas, je ne perdis pas une seconde de plus pour aller me planquer dans la chambre.

À peine passai-je le seuil que je le trouvai dans le lit, dans la même position que plus tôt, allongé sur le dos, un bras sous l'oreiller, l'autre sur le ventre, le drap délicatement enroulé autour de la taille.

Je grognai, agacée.

– Qu'est-ce que tu fais là ?

Il ouvrit les yeux tandis qu'une émotion fugace, de la déception ou de la douleur, se peignait sur son visage avant que le masque inexpressif du Marine ne reprenne sa place.

– C'est mon lit, répondit-il d'une voix dure.

– Retourne sur le canapé.

Il contracta la mâchoire, mais commença déjà à se redresser.

Même moi, je devais bien reconnaître que je me comportais de façon puérile. Je portais encore son odeur partout sur moi, qu'est-ce que ça pouvait faire de dormir dans le même lit ? Surtout après ce qui venait de se produire !

Au contraire, je me rendis compte que c'était plus intime, et c'était sûrement ça qui me faisait aussi peur. J'avais pensé avoir quelques heures pour m'en remettre, dans un endroit sûr, seule, là où je pouvais laisser s'exprimer ma fragilité sans crainte. J'avais l'impression d'être faite de verre, si vulnérable et délicate qu'un souffle pourrait me briser.

Je restai sur place, indécise, jusqu'à croiser son regard alors qu'il attrapait son oreiller et se levait. Ses prunelles étaient assombries par la peine et le rejet. Je n'étais peut-être pas la seule à avoir été ébranlée par ce qu'il venait de se passer.

– C'est bon, reste là, déclarai-je finalement. Mais tu ne bouges pas de ton côté du lit.

– Tu es sûre ? demanda-t-il d'une voix incertaine.

Je hochai simplement la tête et fis le tour du sommier. Je me couchai aussi loin de lui que possible. J'eus à peine le temps de me tourner face au mur que son bras s'enroula autour de moi et me ramena contre son corps délicieusement chaud et ferme.

– Tu ne devais pas rester de ton côté du lit ? râlai-je.

Il se marra doucement contre mes cheveux, me berçant légèrement dans le mouvement tellement nous étions proches. Une bulle de joie éclata dans ma poitrine.

– Je n'ai pas bougé, chuchota-t-il.

J'aurais dû virer son bras, me décaler plus loin, mais c'était tellement bon…

Baignée dans la chaleur qu'il dégageait, plaquée contre son corps puissant, je rendis les armes et m'endormis presque aussitôt.

CHAPITRE 13

C'est dans un appartement silencieux que je me réveillai. Évidemment, Flynn était parti depuis longtemps. S'il ne restait pas sur l'oreiller une trace de son odeur, ce parfum si caractéristique de sa peau qui m'avait enivrée la veille, on aurait pu croire qu'il n'avait jamais dormi là.

Je n'avais pas vraiment fait attention pendant la nuit, parce que j'avais été distraite par son superbe corps nu et tout ce qui s'était ensuivi, mais, à la lumière du jour, cette chambre, et de façon générale cet appartement, avait quelque chose d'irréel.

Tout était tellement net. Immaculé. Ça ressemblait à un appartement témoin ou à une chambre d'hôtel impersonnelle. Il n'y avait pas de photos sur les murs blancs, ni de traces de dentifrice sur le miroir ou de gouttes d'eau dans le lavabo. Il manquait le bazar habituel de la vie. Comme si Lilian n'habitait pas vraiment là ou alors qu'il était juste de passage.

Pourtant, quand j'ouvris sa penderie pour mettre le tee-shirt qu'il m'avait prêté dans le panier à linge sale, je tombai sur ses vêtements, ceux que je l'avais déjà vu porter. Tout était parfaitement repassé, sans un pli. Il était donc sûr que Flynn vivait là.

Enfin, il y dormait en tout cas. Vivre, peut-être pas.

Je pris quand même le temps de refaire le lit du mieux que je pus, avant de quitter l'appartement en claquant la porte. En sortant de l'immeuble, deux femmes me lancèrent un regard amer. Était-ce à cause de l'uniforme de serveuse qui avait visiblement déjà été porté, de ma queue-de-cheval brouillonne ou des cernes de celle qui n'a de toute évidence pas beaucoup dormi ? En tout cas, elles répondirent du bout des lèvres à mon « bonjour ! » et dès que j'eus fait quelques pas, j'entendis : « Elle sort de l'appartement du Marine, non ? » d'une voix pleine de fiel.

Ah. J'avais dû froisser le fan-club de Flynn.

Je n'étais sans doute pas assez bien pour lui. Ou alors, je n'étais tout simplement pas *elles*.

À l'heure de me préparer pour le travail, je me remémorai les conseils de Jim pour ramasser le plus de pourboires possible et décidai de mettre à profit l'atout que la nature m'avait accordé : mon visage. Quand j'étais plus jeune, je savais très bien jouer de cet avantage pour séduire le garçon qui me plaisait ou obtenir un délai pour un devoir. Il était temps de me remettre en selle.

Trente minutes plus tard, mon visage était devenu une arme de guerre. J'avais bonne mine, mes grands yeux bleus étaient charbonneux, et ma bouche semblait plus pulpeuse que jamais grâce à une bonne couche de gloss. Il ne me restait plus qu'à invoquer le charme légendaire de papa qui parvenait à faire rougir maman d'un simple regard.

Au moment de sortir de l'appartement, j'attrapai fermement mon trousseau de clés pour ne pas l'oublier et rejouer la scène de la veille quand mon téléphone vibra dans mon sac :

Jack
Je vais passer la soirée
à Wilmington avec les gars.

Pas de gars au Smithy's signifiait pas de Flynn dans les pattes, ce qui me décevait autant que ça me soulageait.

Quelque part, j'aurais bien aimé remplacer la dernière image de moi qu'il devait avoir à l'esprit – cheveux en vrac, yeux de lapins albinos et tee-shirt trois fois trop grand – par celle que me renvoyait mon miroir à ce moment-là. Le seul moment où il m'avait vue avec ce maquillage, la première fois que Jack m'avait emmenée au Smithy's, Flynn avait écarquillé les yeux comme s'il avait été frappé par la foudre. Je voulais lui faire cet effet-là, parce que moi, j'avais le souffle coupé à chaque fois que je repensais à l'expression de son visage quand je l'avais chevauché.

D'un autre côté, j'avais aussi besoin d'un peu de temps pour remettre en ordre la tempête d'émotions qu'avait provoquée la nuit précédente. Ce n'était pas seulement la meilleure baise de ma vie ; cela avait réveillé autre chose et il suffisait justement que je revoie la lueur dans ses yeux après qu'il avait joui pour que mon cœur s'affole.

Mais pour le moment, j'avais un maximum de pourboires à collecter.

***

À la fin de mon service, Jim me prit à part :

– Tu as fini par trouver ton truc. C'est la meilleure soirée du mois, me dit-il en me montrant le tiroir-caisse débordant de billets.

C'était peut-être mon attitude qui avait changé – ou l'esprit de papa qui m'avait possédée. J'avais souri en continu à tous les clients, si bien que j'en avais mal aux joues. J'étais passée beaucoup plus souvent à mes tables pour demander s'il fallait autre chose – l'air guilleret, évidemment –, si bien que souvent, on m'avait répondu : « Oui, on va reprendre… »

J'avais deux cent cinquante dollars de pourboire dans la poche, sans que mon frère n'ait forcé ses comparses à vider leurs portefeuilles. Et le week-end n'était pas fini.

Quand je rentrai vers quatre heures du matin, je trouvai Jack affalé devant la télé, un gros sachet de chips dans les mains.

Je m'écroulai sans cérémonie à côté de lui.

– Eh Kiki, comment s'est passé ton service ?

– Super ! Et votre soirée ? Qu'est-ce que vous avez fait ?

Je n'essayai pas de découvrir où ils étaient allés ni s'ils avaient rencontré du monde. Je me fichais totalement de savoir si Flynn avait dragué d'autres femmes. Complètement. Tout comme je me foutais royalement du fait qu'il ne m'ait pas appelée ni envoyé le moindre SMS dans la journée. D'ailleurs, je faisais simplement la conversation à mon frère, en bonne sœur que j'étais.

– On est allés dîner puis boire un coup, rien de neuf. On t'aurait emmenée si tu n'avais pas travaillé ce soir.

Même si on avait échangé plus de salive que de mots la veille, certaines paroles de Lilian étaient restées gravées dans mon esprit, notamment en ce qui concernait les insomnies de mon frangin.

– Pourquoi tu n'es pas encore couché ? demandai-je avec suspicion.

Jack tourna à peine la tête vers moi, les yeux toujours rivés sur la télé.

– Je viens de rentrer. Je cale juste une petite faim avant d'aller me pieuter.

Ça se tenait. Je ne pouvais pas lui passer un savon pour ça. Je n'étais même pas certaine d'avoir le droit de l'engueuler tout court, d'ailleurs.

– Tu es sûr d'avoir dîné ? interrogeai-je en le voyant engloutir de grosses poignées de chips, comme s'il n'avait pas mangé depuis trois jours.

– Ouais…

Foutu métabolisme de mec…

– Donne-moi ça, dis-je en tendant la main vers le paquet.

– T'as le droit d'en manger ?

Je roulai des yeux vers le plafond.

– Ce sont des pommes de terre, de l'huile et du sel, donc oui, crétin. Ne cherche pas d'excuses pour ne pas partager !

Il me passa le sachet en grommelant, puis soupira d'aise.

– Ça nous a un peu changés de Jacksonville… On tourne en rond ici, tu sais ? Mais Lili et moi, on est quand même partis plus tôt, les autres voulaient aller dans un club, reprit Jack nonchalamment, sans se douter qu'à la mention de son ami, mon cœur avait manqué un battement.

– Et pourquoi ça ? demandai-je d'un ton qui se voulait détaché.

– On était tous les deux crevés. Apparemment, Lili n'a pas beaucoup dormi la nuit dernière et il doit se lever tôt demain matin, enfin ce matin, parce qu'il part en rando avec Brown et d'autres *grunts*.

J'avalai ma poignée de chips de travers et me mis à tousser. Évidemment, c'était *moi* qui avais tenu Lili éveillé. Des images de la nuit traversèrent mon esprit, échauffèrent mes joues et d'autres parties de mon corps. Heureusement, à la télé, un homme déguisé en Viking en attaqua un autre à coups de hache ensanglantée, ce qui me permit de faire passer mon malaise pour une réaction à ce carnage.

– OK, croassai-je, la gorge irritée par les miettes de chips, c'est dégueulasse, ce que tu regardes !

Jack haussa les épaules, sans avoir l'air plus impressionné que ça.

– Demain soir, il n'y aura que Gableston et moi, parce que Lili et Brown camperont sur place. Du coup, je vais sûrement aller jouer à la console avec lui dans sa piaule.

– Pas de souci, affirmai-je avec désinvolture alors qu'une émotion qui ressemblait fort à du soulagement me soulevait la poitrine.

Je n'avais pas besoin d'une paire d'yeux noisette braquée sur moi toute la soirée pour me distraire de ma mission pourboires. Et puis, après ce qui s'était passé, si je voyais une femme s'approcher de Flynn, j'allais finir par mordre pour de bon.

Cette jalousie était-elle déplacée ? Complètement.

Est-ce que je m'en rendais compte ? Tout à fait !

Ce n'était pas parce que j'avais couché une fois avec lui qu'il me devait quoi que ce soit. Des gens baisaient ensemble tous les jours, mais quand même, une femme a sa fierté…

Jack tourna alors la tête vers moi et me scruta avec attention.

– T'es allée bosser comme ça ?

– Oui…

Il croyait que j'arrivais d'où, dans mon uniforme puant la friture ?

Je pris une poignée de chips en attendant qu'il précise sa pensée.

– Tu t'es bien pomponnée… Tu pensais que les gars allaient passer te chercher après ton service ?

J'imaginais qu'il pensait à Johnny et Garrett. Enfin, j'espérais surtout qu'il n'incluait pas Lilian. Je n'étais pas prête pour cette conversation.

– Non. J'ai besoin d'une raison spéciale pour me maquiller ?

Jack haussa à nouveau les épaules, comme si ça lui était égal.

– J'ai croisé le concierge en rentrant tout à l'heure. Il m'a demandé si tu avais retrouvé tes clés.

Mon estomac fit une embardée et, avec la quantité de chips qu'il y avait dedans, ce n'était pas l'idée du siècle.

– J'avais oublié mes clés hier… balbutiai-je, mal à l'aise. Quelle étourdie, hein ? Heureusement qu'il m'a ouvert avec son passe ce matin. D'ailleurs, tu étais où ? m'enquis-je pour tenter de détourner l'attention.

– Sorti. Tu as dormi où ? demanda Jack en me regardant du coin de l'œil.

Je plongeai la tête dans le sachet de chips :

– Chez Wendy, mentis-je sans hésitation, la voix stable même si mon cœur battait la chamade.

Jack tourna brièvement la tête vers moi avant de revenir à sa série sanglante. Quand, à l'écran, une tête vola dans une gerbe d'hémoglobine, je vis une occasion de faire diversion.

– Ça va me faire gerber, ton truc. Je vais me coucher. Bonne nuit.

Jack m'observa une seconde avant de lâcher :

– Bonne nuit, Kiki.

Je ne sais pas ce qu'il imaginait, mais il n'avait pas l'air convaincu.

***

Jack passa la matinée du samedi sur le parking à travailler sur la Honda pendant que je comatais sur le canapé, en regardant pour la énième fois Marie Kondo aider des gens désespérés à ranger leur maison. Je n'arrêtais pas de repenser à l'appartement de Flynn, si austère qu'il suscitait tout sauf de la joie. Puis je me retournai et observai la pièce autour de moi. Murs beiges, uniformes, aucune décoration nulle part. Ça ne respirait pas l'allégresse ici non plus.

Mon regard revint ensuite sur la table basse où mon téléphone me narguait, parfaitement silencieux.

Lors de mes premières années de fac, j'avais connu mon lot d'aventures d'un soir, mais penser que mon expérience avec Lilian puisse se résumer à ça me laissait un goût amer dans la bouche. Pire, appeler « coup d'un soir » ce moment de connexion incroyable qu'on avait partagé, cette sensation de toucher les étoiles que j'avais ressentie dans ses bras, était incorrect de tant de façons que j'en eus la nausée.

J'aurais pu l'appeler moi-même. On n'était plus en 1950, comme je le lui avais justement fait remarquer sur la plage. Mais les pensées qui tourbillonnaient dans ma tête pendant que je fixais le mobile en espérant miraculeusement qu'il sonne se résumaient à :

Il est en rando, il n'a peut-être pas de réseau.

Je vais tomber sur sa boîte vocale et bafouiller comme une idiote en lui laissant un message.

Je vais le déranger alors qu'il est avec des amis.

Bref, je me cherchais des excuses.

La vérité, c'était que j'étais blessée dans ma fierté qu'il ne m'ait pas appelée, et je refusais de lui montrer ma faiblesse. Je voulais qu'il me désire comme je le désirais. Je voulais compter pour lui, de la même façon qu'il envahissait chacune de mes pensées depuis que j'avais ouvert les paupières dans son appartement vide.

Alors je soupirai longuement et je me levai pour préparer un *chili sin carne* en espérant que Jack accepte de le manger sans bouder.

CHAPITRE 14

Comme aimantés, mes yeux trouvèrent instantanément ses prunelles en feu rivées sur moi. Et le monde entier disparut. Oubliées les exclamations de la foule de Marines rassemblés autour de moi. Effacé le grondement des vagues sur le sable et le sifflement du vent dans mes oreilles.

– Kiki, on va rejoindre les gars ?

Je sursautai et pivotai vers Jack qui m'observait avec un drôle d'air. Je m'étais figée dès qu'on avait posé le pied sur la plage, où se retrouvaient visiblement tous les Marines de Camp Lejeune. Je suivis mon frère à travers la foule jusqu'à ce qu'on rejoigne le cercle de ses amis, guidée par la sensation d'un regard lourd, de plus en plus intense à mesure qu'on se rapprochait de sa source.

En face de moi, Lilian m'observait attentivement au-dessus de sa bière. À ce moment-là, je rassemblai toute ma volonté pour ne pas remplacer le goulot de la bouteille par mes propres lèvres. C'était sans doute la seule personne sur terre à rendre sexy le fait de boire une bière. La façon dont sa bouche s'enroulait autour du goulot était tellement aguichante que ça me donnait soif à moi aussi.

– Salut, Minus ! Et mon câlin ? gronda Johnny, me sortant de ma transe.

Je me tournai vers lui avec un sourire amical et fondis dans les bras qu'il avait déjà grands ouverts pour moi.

– C'était comment ta rando ? lui demandai-je avec un sourire.

Et tant pis si le sergent Flynn derrière moi se rendait compte que j'étais au courant de son emploi du temps. Ce n'était pas une mission top secrète, après tout. D'ailleurs, c'était à Johnny que j'avais posé la question.

– Super ! Ça nous a pris tout le week-end. Tu n'aurais pas pu nous suivre avec tes toutes petites jambes, rigola Johnny. Il aurait fallu qu'on te porte. Cela dit, tu ne dois pas peser bien lourd. Fais voir !

Je n'eus pas le temps de réagir que Johnny m'avait déjà attrapée par la taille et balancée par-dessus son épaule. Je me retrouvai la tête dans le bas son dos et lui attaquai les reins à coups de poing.

– Lâche-moi, abruti ! glapis-je.

J'entendis quelqu'un se marrer – Jack – et un autre gronder de désapprobation – Flynn, sans aucun doute, si l'on écoutait attentivement la nuance rauque dans sa voix. Comme je gigotais et glissais de plus en plus le long du torse de Johnny, ce dernier n'eut d'autre option que de s'agripper à mes cuisses dénudées pour mieux me maintenir, effleurant involontairement mes fesses dans la manœuvre.

Dans mon dos, quelqu'un toussa violemment.

– Ben alors, Lili ! Ça va ?

– Oui, j'ai juste avalé de travers, croassa une voix éraillée.

Je me relevai tant bien que mal par-dessus l'épaule de Johnny pour voir Jack frapper dans le dos de Flynn, le poing sur la bouche, les yeux larmoyants. Je ne pus m'empêcher de sourire quand il me retourna un regard choqué.

Mes pieds regagnèrent aussitôt le sable, me laissant prise de vertige. Je posai la main sur l'avant-bras de Johnny, le temps de me stabiliser.

– Et moi, je peux avoir un petit câlin ? demanda timidement Garrett.

Il m'offrit son beau sourire et me tint délicatement par les épaules, puis se recula pour me faire un petit bisou sur la joue.

– Tu trouves toujours une bonne excuse pour la tripoter, gronda Jack.

Quand je me détachai de Garrett, Flynn l'observait au-dessus du goulot de sa bière, le regard assassin. Pourtant, ce n'était pas la première fois que je distribuais des marques d'affection aux gars en sa présence… Sauf que depuis, beaucoup de choses avaient changé.

Du coup, ça me donna une idée.

– Toi aussi, tu en veux un ? lui proposai-je.

La surprise traversa ses yeux et il abaissa lentement la bière de sa bouche parfaite. Il ne m'avait jamais demandé de câlins auparavant, et j'étais curieuse de voir comment il allait réagir.

Pour être complètement honnête, c'était aussi une façon d'assouvir mon envie de poser les mains sur lui. La soirée allait être plus compliquée que prévu si j'étais déjà en train de trouver des excuses pour le peloter cinq minutes après mon arrivée.

Jack me jeta un coup d'œil intrigué avant de reporter son attention sur son pote. Clairement, la situation l'amusait, ou du moins titillait sa curiosité.

– Pourquoi pas ? Je ne dis jamais non à une jolie fille…

C'était donc ce que je représentais ? Une jolie fille à qui il n'avait pas su résister ? Le genre de fille qu'on saute une fois et qu'on oublie en passant à la suivante ?

Je secouai la tête, consternée.

Visiblement, c'était aussi la chose à ne pas dire devant mon frère qui le gratifia d'une tape derrière la tête. Pourtant, Flynn ne broncha pas et ne lui accorda aucun regard en retour alors que je m'avançais vers lui. Il avait les yeux rivés sur moi et une expression d'attente sur le visage.

Je dus me retenir d'enfouir la tête dans son tee-shirt noir à l'odeur envoûtante quand il m'ouvrit ses bras, et je me contentai du petit câlin que j'avais accordé aux autres.

– Chiara, tu pourrais éviter de jouer les bourreaux des cœurs avec mes potes ? râla Jack, avec une pointe d'amusement et d'agacement dans la voix.

Ébahie, je relâchai Lilian en remarquant qu'il avait perdu son attitude bravache, ses prunelles pleines d'une émotion qui ressemblait à s'y méprendre à de la tendresse.

– J'ai pas envie qu'ils viennent pleurer sur mon épaule parce que tu leur as brisé le cœur… Ce n'est pas faute de les avoir prévenus, pourtant, ajouta Jack avec un regard vers Garrett.

– Pardon ? m'indignai-je.

– Je te rappelle qu'il y avait toujours une brochette de mecs qui te suivaient partout au lycée et que tu changeais de petit copain comme de rouge à lèvres. Si tu le permets, j'aimerais bien garder mes potes.

Il exagérait ! Je ne craquais pas pour un garçon différent aussi souvent qu'il l'affirmait, mais il est vrai que j'avais tendance à oublier mes crushs en moins de temps qu'il ne m'en fallait pour prononcer « One Direction ».

Il n'empêche que ça la foutait mal et je fusillai Jack du regard en réponse.

– On se pose quelque part ? proposa Johnny en passant son bras autour de moi pour m'entraîner plus loin. Allez, viens avec moi, petit bourreau des cœurs ! Ta magie ne fonctionne pas sur moi, tu es trop minus.

Dans mon dos, j'entendis la voix de Jack poursuivre sur un ton plus bas :

– Je dis ça pour toi, *boot*. Elle sortirait peut-être une fois ou deux avec toi, mais elle finirait par te larguer. Et après, ça foutrait une mauvaise ambiance dans le groupe. Il vaut mieux que tu laisses tomber maintenant.

Je roulai des yeux vers le ciel dont le bleu commençait à s'assombrir.

Nous retrouvâmes Stacy et Paul. Quand elle m'aperçut, cette dernière me fit signe de m'asseoir dans le sable à côté d'elle. J'obéis en ressentant un étrange mélange de joie à l'idée de sa compagnie, et de déception, parce que Flynn s'était installé de l'autre côté de Johnny. Dès que le pique-nique fut sorti, les gars se précipitèrent dessus comme s'ils n'avaient rien avalé depuis des jours.

– C'était jeûne collectif aujourd'hui ? murmurai-je en observant, incrédule, Johnny enfourner d'énormes bouchées de pizza sans parler.

– Ça vient du *bootcamp*, rigola Stacy. Parfois ils n'avaient que deux ou trois minutes pour manger donc ils ont appris à engouffrer le maximum de calories en un minimum de temps.

J'en restais bouche bée, si bien qu'elle rit encore plus fort. J'avais remarqué que mon frère avalait son repas en moins de temps qu'il ne m'en fallait pour attraper ma fourchette, mais je le prenais juste pour un goinfre.

Je secouai la tête, estomaquée. Chaque jour supplémentaire me réservait son lot de surprises avec ces énergumènes. Pourtant, si j'étais parfaitement honnête, je les appréciais. Ils étaient touchants, chacun à sa manière.

Je haussai les épaules et reportai mon attention sur la nourriture que j'avais préparée, puis je fis signe à Stacy de se servir et nous dégustâmes notre repas, en papotant de choses et d'autres. J'appris que Paul et elle s'étaient très vite mariés et qu'elle s'était laissée enfermer dans ce rôle de « femme de Marine » et de maman qui ne lui convenait finalement pas tant que ça. Sa frustration s'échappait d'elle en vagues amères, si bien que je ne fus pas surprise quand elle balbutia, avec un coup d'œil en direction de Paul :

– Peut-être que je reprendrai le travail quand notre fille sera plus grande…

J'allais lui répondre quand une présence chaude et familière se manifesta derrière moi. Un souffle brûlant passa sur ma joue. Je tournai la tête pour rencontrer les prunelles noisette qui me faisaient tant chavirer. J'en oubliai de respirer pendant un ou deux des battements effrénés de mon cœur.

– On dirait qu'il reste de la nourriture par ici… plaisanta-t-il, mais ses yeux brillants semblaient dire que c'était moi qu'il allait manger.

– Oui, sers-toi, si tu veux.

Il ne se fit pas prier pour s'emparer d'une bouchée aux lentilles et la plonger dans le houmous.

– Jack, t’es qu’un crétin ! s’exclama-t-il une fois qu’il eut avalé. C’est super bon !

Mon frère secoua la tête, en roulant des yeux comme s’il refusait de le croire. Ça me faisait vraiment plaisir que Lilian ne soit pas totalement réfractaire à la nourriture végétale, contrairement à Jack qui se laissait submerger d’idées reçues.

Tu aimes tout ce qu’il fait, de toute façon, appuya ma petite voix.

Je l’envoyai se faire voir pendant que je me délectais de Flynn qui engouffrait mes bouchées, l’air ravi.

– Eh mec, ne garde pas tout pour toi, râla Johnny.

– Tu ne vas pas t’y mettre toi aussi, grogna Jack.

– Johnson, si tu avais bouffé les trucs dégueulasses que j’ai avalés à Okinawa, tu ne ferais pas autant le difficile, le contra Lilian en engloutissant une nouvelle portion.

Étant donné que le plat était moitié moins rempli depuis qu’il s’était agenouillé à mes côtés, je doutais qu’il soit aussi immonde que cela. Ou alors il avait vraiment faim.

Cependant, je ne pus m’empêcher de répliquer :

– Pourquoi tu ne t’étoufferais pas avec ma bouffe dégueulasse, hein, abruti ?

– Oh merde, Chiara, c’est pas ce que je voulais dire ! C’est vraiment bon ! Je faisais juste remarquer à ton idiot de frangin qu’il aurait moins d’*a priori* à propos de la nourriture végane si on avait voulu lui faire bouffer des couilles de poisson avec le sperme encore dedans…

– C'est marrant comme ça vous emmerde moins, vous, les mecs, quand c'est une femme qui vous bouffe les couilles… continuai-je d'un ton mordant.

Tout le groupe éclata de rire tandis que Flynn s'étrangla pour de bon. Je lui frappai énergiquement le dos, savourant le roulement des muscles sous ma paume.

– Chiara, tu te rappelles ce que j'ai dit sur le fait de ne pas abîmer mes potes ? bougonna Jack.

– Profites-en pour lui arracher le plat et le faire passer par ici ! s'écria Johnny.

Quand il arrêta de tousser, Flynn me dévisagea de ses yeux brillants de larmes, un petit sourire flottant sur ses lèvres pleines :

– Tu vas me tuer, *Baby doll*, murmura-t-il si bas que je fus la seule à l'entendre.

– Faut dire que t'avales beaucoup de travers aujourd'hui, *Ladykiller*. Tu devrais consulter.

Il me détailla avec attention, une émotion vive dans le regard. Je me sentais légère, comme si la brise qui jouait avec mes cheveux lâchés avait fini par m'emporter.

– Ouais… On dirait que je déraille complètement quand tu es dans les parages…

Je connaissais bien ce sentiment. Je ressentais exactement le même lorsqu'il me regardait comme ça. Je ne savais même plus comment respirer.

– Tu es allé à Okinawa ?

Les mots étaient sortis de ma bouche avant que je ne réfléchisse.

Alors que j'observais les lignes de son visage, devenu si familier en à peine un mois, je me rendis compte que je ne savais rien de lui à part son nom, un bout de son histoire et son adresse. On ne pouvait pas dire que ma visite express dans son appartement m'en ait appris plus sur lui.

Je l'avais vu nu, j'avais entendu le son qu'il faisait en jouissant, mais Lilian Flynn restait un mystère total pour moi. Je ne savais même pas quelle était sa couleur préférée. C'était peut-être idiot, pourtant ça me semblait être une information importante à connaître avant de coucher avec quelqu'un.

– Oui, c'était mon premier déploiement.

Une ombre passa dans ses yeux, et je me demandai si la question l'avait ramené au second, celui pendant lequel il avait connu des choses bien pires que de la nourriture dégueulasse.

Un mouvement à la lisière de ma vision me détourna de ce visage et je découvris le plat, complètement vide.

– Flynn a raison, Minus, ton frère est un crétin. Tu veux m'adopter à sa place ? dit Johnny en se léchant les doigts. Mes sœurs ne sont pas aussi marrantes que toi.

– Je vais y réfléchir, rigolai-je. Bon, maintenant que vous avez vidé tout ça, vous êtes prêts à passer au dessert ?

Voyant les étoiles qui illuminèrent leurs pupilles, je me levai vite vers le sac qui contenait le reste de ce que j'avais préparé dans l'après-midi.

Je revins avec deux énormes plats en carton pour constater que Lilian s'était installé à ma place à côté de Jack, mais qu'il restait un petit espace entre Stacy et lui, dans lequel je rentrerais aisément… à condition de me serrer contre lui. L'avait-il fait exprès ?

Il répondit à mon froncement de sourcils par un sourire éclatant :

– Je reste au plus près de la source des douceurs.

Secouant la tête, je présentai les boîtes ouvertes à Stacy :

– Sers-toi en premier, sinon tu n'en verras pas la couleur.

Après qu'elle eut prélevé sa part, j'eus à peine le temps de déposer brownies et cookies sur la couverture que des mains se précipitaient déjà dedans. Je m'assis à côté de Lilian, près de sa chaleur et de son odeur boisée.

Un grognement de plaisir à ma gauche, si similaire à ceux qu'il avait poussés quand il était en moi, me fit tourner la tête vers son visage.

– Putain, *Baby doll*…

La dernière fois qu'il avait prononcé ces mots, d'une voix pleine de désir, j'étais en train de me frotter à lui, et j'avais adoré les entendre dans sa bouche. En y repensant, mon rythme cardiaque accéléra, tandis que mon souffle se raccourcit.

Je ne pus m'empêcher de mordre ma lèvre inférieure.

– C'est tellement bon… continuait-il sans se rendre compte de l'effet que ses paroles avaient sur moi.

Ou peut-être que si, justement. Ses prunelles étaient rivées aux miennes, et quand il lécha ses lèvres à la recherche de la moindre miette de brownie, une lueur sauvage les traversa.

Donc il voulait jouer à me torturer. C'était de bonne guerre, même si je regrettais que notre nuit ensemble ne soit maintenant plus que prétexte à plaisanteries.

Je me servis en brownie et laissai la pâte chocolatée, à la fois fondante à l'intérieur et croquante sur le dessus, exploser sur ma langue, un goût presque aussi délicieux que la peau de mon voisin de gauche.

***

Quand le ciel eut complètement tourné au bleu foncé, quelqu'un sortit des lampes solaires et une enceinte connectée, et tout le monde se regroupa autour. Je me retrouvai prise en sandwich entre Jack et Johnny, qui était maintenant convaincu que j'étais la grande sœur idéale. Stacy et Paul nous avaient quittés, pressés par l'heure limite de la baby-sitter.

Et Flynn discutait plus loin, debout derrière le groupe, avec quelques personnes que je ne distinguais pas bien dans l'obscurité.

Mon nouveau frangin me passa une bière et nous trinquâmes ensemble. Je me tournai alors vers Johnny qui regardait sans les voir les danseurs au milieu du cercle.

– Pourquoi tu quittes les Marines ? demandai-je peut-être trop abruptement.

Il reporta son attention sur moi, ses yeux clairs comme du cristal dans la pénombre :

– Quand je me suis engagé, j'avais vingt ans, j'étais immature, sans but dans la vie, et les Marines m'ont foutu un grand coup de pied au cul pour me faire avancer. Mais maintenant je me suis repris en main, et j'ai besoin de retrouver le monde normal. Il faut que je m'occupe de trucs que j'ai laissés en suspens à la maison, avant de m'enrôler…

Je posai ma paume sur son avant-bras dur comme la pierre et le serrai doucement. Ce qu'il avait laissé là-bas, « à la maison », ça avait l'air douloureux et j'avais envie d'apaiser un peu sa peine. Je commençais à comprendre que sous ses dehors de géant inébranlable, Johnny ressentait les émotions avec une acuité presque déchirante. Et je ne l'en appréciais que plus.

– Ton contrat se finit quand ?

– Dans deux mois.

– Et tu sais ce que tu vas faire après ?

Ses yeux se perdirent un instant dans les étoiles au-dessus de nos têtes.

– Non… Tu vois quand j'ai choisi *31s* comme *MOS*, mitrailleur, précisa-t-il alors que j'écarquillais les yeux d'incompréhension, je trouvais ça cool. Je veux dire, quel gamin n'a jamais rêvé de se retrouver derrière une mitraillette ? Mais ça va me servir à quoi pour trouver du boulot dans le civil ? J'ai pas envie de finir dans la police ou vigile dans un centre commercial, donc je vais bosser un peu avec ma famille, le temps de comprendre ce que je veux faire de ma vie. Mes parents ont un restaurant de poissons et de fruits de mer où ils cuisinent leurs propres prises. Je vais sûrement commencer par aider un peu mon père sur le bateau, et puis je verrai. Je pourrais aussi m'inscrire à la fac gratuitement, grâce au *GI Bill*, mais la même question se pose : pour faire quoi ? Ça, j'en ai aucune idée…

Je soupirai longuement alors que quelque chose se pinçait dans ma poitrine. Il ne se rendait pas compte de la chance qu'il avait de pouvoir poursuivre des études sans débourser un centime et balayait cette option d'un haussement d'épaules. Ça me donnait envie de le secouer et de lui crier dessus. Mais il n'y était pour rien. Si je voulais hurler sur quelqu'un qui le méritait, je n'avais qu'à me placer face à un miroir. La jalousie reflua pour laisser place à la tristesse. Je m'étais attachée à Johnny et son départ prochain me causait un inconfort d'une autre sorte.

– J'espère quand même que tu reviendras nous voir, de temps en temps. Tu vas me manquer, avouai-je d'une petite voix.

Son sourire fut comme un phare dans la nuit.

– Évidemment, Minus ! Tu ne vas pas te débarrasser de ton nouveau frangin comme ça ! D'ailleurs, il est où, l'autre ?

À ma gauche, la place de Jack était vide et Garrett discutait avec d'autres personnes. Je laissai mes yeux courir sur le groupe pour tenter de repérer mon frère.

– Il est là-bas, avec Flynn, dit Johnny.

Mon cœur fit une embardée à la mention de ce nom, mais quand mes yeux le trouvèrent, toujours debout en marge du groupe auquel Jack s'était effectivement incorporé, mon pauvre organe tomba en chute libre directement jusqu'à mon estomac.

Une fille brune, que je reconnus ensuite comme sa subordonnée Madison, se tenait à côté de Flynn, une main sur les ronces de son bras gauche. Elle lui tendit une bière en lui souriant comme si elle venait de gagner à la loterie. Cela aurait dû me laisser indifférente. Mais le sourire en coin qu'il lui rendit me remua si fort le ventre que je crus rendre mon repas dans le sable.

J'avais envie de crier très fort, de me lever comme une furie et d'aller réclamer ce qui était à moi… Sauf qu'il ne l'était pas. Il était tout, sauf à moi.

– Il est au courant qu'elle est amoureuse de lui ? murmurai-je malgré moi.

Johnny suivit mon regard avant de répondre.

– Probablement. Mais la question, c'est : comment toi, tu le sais ?

– Regarde-la ! C'est évident ! On dirait l'émoji avec des cœurs à la place des yeux chaque fois qu'elle se trouve près de lui.

Johnny éclata de son rire tonitruant, qui le secouait entièrement. Personnellement, je ne voyais pas ce qu'il y avait de drôle.

– Alors tu as aussi remarqué que Flynn ne l'encourage jamais, dit-il une fois calmé en me montrant que Lilian s'était effectivement éloigné de quelques centimètres, ce qui faisait toute la différence. C'est son supérieur. Il risquerait de se faire virer si quelqu'un rapportait la moindre preuve qu'il fraternise avec elle. Même si elle est à croquer, il n'est pas complètement con. De toute façon, ajouta-t-il avec un sourire malicieux, j'ai l'impression qu'il s'est déjà fait harponner. Il a passé une bonne partie de la rando à râler parce qu'il ne captait pas de réseau. Toi qui remarques tout, tu n'as pas d'infos là-dessus ?

Mon cœur fit un looping dans ma poitrine, et j'espérais que la nuit masquait la rougeur de mes joues qui se mirent à brûler comme en plein soleil.

– Non, dis-je d'une petite voix, en haussant les épaules.

En même temps, je ne mentais pas vraiment. J'ignorais si Lilian avait besoin de signal pour m'écrire ou parce qu'il voulait poster ses exploits sur Instagram. Instinctivement, mon attention revint à lui.

Il dut sentir le poids de mon regard car il releva brièvement la tête vers moi, une question dans les prunelles, avant que Madison ne lui dise quelque chose qui le fasse éclater de rire.

Johnny laissa échapper un petit ricanement, en sirotant le reste de sa bière, sans me quitter des yeux. Mal à l'aise sous son regard scrutateur, je tournai innocemment la tête vers Garrett qui nous écoutait de loin. Avec un sourire, il se rapprocha dans l'espace laissé vacant par mon frère.

– Je vais me chercher une autre bière, reprit Johnny, me forçant à le regarder de nouveau. Je t'en rapporte une, Minus ?

– Avec plaisir.

– Et toi ? dit-il à Garrett.

– Je veux bien, mec.

Johnny se leva et s'éloigna dans la nuit, me laissant seule avec Garrett, paré de son beau sourire, si gentil. Je pris une gorgée de bière, la dernière de la bouteille, le temps de trouver quelque chose à dire.

– Alors, les préparatifs pour le grand jour se précisent ?

Le sourire de Garrett se transforma pour faire place à la résignation.

– Ouais… Comme c'est mon premier déploiement, je suis un peu paumé. Heureusement, je peux compter sur ceux qui ont déjà fait plusieurs tours, comme Flynn ou Davis, pour me guider. Et dans une moindre mesure, ton frère aussi. Il y a tellement de choses auxquelles penser, et encore, moi, je n'ai ni famille, ni appart', ni voiture. Et on a été prévenus il y a plus d'un mois, donc on a eu le temps de s'y faire, même si les choses s'accélèrent.

– Tu auras le temps de bosser tes cours ? le taquinai-je en le poussant gentiment du coude.

– Il faudrait, hein ? se marra Garrett. Ça dépendra de la quantité de temps libre qu'on aura sur place…

– Il reste des brownies ? nous interrompit une voix rauque derrière moi.

Je me retournai vers les yeux plissés de colère de Flynn, accroupi dans le sable. Qu'est-ce qui le rendait si furieux ?

– Non, répondis-je, mais je crois qu'il y a encore quelques cookies. Va voir dans le sac, là-bas, dis-je en pointant la direction.

Il se leva gracieusement, un regard méchant vers l'espace séparant mon corps de celui de Garrett, et s'en alla vers l'endroit que je lui avais indiqué.

– Waouh, ça rend désagréable d'avoir faim… déclarai-je.

Garrett se retourna brièvement vers la grande silhouette de Flynn qui disparaissait dans l'obscurité.

– Il est toujours un peu à cran dès qu'il s'agit de toi, dit-il doucement.

– Qu'est-ce que tu veux dire ?

– Qu'on ne peut pas t'évoquer dans une conversation ou te parler directement sans qu'il se crispe.

Je n'eus pas le temps de l'interroger davantage que Flynn était déjà de retour avec la boîte à gâteaux dans la main.

– Décale-toi, *boot*, ordonna-t-il à Garrett avant de se laisser tomber dans le sable entre nous.

Je croisai le regard de ce dernier dont l'expression semblait dire : « Tu vois ? » Flynn dut intercepter notre échange muet car il s'avança et se positionna de façon à me cacher puérilement Garrett, ce qui nous fit ricaner. Une seconde plus tard, il était debout derrière Flynn et murmurait quelque chose qui ressemblait à : « Je vais voir où en est Brown », avant de s'éloigner dans la nuit.

– Une petite faim ? demandai-je d'une voix coupante en reportant mon attention sur mon voisin.

Ses yeux chargés d'une émotion brûlante rencontrèrent les miens.

– Ouais. Je ne voudrais pas que quelqu'un me les chope sous le nez.

L'expression de son visage était si intense que je me demandai s'il parlait vraiment des gâteaux… ou de Garrett et moi.

– J'avais l'impression que tu allais en rester à la bière, dis-je avec un petit geste de la tête vers le groupe.

L'étincelle dans ses yeux me prouva qu'il avait compris à quoi je faisais allusion. Un sourire enjôleur se dessina sur son visage.

Il récupéra la bière qu'il avait posée dans le sable, celle que Madison lui avait apportée, et en prit une gorgée sans me quitter des yeux. Comme plus tôt dans la soirée, je ne pus m'empêcher d'observer la façon dont ses lèvres s'ourlaient sensuellement autour du goulot. Alors qu'il écartait la bouteille et qu'il prenait une inspiration pour me répondre, je récupérai la boisson dans sa main, effleurant ses longs doigts dans une caresse qui fit courir des frissons sur mes bras nus, et je plaçai le goulot dans ma bouche, à l'endroit exact où étaient situées ses lèvres. Je pus presque sentir sa bouche sur la mienne tant il m'observait avec un regard vorace. Quand j'eus pris une gorgée, je léchai une goutte solitaire sur le goulot et lui rendis la bouteille qu'il porta immédiatement à ses lèvres, comme pour attraper la chaleur que j'y avais laissée avant qu'elle ne s'évapore.

Son regard tomba ensuite sur le bas de mon visage, ses pupilles si dilatées qu'elles se fondaient dans ses iris. Mon cœur s'accéléra, mes lèvres s'écartèrent d'elles-mêmes. J'avais tellement envie qu'il comble cette foutue distance entre nous.

Une seconde, il semblait sur le point d'entrer en combustion spontanée, et la suivante, le masque du Marine avait repris place et il secouait doucement la tête, son regard rempli d'amertume.

– Tiens, Minus, voilà ta bière ! tonna la voix de Johnny dans mon dos.

Lilian se leva alors et s'éloigna, me laissant quelque part entre soulagement et frustration extrême.

***

– Tu gagnes ? demanda une présence électrique derrière moi.

Sans dire un mot, le regard rivé sur mes adversaires, je lui fis un signe de tête vers le tas de jetons devant moi, bien plus haut que ceux des autres Marines toujours en course. Garrett avait été éliminé deux parties auparavant, mais il était resté regarder en sirotant des bières.

– Elle est en train de nous botter le cul, tu veux dire, confirma Johnny.

Le donneur retourna un roi de cœur. Je retins un sourire, sans savoir si l'accélération de mon rythme cardiaque était davantage due à ma main ou au souffle brûlant de Lilian contre ma joue, par-dessus mon épaule.

– Je peux regarder ? dit Flynn tout bas, en désignant la couverture sur laquelle reposaient mes cartes, face cachée.

– Non.

– Pourquoi ?

– Il n'est pas question que tu donnes le moindre indice à tes potes !

Johnny rigola et Jack lui lança un regard désespéré :

– Lili, s'il te plaît, aide-nous !

Un des joueurs relança de cinquante, tandis que mon nouveau frangin se coucha en jetant ses cartes, dévoilant l'as de cœur qui attestait que ma main était la plus forte.

Quand ce fut mon tour de miser, j'essayai d'afficher ma meilleure *poker face*, mais je fus déconcentrée par une main audacieuse qui se faufila d'abord sous mes longs cheveux, puis sous mon tee-shirt, pour se plaquer contre mes reins où de longs doigts se mirent à dessiner des cercles de feu sur ma peau, me faisant frissonner malgré la chaleur de la nuit.

Avant que je ne puisse l'en empêcher, sa seconde main se posa sur mes cartes et les souleva juste assez pour qu'il puisse distinguer la reine et le huit de cœur qui allaient s'associer à merveille avec le roi, le dix et le quatre de la même couleur des cartes en commun.

– Connard ! Si tu leur dis quoi que ce soit, ce sont tes couilles que je vais servir au prochain repas ! fulminai-je, en déposant deux jetons de cent sur ma mise.

La main dans mon dos se retira brusquement, dans un courant d'air glacé, pour les montrer toutes les deux en un faux signe de capitulation :

– Désolé, les mecs, je tiens trop à mes *deux* couilles !

Je ne compris pas avant que mon frère ne pousse tous ses jetons restants devant lui :

– Merci, frère, je te revaudrai ça !

Il est vrai que mon idiot de frangin tenait ses cartes à la main et les dévoilait à quiconque était un peu attentif, moi par exemple, chaque fois qu'il remuait. Il aurait pu espérer remporter la manche avec une suite, si j'avais effectivement eu un deux et un six.

– Il va te détester, murmurai-je.

Flynn se contenta de m'adresser un clin d'œil rapide et son fameux sourire en coin. Quand vint le moment de retourner nos cartes, je laissai enfin s'épanouir mon sourire victorieux.

– C'est encore Chiara qui gagne, soupira le donneur.

– Lili, tu fais chier ! grogna Jack.

Pendant que je récupérais avec avidité le tas de jetons qui me revenait, Jack sortit son téléphone de sa poche pour la millième fois depuis le début de la partie et pianota rapidement quelque chose, avant de reporter son attention vers Lilian et moi.

– Lili, tu pourrais déposer Chiara à la maison ? Je vais faire un détour avant de rentrer.

Flynn eut l'air interloqué une seconde avant d'acquiescer.

– Oui, pas de problème… Mais en fait, j'étais venu pour vous dire au revoir. J'allais rentrer.

Jack, déjà debout, s'arrêta net sur ses talons, une expression contrariée sur le visage.

– Vas-y, m'exclamai-je. Je vais rentrer avec Flynn.

Jack m'adressa un sourire reconnaissant avant de nous faire signe de la main et de s'éloigner dans la nuit.

– Tu sais où il va ? murmurai-je à Lilian.

– Pas du tout, mais je parierais sur une fille… Tu es sûre que ça ne te dérange pas de partir maintenant ?

– Non, affirmai-je calmement, alors que mon cœur battait à toute allure. Mais avant, je dois faire don de mes jetons à… mon nouveau frère ! Bienvenue dans la famille, Johnny !

Le géant s'avança vers moi et me tendit la main pour que je me relève, puis il m'attira délicatement contre son large torse. Quand il me relâcha, j'adressai un signe aux autres, puis suivis Lilian vers le parking, en prenant bien garde à maintenir une distance de sécurité entre nous.

– Où tu as appris à jouer au poker comme ça ? demanda Lilian à voix basse, tout en slalomant entre les groupes de personnes occupées à boire, discuter et flirter.

– À la fac. Je n'ai jamais perdu un strip-poker.

Il roula des yeux vers le ciel étoilé et émit un geignement si sexy que je faillis l'attraper d'autorité par le tee-shirt pour le forcer à s'arrêter et à m'embrasser.

– Je te montrerai à l'occasion, ajoutai-je, en guise de provocation.

– Ne dis pas des trucs comme ça, *Baby doll* ! protesta-t-il en déverrouillant la Jeep.

Il était donc le seul à pouvoir faire des allusions sexuelles. Bien reçu. Pourtant il fallait quand même qu'on parle de ce qui s'était passé.

J'eus à peine le temps de grimper dans l'habitacle et d'accrocher ma ceinture qu'il fit démarrer le moteur. La radio s'alluma sur une chaîne d'information en continu, mais Flynn changea pour une station de musique pop. Nous roulions depuis plusieurs minutes sans que je ne trouve comment aborder le sujet.

Pourquoi tu ne m'as pas appelée ? Trop vindicatif.

Tu ne veux plus de moi ? Trop geignard.

Qu'est-ce que tu penses de ce qui s'est passé entre nous jeudi soir ? Trop formel, et après on n'aurait plus qu'à prendre le thé…

Je soupirai longuement, les yeux rivés sur la vitre à côté de moi. Dehors, la masse indistincte de la forêt nous enveloppait, comme une présence oppressante. Un seul chemin lumineux s'étalait devant nous, en un long ruban d'asphalte éclairé à intervalles réguliers.

Je finis par reporter mon attention vers le visage de Lilian, ses traits beaux à mourir dans la faible lumière de l'habitacle. Il avait le regard rivé sur la route, mais sa mâchoire se crispa un instant, ainsi que ses doigts autour du volant, comme s'il cherchait à retenir des mots déplaisants.

Il me devança avant que je ne puisse dire quoi que ce soit :

– Si tu me regardais droit dans les yeux et que tu m'ordonnais de te laisser tranquille, je le ferais. Est-ce que tu le sais ?

– Oui, avouai-je à contrecœur parce qu'il respecterait sa parole et que ça me donnait la nausée rien que d'y penser.

Est-ce qu'il se sentait capable de continuer à faire comme s'il ne s'était rien passé ? Personnellement, ça m'avait semblé au-delà de mes forces sur la plage, et encore plus quand je me tenais à cinquante centimètres de lui.

– Ce truc entre nous… commençai-je, avant d'être interrompue par un ricanement plein d'amertume.

– « Truc » ? répéta-t-il d'une voix tendue.

On aurait dit que le mot lui faisait physiquement mal, comme un coup de poignard. En tout cas, dans sa bouche, c'est l'effet que ça me fit à moi, une blessure au couteau dans la poitrine.

Il avait raison. Ce qu'il y avait entre nous n'avait rien d'un « truc ». Je ressentais un truc quand Garrett m'adressait son beau sourire ou quand Johnny m'emprisonnait dans ses câlins d'ours.

– Cette attraction, ou quoi que ça puisse être, corrigeai-je, entre nous, tu penses qu'on peut juste l'ignorer ?

Flynn me jeta un nouveau coup d'œil bref avant de reporter son attention sur le pare-brise alors qu'un muscle se contractait dans sa mâchoire :

– Je ne peux parler que pour moi, mais non, je ne crois pas.

– C'est ce que je pensais, murmurai-je.

Flynn détacha un instant les yeux de la route pour me jauger.

– La vérité, c'est que j'ai envie de recommencer, affirmai-je d'une voix claire, par-dessus la musique, en le scrutant pour ne pas louper sa réaction.

Je fis exprès de ne pas préciser de quoi je parlais. S'il n'avait pas ces images de lui et moi, nus, qui tournaient en boucle dans son esprit depuis trois jours, ça signifiait qu'on n'était pas sur la même longueur d'onde et qu'il ne servait à rien de discuter davantage.

Lilian tourna si vivement la tête vers moi, les yeux écarquillés, que la voiture fit une embardée. Il rétablit la Jeep sur la route, me jeta un autre regard estomaqué, puis, d'un brusque coup de volant à droite qui m'arracha un petit cri, il l'amena sur la bande d'arrêt d'urgence.

Alors que mon cœur tambourinait dans ma poitrine, une main s'empara de mon visage et le plaqua contre des lèvres avides. La langue de Flynn s'insinua avec violence dans ma bouche. Elle avait encore un goût de bière qui me ramena à cet intermède ultra-sensuel qu'on avait partagé sur la plage. Je gémis quand ses doigts se faufilèrent sous mes cheveux, contre ma nuque. Je respirais si vite que je commençais à manquer d'air et à voir des étoiles derrière mes paupières. À contrecœur, j'essayai de détacher mes lèvres des siennes.

– Attends, Lilian… murmurai-je, pantelante, alors que j'étais pourtant en demande de beaucoup plus.

– J'ai voulu faire ça toute la soirée, murmura Flynn d'une voix lestée de désir, le front appuyé contre le mien, ses lèvres toujours connectées aux miennes, si bien que nous partagions le même souffle rapide. Tu sais à quel point j'ai envie de toi ? dit-il en recommençant à m'embrasser, puis il descendit dans mon cou, vers cet endroit si sensible sous mon lobe. Je ne pense plus qu'à ça depuis vendredi…

Je frissonnai longuement lorsqu'il mordilla doucement le spot en question.

Il remonta alors vers ma bouche et nous nous embrassâmes pendant un temps qui me sembla à la fois éternel et infiniment court, ses mains dans mes cheveux, sur mes seins, ma taille, mes jambes, sur tous les endroits qu'il pouvait atteindre dans cet espace réduit, jusqu'à ce qu'une voiture nous double et nous sorte de notre transe.

Flynn grogna de frustration et se détacha de moi, en soupirant et en me laissant à bout de souffle.

– Je ne peux pas me faire choper pour exhibitionnisme.

Il enclencha le clignotant puis réinséra la Jeep sur Wilson Boulevard.

– Tu es occupée ce soir ? demanda-t-il en me jetant un petit coup d'œil au bout d'une centaine de mètres.

– Non… Mais je croyais que tu voulais rentrer.

Il se marra doucement.

– J'ai dit ça parce que je ne pouvais plus attendre pour me retrouver seul avec toi. Les gars t'ont collée toute la soirée et il fallait vraiment que je te parle. J'ai cru que tu regrettais ce qui s'est passé entre nous, avoua-t-il d'un ton pincé.

– Moi, j'ai pensé que tu voulais faire comme s'il ne s'était rien passé, lui confiai-je doucement.

– Non, c'est juste que je ne savais pas comment me comporter avec toi devant les autres.

À la mention des « autres », les mots de Jack revinrent à la surface de ma mémoire. Le fait que je n'étais qu'un bourreau des cœurs, qui enchaînait les crushs sans importance, et risquait d'abîmer ses potes et l'ambiance du groupe au passage.

Était-ce ce que je ressentais pour Lilian ? Un simple béguin qui me passerait d'ici deux ou trois semaines ? Même si, à ce moment, j'avais l'impression d'être accro à son contact, de fondre chaque fois qu'il posait les yeux sur moi, cette attraction allait peut-être s'épuiser par elle-même et je me retrouverais, un mois plus tard, responsable d'une brouille entre Jack et *son* Lili, ce que mon frère ne me pardonnerait jamais.

Sauf que maintenant que j'avais goûté à sa peau, je ne me voyais pas revenir en arrière.

On ne pouvait pas faire semblant, je ne voulais pas renoncer à Lilian et Jack risquait de mal le prendre en nous voyant ensemble… Ça ressemblait terriblement à une impasse.

Qui avait dit que Jack devait être au courant ?

Ce qu'il ignorait ne pouvait pas lui faire de mal, pas vrai ?

– J'aimerais vraiment qu'on continue à se voir, mais personne ne doit savoir qu'on couche ensemble. Surtout pas Jack, déclarai-je.

Sa bouche se tordit en un rictus, ses doigts se resserrèrent sur le volant, mais Lilian ne dit rien. Ses yeux ne quittèrent même pas l'embranchement avec Lejeune Boulevard.

– Qu'en penses-tu ? repris-je, surprise par son silence.

Je pensais réellement qu'il allait sauter sur l'occasion. Enfin, je venais clairement de proposer du sexe sans attaches à un homme célibataire de moins de trente ans à qui je plaisais… Je m'attendais à une réaction plus enthousiaste de sa part.

À la place, une émotion fugace passa dans ses prunelles, de la douleur ou de la résignation peut-être, avant que le sourire en coin ne refasse son apparition sur son visage. Mon cœur se mit à nouveau à tambouriner dans ma poitrine, si fort que le sang battait à mes oreilles et que je faillis louper ses paroles par-dessus la musique et le ronronnement du moteur :

– J'en suis, affirma-t-il d'une voix pourtant légèrement tendue.

Sa main droite quitta le volant et se posa sur son entrejambe qu'il rajusta :

– C'est même sacrément bandant, susurra-t-il.

Mon cœur fit une embardée. On allait vraiment le faire. En réponse, je me rapprochai au maximum de la bordure de mon siège sans détacher ma ceinture :

– On va chez toi, murmurai-je directement dans son oreille, le faisant frissonner sous mes lèvres.

Puis je remplaçai sa main sur son jean par la mienne.

CHAPITRE 15

Dès qu'il se gara en bas de son immeuble, Flynn tourna son visage vers le mien, empoigna fermement ma nuque dans sa grande main et m'embrassa avec tout le désir qu'il avait dû réfréner pendant le trajet alors que je mordillais son oreille et le faisais durcir sous ma paume.

Sa langue bouscula la mienne, ses dents déchirèrent mes lèvres au passage, mais c'était la meilleure pelle qu'on m'ait jamais roulée de ma vie. Quand je laissai échapper un petit gémissement de plaisir, il recula brusquement, pantelant.

– Allons-y, murmura-t-il d'une voix encore plus rauque que d'habitude.

J'eus à peine le temps de claquer la portière qu'il attrapa ma main et me tira vers l'entrée du bâtiment. Sur la pelouse à côté de la porte, une silhouette semblait attendre quelque chose. Son chien, compris-je alors que le bichon blanc revenait en courant vers sa propriétaire.

– Madame Peterson, dit Flynn avec un petit mouvement de tête, en passant devant elle sans s'arrêter.

– Bonsoir Flynn… commença la femme dont la bouche se referma en un pli amer dès qu'elle m'aperçut.

C'était elle qui avait fait une remarque en me voyant sortir de l'appartement de Lilian l'autre matin. Devant son visage décomposé, j'eus envie de m'accorder un petit plaisir supplémentaire.

– Bonsoir ! m'exclamai-je de façon hypocrite.

Dans l'entrée de l'immeuble, alors qu'elle ne pouvait plus nous entendre, Flynn me jeta un coup d'œil interrogateur, tout en m'entraînant dans l'escalier :

– C'était quoi, ça ?

– Ta voisine ne m'aime pas.

– Comment tu le sais ? demanda-t-il sur un ton qui laissait clairement deviner son incrédulité.

– Elle m'a regardée comme si j'étais une traînée en me voyant sortir de chez toi l'autre matin. Je crois qu'elle est jalouse.

– N'importe quoi, dit-il en sortant ses clés de sa poche. Elle est juste amicale. Elle me dépose des gâteaux de temps en temps le week-end.

– Tu es naïf à ce point-là ? rigolai-je ironiquement. Elle n'attend qu'une chose, Lili : que tu la fasses entrer pour la remercier en nature, si tu vois ce que je veux dire.

Il ouvrit la porte et m'attira fermement à l'intérieur en me prenant par le poignet :

– Je vois très bien, mais la seule qui aura droit à ce traitement de faveur, c'est toi, déclara-t-il en me plaquant contre lui d'une main, et en claquant la porte de l'autre.

La seconde suivante, sa bouche retrouva la mienne, une de ses mains emprisonna l'arrière de mon crâne et l'autre fit pression sur mes reins pour me maintenir contre son corps ferme. Je nouai les bras autour de ses larges épaules et me dressai sur la pointe des pieds pour approfondir notre baiser.

Sa paume se faufila sous mon tee-shirt, enflammant chaque zone de peau qu'elle effleurait. Mais j'en voulais plus. Je détachai à contrecœur mes lèvres des siennes et retirai mon tee-shirt en regardant Lilian droit dans les yeux. Ses prunelles brillaient d'une lueur sauvage, sa bouche était ouverte sur un souffle rapide, lui donnant l'air d'un félin prêt à me sauter dessus. Suivant mon exemple, il attrapa son tee-shirt par le col et le fit passer au-dessus de sa tête, pour me dévoiler ce torse qui me faisait tant saliver.

Quand je m'approchai à nouveau de lui, mon visage était pile poil à la bonne hauteur pour couvrir de baisers ses pectoraux rasés. Pour une fois, j'étais contente d'être petite ! Il grogna lorsque je passai rapidement la langue sur un de ses tétons dressés.

– Accroche-toi, m'ordonna-t-il d'une voix alourdie de désir.

Je levai la tête, rencontrai ses yeux affamés et enroulai docilement mes bras autour de son cou. D'une pression sous mes fesses, il m'aida à crocheter mes jambes autour de ses reins. Mon visage à hauteur du sien, je m'enivrai de ces traits acérés qui formaient à la fois mon plus beau rêve et mon pire cauchemar alors qu'il nous emmenait vers la chambre. J'appuyai doucement ma bouche contre la sienne et fis distraitement courir ma langue sur sa lèvre inférieure. En réponse, il inspira brusquement.

Puis il me fit lentement basculer en arrière sur la surface moelleuse du lit et déboutonna mon short avant de le faire glisser sur mes cuisses. Il me retira mes sandales pour me débarrasser du vêtement qui tomba sur la moquette.

Debout devant moi, redressé de toute sa hauteur, il s'attaqua aux boutons de son propre jean en me regardant, les yeux dans les yeux. Je me redressai sur mes coudes pour mieux voir le pantalon s'ouvrir sur son boxer noir et tomber contre ses longues jambes. Je ne pus m'empêcher de me mordiller la lèvre inférieure.

Il était si beau, je le désirais tellement que j'en avais le souffle coupé. Ce n'est que lorsqu'il s'avança vers moi, les pupilles brillantes d'une lueur animale, ses *ID tags* se balançant entre ses pectoraux dans un mouvement hypnotique, que je me rappelai comment respirer. Il me força à me rallonger, mais au lieu de me rejoindre, il se tint au-dessus de moi, son corps bien trop loin du mien, appuyé sur les mains de chaque côté de ma tête.

– Tu peux dire stop à n'importe quel moment, me rappela-t-il, soudain plus sérieux.

– Je sais, affirmai-je d'une voix ténue. Mais pour l'instant, j'ai *vraiment* envie que tu continues, dis-je en tirant sur ses plaques militaires qui pendaient entre nous.

– Ouf, rigola-t-il avant de s'emparer à nouveau de ma bouche.

Il m'embrassa passionnément, puis descendit le long de ma gorge jusqu'à ma brassière en coton dont il libéra mes seins afin de les cajoler, l'un puis l'autre, pendant que je fourrageais dans ses cheveux courts.

Puis il descendit encore le long de mon estomac, ses lèvres ne quittant pas ma peau, l'anticipation me tuant à petit feu. Quand ses doigts passèrent sous l'élastique de ma culotte, je crus défaillir. Mais ce ne fut rien à côté de sa merveilleuse bouche et de sa langue sur moi, à l'intérieur de moi, après qu'il m'eut retiré mon sous-vêtement. Je montai très haut dans les étoiles, si haut que lorsqu'il effleura une fois de trop ce petit point sensible, j'eus l'impression de tomber en chute libre en criant son nom.

Bientôt ses lèvres furent à nouveau sur les miennes. La sensation de mon propre goût sur sa langue était si excitante, comme de l'essence sur le feu qu'il venait d'allumer dans mon ventre.

– Lilian… suppliai-je, essoufflée, et il sut immédiatement où je voulais en venir.

Alors qu'il récupérait un préservatif dans sa table de nuit, je me débarrassai de ma brassière et la jetai au sol. Il retira son boxer et, tandis qu'il commençait à dérouler la protection, il me jeta un coup d'œil :

– Tu vas vraiment finir par me tuer, *Baby doll*.

– Pourquoi ? murmurai-je, n'ayant pas encore suffisamment récupéré du précédent orgasme pour faire confiance à la stabilité de ma voix.

– Tu me regardes comme si tu voulais me bouffer tout cru, dit-il en s'approchant de moi.

Pour le provoquer, je passai ma langue sur mes lèvres. Il inspira entre ses dents.

– C'est le cas, affirmai-je à voix basse.

Il se positionna sur moi, me forçant à me rallonger sur le lit.

– Tu m'as suffisamment allumé sur le trajet. Tiens-toi bien si tu veux qu'on en profite tous les deux, dit-il en s'enfonçant en moi, m'arrachant un gémissement. Tu sens l'effet que tu me fais ? ajouta-t-il en bougeant lentement en moi.

Seule cette sensation de son corps dans le mien existait, comme s'il était la clé pour m'ouvrir la porte du pays des merveilles.

Rapidement, ma respiration s'accéléra au rythme de ses coups de reins. J'attirai ses lèvres contre les miennes en tirant à nouveau sur sa chaîne, si bien que le bruit se perdit directement dans sa bouche quand l'orgasme me prit une deuxième fois.

Quelques instants plus tard, il se raidit dans mes bras et me rejoignit avec un grognement sexy. Il détacha sa bouche de la mienne pour reprendre son souffle, se dégagea de moi, laissant un vide saisissant là où il me remplissait juste avant, puis il appuya son front sur l'oreiller, son souffle chaud caressant doucement mon épaule à mesure que les battements de son cœur ralentissaient.

Il était toujours sur moi si bien que j'en profitai pour explorer à nouveau les reliefs de son dos, ses muscles si dessinés qu'ils formaient des vallées et des montagnes sous mes mains avides, jusqu'à la naissance de ses fesses bombées.

– Putain, *Baby doll*… murmura-t-il contre l'oreiller, alors que je le sentais durcir à nouveau contre ma cuisse.

Je ne pus m'empêcher de sourire à ces mots, en me demandant comment j'en étais venue à apprécier ce surnom. Peut-être parce qu'il contenait énormément de désir – et de tendresse, compris-je avec un coup au cœur – quand il le prononçait dans des moments intimes comme celui-là.

– Attends, dit-il précipitamment, laisse-moi une minute.

Il se leva brusquement et se précipita hors de la chambre, complètement nu, m'offrant une vue sublime de l'arrière de son corps. J'en profitai pour m'étirer comme un chat bienheureux et me blottir sur le côté.

Une minute plus tard à peine, comme promis, Lilian était de nouveau dans le lit, face à moi. Il m'attira contre son corps d'un bras puissant puis, d'une main sur ma joue, il reprit mes lèvres avec avidité. Alors que sa langue explorait profondément l'intérieur de ma bouche, ma jambe s'enroula d'elle-même autour de sa taille, et je perçus clairement, à la caresse du bout de son sexe contre le mien, qu'il était déjà prêt à remettre la partie. Je gémis d'anticipation.

– Ce « truc » entre nous, chuchota-t-il dans ma bouche, ça ne peut pas disparaître tout seul en claquant des doigts. Tu comprends ?

Il avait raison. C'était trop puissant. Comme un tsunami qui emporterait tout sur son passage. On ne pouvait pas s'opposer à la vague, il n'y avait pas de mur assez haut, il fallait la laisser passer et s'arranger ensuite avec ses conséquences.

C'est pourquoi je le laissai glisser une main entre nous et me titiller jusqu'à ce que je perde encore pied. Je le laissai m'asseoir sur lui et je suivis le rythme que son bassin m'imposa jusqu'à ce que nous nous effondrions ensemble encore une fois. Et là, tandis que le sommeil m'emportait, je le laissai m'attirer contre lui. Encore une fois.

***

Je me réveillai sur le ventre, les mains de part et d'autre de ma tête sous l'oreiller, le drap repoussé loin sur ma taille. Je m'étais endormie complètement nue, mon dos à l'air, et c'est un doigt rugueux effleurant lentement les reliefs de ma colonne qui m'avait tirée du sommeil.

– J'aime t'avoir dans mon lit, dit une voix grave à mes côtés. Les premières années chez les Marines, ma seule envie, c'était de quitter ces putains de baraquements et d'avoir ma propre piaule, sans les ronflements, le partage de la douche et je ne te parle même pas du vol de chaussettes dans la buanderie. En passant sergent, j'ai eu droit à ma chambre individuelle, mais il y avait quand même un truc qui clochait. Alors quand mon ancien *staff sergeant* a été déployé, j'ai sauté sur l'opportunité de sous-louer son appart' malgré le foutu trou que ça creuse dans ma paie. Mais, là, je commence à comprendre que c'est surtout avec qui tu partages ta chambre qui importe.

La caresse continua quelques secondes.

– Réveille-toi doucement, le temps que je me prépare.

J'oscillai entre sommeil et réveil, bercée par le bruit lointain de l'eau qui coulait. Puis des pas lourds, du genre bottes de combat, s'arrêtèrent sur le seuil :

– Allez la Belle au bois dormant. C'est l'heure.

Je me tournai sur le dos, plaquant le drap contre mes seins nus, ouvris les yeux et restai bouche bée, le cerveau complètement en surchauffe. Ça m'arrivait beaucoup trop souvent quand Lilian était dans les parages.

Je m'assis dans le lit, un bras autour de la poitrine, pour retenir le drap. Le fantasme des hommes en uniforme vient des mecs comme lui, qui remplissent tellement bien leurs vêtements de travail que ça en fait saliver. J'avais une furieuse envie de le déballer, bouton par bouton, comme un paquet-cadeau.

– Ne me regarde pas comme ça… grogna-t-il en roulant des yeux. Je ne peux pas être en retard pour le regroupement.

– Dommage, murmurai-je en haussant les épaules.

Dans un mouvement peut-être involontaire, le drap tomba, me dévoilant jusqu'à la taille. Lilian déglutit laborieusement, ses yeux quittant instinctivement les miens pour détailler ce que je venais effrontément de lui montrer. Il se mordit la lèvre inférieure, l'air de prendre sur lui.

Je devrais féliciter les responsables de formation chez les Marines pour leur excellent travail. On les entraîne réellement à garder leur sang-froid en toutes circonstances. Déjà la veille, dans la Jeep, Lilian avait à peine détourné les yeux de la route pendant que je le caressais. Ça donnait vraiment confiance en leur capacité à garder le cap en opération, quoi qu'il arrive.

Pour le tester encore un peu plus, je sortis du lit sans pudeur, entièrement nue, sans lui accorder un regard. Et, pour mon plus grand plaisir, le feu de ses pupilles me suivit dans tous mes mouvements.

Quand je ramassai ma culotte au sol et l'enfilai lentement le long de mes jambes. Vint le tour de ma brassière pour laquelle je levai exagérément les bras au ciel, étirant toute ma poitrine. Mon short caressa doucement mes mollets puis mes cuisses. Je me cambrai exagérément pour raccrocher mes sandales, un pied puis l'autre.

Enfin, je me retournai vers lui et avançai dans sa direction. Il n'avait pas bougé, la mâchoire crispée et les yeux brûlants.

Dès que je fus à portée de bras, il m'attrapa par la taille, plaqua mon buste contre lui, une main solide derrière ma nuque, et fondit sur mes lèvres pour un baiser passionné au goût mentholé de son dentifrice. Ses joues fraîchement rasées, dégageant son habituelle odeur boisée, étaient douces comme la soie en comparaison avec le tissu de sa veste, un peu rêche, qui frottait délicieusement contre la peau sensible de mon ventre.

– Tu vas vraiment foutre le bordel dans ma vie, murmura-t-il pour lui-même contre ma bouche lorsqu'il parvint à se détacher de moi, un œil sur sa montre.

Un rire léger, à la limite de l'euphorie, m'échappa.

Il était cinq heures du matin. J'avais à peine dormi. Mais une grosse bulle d'une émotion qui ressemblait à s'y méprendre à de la joie enflait dans ma poitrine. Je devais être shootée aux endorphines ou carburer à l'adrénaline car je ne paniquai pas autant que j'aurais dû.

C'était juste le temps que mon état post-orgasmique retombe, me dis-je.

Quand je reportai mon attention vers le salon, je ne pus que sourire en constatant le désordre qui résultait de notre arrivée en fanfare de la veille. Mon tee-shirt était roulé en boule sur le canapé, là où je l'avais jeté en entrant, et le sien pendait mollement sur le dossier. Mon sac gisait à moitié renversé à côté de la porte d'entrée.

– Je mets déjà beaucoup de bordel chez toi ! plaisantai-je, en lui jetant un petit coup d'œil.

L'expression de son visage fit battre mon cœur plus vite. Ses yeux passèrent du lit défait derrière moi au bazar sur le canapé, puis revinrent à mon visage, contenant une telle chaleur, une émotion proche du bonheur absolu, que les papillons dans mon ventre sortirent aussi sec de leur sommeil.

– C'est vrai, admit-il avec un sourire lumineux. Mais je crois que j'aime bien ça.

J'enfilai rapidement mon tee-shirt et attrapai ma besace sur le sol.

– Allez, c'est parti pour le deuxième *walk of shame*, murmurai-je alors qu'il ouvrait la porte, sa casquette tactique et ses clés à la main.

Je devinai la question à ses sourcils froncés.

– Ça fait deux fois que je sors d'ici avec mes vêtements de la veille, expliquai-je à voix basse pour ne pas réveiller les voisins alors qu'il glissait ses clés dans la poche de son treillis.

Le sourire en coin réapparut, ainsi que la fossette dans sa joue, que j'avais maintenant envie d'embrasser.

– C'est ta façon de me demander de te libérer de la place dans mon placard ? chuchota-t-il en m'entraînant à sa suite dans le couloir.

Cette idée me plaisait beaucoup, alors que le principe même d'une relation secrète tenait au fait de ne laisser aucune trace. D'ailleurs, il n'aurait même pas fallu que je passe la nuit avec lui. Une fois comblée, j'aurais dû me rhabiller et rentrer chez moi.

Sauf que je n'avais pas de voiture.

Tu te cherches des excuses, murmura au fond de moi la petite voix que je bâillonnai mentalement à deux mains. Parce qu'elle avait raison, bien évidemment. C'est pourquoi j'eus besoin de l'énoncer à voix haute, en estimant que, si je continuais à le répéter en boucle, ça deviendrait vrai :

– Non. Et puis qui te dit que je vais revenir ? lançai-je, un peu provocatrice.

Les mots eurent à peine le temps de quitter ma bouche que je me trouvai plaquée contre le mur, des bras musclés de part et d'autre de la tête, des lèvres sensuelles à un centimètre des miennes.

– C'est marrant parce que tu semblais plutôt insatiable cette nuit.

Il pencha la bouche vers mon oreille et commença à titiller lentement mon lobe. Ma peau se couvrit instantanément de frissons, mes mains s'enroulèrent d'elles-mêmes autour de sa taille pour le ramener vers moi.

– Tu sais te montrer très persuasif, sergent *Ladykiller*, susurrai-je.

Surtout quand il soufflait doucement sur mon cou, comme ça.

– C'est toi qui m'as sauté dessus, hier soir, répliqua-t-il à voix basse.

Je le repoussai et levai les yeux au ciel.

– Évidemment, tu ressembles à ça, rétorquai-je en le montrant de la main de haut en bas.

Sans attendre, je me dégageai et partis en direction de l'escalier. Il me dépassa et se planta devant moi, une marche plus bas, si bien que, pour une fois, nos yeux étaient à la même hauteur. Je m'émerveillai encore une fois de la beauté sauvage de son visage auquel les petites imperfections, le nez un peu dévié, les dents désalignées, la cicatrice sur le menton, apportaient encore plus de charisme. Elles le rendaient réel, loin d'une image insaisissable de papier glacé.

– Ça veut dire oui ? murmura-t-il en laissant percer ce qu'il me sembla être de l'espoir. Tu veux que je te libère une étagère ?

C'était un sentiment trop dangereux, l'espoir, de ceux qui vous poussent à prendre de mauvaises décisions en croyant bien faire.

Si j'avais bien compris, c'était la première fois qu'il avait un endroit à lui, au moins temporairement, et le fait qu'il me propose de le partager réveillait l'euphorie en moi.

Ça va trop vite, se manifesta à nouveau ma petite voix. *Rappelle-toi la dernière fois.*

Je m'étais installée rapidement chez Tom, parce que ça m'arrangeait bien de diviser le loyer, et après coup, j'avais regretté de l'avoir tout le temps sur le dos, sans aucune possibilité de souffler loin de lui. Je savais maintenant que ce n'était qu'une manœuvre de plus pour se décharger de ses responsabilités liées au logement et que ça n'avait rien à voir avec de l'amour. En le quittant, je m'étais juré d'être plus prudente à l'avenir. Et voilà que j'étais prête à tomber dans le même schéma.

– Ça veut dire que tu prends tes rêves pour des réalités, dis-je en contournant Lilian. De toute façon, je n'ai pas assez de vêtements pour en laisser chez toi.

Il rigola dans mon dos et me rejoignit rapidement pour attraper ma main dans la sienne.

***

Lilian me déposa devant l'entrée de l'immeuble d'à côté, sa Jeep noire trop reconnaissable pour être vue devant le nôtre, même s'il y avait de grandes chances pour que Jack soit déjà parti à la base à cette heure-ci.

Malgré la pluie, j'atteignis la porte du bâtiment en souriant béatement. Je montai les marches de l'escalier sur la pointe des pieds et inspirai un grand coup devant la porte de l'appartement. J'insérai la clé dans la serrure en faisant une rapide prière à l'univers, mais visiblement ça n'était pas suffisant, car j'ouvris en grand sur Jack en train de lacer ses bottes, le visage chiffonné, les yeux mangés par des cernes mauves.

– Bonjour, lançai-je prudemment.

Il observa rapidement mon tee-shirt parsemé de taches humides, mes cheveux en désordre, mes bras nus et l'expression de culpabilité qui devait clignoter sur mon visage car il fronça les sourcils, ses yeux brillants d'incompréhension.

– T'étais où ?

– Chez un mec. Et toi, t'étais où ?

– Moi, j'ai passé la nuit ici, remarqua-t-il avec un petit hochement de tête réprobateur.

J'étais vraiment en train de me faire engueuler par mon petit frère ?

– J'ai vingt-neuf ans, Jack, ça me donne le droit de découcher il me semble, déclarai-je d'un ton tranchant.

Il acquiesça sans conviction.

– C'est vrai, mais comme tu me l'as dit une fois, on devrait mettre au point des règles de bonne colocation. Par exemple, si l'un de nous deux ne dort pas à l'appart', il avertit l'autre. Je te croyais à la maison alors que tu étais ailleurs.

J'étais tellement sur mon petit nuage que je ne pris pas la peine de lui répliquer qu'il ne respectait pas ses propres règles, étant donné que je m'étais déjà retrouvée seule devant la porte fermée de son appartement car il était parti « ailleurs ». À la place, ma culpabilité se multiplia par cent. Non seulement j'avais l'impression de le trahir en couchant en douce avec son meilleur ami, mais en plus je lui causais du souci.

Je fondis dans ses bras.

– Jack, je suis désolée. La prochaine fois, je t'enverrai un SMS pour te prévenir.

Il grogna et se recula.

– La prochaine fois ? demanda-t-il en haussant les sourcils.

Oups…

En tout cas, c'était ce que j'avais promis à Lilian quand il m'avait demandé si on pouvait se revoir à la fin de la semaine, lorsqu'il serait revenu de son exercice de deux jours sur le terrain, juste après m'avoir roulé une pelle mémorable pour me dire au revoir.

– C'est qui ton mec ? reprit Jack devant mon silence.

– Un mec, répondis-je nonchalamment en haussant les épaules, je ne pense pas que ça va durer. Et toi, ta copine ?

– Juste du sexe, ça ne durera pas non plus.

Mon frère m'observa attentivement encore une seconde, puis il attrapa sa casquette et ses clés – comme Flynn, pensai-je, et mon cœur se mit à battre plus vite. Il se dirigea vers la porte :

– Tu dors ici ce soir ? demanda-t-il avec espoir.

Pourquoi tout le monde me regardait de cette façon ce matin-là ?

– Oui, répondis-je avec un sourire rassurant.

Cela sembla l'apaiser et il partit, les traits plus détendus que lorsque j'étais arrivée.

Pourtant, au fond de moi, je me sentais comme la pire des sœurs.

CHAPITRE 16

Je sus que Lilian était arrivé au Smithy's à la seconde où il passa le seuil de la porte. La sensation de son regard caressant était devenue bien trop familière pour que je ne la reconnaisse pas instantanément. Et quand je fis volte-face, je tombai effectivement dans les puits noisette de ses yeux rivés sur moi, et je me figeai dans mes baskets.

Il portait LA chemise.

Comment un simple bout de tissu blanc pouvait-il rendre quelqu'un aussi désirable ? Mon visage devait précisément refléter cette question car, malgré les lumières tamisées, un sourire en coin plein de vanité s'épanouit sur sa bouche charnue. Puis il m'adressa un petit signe de la main et je lui indiquai de l'index où étaient installés les autres. Après un dernier regard langoureux, il s'en alla à grandes enjambées vers l'endroit que je lui avais montré.

Je soupirai longuement. Je pensais être là pour servir des boissons et récolter un maximum de pourboires, mais l'objectif de la soirée venait visiblement de changer : survivre sans suffoquer à chaque fois que j'apercevrais Lilian *et* ne pas me faire choper par Jack.

Je m'occupai des commandes que j'avais en cours, pris quelques minutes pour échanger avec des clients – ce qui me valut un billet supplémentaire dans le porte-addition – puis me dirigeai vers la table des gars.

À trois mètres d'eux, je ralentis le pas, prise de doute. J'avais peur que mon visage ne me trahisse si quelqu'un me voyait dévorer Lilian du regard, mais je ne me faisais pas confiance non plus pour ne pas le toucher si je m'arrêtais à côté de lui.

Ma vie était décidément devenue beaucoup trop compliquée.

Jack me sauva d'une boucle infinie de questions en me repérant :

– Kiki ! Viens voir !

Je fis le tour de la table pour me positionner près de mon frère. Flynn se trouvait de l'autre côté, à bonne distance d'une main baladeuse.

– Tu me remets une bière ?

J'acquiesçai en sortant mon carnet de commandes.

– Quelqu'un d'autre ?

Un concert de mots mêlés me répondit. Je notai les boissons à la volée, jusqu'à ce qu'une voix rauque se distingue des autres :

– Une Bud, s'il te plaît.

Je relevai la tête vers Lilian et rencontrai ses prunelles brillant d'une attirance à peine dissimulée. Je hochai rapidement la tête et repris ma route, sans me rendre compte que j'allais passer juste derrière lui, bien trop ébranlée par le désir que j'avais lu dans ses yeux. Est-ce que les miens affichaient la même émotion ? Si oui, on allait se faire pincer par quelqu'un d'un peu attentif en moins de temps qu'il ne nous en fallait pour nous déshabiller quand on était seuls, lui et moi.

Heureusement, les autres étaient captivés par un Garrett hilare, qui expliquait qu'un de ses voisins avait foiré son inspection du jour à cause d'un fil qui dépassait de la couture de son paquetage.

Quand je passai derrière la chaise de Lilian, une main frôla doucement la mienne, et je faillis trébucher sur mes propres pieds tellement son contact me bouleversait.

Ça allait mal finir.

En revenant avec un plateau chargé de verres et de bouteilles, je me positionnai de nouveau à côté de Jack pour distribuer les boissons. Soudain, dans les messes basses entre lui et Lilian, les mots « ré-engagement », « EAS » et « forcer » me firent relever la tête. Je me penchai vers mon frère :

– Qu'est-ce qui se passe ?

Jack soupira longuement puis, voyant que je ne bougeais pas, il me fit signe de me rapprocher.

– J'ai été convoqué par mes supérieurs aujourd'hui, dit-il d'un ton plein de ressentiment. Ils aimeraient que je reste.

– C'est possible de faire ça ? murmurai-je, sous le choc. Tu as déjà signé ton contrat avec le garage qui te propose un pont d'or !

– Ouais, tout est arrangé.

– Mais pourquoi ils te font ça maintenant ?

Jack écarta les mains en signe d'ignorance.

– Parce que j'en ai discuté avec un conseiller du DoD TAP[28] et que ça les fait chier de voir partir un Marine expérimenté.

Je posai la main sur l'épaule en béton armé de mon frangin et la compressai brièvement.

Jack était le meilleur *Motor T* de Camp Lejeune, selon Lilian. Voilà pourquoi ils cherchaient à le retenir. Or, Jack n'avait qu'une hâte : commencer son nouveau job. Il avait été ravi de me raconter son entrevue avec son futur patron plus tôt dans la semaine. Il avait obtenu tout ce qu'il voulait, notamment un salaire plus élevé que la moyenne et la garantie de n'intervenir qu'en tant qu'expert sur les réparations les plus pointues.

D'ailleurs, ça faisait plusieurs jours que je ne le trouvais plus sur le canapé en rentrant. Il n'avait pas

---

28. Le *Department of Defense Transition Assistance Program* est un programme d'aide aux militaires qui souhaitent quitter le service actif et facilite leur transition vers des postes ou des formations.

besoin d'une dose de soucis supplémentaires alors qu'il commençait à aller mieux. Mon visage devait afficher mon tracas car Jack déposa doucement sa main sur la mienne et la serra en retour.

– T'inquiète pas, dit-il avec un petit sourire rassurant. Ça va s'arranger.

Le temps que Jack me raconte tout ça, l'addition avait déjà été réglée. Je ramassai rapidement les billets et allai servir mes autres tables, l'esprit préoccupé.

***

Un peu plus tard, Lilian s'avança gracieusement vers moi tandis que je débarrassais des verres vides à côté des tables de billard. Sa chemise blanche était presque phosphorescente dans l'obscurité de cette partie de la salle.

– On ne va pas tarder à y aller, commença-t-il lorsqu'il fut suffisamment près de moi pour que son parfum boisé me fasse chanceler.

J'avais définitivement associé cette odeur à lui et, depuis peu, elle me ramenait aussi au contact de sa peau contre la mienne, à tous les moments où mes sens étaient focalisés sur lui. Des braises se réveillèrent dans mon ventre quand il fit un pas supplémentaire.

– Les gars veulent aller au Black, reprit-il à voix basse.

– Oh… Donc, c'est ta chemise spéciale pour le Black ?

Il baissa la tête vers son torse, en fronçant les sourcils, puis il capta mes yeux et le sourire en coin *made by* Flynn refit son apparition :

– En fait, je l'ai mise parce que tu avais l'air de bien l'apprécier la dernière fois que je l'ai portée.

Il avait remarqué ? Y avait-il quelque chose qui échappait à son attention ?

– En effet, tu es très appétissant dans cette chemise, susurrai-je.

Ses pupilles s'enflammèrent tandis qu'il laissait filer un petit rire satisfait :

– Tu voudrais m'aider à la retirer plus tard ? Après ton service ?

– J'aimerais bien, soupirai-je, mais Jack a besoin que tu lui remontes le moral sans garder l'œil sur la montre. Je viendrai plutôt demain soir.

Lilian parut déçu de ma réponse un court instant, mais il hocha quand même brièvement la tête :

– Ça me va, dit-il avec un sourire lascif qui me promettait monts et merveilles pour le lendemain. Tu m'as manqué cette semaine, ajouta-t-il sur un ton plus tendre.

Une bulle chaude s'étendit dans ma poitrine.

– Pourtant, tu étais bien occupé ! plaisantai-je, pour masquer cette émotion qui me comprimait les poumons, si bien que j'en eus du mal à respirer.

Outre l'exercice sur le terrain, il m'avait prévenue qu'il supervisait le nettoyage du jeudi soir et qu'il dormirait donc dans sa chambre à la caserne.

– Il me manque quand même quelque chose quand tu n'es pas là.

Lui aussi, il m'avait manqué. J'avais dormi quatre nuits dans mon lit trop vide, en commençant à comprendre pourquoi on disait qu'une relation avec un Marine exigeait des sacrifices.

– Ton exercice sur le terrain s'est bien passé ?

Le visage de Lilian se fendit d'un grand sourire et ses yeux se mirent à pétiller.

– Ouais, super ! C'était un exercice de combat en environnement urbain. C'est comme un jeu de rôle géant dans une mini-ville, avec des mecs qui font les opposants et d'autres qui ont des missions à accomplir, et on se canarde avec des munitions spéciales.

Je devais avoir l'air perplexe car il se mit à rire :

– Attends, je vais te montrer, dit-il en sortant son téléphone d'une poche de son jean.

Alors que je fronçais les sourcils, il farfouilla quelques instants sur l'écran puis tourna l'appareil vers moi. Je reconnus une vidéo Instagram dans laquelle on apercevait des Marines en uniforme de combat intégral. Après lui avoir lancé un regard intrigué, j'appuyai sur lecture.

C'était sans doute une sorte de vidéo de promotion des Marines, pourtant elle ne me fit pas l'effet d'une publicité pour encourager l'engagement. Enfin si, mais pas avec l'US Marine Corps. Plutôt l'envie de se faire passer la bague au doigt par un Marine de Camp Lejeune.

Au milieu de préfabriqués disposés pour former des sortes de rues, les Marines évoluaient par petits groupes. Ils étaient équipés de la tête aux pieds. On suivait une équipe après l'autre, toutes attentives à leur environnement. Sur ordre de celui qui gardait le seuil, ils s'engouffrèrent dans un bâtiment, leur fusil balayant l'espace découvert à chaque pas. Puis ils s'arrêtèrent dans un couloir, quatre Marines se positionnèrent le long du mur avant de disparaître simultanément par les ouvertures, armes prêtes à tirer. La caméra dépassa le chef pour filmer les deux hommes qui firent feu, dans un mouvement de ralenti très artistique où les douilles s'envolaient. La caméra se braqua brièvement sur les Marines avant que l'image ne devienne verte. L'exercice était maintenant filmé de nuit. À la fin, les Marines étaient tout simplement rassemblés en groupe pour discuter. Sans doute un briefing avant ou après l'exercice.

Dès que la vidéo recommença, je la mis en pause au moment qui m'avait interpellée.

– C'est toi ! dis-je à Lilian qui m'observait avec un grand sourire.

Derrière le fusil, sous le rebord du casque, le regard perçant de Lilian était rivé vers l'avant. C'était lui le leader du groupe, celui qui avait positionné ses hommes d'un geste de la main. Le voir ainsi dans son uniforme de combat complet, avec son arme à la main, le regard si concentré, en train de distribuer des ordres à son équipe me troubla d'excitation.

Cela dut se voir sur mon visage car il leva les yeux au plafond et poussa un petit grognement :

– Bordel, *Baby doll*, tu es vraiment incorrigible… dit-il avec un sourire carnassier.

– C'est ta faute. Faut pas être aussi sexy ni me montrer des trucs pareils…

Puis il me scanna de haut en bas, avec un regard ardent qui enflamma chaque partie de mon corps sur laquelle il s'attarda, avant de plonger dans mes yeux ultra-maquillés spécial pourboires :

– Sinon, je ne te l'ai pas encore dit, mais toi aussi, tu es « appétissante » ce soir. Y'a pas un placard dans lequel on pourrait s'enfermer quelques minutes et où je pourrais te montrer à quel point j'ai envie de toi ?

Je décochai une petite tape sur son avant-bras découvert jusqu'aux ronces de son biceps :

– C'est qui l'obsédé maintenant ? Tu ne peux pas te passer de sexe pendant cinq jours ?

Dans ses yeux, le désir se mélangea à une émotion brûlante, qui m'embrasait tout entière et me donnait envie de fondre dans ses bras :

– Ce n'est pas exactement ce que j'ai dit. Si je me souviens bien, j'ai mentionné avoir envie de *toi*.

Son regard descendit vers ma bouche alors qu'il faisait un pas vers moi, et je mordillai inconsciemment la lèvre qu'il observait, bouleversée par ses mots, parce qu'effectivement je comprenais bien la distinction entre se passer de sexe et se passer de lui, et ça n'avait rien à voir. Dans le second cas, c'était comme avancer avec une part de soi en moins, un vide abrutissant qui me laissait dans un état de manque insoutenable, toutes mes pensées dirigées vers celui qui n'était pas là.

– Moi aussi, j'ai du mal à me passer de toi, chuchotai-je, mais il lut les mots sur ma bouche car il acquiesça brièvement, avant de s'approcher encore, si bien que seuls cinq centimètres à peine nous séparaient.

– T'es sûre que tu ne veux pas venir chez moi plus tard ?

– Oui, prends soin de Jack ce soir, affirmai-je à voix basse. Il a besoin de son pote.

– OK, mais tu ne perds rien pour attendre.

– J'ai hâte, soufflai-je.

– À demain, dit-il en s'éloignant avec un clin d'œil.

Après cela, j'eus besoin de quelques minutes pour faire redescendre mon rythme cardiaque et laisser mes joues reprendre leur couleur originelle. Pourtant, quand je me dirigeai vers le bar avec mon plateau de verres vides, Wendy, qui attendait une commande, m'intercepta :

– Waouh, c'était chaud bouillant ! dit-elle en s'éventant avec sa main.

– Pardon ?

– Je t'ai vue discuter avec Flynn. J'ai cru qu'il allait te sauter dessus. Ça marche vraiment bien, ton nouveau look !

Bon sang ! Parmi les personnes attentives, j'avais complètement zappé ma collègue, alors qu'elle m'avait déjà prouvé maintes fois qu'elle en voyait et entendait bien plus qu'elle ne le laissait paraître.

– Il ne se passe rien entre nous, avançai-je bien trop rapidement. Et je t'ai déjà expliqué que je fais ça pour les pourboires !

– Eh bien, vous devriez parce que si on transformait en électricité la tension sexuelle qu'il y avait entre vous deux, on pourrait alimenter tout Jacksonville pendant un an.

– Tu te fais des idées, la contrai-je, on parlait de son exercice de terrain.

– Ouais, bien sûr… En vous dévorant des yeux.

– C'est la vérité ! protestai-je.

En partie.

Elle attrapa son plateau rempli de verres pleins et de bouteilles et, juste avant de s'éloigner, lança :

– Arrête de te voiler la face et fonce avant qu'il ne soit trop tard !

Si elle savait…

Mais ça voulait surtout dire qu'on allait devoir se montrer plus discrets.

***

Le lendemain, il était un peu plus de trois heures du matin quand je me garai devant l'immeuble de Lilian. Ce n'est que dans le couloir que je me demandai comment j'allais entrer dans l'appartement.

Est-ce qu'il m'avait attendue jusqu'à cette heure de la nuit ?

Évidemment, je m'inquiétais pour rien car la porte de l'appartement était entrouverte, si bien que je n'eus qu'à la pousser pour entrer et percer le silence sur la pointe des pieds. Après m'être délestée de ma besace et de mes baskets, j'avançai dans l'obscurité jusqu'à la porte ouverte de la chambre.

La pièce était juste éclairée par la faible lueur argentée qui perçait derrière les rideaux, mais cela suffit à me récompenser d'une vision de rêve qui fit s'accélérer mon souffle et me mit l'eau à la bouche : Lili, plongé dans un profond sommeil, l'air paisible, étendu sur le dos au milieu du lit, le drap au niveau de la taille, une main sur ses abdos, le visage détendu, le torse se soulevant à intervalles réguliers. J'avais une furieuse envie de le rejoindre, mais il fallait d'abord que je me débarrasse de cet uniforme puant. Je reculai sans bruit et gagnai la salle de bains, où il m'avait laissé une serviette et un de ses tee-shirt pendu à une patère.

Je désirais tellement me couler à côté de lui que je ne perdis plus une seconde supplémentaire pour me débarrasser prestement de mon uniforme, et prendre une douche rapide. Quand je sortis de la salle de bains, il dormait toujours.

J'eus d'abord l'intention de le laisser profiter de sa nuit, mais dès que je me fus glissée sous les draps et rapprochée de lui, je ne pus résister à l'envie d'effleurer son corps.

Perchée sur un coude, sans le toucher autrement qu'avec la pulpe de mon doigt, je frottai le bout de mon index sur son torse, le long du fossé entre ses pectoraux. La peau chaude semblait vivante sous mon doigt, répondant à la caresse par de petits fourmillements sur la mienne. Puis je passai au milieu de ses abdominaux, vers son nombril et plus bas, sous la couette, jusqu'à rencontrer l'élastique de son boxer noir.

Son souffle s'accéléra par sa bouche entrouverte, une tension lascive se dégageait de lui, mais il n'avait toujours pas ouvert les yeux.

Je repoussai brusquement la couette sur ses cuisses pour voir ce que je faisais. Mon doigt reprit sa progression le long de la bosse presque dure dans son caleçon. Quand j'arrivai au bout, je rebroussai chemin, lentement, en appuyant un peu plus de l'ongle. En réponse, Lilian frissonna longuement. Son sexe durcit davantage. Ses mains se crispèrent sur son ventre.

J'ajoutai un deuxième doigt pour repartir dans l'autre sens. Il gémit sensuellement, les paupières toujours fermées. Une grande paume se referma sur le creux de mes reins, sous mes cheveux lâchés. Est-ce qu'il savait combien il était beau quand il prenait du plaisir ? J'étais excitée rien qu'à le regarder.

Pour revenir, toujours sur le même rythme, je refermai ma main.

– Putain, *Baby doll*. Tu vas me tuer… susurra-t-il d'une voix endormie mais remplie de désir.

– Comment tu sais qui c'est ? murmurai-je en poursuivant mon mouvement, vers le bas, cette fois-ci. N'importe qui aurait pu entrer par la porte ouverte, même Madame Peterson.

Il sourit, de son sourire en coin si sexy, les yeux fermés.

– J'ai reconnu ton toucher, balbutia-t-il alors que je l'explorais un peu plus haut, en serrant un tout petit peu plus fort.

– Avec un seul doigt ?

– Ouais… À chaque fois que tu me touches… haleta-t-il, ça paraît…

Il sembla chercher le mot adéquat, comme si son esprit était trop embrumé par les sensations que lui procurait le mouvement lent de ma main sur son boxer :

– … juste.

– Magique, dis-je au même moment parce que je ne savais pas comment expliquer autrement ce que je ressentais quand nos peaux entraient en contact.

– Ouais, répéta-t-il dans un souffle. Magique…

Il ouvrit enfin les yeux. En rencontrant ses pupilles dilatées de désir, mon souffle s'accéléra et les braises s'enflammèrent dans mon ventre. Je m'approchai et descendis dans le lit d'un même mouvement. Quand j'attrapai la ceinture de son boxer de chaque côté de sa taille, il ne se fit pas prier pour lever le bassin et m'aider à retirer son caleçon qu'il jeta au sol. Puis je l'enfourchai et approchai mes lèvres de son sexe dressé :

– Préviens-moi quand ça vient.

Sans plus attendre, je le pris dans ma bouche, lui arrachant un grognement sexy, et savourai la peau lisse et chaude que je léchai, embrassai et suçai en me laissant guider par l'intensité de ses gémissements, la crispation de ses doigts dans mes cheveux, les encouragements de son bassin et la vitesse de son souffle jusqu'à ce qu'il bafouille :

– Putain, *Baby doll*, je vais… Oh, bordel…

Je retirai mes lèvres et continuai les va-et-vient avec la main alors qu'il se cambrait sous moi dans un râle de plaisir et qu'un liquide brûlant se déversait entre mes doigts sur son ventre plat. Je levai ensuite la tête à la recherche d'un mouchoir, mais il comprit mes intentions avant que je n'ouvre la bouche et me tendit son boxer pour le nettoyer délicatement.

– J'aime pas avaler, lançai-je d'un ton désinvolte, sans m'excuser pour autant, mais en guettant sa réaction.

Certains de mes ex m'en avaient voulu pour ça. J'avais même eu droit au chantage du cunni.

– *Roger, Baby doll*, murmura-t-il d'une voix traînante encore emplie de désir. T'es pas obligée. Par contre, le truc qui m'emmerde…

Lilian m'arracha le tissu sale des mains et me tira brutalement vers le haut.

– … C'est que t'es encore habillée.

– C'est ton tee-shirt et c'est toi qui me l'as donné.

– C'était une erreur, dit-il en faisant passer le vêtement par-dessus ma tête. D'ailleurs, tu n'as pas besoin de fringues dans mon lit.

Puis il me renversa sur le matelas et s'attaqua à ma bouche d'une façon qui me fit comprendre que ce que je venais de lui faire, c'était juste le hors-d'œuvre.

Et effectivement, nous n'eûmes plus besoin de vêtements jusqu'à ce que nous nous effondrions face à face, repus.

CHAPITRE 17

Si une bonne odeur de café me chatouillait les narines et une lumière grise perçait derrière les rideaux, c'est seule dans le lit que je me réveillai. La place à côté de moi était froide.

Je me levai, cherchai une culotte propre dans le sac que j'avais abandonné près de la porte, et remis le tee-shirt de Lilian que je trouvai sur la moquette. Puis je rejoignis la pièce principale du studio mais restai bouche bée sur le seuil de la chambre.

Waouh...

Si j'avais cette vision tous les matins, j'aurais certainement bien moins de mal à sortir du lit : de dos, Lilian trafiquait quelque chose sur le plan de travail, vêtu uniquement d'un bermuda noir, ses dorsaux roulant sous sa peau hâlée.

Je m'avançai silencieusement puis l'enlaçai par-derrière, collant mon visage contre sa peau humide qui dégageait une forte odeur de chlore et un faible effluve de transpiration.

– Bonjour, susurrai-je en déposant un baiser léger sur son échine.

– Hey, dit-il en se retournant. Je suis tout mouillé.

Je me reculai à contrecœur pour ne pas salir son tee-shirt. Mes cuisses étaient déjà humides là où elles avaient été en contact avec son short.

– Comment ça se fait ?

– Je suis allé courir et, en revenant, j'ai piqué une tête dans la piscine de la résidence.

En y regardant de plus près, je reconnus son short de bain et éclatai d'un rire incrédule. Un tee-shirt noir, qui avait l'air bien plus sec, était posé sur le dossier d'une chaise, et je compris qu'il l'avait retiré juste avant de plonger.

– Il ne faut pas s'étonner que tes voisines t'adorent.

– Quoi ? dit-il en rigolant.

– Tu fais ça souvent ?

Il fronça les sourcils, l'air de ne pas comprendre où je voulais en venir, et recommença à mélanger la pâte beige dans son saladier.

– Seulement le week-end, répondit-il, les yeux rivés sur sa mixture.

– Et toutes les voisines promènent leurs chiens au moment précis où tu reviens, non ?

– T'as trop d'imagination, ricana-t-il alors qu'un doute traversa ses prunelles, un peu plus marron que vertes, ce matin-là.

– Donc tu n'as pas croisé Madame Peterson et son bichon, ce matin ?

– Si…

– Tu vois !

Il se retourna et s'appuya contre le plan de travail, délaissant son saladier. Une lueur joueuse et quelque peu affective illumina ses yeux.

– Tu fais une fixette sur Madame Peterson, mais je me dois de te signaler que tu es la seule à avoir dormi dans mon lit, dit-il en se penchant pour me voler un baiser.

Sa langue avait un goût de sucre et de fruit. D'eux-mêmes, mes bras s'enroulèrent autour de son cou pour l'amener contre moi. Tant pis pour le tee-shirt.

Il rit contre ma bouche, un son semblant léger et bienheureux, qui fit naître une nouvelle bulle d'euphorie dans ma poitrine. Pourtant, trop vite, il se recula, et un soupir de déception s'échappa de mes lèvres.

– Je vais prendre une douche vite fait. Tu veux bien commencer à cuire les pancakes ? fit-il avec un geste vers le saladier et la poêle sur la gazinière. C'est végane. J'ai trouvé une recette en ligne avec… de la banane ? ajouta-t-il sur un ton incertain.

– Oui, c'est super bon ! Vas-y, je m'en occupe.

Il me donna un autre baiser rapide avant de filer vers la salle d'eau. Je connaissais bien cette recette et je doutais fortement qu'on trouve du lait de soja dans les placards de Lilian en temps normal. Ça voulait dire qu'il avait fait ses courses en pensant à moi, à me préparer un petit déjeuner… À se réveiller avec moi.

Mon cœur s'emporta à cette idée.

Tu es droguée aux endorphines à cause de la nuit de sexe époustouflante que tu viens de vivre, mais ne t'emballe pas.

Obéissant à la voix de la raison, je repoussai mes propres pensées, saisis la louche et m'attelai à la cuisson du petit déjeuner.

***

Quelques minutes plus tard, ses bras puissants s'enroulèrent autour de moi. Je fus plaquée contre un grand corps chaud dégageant un parfum citronné.

– C'est presque prêt, déclarai-je avec un geste vers le saladier vide et la pile de pancakes sur l'assiette à côté de la gazinière.

Lilian m'embrassa tendrement sur la joue, juste à côté de la bouche. La bulle de joie réapparut dans ma poitrine, me coupant le souffle.

Est-ce qu'il ressentait ça lui aussi ?

– Je m'occupe du café, dit-il en me relâchant.

Je respirai à nouveau.

Deux minutes après, je déposai les dernières pancakes dans l'assiette et me retournai pour le découvrir devant deux mugs de café. Il avait enfilé un tee-shirt noir et un pantalon de survêtement de la même couleur et me détaillait avec un air étrange, comme s'il n'en revenait pas de me voir là.

En y réfléchissant bien, il y avait quelque chose dans son ton de tout à l'heure qui suggérait que j'étais *littéralement* la seule à avoir dormi dans son lit. Il devait coucher avec les autres femmes sur le canapé et les conduire ensuite vers la porte. Voilà pourquoi il y avait des préservatifs dans le tiroir de la table basse.

Et dire, qu'à moi, il disait que je lui manquais, proposait de me laisser une étagère et préparait le petit déjeuner…

Une pointe d'euphorie près de mon cœur se manifesta à nouveau, accompagnée d'une bouffée d'affection. Ce crush était en train de se transformer en quelque chose de plus profond, et je ne savais pas si ça me rendait heureuse ou si ça me terrifiait. Quoi qu'il en fût, je ne pouvais pas rester plantée là avec mon assiette de pancakes à la main.

Je m'avançai pour aller m'asseoir sur la chaise vide de l'autre côté de la table, mais quand je passai à côté de lui, il m'attira si brusquement sur ses genoux que je faillis lâcher le plat :

– J'ai toujours voulu faire ça au Smithy's, rigola-t-il d'un ton insouciant.

Je posai l'assiette sur la table et me tournai vers son visage rieur, à dix centimètres du mien.

Merde, il était tellement beau…

– Quoi ? Harceler une pauvre serveuse qui essaie juste de travailler ? Un vrai homme de Néandertal.

– Pas toutes, corrigea-t-il en m'attrapant délicatement la joue, dans un geste si tendre qu'il jurait avec son comportement grossier. Juste toi.

Et comme à chaque fois qu'il me disait des mots tels que ceux-là, les papillons dans mon estomac sortirent de leur sommeil et entamèrent leur danse matinale.

Il effleura ma bouche de la sienne, puis ajouta :

– Je parie que ça ferait chier Rodriguez.

– Donc c'est bien un truc de mâle alpha, dis-je contre ses lèvres en roulant des yeux. Et si ça donnait juste envie à Sam de faire la même chose ?

– Laisse-le essayer, j'aurai une bonne raison de lui casser la gueule. Et arrête de l'appeler Sam ! gronda-t-il avant de fourrer sa langue au goût de café dans ma bouche.

Trop vite, je me retrouvai assise à califourchon sur lui, ses mains partout sous mon tee-shirt et soudée à lui de la bouche au bassin.

Quand je commençai malgré moi à me frotter à lui, savourant la bosse pleine de promesses qui se formait dans son pantalon, il me plaqua encore plus contre lui et se leva soudainement pour se diriger à grandes enjambées vers la chambre.

– Et le petit déjeuner ? demandai-je, juste avant qu'il ne me dépose en travers du matelas et ne s'allonge sur moi.

– Quand je t'ai dit que j'étais à ton service, je le pensais vraiment. Je te donne simplement ce dont tu as envie, et là, tout de suite, ce n'est pas le petit déjeuner.

Je passai l'heure suivante à dévorer son corps, et ce fut délicieux.

***

Allongé sur le canapé, Lilian était vêtu uniquement de son pantalon de survêtement, et moi de retour dans son tee-shirt. Je jouais machinalement avec ses plaques d'identité, au rythme des battements de son cœur sous mon oreille et du martèlement de l'averse contre la porte-fenêtre. Une grande main caressait doucement mon dos, sous mes cheveux, dans un contact qui ne me donnait pas totalement envie de lui arracher le reste de ses vêtements, mais plutôt de m'enivrer de l'odeur de sa peau et de me blottir davantage contre son torse. Je me sentais comme réchauffée de l'intérieur, si confortable, qu'il m'était physiquement impossible de bouger.

Le visage de Lilian, les yeux fermés et un petit sourire flottant sur ses lèvres sensuelles, semblait si détendu que je n'avais aucun doute sur le fait qu'il ne voyait aucun inconvénient à ce qu'on reste comme ça encore un peu.

Soudain, mon téléphone carillonna, m'arrachant un grognement. Lilian tendit le bras pour attraper l'objet sur la table basse.

Jack
Tu seras rentrée pour le dîner ?
Je vais faire des courses.

Comme il me l'avait demandé, j'avais prévenu mon frère que je serais absente la nuit précédente, sans préciser où j'étais, évidemment.

Chiara
Oui.
Je peux m'arrêter prendre des pizzas
ou des sushis avant de rentrer.

C'était la seule nourriture sur laquelle nous arrivions à nous mettre d'accord, et encore, parce que nous avions chacun notre portion. Moins d'une minute plus tard, la sonnerie retentit de nouveau :

Jack
Bonne idée.
Ce que tu veux.

Je rendis le téléphone à Lilian qui le reposa sur la table.

– C'était Jack.

J'aurais dû profiter de cette occasion pour rassembler mes affaires et rentrer retrouver mon frangin qui devait avoir besoin de soutien moral, mais je me blottis quand même contre le grand corps de Lilian et le dossier du canapé. J'étais si bien, c'était tellement bon d'être là contre son torse nu, maintenue par son bras fort, que je préférai reporter les questions et laisser cette chaleur réconfortante à l'intérieur de moi prendre encore plus de place.

– Il était là hier soir, murmura-t-il, avec Brown et Gableston. On a bu des bières en jouant à la console.

– Heureusement qu'ils ne sont pas restés trop tard, rigolai-je. Tu imagines leur tête en me voyant débarquer à trois heures du matin ? Surprise ! La catastrophe…

Je sentis plus que je ne vis les traits de Lilian se durcir. Dans mon dos, ses doigts se crispèrent et son corps se raidit.

– Pourquoi ? Ça serait si terrible ? interrogea-t-il d'un ton mordant.

Je restai interloquée une seconde, en me demandant ce que j'avais fait de travers.

– Parce que Jack piquerait une crise s'il découvrait de cette façon ce qui se passe ici, avançai-je prudemment. S'il le découvrait tout court, d'ailleurs…

Sous mon oreille, le rythme de son cœur s'emballa et son pectoral se contracta violemment. Ma remarque avait visiblement touché un nerf sensible.

– Et qu'est-ce qui se passe ici exactement ? gronda-t-il, sa voix provoquant des vagues puissantes dans sa poitrine. T'as l'impression de faire quelque chose de mal ?

– Tu sais ce que je veux dire, lançai-je en cherchant son regard teinté de colère. Jack n'avait pas l'air ravi d'imaginer que je puisse toucher à un de ses potes. Tu l'as entendu l'autre jour !

– Il ne m'a pas interdit de m'approcher de toi, contrairement aux autres. Et si on lui posait la question ? demanda-t-il d'un ton à la fois ironique et furieux, ses yeux lançant des flammes qui n'avaient rien à voir avec celles qu'il m'adressait habituellement pour désintégrer mes vêtements.

– Tu ne crois pas qu'il a d'autres soucis en tête en ce moment ? Il ne t'a rien dit parce que ça ne lui est même pas venu à l'idée qu'on pourrait le… commençai-je, puis je butai sur le mot.

– Le quoi ?

– Le trahir de cette façon !

– Le trahir ? Carrément ? répéta Lilian en se redressant sur ses coudes, l'air abasourdi. Donc c'est ça que tu éprouves quand tu es avec moi ?

Et tellement d'autres choses. Je me sentais bien, en sécurité, comblée, belle, désirable, et peut-être même plus quand il me regardait avec ses yeux débordants de tendresse, mais je ne pouvais pas nier que la culpabilité faisait aussi souvent partie du lot.

– Si la question que tu te poses, c'est : est-ce que je me sens coupable de coucher avec le meilleur ami de mon petit frère, la réponse est oui, bordel !

Lilian soupira longuement et s'assit d'un mouvement rapide avant de se tourner vers le bord du canapé, me présentant son dos animé par un souffle saccadé. Pourtant j'eus quand même le temps de remarquer que ce n'était plus complètement de la fureur qui animait ses prunelles, mais plutôt une émotion lourde et, à l'idée de l'avoir blessé, je ressentis un coup dans le plexus.

– C'est des conneries ! s'exclama-t-il, les yeux rivés droit devant lui comme s'il n'arrivait même plus à me regarder. T'as honte de moi ? C'est parce que je suis plus jeune que toi ?

– Quoi ? Non ! Bien sûr que non !

– Je parie que je suis plus mature que plein de mecs de ton âge, continuait-il pourtant, comme s'il ne m'avait pas entendue. C'est ce que les Marines te font.

Je m'assis à mon tour et me rapprochai lentement de lui, avant d'entourer délicatement ses épaules d'un bras et d'incliner son visage vers moi. Ses yeux toujours plissés de cette émotion pesante revinrent alors à moi et sa mâchoire tendue se décrispa un peu.

– Eh… Je suis désolée… murmurai-je. C'est juste que je ne veux pas faire de peine à Jack. Il a déjà tellement de choses à gérer. Je ne veux pas en rajouter. Pour le moment.

Je l'embrassai doucement. Dans ses yeux noisette, la colère reflua pour faire place à de la douceur. Je le poussai en arrière, sur le canapé, et il se rallongea, m'entraînant sur lui.

– J'ai parlé à Jack, approuva Lilian avec un soupir. Ses supérieurs ne peuvent pas l'obliger à se réengager, ça doit venir de lui. S'il le faut, il pourra taper plus haut dans la chaîne de commande. Je crois aussi avoir réussi à le convaincre de retourner parler à un psy, si ses insomnies reviennent.

– Oh, merci.

– Tu pourras vérifier qu'il le fait vraiment ?

– Et pourquoi pas toi ? demandai-je en le regardant dans les yeux. Il saura que nous en avons parlé derrière son dos.

– Parce que…

Son regard scintilla un instant d'une émotion que je ne réussis pas à identifier. Peut-être que c'était de la peine, de l'incertitude ou de l'hésitation. Mais il y avait toujours quelque chose de plus chaud quand il me considérait ainsi. Que voyait-il dans mes prunelles si semblables à celles de son meilleur ami ?

Il serra les lèvres, comme s'il retenait des mots difficiles, et je me demandai ce qu'il ne disait pas. Peut-être que la douleur de mon frère faisait trop écho à la sienne et qu'évoquer ses souvenirs de guerre avec Jack était trop pénible pour lui. Après tout, c'était aussi un survivant.

– C'est toi qui sauras si ça fonctionne, me confia-t-il finalement d'un ton incertain, quand tu rentreras tard. Il peut me dire ce qu'il veut, je n'aurai pas l'occasion de vérifier qu'il va mieux de visu.

– Bien sûr, je te tiendrai au courant.

Il déposa un doux baiser sur mon front quand je me rallongeai sur lui, mais je le sentais encore tendu. Il était sincèrement inquiet pour Jack. C'était beau, cette fraternité qu'ils développaient les uns pour les autres. Est-ce que c'était ça, « l'esprit de corps » ?

– C'est bien que vous preniez autant soin les uns des autres, les gars et toi, repris-je.

– On est une famille, acquiesça-t-il contre mes cheveux, quelques-uns plus que les autres. Jack est comme mon frère. Je donnerais ma vie pour lui.

Machinalement, mes doigts parcoururent son anatomie qui appartenait à la grande famille de l'US Marine Corps. Ça me rappela ce qu'il avait dit, un peu plus tôt. Je me redressai alors pour appuyer le menton sur mes deux mains croisées sur son torse.

– Et donc, qu'est-ce qu'ils te font, les Marines ? repris-je avec un petit mouvement de sourcil.

Il éclata de rire, ce qui le rendait encore plus beau que d'habitude avec ses cheveux en bataille et son sourire insouciant.

– Ils te transforment en guerrier, déclara-t-il d'un ton un peu vantard.

– Ça m'a l'air très sexy. Dites-m'en plus, sergent *Ladykiller*.

Sa fossette réapparut en même temps que son sourire en coin, accompagnée d'une lueur prédatrice dans les prunelles. Son humeur séductrice était de retour, pour mon plus grand bonheur.

– Je ne peux rien te dire de plus parce qu'il y a autre chose qu'on nous apprend : « La mort avant le déshonneur. »

– T'es pas sérieux !

– Si. Je mourrais plutôt que de révéler des secrets qui pourraient porter préjudice à mes frères.

– Tes secrets sont si juteux que ça ?

– Tu ne le sauras jamais.

– Donc tu as également appris à résister à la torture ?

Il ne répondit pas, mais un petit sourire bravache étira sa bouche pulpeuse. Il était prêt à jouer, et moi aussi.

– OK, voyons voir…

Je commençai par tracer une ligne de baisers de son oreille à son nombril, puis laissai mes doigts jouer quelques instants avec la ceinture élastique de son jogging. Sa respiration se fit plus rapide alors je baissai lentement son pantalon et son boxer d'un même geste.

Il avala une grande inspiration rauque.

– Toujours rien à me dire ?

– Nan.

Alors je le pris dans ma bouche, le goût de sa peau explosant sur ma langue. Le grognement de plaisir qui lui échappa était la preuve indéniable qu'il aimait ce que je lui faisais. Et si j'avais encore un doute, sa main qui se glissa sous mes cheveux et se positionna sur ma nuque pour me maintenir doucement là où il me voulait vint l'éradiquer.

Puis je me retirai vivement et soufflai doucement sur son épiderme encore humide. En réponse, il frissonna longuement.

– Putain, *Baby doll*, je te dirai ce que tu veux, mais continue. S'il te plaît.

Je faillis en profiter pour lui demander ce qu'il pensait vraiment de ça, de moi, de ce « nous » que nous n'avions pas défini et qui pourtant faisait vibrer ma poitrine d'un sentiment trop grand pour elle.

Mais je me dégonflai et repris la caresse, jusqu'à ce que les gémissements indistincts et interrompus par d'occasionnels « putain » s'arrêtent, et que je me retrouve brutalement sur le dos à l'autre bout du divan, Lilian sur moi, le regard sauvage.

Il fondit sur ma bouche tandis qu'une main avide se faufilait entre mes cuisses, sous le tissu de ma culotte. Ce fut bientôt à mon tour de gémir et de gigoter sous lui alors qu'il continuait de dévorer mes lèvres, sa langue plus affamée que jamais dans ma bouche. Lorsque j'explosai sous la pression de ses doigts, il se recula juste assez longtemps pour me retirer mes vêtements et s'emparer d'un préservatif dans le tiroir de la table basse.

J'eus à peine le temps de me remettre de l'orgasme qu'il était déjà positionné au-dessus de moi, les yeux brillants, le souffle erratique, et qu'il s'enfonçait en moi.

C'est quand mes gémissements reprirent de plus belle qu'il s'arrêta soudainement et qu'un sourire machiavélique se forma sur ce visage sculpté. J'essayai de bouger, mais il appuyait de tout son poids sur moi, me coinçant contre les coussins.

– Qu'est-ce que tu fais ? demandai-je, la frustration commençant à se sentir dans ma voix tandis qu'il se contentait de sourire.

Oh, il voulait jouer…

Je fis courir mes mains le long de son dos, jusqu'à empoigner ses fesses musclées. Il frissonna en fermant les paupières, mais ne bougea pas d'un cil. Pire, je me retrouvai soudain avec les bras tendus au-dessus de ma tête, ses doigts fermement entremêlés aux miens.

– Lili, s'il te plaît, suppliai-je d'une voix ténue.

J'embrassai sa joue sur laquelle quelques poils commençaient à repousser, juste à côté de sa bouche, puis je trouvai ses lèvres pour les titiller doucement de la langue et des dents.

– Lilian… murmurai-je encore.

J'identifiai clairement le moment où sa volonté flancha, une envie bestiale reprit possession de ses yeux, sa bouche dévorant la mienne :

– T'auras ma peau, lâcha-t-il dans un souffle, juste avant de reprendre ses mouvements en moi, plus puissants et profonds que jamais.

Peut-être était-ce l'émotion brute qui passait dans ses prunelles, mais les paroles qu'il avait prononcées plus tôt me frappèrent de plein fouet.

Non, il n'y avait vraiment rien de mal à ce qu'on faisait. Bien au contraire.

Ça ne pouvait pas l'être quand l'alchimie entre nous était si étourdissante, la sensation de sa peau contre la mienne, si évidente, la connexion, si profonde… l'émotion, si vive que mon cœur gonflait au point de faire exploser ma poitrine.

Je connaissais ce sentiment, même si je ne l'avais jamais autant éprouvé. Pourtant, à ce moment-là, je refusai de le nommer, peu importe si j'étais consciente que le fait même de le reconnaître prouvait qu'il était déjà trop tard.

Ça n'était pas supposé se passer comme ça.

Je n'avais qu'à suivre un chemin tout tracé.

Je n'étais pas censée craquer si vite.

Je ne pouvais pas déjà déposer les armes.

C'était trop tôt, trop intense, trop effrayant.

« Chaque Marine sait tirer au fusil[29]. »

Et en tireur accompli, Lilian Flynn ne m'avait pas loupée.

Ses prunelles étincelantes rivées aux miennes, les joues rouges, le souffle court, il commença :

– Chiara, je…

Mais la vague m'emporta, et je fermai les yeux malgré moi en criant son nom. Quelques secondes après, il se tendait sur moi dans un grognement de plaisir en laissant tomber son front sur le coussin du canapé. L'orgasme fut si puissant que le reste était indistinct.

Je me rappellerais la sensation de froid et ce long frisson qui m'avait secouée de la tête aux pieds quand Flynn s'était relevé, me privant de son corps bouillant.

Puis le bonheur intense que j'avais ressenti quand mon cocon s'était à nouveau refermé autour de moi

---

29. « *Every Marine a rifleman* » est un dicton de l'US Marine Corps. Tous les Marines sont formés à l'utilisation du fusil d'assaut.

et qu'une douce chaleur, sans doute une couverture, s'était répandue sur mes jambes. Je me souviendrais d'un souffle chaud à la lisière de mes cheveux.

Alors que j'étais sur le point de sombrer, les mots « j'ai peur de ça » durent m'échapper car sa voix si familière maintenant dit :

– De quoi tu parles ?

Mes paupières papillonnèrent.

– Ça, murmurai-je avec un mouvement de tête vers l'espace, très mince, entre mon corps épuisé et la grande silhouette contre laquelle je m'étais blottie.

Il me semble l'avoir entendu rire doucement, et je ne suis même pas sûre d'avoir prononcé les mots suivants :

– Je suis en train de tomber amoureuse de toi.

Je crois avoir senti un léger baiser sur mon front, avant de basculer dans les bras de Morphée.

CHAPITRE 18

Je venais tout juste de déposer le dernier sac de courses d'Etta sur la table de sa cuisine quand une brève sonnerie s'échappa de mon téléphone.

Lilian Flynn
On se voit ce soir ?

Mon cœur se mit à battre plus fort dans ma poitrine et ce fut avec des doigts tremblants que je tapai :

Chiara
Oui.

On aurait dit une droguée en manque de sa prochaine dose alors que j'avais quitté son appartement moins de vingt-quatre heures auparavant. La vieille dame et moi avions eu le temps de ranger toutes les provisions dans les placards et de prendre un thé avant que sa réponse ne me parvienne :

Lilian Flynn
Chez moi 18.00.

Il me laissait quarante-cinq minutes. Je soupirai devant tant de générosité.

Est-ce qu'il me prenait pour un de ses subalternes ? Pensait-il simplement que j'étais à sa disposition ? J'avais comme une envie rebelle de me pointer en retard pour le punir de me donner des ordres.

Je soupirai encore. Fort.

Parce que j'avais tellement envie de le voir que je me débrouillerais coûte que coûte pour être en bas de son immeuble à dix-huit heures pétantes, et ça faisait de moi quelqu'un de profondément pathétique, le genre de nana obéissant à la moindre parole de son copain que je m'étais juré de ne jamais devenir.

Etta détourna son attention de son feuilleton pour me jeter un regard curieux :

– Qu'est-ce qui t'arrive ?

– Juste… un mec…

Juste le seul homme sur terre qui occupait mes pensées vingt-quatre heures sur vingt-quatre depuis presque deux semaines.

– Oh, tu fréquentes quelqu'un ? demanda ma voisine avec intérêt.

– « Fréquenter », c'est un bien grand mot, Etta.

Est-ce que passer pratiquement tout notre temps nus comptait vraiment pour de la fréquentation ? On ne faisait qu'aller de son lit au canapé. Elle m'observa attentivement un instant, avant de reprendre avec un sourire entendu à peine dissimulé :

– Il te plaît, pourtant, non ?

Ça ne devait finalement pas tant se voir que ça, étant donné que les termes exacts auraient plutôt été qu'il me consumait de désir. Autant être honnête. Rien que de penser à lui, mon cœur se mettait en transe.

– Oui, mais ça n'a pas d'importance. La bonne question, c'est : « Est-ce que Jack me jettera à la porte *avant* ou *après* avoir étranglé son ami lorsqu'il l'apprendra ? »

Ma voisine éclata d'un rire franc.

– Le grand brun, donc, affirma-t-elle.

– Comment avez-vous deviné ?

Elle toucha simplement le bout de son nez de son index ridé et marbré de taches brunes.

– Chiara, il est temps que tu penses à vivre ta vie pour toi, ajouta-t-elle.

C'était exactement pour ça que j'avais déménagé à Jacksonville ! Où mon plan avait-il merdé à ce point ?

J'avais envie de me prendre la tête entre les mains et de me cacher dans un trou, jusqu'à ce que le monde recommence à tourner à l'endroit ou alors qu'une réalité alternative se mette en place, où j'aurais rencontré Lilian avant que Jack ne me le présente.

– Je sais, mais je ne crois pas que Jack le verrait de cette façon.

Pourtant la bouche de ma voisine se tordit en un pli dubitatif.

– Si j'avais écouté les racontars, je n'aurais jamais donné une chance à mon Philip et je serais passée à côté d'une vie merveilleuse, lâcha-t-elle en haussant ses frêles épaules noueuses.

– Quels racontars ? ne pus-je m'empêcher de demander, poussée par la curiosité.

– Les habituels, fit-elle avec un geste de la main. Que les Marines ne sont que des brutes infidèles, que Philip me quitterait à la minute où je lui aurais donné ce qu'il voulait et que je serais malheureuse comme les pierres. Au départ, j'ai tenté de lui résister, mais l'amour était plus fort et, aujourd'hui, je n'ai aucun regret, affirma-t-elle avec des yeux brillants.

Elle laissa ses mots flotter quelques instants dans le silence, rompu par les voix provenant de la télévision, alors que je cherchais quoi dire après cela. Elle coupa court à ma torture en montrant la porte de la tête :

– Vas-y, mais passe d'abord par chez toi pour enfiler quelque chose de plus seyant.

Je baissai les yeux sur ma tenue et haussai les épaules. Je m'étais en effet habillée pour aller au supermarché avec ma voisine de soixante-douze ans, pas pour le concours de Miss Univers. De toute façon, avec le délai qu'il m'avait laissé, je n'avais plus le temps de faire un relooking extrême. Et puis, j'allais sans doute finir nue dès que j'aurais passé la porte de son appartement.

Au moment où j'allais partir, Etta me rappela :

– Est-ce qu'il est aussi beau sans ses vêtements ?

Un petit rire gêné m'échappa après une microseconde d'ébahissement.

– Je suis peut-être vieille, mais je ne suis pas encore aveugle ! s'indigna ma voisine. Alors ?

– Il l'est encore plus, Etta. Vous n'avez pas idée…

Elle me sourit avec bienveillance.

– Vas-y, répéta-t-elle.

***

Lilian m'attendait déjà, adossé à sa Jeep, quand je me garai devant son immeuble.

– Encore cette foutue chemise, constatai-je en m'approchant.

Il m'attira à lui, et je pris une grande bouffée de son parfum de vétiver, cette odeur qui agissait comme un décontractant sur mes nerfs. Pourtant, quand il referma ses mains dans mon dos, je ne pus m'empêcher de ciller d'inconfort :

– Aïe !

Lili les retira immédiatement pour les poser sur mes épaules et plonger des yeux navrés dans les miens.

– Désolé, je ne pensais pas avoir serré si fort ! Je t'ai vraiment fait mal ?

– Mais non, ce n'est pas ça, j'avais déjà des bleus. Je ne sais pas si tu t'en souviens, je me suis cognée à un mur…

Dans ses prunelles, l'inquiétude fit place au désir au souvenir de notre dernière étreinte. La veille, au moment de nous dire au revoir, les choses avaient légèrement dérapé. Enfin, disons plutôt que Flynn avait trouvé un bon moyen de me faire rester quelques minutes de plus. En attrapant doucement mon menton pour déposer sur mes lèvres un baiser si tendre que mon cœur avait failli sortir de ma poitrine. Puis en me plaquant contre le mur, autorisant mes mains à se faufiler sous son tee-shirt et sa jambe à se retrouver entre les miennes. J'avais presque cédé, lorsqu'il m'avait murmuré de rester, au lieu d'aller retrouver mon frère. À la place, mon jean avait glissé le long de mes jambes et nous avions assouvi notre faim de l'autre contre le mur, mes jambes autour de sa taille, et lui en moi.

Les doigts de Lilian se refermèrent doucement sur mes omoplates, là où ma peau avait frotté contre le mur, diffusant une douce chaleur sur mes lésions. Je soupirai d'aise alors qu'il m'attirait contre son torse.

– T'as vraiment mal ? murmura-t-il.

– Non, c'est juste irrité. Mais ça en valait la peine, ajoutai-je à voix basse.

Je relevai la tête vers son visage pour remarquer qu'il scrutait ma bouche avec un air affamé. Je n'étais visiblement pas la seule à avoir apprécié ce petit intermède contre le mur.

– Et donc, qu'est-ce que tu as avec cette chemise ?

– J'espère toujours que tu vas finir par me l'enlever, murmura-t-il contre mes cheveux de sa voix rauque. Ce soir, peut-être ?

– Tu t'avances un peu vite, sergent. Tu crois qu'il suffit de mettre une chemise en particulier pour que je te tombe dans les bras ? répliquai-je en me reculant et en cherchant ses yeux.

Le sourire en coin que j'avais fini par adorer me prévint qu'il allait fondre sur ma bouche. Je perdis toute notion du temps, captivée par la sensation de sa langue contre la mienne et le feu qu'elle ranimait à l'intérieur de moi.

– J'ai été convaincant ? dit-il finalement avec un ricanement satisfait contre mes lèvres gonflées.

J'avais envie de lui arracher ce bout de tissu ridiculement blanc et de faire courir ma langue sur les reliefs que je devinais trop clairement en dessous.

– Étant donné qu'on est sur un parking, il faudra que tu attendes qu'on monte pour le savoir.

Il éclata d'un rire si joyeux que ma poitrine se gonfla d'un sentiment euphorique.

– En fait, je me disais qu'on pourrait aller dîner avant.

Alors, celle-là, je ne m'y attendais pas du tout.

Mon visage dut exprimer ma surprise car Lilian fronça les sourcils au-dessus de ses yeux moins rieurs :

– Il faut bien qu'on mange… avança-t-il d'un ton incertain. Mais j'ai toujours l'intention de te dévorer en dessert. Après. Ça te dit d'aller à Wilmington ?

Je faillis lui demander pourquoi il voulait aller aussi loin avant de trouver toute seule la réponse : c'était parce que là-bas, personne ne nous connaissait. On pourrait être un couple comme les autres, et le fait de penser à ce mot, « couple », me remplit la poitrine de jubilation.

– Après tout, tu m'avais promis un rencard que j'attends toujours, répondis-je, faussement indignée. Alors, allons-y.

Le visage de Lilian se détendit avant qu'il n'éclate d'un rire si heureux que j'étais sûre d'avoir pris la bonne décision. Puis il déposa un tendre baiser sur mon front avant que son attention ne soit attirée par quelque chose, ou plutôt quelqu'un, dans mon dos :

– Madame Peterson, dit-il avec un petit signe de la tête.

Effectivement, quand je me retournai, je tombai nez à nez avec sa voisine – et son chien qu'elle aurait dû appeler « Bonne Excuse » –, qui nous observait d'un air outré. Était-ce parce qu'on s'embrassait sur le parking ou parce que c'était encore moi qui étais dans ses bras ?

Il faudrait qu'elle s'y habitue, Madame P. Je n'avais pas l'intention de le lâcher tout de suite, celui-là.

La pensée fit s'épanouir un grand sourire sur mon visage.

– Bonsoir, fis-je hypocritement, la main en l'air, en me dirigeant du côté passager de la Jeep.

Une fois à l'intérieur, je me tournai vers Lilian, qui faisait démarrer la voiture :

– Tu aurais quand même pu me prévenir qu'on sortait. J'aurais fait un effort vestimentaire.

J'avais tout juste eu le temps de prendre une douche, d'enfiler un tee-shirt propre sur mon short et de tracer un trait d'eye-liner noir sur mes yeux.

Pourtant, Lilian laissa courir son regard de braise sur tout mon corps, de la tête aux pieds, me faisant frissonner à mesure qu'il me détaillait. Ma respiration s'accéléra et mes joues s'échauffèrent furieusement en réponse au feu qu'il alimentait en moi.

– Tu es parfaite comme tu es, fit-il d'une voix certaine. Je te le montrerai tout à l'heure, en rentrant.

Je déglutis bruyamment. Peut-être qu'on pourrait monter d'abord et dîner ensuite ?

– Wilmington ? dis-je d'une petite voix.

– Wilmington, confirma-t-il en souriant d'un air satisfait montrant qu'il savait parfaitement l'effet qu'il avait sur moi.

***

Le restaurant était un établissement au toit bleu cyan dans le quartier proche de l'université de la ville.

– « *Vegan diner* » ? lus-je, incrédule, sur l'enseigne.

– Oui, confirma Lilian avec un sourire éclatant tout en m'entraînant par la main vers l'entrée.

– Tu sais qu'il n'y aura que de la nourriture végane à l'intérieur ?

– Oui, répéta-t-il.

– Et tu ne préfères pas t'arrêter au McDo ? C'est juste à côté.

– Non. Allez, viens.

J'étais sans voix. C'était une chose de préparer des pancakes au petit déjeuner ou de goûter à mes plats véganes pendant un pique-nique, mais faire une heure de route pour dîner dans un restaurant végétalien, c'en était une autre. Mon cœur se gonfla de bonheur. J'allais sûrement m'envoler vers les étoiles tellement je me sentais légère.

À l'intérieur, l'hôtesse nous invita à la suivre le long des banquettes rouges qui contrastaient avec le beige des murs et les innombrables plantes en pot. Je m'assis, avec un large sourire aux lèvres, enchantée par l'atmosphère à la fois moderne et calme qui se dégageait de l'établissement.

– Ça te plaît ? demanda Flynn avec espoir.

– Oui, beaucoup. Merci.

Je suis folle de toi, pensai-je sans le dire à haute voix, mais cela dut se lire sur mon visage, car il hocha la tête avec le sourire d'un gamin découvrant son jouet préféré le matin de Noël. Je dus lui expliquer ce qu'étaient du *tempeh*, du *kale* et du *tahin*, mais il parcourut la liste des plats sans les grimaces qu'aurait faites Jack.

– Tu es déjà venue à Wilmington ?

– Non, je n'ai pas dépassé Surf City depuis que j'ai emménagé, rigolai-je.

– Si tu veux, on pourra aller sur la promenade le long de la rivière après avoir dîné. C'est sympa.

Je tendis le bras sur la table et mêlai mes doigts aux siens, en accueillant avec bonheur la sensation de décharge électrique familière chaque fois que nos peaux se touchaient. En face de moi, son sourire s'élargit.

Malgré son air bravache et ses expériences culinaires étranges, je ne pus m'empêcher de rire quand il prit la première bouchée de ses aiguillettes de « poulet » pané, les sourcils froncés, comme s'il regrettait de m'avoir emmenée ici.

Après avoir avalé, il hocha la tête :

– Ça n'a pas un goût de poulet, mais j'ai envie de te dire que les nuggets traditionnels non plus, alors…

Il m'écouta avec beaucoup d'intérêt quand je lui expliquai pourquoi j'étais devenue végane. Il ne se moqua pas non plus lorsque je lui avouai que j'avais choisi une majeure en économie pour changer le monde.

Il me parla avec enthousiasme de la plus belle randonnée du coin, celle qu'il avait faite avec les gars dix jours auparavant, la montée vers le sommet du mont Mitchell, le point le plus haut à l'est du Mississippi. Je détestais marcher, mais les étoiles qui éclairaient ses prunelles quand il évoquait ce superbe lever de soleil me donnaient envie de voir ça de mes propres yeux. Avec lui.

Je pensai enfin à lui demander quelle était sa couleur préférée (le noir). Il me demanda la mienne (le bleu).

Il était charmant, enjoué, patient, attentionné, et il souriait beaucoup plus que d'habitude. Mon cœur enflait dans ma poitrine tel un ballon gonflé à l'hélium, me donnant l'impression de flotter très haut dans le ciel.

***

Mon sourire s'élargit encore quand nous débarquâmes le long de la Cape Fear River en découvrant la jetée en bois bordée de lampadaires à l'ancienne qui projetaient une douce lueur dorée, de boutiques et de cafés.

Nous laissâmes le pont à levage en acier qui permettait à l'autoroute 17 de traverser le fleuve dans notre dos et avançâmes dans l'autre direction, le bras de Lilian autour de mes épaules, moi pressée contre son flanc. Le vent jouait doucement avec mes cheveux, le ciel alternait entre le gris, l'orangé et le rose, et je me sentais si bien que les papillons dans mon estomac le confirmèrent avec une petite danse de leur cru.

Le dîner en amoureux, la balade l'un contre l'autre dans une charmante ville portuaire, tout ça faisait chanter mon cœur d'une manière que je ne pouvais plus ignorer. Je voulais vivre de tels moments avec lui tous les jours. Je voulais le réclamer devant le monde entier, et pas seulement dans les endroits où on ne risquait pas de nous reconnaître. J'avais des sentiments pour Lilian et je ne voulais plus les cacher. Je n'avais pas fait exprès de tomber amoureuse du meilleur ami de Jack, et j'espérais vraiment que mon frère ne m'en voudrait pas quand je le lui avouerais. Parce que c'était ça, la prochaine étape : faire pénitence auprès de mon frangin et lui expliquer la vérité, en priant pour qu'il l'accepte.

J'étais tellement perdue dans mes pensées que je crus halluciner en apercevant sur l'autre rive un énorme bateau de guerre gris qui détonnait clairement dans l'ambiance bucolique de la jetée.

En remarquant la direction de mon regard, Lilian soupira dramatiquement.

– Pourquoi il y a un bateau là-bas ?

– C'est un cuirassé de la Seconde Guerre mondiale, m'expliqua-t-il patiemment, mais je le sentais agacé. Ils l'ont transformé en musée à la gloire de ces connards de la Navy.

– Waouh… Attends, les Marines ne sont pas censés être un département de la Navy ? me moquai-je.

– Ne me lance pas sur le sujet ! me prévint-il avec un sourire pincé. Tu veux prendre une glace ?

Nous étions déjà arrêtés à côté d'un imposant bâtiment en brique rouge dont l'enseigne promettait de savoureuses glaces à l'italienne. Nous n'avions pas d'autre option que de goûter par nous-mêmes.

Pendant que nous faisions la queue, je me laissai complètement gagner par l'atmosphère grandiloquente de l'établissement. Des lustres baroques en faux cristal éclairaient des reproductions de tableaux connus, comme *La Joconde*, et des assises de scooter trônaient en guise de tabouret pour les tables hautes. La banquette issue d'une Fiat 500 rouge coupée en deux n'était que la cerise sur le gâteau. Évidemment, l'assortiment gigantesque de glaces et sorbets maison était à la hauteur du décor.

Je commandai une boule à la mangue, Lilian, une crème glacée au chocolat et nous nous disputâmes au moment de payer :

– T'as déjà réglé le dîner. Laisse-moi t'offrir le dessert.

– Tu ne dois pas économiser pour la fac ?

– Ce ne sont pas deux glaces qui vont me ruiner. Allez, Lili, ça me fait plaisir.

Je lui adressai mon plus beau sourire, le sentant sur le point de craquer. Alors que son regard dérivait sur la lèvre que je mordais doucement, je tendis un billet de dix dollars à la caissière, si vite qu'il n'eut pas le temps de protester. Mais j'eus quand même droit à un baiser passionné en sortant de la boutique en guise de remerciement.

À l'extérieur, un peu plus loin sur la promenade, nous nous installâmes face à face sur une petite table de bois, le temps de finir notre dessert.

Quand Lilian eut avalé la dernière miette de son cornet et que j'eus raclé le fond de ma coupelle en carton, il emprisonna mes mains entre ses paumes et plongea ses yeux dans les miens. Il avait été détendu toute la soirée, mais soudain, sa mâchoire se crispa et ses épaules se tendirent sous le tissu de sa chemise blanche. Ses doigts jouaient nerveusement avec les miens et ses yeux se perdirent vers la droite, comme s'il cherchait ses mots dans les flots gris de la rivière.

Voulait-il aborder le même sujet que moi ?

Mon cœur eut envie de partir en courant et ma gorge se resserra sur mes cordes vocales. Il était plongé dans ses pensées depuis plusieurs secondes alors je me jetai à l'eau :

– Lili, j'ai réfléchi…

Mais au même moment, il lança :

– Tu veux conduire la Jeep au retour ?

Je fronçai les sourcils. Je m'attendais à tout sauf à ça. Voulait-il rentrer maintenant ? Avait-il deviné ce que j'allais dire ? Préférait-il que nous ayons cette conversation dans un endroit privé parce que j'allais finir nue… ou en pleurs ?

Tout d'un coup, je n'avais plus vraiment envie de parler… Mon estomac eut un sursaut qui remua la glace et m'emmena au bord de la nausée. Quoi qu'il en fût, ça n'expliquait pas pourquoi il voulait que ce soit moi qui conduise.

J'avais bien assimilé que les Marines tentaient d'éviter de se faire arrêter hors de la base, car pour eux, c'était double peine : toute condamnation au civil se traduisait par une punition militaire. Mais dans ce cas, il n'y avait vraiment pas de quoi stresser. Lilian n'avait bu qu'une bière au dîner, ce qui n'était pas assez pour dépasser la limite autorisée.

– Pourquoi ? Tu veux te moquer de mes piètres performances de conductrice ?

Il rigola, mais la jovialité du début de soirée n'atteignait pas ses yeux. Clairement, sa proposition cachait quelque chose de déplaisant.

– Non, mais… Martinez va bientôt rentrer et il va vouloir récupérer la Honda, ajouta-t-il après une courte pause.

Évidemment, ça devait arriver un jour. Je n'avais juste pas prévu que ça soit aussi tôt. J'espérais pouvoir garder la berline jusqu'en janvier, lorsque je serais sur le campus et que je pourrais tout faire à pied.

– Mais je peux te laisser la Jeep, reprit-il d'un ton prudent.

Je ne voyais toujours pas le rapport. Il n'avait qu'une voiture. Comment ferait-il pour aller à la base ? Avait-il prévu d'en acheter une autre ? Pourtant, il semblait adorer ce monstre…

– Comment tu vas te déplacer ? demandai-je, décontenancée.

– Eh bien… hésita-t-il.

Il prit une grande inspiration, les traits tirés, ses doigts serrèrent les miens plus fort, avant qu'il ne poursuive, les yeux rivés sur le bois de la table :

– Je ne vais pas en avoir besoin dans les prochains mois, poursuivit-il lâchement, sans oser me regarder.

Mon sang déserta mon visage pour se précipiter dans mon estomac plein de glace, qui se contracta douloureusement.

J'allais vraiment être malade.

J'avais négligé le fait qu'un ballon trop rempli finit tôt ou tard par exploser et que plus on part de haut, plus la chute est cruelle.

Et elle arrivait enfin, l'aiguille qui fit éclater mon cœur-ballon en trois petits mots :

– Je suis déployé.

CHAPITRE 19

Ma mère me répétait sans arrêt : « Attention à ce que tu souhaites, Chiara, tes vœux pourraient se réaliser. » Tout ce que je voulais, c'était une solution pour démêler cet imbroglio avec Jack et Lilian, mais je ne pensais pas que l'univers me prendrait autant au sérieux.

Un déploiement, c'était sans doute excessif.

– Quand est-ce que tu pars ? demandai-je machinalement d'une voix blanche alors que j'avais l'impression de me faire broyer de l'intérieur.

Lilian évita mon regard pendant encore plusieurs secondes, préférant analyser la Cape Fear River. Savait-on jamais : elle aurait pu lui apporter la réponse qu'il cherchait.

– Dans deux semaines, lâcha-t-il finalement.

Bien sûr ! Il faisait partie du bataillon qui partait en Europe de l'Est, avec Paul et Garrett. Je me sentais si stupide de n'avoir rien compris.

– Combien de temps… commençai-je sans réussir à finir ma phrase car ma gorge se referma sur les mots.

Ça faisait trop mal de le dire à voix haute.

En face de moi, Lilian déglutit douloureusement, comme si les paroles se transformaient en lames de rasoir. En tout cas, chaque mot qu'il ajoutait me lacérait un peu plus le cœur.

– On ne sait pas. Au mieux, six, sept mois, ça peut aller jusqu'à un an.

Ça, je l'avais compris quand Jack avait été déployé : on savait quel jour ils partaient, mais jamais quand ils revenaient. Ou bien même, s'ils revenaient.

Je repoussai cette pensée encore plus éprouvante que les autres pour me concentrer sur ce que j'avais voulu dire.

Je pris une respiration hachée.

– Non, ce que je te demande, c'est depuis combien de temps tu le sais.

On pouvait leur demander de partir au pied levé, mais c'était très rare. Il aurait fallu que les États-Unis entrent en guerre.

Encore une fois, Lilian n'avait vraiment pas envie de répondre à la question. Ça se voyait à la façon dont il regardait partout sauf dans mes yeux. Il finit par laisser tomber son regard vers nos mains jointes. Pour le faire réagir, je retirai brutalement les miennes. Il se contenta de soupirer longuement, ce qui était pire.

– Tu le savais avant mon arrivée, hein ? tentai-je en espérant de tout mon cœur qu'il allait démentir, qu'il partait à cause d'un remplacement de dernière minute, mais j'avais conscience que ce n'était pas le cas.

Les formations sur le terrain, les exercices « grand froid », les insomnies de mon frère. Tout me le criait.

L'appartement à moitié vide aussi. J'avais fini par me convaincre que c'était juste parce qu'il le sous-louait, mais en fait, la raison pour laquelle il avait pu l'occuper, c'était qu'il serait parti quand son vrai locataire en aurait à nouveau besoin.

Il se contenta de hocher la tête, l'air désolé, les yeux noyés de tristesse et de souffrance, mais il n'avait pas le droit d'éprouver ça, pas après m'avoir menti pendant plus d'un mois.

– J'ai essayé de te l'annoncer plein de fois, dit-il finalement d'une petite voix, très inhabituelle pour lui qui transpirait toujours l'assurance. C'est pour ça que je te cherchais au barbecue.

Un ricanement coupant comme du verre m'échappa malgré moi.

– Tu m'as trouvée et tu ne m'as rien dit, crachai-je. Et c'était il y a trois semaines. Depuis, tu as eu un millier d'occasions et, pourtant, tu as continué à me mentir.

– Je ne t'ai jamais menti, se défendit-il d'un ton outré.

– Oh, tu veux jouer sur les mots ? ironisai-je. Tout ça, c'est juste un jeu pour toi ?

Dans ses yeux, la colère remplaça la douleur. Ses poings se crispèrent sur la table en bois.

– Un jeu ? La seule qui joue ici, c'est toi, chaque fois que tu nous forces à nous voir en secret ! Au départ, je ne voyais même pas l'intérêt de t'en parler. Je me suis dit que t'en aurais rien à foutre et que tu allais même me répondre : « Bon débarras ! » Que tu ne pouvais pas me blairer ! Et puis je suis devenu ton sale petit secret, et je savais que tu prendrais ça pour une putain d'excuse pour tout arrêter !

Je lâchai un bruit entre le rire et le sanglot. Chaque mot de plus se transformait en coup de poignard.

– Tu sais ce que j'allais te dire tout à l'heure ? Que je voulais qu'on arrête de se cacher ! Qu'on en parle à Jack, tous les deux ! lui confiai-je d'une voix rauque emplie de colère et de chagrin.

La tristesse prit le pas dans ses prunelles marron.

– Moi aussi, c'est ce que je voulais te proposer… Je suis en permission et je voudrais passer le plus de temps possible avec toi avant de partir. M'endormir avec toi toutes les nuits, me réveiller chaque matin contre toi, te faire jouir le reste du temps… C'est pour ça que je devais t'en parler…

Même si ce programme était alléchant, la dernière partie de sa tirade fit momentanément refluer ma peine pour laisser place à de la fureur et je me sentis bouillir de l'intérieur.

– Donc tu as attendu le dernier moment ! m'emportai-je à mon tour.

– Tu nous aurais laissé une chance si je te l'avais dit plus tôt ?

– Bien sûr que non ! répliquai-je avec un rire désabusé.

Je l'aurais évité jusqu'à ce qu'il s'en aille. J'aurais trouvé des excuses pour ne pas sortir avec Jack et ses amis. Mon frère m'aurait sans doute reproché de ne pas passer suffisamment de temps avec lui, mais j'aurais pu me rattraper après le déploiement.

Tout valait mieux qu'un cœur brisé.

Il aurait été plus simple de le laisser partir sans connaître le goût de ses baisers, la sensation de sa peau sur la mienne, la force de ses bras autour de moi, le poids de son corps, l'apaisement que me procurait son souffle régulier pendant la nuit, la chaleur de ce sourire qu'il n'adressait qu'à moi, son rire qui me faisait frissonner.

Sans connaître les débordements euphoriques de mon cœur à chaque fois qu'il posait les yeux sur moi.

– Tout ça aurait été beaucoup plus facile si tu ne m'avais pas laissée tomber a… m'interrompis-je en me rendant compte que j'avais chuchoté mais qu'il n'en avait pas loupé une miette.

– Dis-le ! ordonna-t-il avec une urgence dans la voix, les yeux brûlants d'émotion.

– Non, soufflai-je.

Je me le répétais toujours : les mots avaient du pouvoir. Je n'allais pas lui donner cette emprise sur moi. Il m'avait déjà tellement pris.

– Tu ne le mérites pas, assénai-je en plantant mon regard dans le sien, si brillant. En fait, *je* ne mérite pas ça, repris-je. Tu n'as aucune idée d'à quel point c'est humiliant de se faire baiser, dans tous les sens du terme, par le sergent *Ladykiller* avant qu'il ne se casse à l'autre bout du monde.

Il ricana d'un rire si amer que je pouvais presque en sentir l'âpreté sur ma langue.

– Et tu sais ce que ça fait d'être assez bien pour te sauter, mais pas pour être vu en public avec toi ? À ton avis, je me sens comment ?

La boule dans ma gorge avait tellement gonflé que respirer relevait du miracle.

– Alors pourquoi tu as accepté ce compromis s'il ne te convenait pas ? demandai-je d'une voix sourde.

Il ferma les yeux une seconde, comme s'il avait besoin de rassembler ses pensées avant de répondre.

– Parce que c'était la seule façon d'être avec toi ! explosa-t-il. J'ai voulu tenter le coup, quitte à me contenter des miettes parce que, de toute façon, je me cassais bientôt. Qu'est-ce qui aurait pu mal tourner, hein ?

Ce qui aurait pu tout bouleverser, c'était l'émotion qui faisait scintiller ses yeux, la même qui était en train de me déchirer le cœur et de me tuer à l'idée qu'il s'en aille à sept mille kilomètres.

Et je pris conscience que tout ça avait commencé bien avant qu'il ne pose les mains sur moi. J'étais déjà en train de tomber amoureuse de lui avant cette première nuit dans son appartement. Et pour mon plus grand malheur, Lilian n'avait rien perdu de sa capacité à lire dans mes pensées.

– Tu sais quoi ? lâcha-t-il soudainement, la voix échauffée. J'en ai marre de faire comme si ce n'était pas grave. Tu dis toujours qu'on ne fait que coucher ensemble, mais merde, même notre première fois, c'était pas juste du sexe ! En tout cas pas pour moi. Putain, Chiara, je t'aime ! Tu comprends pourquoi ça me blesse ?

Ces trois petits mots puissants avaient le pouvoir de me réchauffer le cœur en le déchirant. Parce que, parfois, l'amour, ce n'est pas suffisant.

– Tu n'aurais pas dû dire ça. Ça ne fait que rendre les choses plus difficiles.

– Tu aurais préféré que je la ferme pour te laisser bien gentiment dans ta petite bulle ? persifla-t-il.

– Ça veut dire quoi ?

– On a parlé plein de fois du déploiement, les gars et moi, devant toi. Si je n'étais pas sûr de ce que tu ressens pour moi, je penserais toujours que tu ne t'intéresses à moi que pour baiser.

Ses mots me firent l'effet d'une gifle.

– Comment tu peux dire ça ?

– Parce que tu as une drôle de façon de montrer aux gens que tu les aimes. Je sais que tu as beaucoup donné aux autres dans ta vie et que tu as besoin de te recentrer sur toi, mais putain ! Tu avances coûte que coûte, même si pour ça, tu dois mettre des œillères. Tu n'avais absolument pas tilté que ton frère n'allait pas bien !

À ces mots, des larmes de culpabilité me montèrent aux yeux. Il n'avait pas le droit de me traiter d'égoïste après tout ce qu'il venait de me faire.

– Merde, *Baby doll*, je ne voulais pas dire ça. Excuse-moi… implora-t-il en tentant d'attraper mes doigts sur la table, mais je les retirai juste à temps pour coincer mes mains entre mes genoux tremblants.

– Je t'ai déjà demandé de ne pas m'appeler comme ça. Et au contraire, je pense que tu retenais ça depuis trop longtemps. Ça ne demandait qu'à sortir. On a toujours le choix, sauf quand quelqu'un nous le retire, en nous cachant une information importante par exemple. Maintenant, je vais devoir me débrouiller avec ça.

La tornade Lilian Flynn avait chamboulé toute ma vie. Il m'avait entraînée dans son sillage, me faisant monter haut dans le ciel. Et maintenant, après la chute libre, je n'avais plus qu'à contempler le champ de ruines qu'il laissait derrière lui en s'éloignant.

Il eut un petit sourire désabusé et se passa la main sur le visage puis dans les cheveux.

– Tu crois que c'est facile pour moi ? Que ça ne m'est pas tombé dessus à moi aussi ? Que je n'ai pas essayé de résister ? De ne pas t'appeler alors que j'en crevais d'envie ? De rester loin de toi ? J'ai lutté jusqu'à ce que je n'en puisse plus… Quand je me suis porté volontaire pour ce déploiement, je ne savais pas que tu allais débarquer dans ma vie.

Tu crois que je ne regrette pas ? C'est tellement plus facile d'être déployé quand t'es seul. Pourtant, je me suis adapté.

Foutus Marines qui improvisent, s'adaptent et changent leurs plans pour surmonter les obstacles et triompher quoi qu'il arrive[30].

Sauf qu'une victoire ne suffit pas à remporter la guerre.

Lilian avait peut-être ravi mon cœur, mais ce n'était plus qu'une place vide et dévastée par ses bombes. Je pris une grande respiration pour me préparer à prononcer les mots qui allaient porter le coup final à cette mascarade.

Un écho lointain me parvint : « Fais bien attention à ce que tu souhaites. »

– Eh bien, tu vas être content parce que je suis sur le point d'exaucer ton souhait, dis-je en me levant.

Son visage blêmit et une lueur de panique s'installa dans ses yeux écarquillés.

– Non, Chiara, ne fais pas ça, supplia-t-il d'une voix tendue, teintée de désespoir.

– C'est fini, repris-je en hochant la tête, confirmant ce qu'il avait déjà compris.

– Non, s'il te plaît…

---

30. « *Improvise, Adapt and Overcome* » est un slogan des Marines qui reflète leur état d'esprit. On leur apprend à surmonter n'importe quel obstacle, physique ou mental, pour l'emporter dans le chaos du combat.

Il se leva à son tour. Je savais que s'il réussissait à me toucher, je reprendrais mes mots parce que je n'avais jamais ressenti pour personne, en si peu de temps, ce que j'éprouvais pour lui. Mais je ne pouvais pas continuer. L'amour ne devrait jamais s'accompagner de tant de souffrances.

Je levai la paume entre nous pour l'empêcher d'avancer :

– Je m'en vais.

– Laisse-moi te raccompa…

– Non, le coupai-je, je vais prendre un Uber. Là, je n'ai vraiment plus envie de te voir. Au revoir, Flynn. Fais attention à toi.

Je fis volte-face et marchai le plus rapidement possible sans courir dans la direction opposée. J'étais surprise que mes jambes fonctionnent encore alors que j'étais brisée à l'intérieur.

Et il ne me rattrapa pas.

***

Le taxi me déposa sur le parking de Lilian, comme prévu. Mon cœur battait la chamade dans ma poitrine, si fort que j'avais peur de frôler la crise cardiaque en m'approchant de la voiture que j'y avais laissée quelques heures plus tôt.

Je redoutais plus que tout de tomber sur sa grande silhouette appuyée contre la Honda et, en même temps, mon traître de cœur l'espérait. Tout était tellement confus dans mon esprit embrumé par le chagrin. Le soulagement et la déception que je ressentis en ne voyant personne me donnèrent autant envie de pleurer que de me réjouir. Malgré tout, je ne pus m'empêcher de trouver sa fenêtre sombre sur la façade. Où était-il ? Dans quel état ?

Pourquoi m'inquiétais-je encore de lui alors qu'il avait réduit mon cœur en miettes ? Peut-être parce que c'était moi qui venais de le plaquer donc c'était plutôt moi qui lui avais brisé le cœur. Mais puisqu'on n'aurait jamais été ensemble s'il m'avait avoué la vérité dès le départ, je ne l'avais pas vraiment largué. J'avais juste mis un terme à un échange de bons procédés : quelques orgasmes époustouflants contre des mensonges. Plutôt équitable, non ?

Je ne sais pas comment je réussis à ramener la Honda à la maison sans provoquer d'accident. Le monde autour de moi n'était qu'un ensemble indistinct noyé par les larmes qui coulaient infiniment sur mes joues.

En passant la porte de l'appartement, je croisai le regard étonné de Jack, affalé sur le canapé comme à son habitude. Après tout, je lui avais dit que je passerais la nuit dehors.

– Merde… lâcha-t-il en soupirant, l'inquiétude prenant possession de ses traits quand il remarqua les yeux rougis que je devais avoir. Je suppose que c'est fini ?

Je hochai la tête, la gorge trop serrée pour prononcer un seul mot.

– Je dois casser la gueule de quelqu'un ?

Je me contentai de secouer la tête.

– Allez, viens là, dit-il en m'ouvrant ses bras.

Il me laissa pleurer contre son torse à l'odeur apaisante d'amande, en me caressant les cheveux pendant ce qui me parut une éternité. Quand je fus à nouveau en mesure de parler, je murmurai :

– Je t'avais dit que ça ne durerait pas longtemps.

– Ouais, mais j'avais espéré que tu te trompais… T'avais l'air heureuse, ces derniers temps.

Je l'avais été. C'était bien là le cœur du problème, n'est-ce pas ?

J'avais été tellement aveuglée par la félicité que j'avais occulté tout le reste. Flynn avait raison : je m'étais non seulement retranchée derrière des œillères bien épaisses, mais aussi des bouchons d'oreilles, car même si les gars parlaient toujours avec des codes et des acronymes, maintenant que j'y repensais, j'étais presque sûre d'avoir plusieurs fois entendu le mot « déploiement » dans sa bouche parfaite.

La culpabilité s'écrasa sur moi alors que les cernes violets de Jack me sautèrent aux yeux. Ça avait donc recommencé.

– Tu comptais me dire quand que tu faisais des insomnies ? crachai-je d'un ton plus mordant que je ne l'avais voulu. Ouais, j'ai parlé avec… ton pote.

Jack soupira longuement.

– Je ne sais pas. Je pensais que ça finirait par passer…

– Ce n'est pas le cas. Ça ne fait qu'empirer ! Tu as besoin d'aide, Jack !

– Je sais ! Lili a dit la même chose !

Je ne pus empêcher mon traître de corps de tressaillir en entendant ce nom maudit, mais la colère se réveilla d'un coup, escamotant mes autres émotions :

– Si c'est lui qui le dit… rétorquai-je.

– Il a toujours été là pour moi ! s'énerva Jack.

Et dans le silence qui suivit, je complétai avec les mots qu'il taisait : « Pas comme toi. »

Les larmes me montèrent de nouveau aux yeux. Je m'étais juré de faire mieux avec mon frère et j'avais encore tout foiré pour une histoire de cul. J'étais une pathétique et irrécupérable garce égoïste.

– Jack, je suis désolée. Ça ne se reproduira plus.

J'allais éviter comme la peste les spécimens masculins trop tentants. En plus, je savais que celui-là me causerait des ennuis dès le premier jour et j'avais plongé quand même, tête la première, prouvant que je n'avais pas retenu la leçon avec Tom. Finalement, je méritais tout ce qui me tombait dessus.

– Mais tu dois vraiment prendre rendez-vous avec un psy, repris-je.

– Je sais… J'appellerai demain.

Quelque chose passa entre nous, amour et pardon, chassant la déception et les reproches, et je repris ma place contre son flanc.

À la télé, l'image était figée sur une monoplace de Formule 1, visiblement en plein Grand Prix.

– Qu'est-ce que tu regardes ? dis-je avec un geste vers l'écran.

– Une série documentaire sur la Formule 1. Même si c'est le sport le moins écolo du monde, ça pourrait te plaire, avec ton esprit de compétition. Tu veux regarder avec moi ? demanda Jack, un sourire encourageant aux lèvres.

– Je veux bien essayer.

Je le lui rendis, avec l'impression que cette mimique était déplacée, que mon visage ne savait plus vraiment comment exprimer la joie.

La douleur finirait par disparaître et, un jour, dans longtemps, j'irais bien.

CHAPITRE 20

Parfois, avant même d'avoir décroché votre téléphone, vous savez pertinemment que ce ne sont pas de bonnes nouvelles qui vous attendent. Et, ces derniers temps, j'y étais abonnée. Alors quand ça sonne au beau milieu de la nuit et que le numéro n'est pas enregistré, ça n'annonce rien de bon.

Je reçus le premier appel de ce genre dans la nuit de vendredi à samedi, alors que je sortais tout juste de la douche après mon service. Jack ne m'attendait pas sur le canapé, et pour cause : les gars étaient sortis, sans passer par le Smithy's. Je supposais que Flynn avait usé de sa voix de sergent pour les convaincre d'éviter ce bar comme la peste, et ça m'allait très bien ainsi.

Je n'avais aucune envie de revoir celui qui était à l'origine du chagrin que je traînais depuis des jours, ni de devoir passer toute la soirée dans la même pièce que lui, en faisant semblant que rien ne s'était passé. Il était déjà bien assez difficile de rester charmante avec les clients pour collecter des pourboires alors que plus rien ne me faisait envie. Avec Flynn, l'idée de devoir rembourser cet autre prêt devenait presque supportable ; mais après ce qu'il s'était passé, il ne me restait que l'éternel sentiment de me faire avoir. Chaque soir, les muscles de mes joues étaient engourdis tellement mon sourire sonnait faux, et sans la couche de maquillage chaque jour plus épaisse, les cernes m'auraient mangé le visage. J'accomplissais les tâches quotidiennes de façon automatique, comme une coquille vide.

Je saisis le téléphone que j'avais posé sur ma table de nuit et y découvris le nom de Jack :

– Qu'est-ce qui t'arrive, frérot ?

– Hey, Minus, c'est Johnny. Tu es à la maison ?

– Ouais… dis-je d'un ton incertain, en attendant la suite.

– Tu peux m'ouvrir d'ici cinq minutes ? Je te ramène Jack.

Je revêtis mon pyjama à la vitesse de l'éclair et passai les cinq minutes suivantes dans l'entrée, en me demandant pourquoi mon frère avait besoin de l'aide de Johnny pour rentrer à la maison. Je compris que quelque chose avait merdé dès que je les aperçus à la sortie de l'ascenseur. D'un, Jack ne prenait *jamais* l'ascenseur – il gravissait habituellement l'escalier comme pour s'échauffer –, et de deux, il n'avait en général pas besoin de se faire traîner par son pote pour avancer.

– Qu'est-ce qu'il s'est passé ? chuchotai-je dans le silence du couloir, tout en m'écartant pour laisser Johnny entrer dans l'appartement avec son fardeau inconscient de plus de quatre-vingts kilos.

– On a fêté les vingt-cinq ans de Flynn. Enfin, certains plus que d'autres, précisa-t-il avec un mouvement de tête en direction de mon frère. Je vais le mettre sur son lit.

Je me précipitai vers la chambre de Jack, devant Johnny, pour lui ouvrir la porte. Il laissa tomber mon frère sur le matelas et ce fut à cet instant que ses mots me frappèrent.

C'était l'anniversaire de Lilian ? Est-ce que je devais le lui souhaiter ? Je pourrais lui envoyer un message, juste pour dire « bon anniversaire »… Mais ça ne ferait de bien ni à moi, ni à lui. Il avait sûrement juste envie de m'oublier, et ça me faisait mal de l'admettre.

Je sortis de la chambre avec Johnny, et alors que nous nous dirigions vers l'entrée, il se retourna vers moi :

– Tu restes là cette nuit ?

– Oui, j'allais me coucher… répondis-je avec les sourcils froncés.

– Tant mieux, soupira Johnny. Comme ça, je n'ai pas besoin de m'inquiéter pour celui-là…

Il se passa la main sur le visage, l'air soudain très fatigué.

– Ils sont plusieurs dans cet état ?

– Flynn était au bord du coma éthylique quand je l'ai porté jusqu'à son appart' et j'en ai bien chié. Je ne l'ai jamais vu comme ça. Je vais devoir y retourner pour m'assurer qu'il va bien.

– Garrett n'était pas avec vous ?

– Non, il est chez lui, dans l'Ohio.

Bien sûr. Il profitait de sa famille avant d'être déployé. Je me demandai brièvement ce que faisait Lilian de ses journées, puisqu'il n'avait personne, avant de me rappeler que ça ne me concernait plus.

– Et toi ? Ça va aller ? demandai-je à Johnny.

– Oui, dit-il avec un petit sourire, je suis rapidement passé au soda quand ces deux abrutis ont commencé à descendre les shots comme de l'eau.

Je supposais que lesdits « abrutis », c'était Jack et Lilian. Ils faisaient vraiment la paire, ces deux-là.

– Je comprends qu'ils aient besoin de relâcher la pression du déploiement, mais là, c'était quand même abusé…

– Merci, Johnny. Tu es un ami en or, ajoutai-je en m'approchant pour un câlin.

– Ouais, faut croire… Mais reste loin de moi quand même, Minus, Flynn m'a gerbé dessus.

– Ah, c'était ça, l'odeur ! rigolai-je.

– Je me doucherai chez lui. Par contre, il nettoiera lui-même sa bagnole, ça lui fera passer la gueule de bois.

Nous éclatâmes de rire tous les deux, puis il s'en alla jouer les garde-malades. Avant de me coucher, je fis un détour par la chambre de Jack pour m'assurer qu'il allait bien et laissai sur sa table de nuit un grand verre d'eau et deux comprimés de paracétamol.

Le lendemain, je le vis apparaître vers midi, avec un visage pâle qui lui aurait permis de jouer comme figurant dans *The Walking Dead*. Il se laissa lourdement tomber sur le canapé où j'étais avachie, tuant le temps devant la télé avant d'aller travailler.

– Comment ça va ?

– Ça va… murmura-t-il difficilement. Mais ne parle pas si fort, s'il te plaît. Et tu peux baisser le son ? ajouta-t-il avec un vague geste vers l'écran.

Il ne bougea ni quand je me levai pour enfiler mon uniforme, ni quand je me dirigeai vers l'entrée. Et évidemment, je ne les vis pas, lui ou ses amis, au Smithy's ce soir-là.

***

Quelques jours plus tard, je reçus un autre coup de téléphone déplaisant.

– Mademoiselle Johnson, commença l'homme de la société de recouvrement avec une joie malsaine. Je me permets de vous rappeler car nous n'avons toujours pas reçu le virement de Monsieur Collins.

– Je vous ai envoyé ma part comme convenu, protestai-je d'une voix calme malgré le pincement désagréable qui m'opprimait la poitrine. Pourquoi vous ne l'appelez pas, lui, plutôt ?

À l'autre bout du fil, mon interlocuteur pouffa, comme s'il s'était précisément attendu à cette réponse :

– Monsieur Collins est injoignable et étant donné que vous vous êtes montrée de bonne volonté la dernière fois…

J'allais répliquer à nouveau ou quémander sa clémence, mais il ne m'en laissa pas la possibilité.

– Écoutez, au regard des conditions du prêt, nous nous sommes déjà montrés plus que patients et si je ne reçois pas un paiement significatif, je vais devoir lancer la procédure de saisie.

En réponse, une main glacée me pressa les entrailles. J'avais réussi à économiser un peu plus de mille dollars depuis que j'avais vidé mon compte en banque pour ce premier virement et je n'avais vraiment pas envie de recommencer. En y repensant, un profond accablement m'emplit. Depuis notre dernier appel, j'avais réussi à mettre de côté le mauvais pressentiment qui m'habitait. Sauf que je n'étais toujours pas parvenue à retrouver la trace de ce prêt dans tous les documents que j'avais conservés, et ces fameuses « conditions » me titillaient.

Je rassemblai toute mon audace dans une grande inspiration :

– Je vais voir ce que je peux faire. En attendant, vous pourriez me renvoyer une copie du contrat ? Je l'ai malheureusement perdu.

Le créancier raccrocha en me laissant – dans sa grande générosité – la journée pour revenir vers lui. Mais lorsque le contrat arriva enfin sur ma boîte mail et que je le découvris, je faillis tomber de ma chaise. Plus précisément à cause de sa dernière page, là où j'étais censée avoir signé.

Car c'était tout sauf ma signature.

Une très bonne imitation, sans aucun doute, mais je ne terminais pas mes « n » de cette façon. C'était d'autant plus troublant que le nom « Collins » sur l'autre ligne présentait exactement cette même caractéristique.

Par conséquent, j'avais deux excellentes raisons d'attraper mon téléphone, le cœur battant, la mâchoire serrée de rage et la main crispée sur l'appareil.

– C'est Chiara. Tu peux m'expliquer pourquoi ton virement n'est pas arrivé à la société de recouvrement ?

– Euh… hésita Tom. J'allais le faire… Il faut juste que je retrouve leurs coordonnées banc…

J'en avais entendu, des excuses bidons, de sa part, mais celle-là, c'était le pompon. J'étais hors de moi, plus qu'agacée qu'il me mente encore.

– Et si tu me disais plutôt la vérité, pour changer ? le coupai-je froidement. On sait tous les deux que tu n'as pas pu résister à dépenser un aussi gros chèque. Alors, à combien s'élèvent les dégâts ?

Le silence se fit, entrecoupé uniquement de la respiration de Tom dans le combiné.

– Mille dollars, souffla-t-il finalement.

– Sois précis : il te reste mille dollars sur les quatre mille de la vente de ta voiture ou tu as dépensé mille dollars ?

– Je les ai dépensés.

Je poussai un soupir de frustration et de soulagement mêlés, car même s'il venait encore de cramer de l'argent, ça aurait pu être bien pire. Pour autant, j'en avais vraiment ma claque de ses conneries.

– Eh bien, tu n'as plus qu'à te bouger le cul jusqu'à la banque et à faire le virement des trois mille dollars restants.

– Et après ? Je n'ai pas les moyens de rembourser le reste. Tu sais que c'est difficile de trouver un job de chef végane. Il va falloir que tu m'aides…

Tom continuait à pérorer, mais je ne l'entendais plus qu'au loin, sa voix étouffée par le battement de mon sang bouillant dans mes oreilles.

– Tu comptais me l'avouer quand, que tu avais imité ma signature sur le contrat ? crachai-je. Avant ou après que j'ai tout remboursé à ta place ?

Un silence me répondit, puis :

– Qu'est-ce que tu veux dire ?

Le seul avantage d'avoir vécu trois ans avec lui, c'était que je le connaissais bien. Et là, j'entendais distinctement la crainte sous la fausse naïveté de sa voix.

– Que je ne lâcherai plus un centime pour un prêt que je n'ai pas contracté. Démerde-toi tout seul.

Il eut l'audace de rigoler. Il fallait lui reconnaître ça : il avait du cran.

– Sauf que ton nom est sur ce contrat, bébé, jubila-t-il. Qu'est-ce que tu vas faire ?

À la mention de ce surnom, mon cœur battit plus fort contre mes côtes et je sentis mon visage brûler. Je n'en pouvais plus, des beaux mecs qui me rabaissaient avec des petits noms machos et qui se payaient ma tête ! J'en avais viré un de ma vie, il fallait à tout prix que je trouve un moyen de me débarrasser de l'autre, et pour ça, la meilleure arme, c'était la leur : le mensonge.

– L'avocat avec qui j'ai discuté dit qu'une analyse graphologique prouverait sans conteste la fraude, affirmai-je avec tout l'aplomb dont j'étais pourvue.

– Et avec quel fric tu vas payer un graphologue ? tenta-t-il.

– Le tien ! Si je porte plainte contre toi et que je gagne mon procès, ce qui arrivera à coup sûr avec une preuve aussi énorme, c'est toi qui devras te charger de tous mes frais.

– Tu bluffes !

– Vraiment ? Est-ce que tu veux risquer d'aller jusque-là ? Tu as plus à perdre que moi. Une condamnation, ça risque de faire tache quand tu chercheras du boulot.

Un soupir me répondit, et dans les quelques secondes de silence qui suivirent, je sentis l'angoisse refluer un peu.

– Qu'est-ce que tu veux ? finit-il par lâcher, d'une voix beaucoup moins assurée.

Je me forçai à ne pas jubiler, même si je sentais les coins de ma bouche se relever et des larmes de soulagement pointer sous mes paupières.

– Que tu assumes tes conneries, pour une fois, et que tu rembourses cet argent. Mais je ne veux plus recevoir un seul appel des créanciers parce que tu n'as pas payé. Sinon, j'irai jusqu'au bout avec cette procédure d'usurpation d'identité. Tu sais que je n'hésiterai pas.

En vérité, je n'en avais aucune envie. Je préférais encore me faire enterrer vivante sous une montagne de bêtes à huit pattes plutôt que de me lancer dans cette paperasse qui me coûterait un avocat, de revoir Tom et surtout, de l'énergie que je n'avais pas.

Mais je dus me montrer convaincante car à l'autre bout du fil, il souffla :

– Très bien.

Je raccrochai avec un sentiment de délivrance et d'amertume.

***

Le troisième appel me trouva en plein ménage, avant de partir au boulot. Je ne connaissais pas le numéro, si bien que je décrochai avec prudence, en craignant encore un mauvais coup de Tom :

– Chiara Johnson ? demanda une voix masculine dans laquelle je perçus l'urgence.

Je n'aimais pas du tout ce ton-là. Je préférais encore de loin celui du créancier. Mes mains commencèrent à trembler et mon cœur accéléra dans ma poitrine. Quelque chose de grave s'était passé. Je le pressentais dans la moindre de mes cellules.

– Madame, je suis le sergent McLaughlin de l'US Marine Corps. Votre frère a été blessé lors d'un exercice. Il a été conduit au NMCCL il y a quelques minutes. Pouvez-vous venir ?

Je n'avais plus écouté après le mot « blessé ». Mes doigts se resserrèrent autour de mon téléphone, si fort que j'entendis le plastique de la coque protester.

– Je suis désolée, mais où est Jack ? bafouillai-je.

– Au NMCCL, l'hôpital militaire de Camp Lejeune. Pouvez-vous venir maintenant ? répéta la voix, plus pressante.

« Hôpital ». Le mot mit quelques secondes à prendre sens.

– Madame ? insista mon interlocuteur, d'un ton soucieux.

Mon cerveau se mit à nouveau en marche après un redémarrage rapide. Je devais trouver Jack.

– Oui, j'arrive, dis-je avant de raccrocher et de courir vers ma voiture, indifférente aux appels d'Etta qui tenta de m'intercepter au passage.

CHAPITRE 21

Comment je fis le trajet jusqu'à Camp Lejeune ? Dans un état second, toutes mes pensées dirigées vers Jack. Rien n'importait d'autre que le rejoindre.

Je me présentai sans réfléchir à la porte principale. Où était l'hôpital ? Je n'en avais aucune idée, mais c'était la seule entrée que je connaissais. Une entrée que j'avais toujours passée en compagnie de mon frère…

La sentinelle ne comprit rien à ce que je lui racontais, quand je lui tendis mon permis de conduire :

– Mon frère, Jack Johnson, a été conduit à l'hôpital !

Elle prit le document, en me scrutant de ses yeux bleus plissés de suspicion, et décrocha son téléphone. La conversation dura moins de deux minutes.

– Quelqu'un du NMCCL va venir vous chercher. Patientez là, dit-elle en me désignant un endroit où me garer.

J'attendis en me rongeant les ongles, habitude que j'avais pourtant perdue depuis des années.

La panique commençait à gonfler dans ma poitrine, et les larmes, à me monter aux yeux, mais je les repoussai de toutes mes forces. Là, tout de suite, il fallait que je parvienne à entrer dans ce foutu hôpital. Le reste, je le gérerais plus tard.

Au bout d'une éternité, une femme blonde tapa à mon carreau :

– Chiara Johnson ? Suivez-moi.

Elle remonta dans son véhicule, et je la suivis vers la droite du complexe, tout de suite après l'entrée. Moins de cinq minutes plus tard, elle s'arrêta devant un bâtiment de brique rouge. À peine fus-je descendue de la voiture qu'elle me prit par le bras et m'entraîna au pied de l'entrée des urgences, au premier étage, me fit passer un portique de sécurité, puis me guida jusqu'au comptoir de l'accueil où elle parla pour moi :

– Chiara Johnson pour Jack Johnson.

La femme à l'accueil hocha brièvement la tête, comme si elle m'attendait.

– Votre frère est en salle d'opération. Installez-vous là-bas, dit-elle en me montrant la direction fléchée d'une salle d'attente, un médecin viendra vous chercher dès qu'on en saura plus.

– Qu'est-ce qu'il s'est passé ?

– Il a reçu une balle dans la jambe.

J'imaginai Jack dans une mare de sang et je sentis mes jambes faiblir. Je n'avais jamais pensé que mon frère puisse être blessé lorsqu'il se rendait au travail. Je le croyais en sécurité à Camp Lejeune.

La femme qui m'avait accompagnée avait déjà disparu, je n'avais même pas eu le temps de la remercier, alors que ses paroles repassaient dans ma tête.

« Salle d'opération ».

Trois nouveaux mots qui firent exploser mon cœur déjà malmené.

Encore une simple combinaison de lettres et d'espaces qui n'avait l'air de rien, mais qui parvenait pourtant à m'anéantir. Ils rejoignirent la ronde des autres phrases de trois mots qui tournaient en boucle dans mon esprit depuis plusieurs jours.

« Je suis déployé », prononçait une voix rauque chargée de tristesse.

« Je t'aime », disait la même voix avec colère et contradiction. Ces mots auraient dû être clamés avec joie, bonheur et tendresse, pas lancés comme une bouteille à la mer pour se sauver d'un naufrage.

La réceptionniste était déjà en train de répondre au téléphone, mais en me remarquant toujours plantée devant son guichet, elle demanda à son interlocuteur de patienter :

– D'autres Marines ont-ils été blessés ? Le sergent Lilian Flynn ? dis-je d'une petite voix.

Faites qu'il aille bien, suppliai-je intérieurement, sans savoir à qui je m'adressais. Il n'était pas croyant. Mon ange gardien ? Le sien ? L'univers ? Quelqu'un devait bien écouter, quelque part.

Je ne pouvais pas vivre dans un monde où Lili était lui aussi blessé, voire pire. Le poids sur ma poitrine appuya plus fort, rendant ma respiration encore plus laborieuse.

La femme secoua la tête :

– Je ne sais pas. Il n'a pas été admis.

Puis elle reprit sa conversation, comme si ça n'avait pas d'importance. J'avais envie de la secouer par les épaules pour qu'elle comprenne son erreur. On n'ignorait pas Lilian de cette façon. Il méritait qu'on s'arrête sur son cas plus d'une seconde.

Au moins, il n'était pas à l'hôpital, pensai-je avant qu'une sirène d'alarme ne retentisse dans mon esprit. La boule grossit dans ma gorge. Qu'il ne soit pas ici ne signifiait pas qu'il allait bien. On ne conduit pas les morts aux urgences…

Ne pensez jamais que vous avez atteint le fond du trou, parce que l'univers prend un malin plaisir à vous montrer qu'il peut toujours faire pire.

Surtout, dans mon cas, quand mon appel à Lilian bascula vers la boîte vocale au bout de longues sonneries, creusant un peu plus le trou dans mon cœur à chaque fois qu'elles retentissaient.

Mes pieds me portèrent je ne sais trop comment dans la salle d'attente, là où je me laissai lourdement tomber dans un fauteuil. Les larmes que j'avais retenues depuis trop longtemps finirent par déborder en rivières sur mes joues.

***

Je perdis la notion du temps.

Les secondes se transformèrent en minutes, puis en heures.

À un moment, mes sanglots finirent par se tarir. Alors je restai prostrée, roulée en boule sur mon siège, les pieds sur l'assise, les bras autour des genoux, le front sur les cuisses.

Je ne pouvais pas perdre Jack. C'était impossible. Je n'y survivrais pas. Il était tout ce que j'avais.

Je me revis repousser méchamment le petit garçon de quatre ans qu'il était, alors qu'il voulait juste passer du temps avec sa grande sœur et que je jugeais qu'à onze ans, j'avais mieux à faire que de traîner avec un gamin. Les fois où j'avais râlé parce que notre mère m'interdisait de sortir avec mes copines pour le garder. Celles où je lui avais claqué la porte de ma chambre à la figure. Où je l'avais accusé de me pourrir la vie.

Où j'avais voulu qu'il disparaisse.

J'aurais donné n'importe quoi pour revenir dans le passé et demander à cette ado bougonne de prendre davantage soin de son petit frère que de ses copines qui la critiquaient dans son dos. Ces mêmes « amies » qui raconteraient à tout le lycée qu'elle avait couché avec son copain, la traitant au passage de salope, puis qui, plus tard, refuseraient de l'héberger quand elle était en pleine rupture. Alors que ce même petit frère lui tendrait la main sans hésiter.

J'aurais donné n'importe quoi pour qu'il tienne le coup sur cette table d'opération.

Je serai une meilleure sœur, promis-je à qui écoutait, là-haut. *À partir de maintenant, il sera ma priorité. Je ne me laisserai plus distraire…*

Sauf que des iris à la fois verts et marron s'immiscèrent dans mon esprit, et je compris que marchander de fausses promesses n'allait pas me mener bien loin. Lilian ne m'avait pas juste distraite, il m'avait marquée au fer rouge.

Je n'oublierais jamais le goût et l'odeur de sa peau, la façon dont ses épaules se secouaient quand il riait, la sensation de son regard intense sur mon corps, le creux de sa fossette dans sa joue gauche quand il m'adressait son fameux sourire en coin. Je saurais que deux épidermes destinés l'un à l'autre peuvent créer des étincelles. J'aurais expérimenté l'émotion de se perdre dans les yeux de quelqu'un qu'on aime plus que la raison ne l'autorise.

Je continuerais à le chercher partout, sa haute silhouette, sa voix rauque. Je l'entendais presque au loin, à cet instant, comme si j'avais la tête sous l'eau ou qu'il parlait de l'autre côté d'un mur.

Puis des mots me firent sursauter :

– J'en ai rien à foutre ! Elle est où, putain ?

Et soudain, il fut devant moi.

Lilian était sur les genoux devant mon fauteuil, ses yeux cernés brûlant de colère et de tristesse, ses grandes mains sur l'extérieur de mes cuisses.

Je devais halluciner. Pourtant, c'était bien lui. La peau nue de mes jambes me picotait sous le contact de la sienne. Je respirais son parfum boisé alors que je savais parfaitement qu'on ne perçoit pas les odeurs dans les rêves. Mais je refusais de croire mes yeux. Il ne pouvait pas être là…

J'emprisonnai son visage, reconnus la texture de ses joues sous mes paumes, mais je n'en revenais toujours pas :

– Lili… murmurai-je, la voix brisée d'avoir trop pleuré. Tu es là…

Il amena ses mains de chaque côté de mon visage :

– Je suis là, *Baby doll*, dit-il d'une voix lourde d'émotion.

– Lili… J'ai pensé que toi aussi, tu étais… balbutiai-je en me remettant à pleurer.

– Non, regarde, je vais bien. Je vais bien ! Je ne participais pas à l'exercice, je suis en permission, tu te souviens ?

Il appuya doucement ses lèvres sur les miennes.

C'était lui. Je ne rêvais pas.

Il essuya délicatement les larmes sur mes joues avec ses pouces, puis m'attira contre son torse. Je le laissai me consoler quelques minutes, dans le cocon de ses bras et de sa large poitrine. Une partie du poids sur mes poumons disparut, me permettant de respirer un peu mieux.

Soudain je me retrouvai soulevée dans les airs, puis nous nous enfonçâmes dans quelque chose de moelleux. À contrecœur, je levai la tête de son épaule et nous découvris installés sur un petit canapé gris, lui sur l'assise et moi sur ses genoux. Je n'avais même pas remarqué qu'il y avait un divan dans la salle d'attente. Je m'étais juste laissée tomber dans le fauteuil le plus près de la porte, comme si ça allait me permettre d'avoir des nouvelles de Jack plus vite.

– Jack, murmurai-je.

L'inquiétude reprit possession des iris noisette de Lilian.

– T'as eu des nouvelles ? Ils n'ont rien voulu me dire parce que je ne suis pas de la famille, râla-t-il en secouant la tête, comme s'il trouvait ça absurde. J'ai même dû forcer le passage pour te rejoindre ici.

Ça me fit rigoler en une sorte de hoquet sanglotant. Lilian était sans conteste la personne la plus proche que Jack et moi avions. Il détenait une part de mon cœur, au même titre que celui de mon frère.

– Moi aussi, je t'aime, dis-je. J'aurais dû te le dire plus tôt.

– Chhhh, souffla-t-il, mais ses prunelles brillèrent d'affection un bref moment. Je sais. Tu n'as rien à te reprocher.

– Si, chuchotai-je. J'avais peur. Tout ça, nous deux, c'est tellement intense, rapide et inattendu. Je n'ai pas su comment le gérer. Je suis désolée.

Il m'embrassa tendrement, un baiser dans lequel s'exprimait toute la profondeur de ses sentiments, puis il me ramena férocement contre son torse.

– Ne le sois pas, commença-t-il d'une voix vibrante de colère. C'est moi qui te demande pardon.

J'aurais dû être là plus tôt pour toi et Jack. J'étais à la salle de muscu quand tu m'as appelé et je n'ai pas entendu. Je suis venu tout de suite après qu'on m'a prévenu.

– Tu sais ce qu'il s'est passé ?

Lilian leva les épaules dans un signe d'impuissance et d'ignorance. Son regard se chargea de tristesse.

– Pas vraiment. Jack était en exercice de tir réel, sur le Range G-36. Le mec m'a juste dit qu'il s'est pris une balle dans la cuisse et j'ai foncé ici dès que je l'ai su, sans chercher à en savoir plus auprès de son escouade. Je n'arrivais pas à te joindre non plus, donc je n'ai pas réfléchi plus loin…

Mon regard dériva vers ma besace, par terre à côté du fauteuil, dans laquelle j'avais jeté mon téléphone après ne pas avoir réussi à joindre Lilian. J'avais dû louper la sonnerie.

Je le serrai plus fort.

Le médecin nous trouva comme ça, dans les bras l'un de l'autre, au bout d'un temps qui me sembla infini.

***

– Madame Johnson ?

Je fus sur mes pieds avant d'avoir le temps d'en prendre conscience, devant l'homme en tenue de chirurgien et à l'air fatigué. J'attrapai la main de

Lilian, derrière moi, en recherche de soutien pour affronter ce qui allait suivre.

– L'opération s'est bien passée, affirma le médecin. Heureusement, l'artère fémorale n'a pas été touchée. C'est ce qui peut arriver de pire avec la jambe. La blessure était propre. Votre frère devrait se rétablir d'ici quelques semaines, avec de la physiothérapie.

Les mots mirent quelques instants à prendre du sens. Et puis soudain…

Jack allait bien.

Il allait se remettre.

Le dernier poids disparut de ma poitrine. Je pris une grande inspiration qui me laissa étourdie pendant une fraction de seconde. Je vacillai légèrement sur mes jambes.

Derrière moi, le grand corps de Lilian se détendit à son tour. Je l'entendis soupirer de soulagement. Sa poigne se desserra sur ma main. Je n'étais pas la seule à avoir presque perdu un frère, ce jour-là.

– Jack va s'en sortir, Chiara, s'exclama-t-il, peut-être pour en prendre conscience lui-même. Par contre, il va avoir besoin de toi pendant quelques semaines, ajouta-t-il avec un petit rire. Ça va le faire grave chier.

Le docteur hocha la tête :

– Veillez à ce qu'il suive bien son traitement et qu'il ne force pas trop tout de suite. Il va lui falloir du temps pour récupérer et retrouver ses capacités, ce qui peut être frustrant. On a vu trop de Marines négliger leurs soins parce qu'ils pensent que la douleur fait partie du job, dit-il avec un signe de tête à l'attention de Lilian. Venez, Madame, on a placé votre frère dans une chambre individuelle. Il est en train de se réveiller. Vous pouvez aller le voir.

Je lui emboîtai le pas, tirant Lilian par la main. Le médecin se retourna, nous avisa tous les deux et prononça les mots qu'il ne fallait pas :

– Seule la famille est admise dans les chambres.

Lilian faisait partie de ma famille. Il était hors de question que j'y aille sans lui.

– Il vient avec moi, répliquai-je d'un ton qui n'admettait aucune contradiction, tout en renfermant ma prise sur les doigts de Lili.

Le chirurgien nous détailla tous les deux pendant une bonne seconde, mais c'est finalement quelque chose qu'il lut sur le visage de Lilian qui le décida :

– Allez, venez. Tous les deux.

Jack avait les yeux à moitié ouverts quand nous pénétrâmes dans la chambre. Il emplissait tout le lit avec sa carrure musclée, et pourtant il me parut aussi fragile qu'une figurine en porcelaine. C'était peut-être à cause des machines bipant autour de lui, de sa jambe gauche se confondant avec le drap à cause des bandages ou de la sonde nasale barrant son visage presque aussi blanc que l'oreiller sous lui. Je ne l'avais pas vu aussi vulnérable depuis très longtemps.

Je lâchai la main de Lilian et me précipitai près de lui :

– Jack, j'ai eu si peur ! Comment ça va ?

– Ça va…

J'avais terriblement envie de le serrer dans mes bras, mais je ne savais pas comment m'y prendre sans lui faire mal. Jack décida pour moi : il écarta le bras droit et je m'assis sur le bord de son lit pour me blottir contre son flanc.

Jack échangea un bref contact avec le poing de Lilian, qui alla ensuite s'installer dans le seul fauteuil de la chambre, après l'avoir rapproché du lit. Lilian et moi échangeâmes un regard avant que je ne décide que c'était à moi de poser la question :

– Qu'est-ce qui s'est passé ?

Jack soupira longuement.

– On simulait un assaut en exercice à balles réelles, et, comme un abruti, je me suis tiré dessus.

J'acquiesçai machinalement alors que Lilian posait précautionneusement ses avant-bras sur le lit et s'avança, les yeux rivés sur le visage de mon frère. J'avais remarqué qu'il faisait ça quand il se concentrait pleinement.

La main de Jack se crispa dans mon dos.

– Tu t'es tiré dessus tout seul ? répéta Lilian, d'une voix neutre.

Jack haussa brièvement les épaules, comme si ce n'était pas grave.

– Oui. J'avais mon M27 dans les mains, j'ai trébuché et je me suis tiré dans la cuisse. Comme un con, quoi ! se marra Jack.

Mais, de l'autre côté du lit, Lilian ne rigolait pas du tout. Son visage se ferma, un muscle se contracta dans sa mâchoire et son regard se fit plus perçant, presque meurtrier.

– Je n'en ai pas envie, mais je sens que je dois le faire, alors je vais quand même te poser la question.

Il soupira puis inspira profondément, les yeux sur la cuisse recouverte de pansements de Jack, avant de les lever à nouveau vers mon frère.

– Est-ce que tu l'as fait exprès ? murmura-t-il de sa voix rauque chargée de reproche.

Un hoquet de stupeur m'échappa, tandis que Jack se tortilla inconfortablement contre moi. Une seconde se passa dans un silence à couper au couteau, seulement interrompu par le bip des machines. Pourtant, Lilian ne cessa pas de l'observer avec insistance et, finalement, Jack chuchota, d'une voix triste :

– *Semper gumby*[31], frère…

Lilian ferma les yeux, avant de se lever brusquement en repoussant le fauteuil dans un raclement brutal. Il se dirigea vers le mur à l'autre bout de la chambre, la main sur la bouche, et se mit à marmonner des insultes.

---

31. Autre devise non officielle des Marines, qui pourrait se traduire par : « Toujours flexible. »

– Ça veut dire quoi ? demandai-je à la cantonade, ma voix commençant à se teinter de panique.

Jack dirigea son regard vers moi, l'air désolé, mais ne dit rien pour autant.

Une pierre me tomba lourdement au fond de l'estomac.

– Ça veut dire quoi ? répétai-je avec plus d'autorité.

Lilian se tourna vers nous, les prunelles brillantes de colère, les lèvres scellées en une fine ligne, et revint vers son fauteuil, ses bras se balançant énergiquement contre ses flancs, les poings si serrés qu'ils en devenaient blancs. S'il arborait cette même expression sur le champ de bataille, les ennemis devaient fuir à son approche.

– Ça veut dire qu'on lui a fermé la porte, donc il est passé par la fenêtre ! cracha-t-il dans ma direction en se rasseyant. Ils t'ont convoqué ce matin pour te remettre la pression ? exigea-t-il en reportant son attention vers mon frère.

– Oui… lâcha ce dernier d'une voix incertaine.

Et là, tout fit sens.

Les supérieurs de Jack l'avaient de nouveau poussé à signer l'extension de contrat et la seule solution qu'il avait trouvée pour régler le problème avait été de se tirer volontairement une balle dans la cuisse, en espérant quoi ? Gagner quelques semaines de décharge ?

Deux émotions prirent vie simultanément en moi.

Une tristesse incommensurable pour mon frère, car il faut vraiment se sentir acculé pour en venir à s'automutiler de cette façon.

Et la colère aussi, parce que c'était incroyablement stupide. Et égoïste.

Les larmes me montèrent aux yeux, et il me fallut plusieurs secondes pour réussir à articuler, la gorge en feu :

– Tu aurais pu mourir !

– Mais je suis toujours là pour te les casser.

– Tu sais qu'il va y avoir une enquête ? chuchota Lilian, toujours furieux.

– Je sais. Et tout ce qu'ils trouveront, c'est que je ne suis qu'un putain d'empoté qui a trébuché sur ses pieds et s'est tiré une balle dans la cuisse, expliqua Jack à voix basse sur le même ton courroucé.

Lilian secoua la tête, l'air tiraillé entre la colère et la stupeur.

– Et le fait que tes connards de chefs vont se faire botter le cul pour un défaut de sécurité, c'est un bonus, je suppose ?

– C'est la cerise sur le gâteau, confirma Jack.

Lilian posa son coude sur le lit et son front dans sa main en fermant les yeux une seconde, puis il couvrit sa bouche en soupirant.

– C'est surtout complètement con ! Comme l'a souligné ta sœur, tu aurais pu toucher l'artère, et compression ou pas, t'y serais resté, merde ! Pourquoi tu ne m'en as pas parlé, hein ?

Jack ricana, un son portant tant de douleur et d'ironie que je levai les yeux sur son visage où se dessinait un rictus mauvais.

– Ben oui, parce qu'on se raconte tout, toi et moi ! D'ailleurs, vous allez vous décider à me dire ce qui se passe entre vous ? lâcha-t-il en nous détaillant alternativement, Lilian et moi.

Merde…

Il nous avait vus entrer dans la chambre main dans la main.

Le regard inquiet de Lilian trouva le mien. On pouvait encore démentir et mettre ça sur le coup de l'émotion. Jack avait eu assez de stress pour la journée, nous n'allions pas le perturber davantage en lui annonçant une nouvelle comme celle-là. Et puis, ça ne valait pas le coup de l'embrouiller à cause d'une aventure déjà terminée.

– Chiara et moi, on se voit depuis quelques semaines, me devança Lilian.

J'ouvris la bouche pour protester quand :

– Chiara, laisse-moi finir, me coupa-t-il d'un ton déterminé avant de reporter son attention sur Jack. J'aurais dû te le dire dès le début. On ne voulait pas faire ça dans ton dos, mais on avait besoin de temps pour y voir plus clair.

Ça ne s'était pas exactement passé comme ça, mais je supposai que c'était une façon moins brutale d'annoncer à mon frère que son meilleur ami et sa grande sœur couchaient ensemble en secret depuis trois semaines.

– On ne voulait pas te mentir, continua Lilian d'une voix calme.

Lui, non. Moi, c'était une tout autre affaire.

Est-ce que je me sentais coupable ? Bien sûr ! D'autant que Jack semblait prendre les choses bien mieux que je n'aurais pu l'espérer. Il était toujours détendu contre moi, sa main étalée calmement sur mon dos. Était-il shooté aux médicaments qui gouttaient dans sa perfusion ? Dans ce cas-là, peut-être qu'il ne s'en souviendrait pas le lendemain et qu'on en serait réduits à l'option de ne rien dire.

La réalité était pourtant beaucoup plus simple :

– J'avais deviné. Je me demandais juste lequel de vous deux aurait le cran de m'en parler en premier, asséna mon frère d'un ton similaire à celui de notre père quand il nous grondait.

Mon cœur eut un petit raté.

Et comme papa le faisait, Jack nous regarda alternativement, Lilian et moi, et continua son petit laïus en se concentrant sur l'un de nous en particulier. Je soupirai de soulagement quand il choisit Lilian :

– J'ai des soupçons depuis le jour où elle a oublié ses clés. Bizarrement, tu as eu un putain de sourire crétin sur la face toute la journée. T'as même pas collé une réinspection à ce connard de Lewis alors que sa chambre était dégueulasse. Et puis j'ai reconnu ta Jeep à l'entrée du camp sur Wilson Boulevard le matin après que Chiara a découché. D'habitude, tu passes par Tarawa Terrace pour aller bosser.

Lilian eut le bon goût de paraître coupable.

De mon côté, je tâchai de garder une expression neutre alors que, dans mon estomac, les papillons entamaient une danse timide quand je compris qu'il avait eu l'air heureux après notre première nuit ensemble. Je devais avoir l'air niaise tandis que Jack reportait son attention sur moi :

– Passons le fait que je vous ai aussi vus vous déshabiller du regard au Smithy's une multitude de fois, sans parler de la façon dont tu rougis quand je prononce son nom. Bref, je vous épargne les détails, mais ça se voyait comme le nez au milieu de la figure. Putain, Kiki, t'as même commencé à te faire belle pour Lili en allant bosser !

– Ça n'a rien à voir, protestai-je. C'était pour les pourboires !

– Qu'est-ce que t'as avec tes pourboires depuis quelques semaines ? Tu vas manquer d'argent pour la fac ?

Je baissai les yeux vers sa chemise d'hôpital et laissai le silence s'étirer quelques secondes pendant que je détaillais le motif en forme de petits points bleus.

– Chiara… insista Jack d'une voix grave.

Même si j'avais espéré qu'il n'arrive jamais, le moment était venu de dévoiler mes secrets. Peut-être que moi non plus, je n'avais pas été la plus honnête de tous.

– Il y a une forte probabilité… grommelai-je à contrecœur.

– Pardon ? ironisa Jack en se tournant vivement vers moi, si brutalement qu'il fit un mauvais mouvement avec sa jambe blessée et grimaça de douleur. Explique-toi.

Les yeux bleus de Jack se chargèrent de colère, si bien que je me sentis rapetisser sous l'intensité de son regard.

– J'ai donné une bonne partie de ce que j'ai gagné à Tom… révélai-je malgré moi. Mais ce n'est pas ton problème, Jack, c'est le mien et je l'ai réglé !

– En lui filant tout ton fric ? Et la prochaine fois qu'il rappellera, tu feras quoi ? Tu te prostitueras ?

– Ça suffit ! Il y a une différence entre flirter un peu avec les clients et faire la pute !

De l'autre côté du lit, un grognement rocailleux voulait me contredire, mais je ne quittai pas Jack des yeux.

– Ah bon ? s'enquit mon frère, la voix bourrée d'ironie. Putain, Chiara, je pensais qu'on en avait fini avec cet abruti.

– Je te dis que c'est terminé ! Il ne m'emmerdera plus.

Je l'espérais de tout cœur.

– Tu sais que si t'as besoin, je peux lui passer un coup de fil. Il n'a jamais pu me blairer. Je lui fais peur, ricana mon frère d'un ton mauvais. Et toi, t'étais au courant ? demanda-t-il à Lilian.

– Non, répondit une voix qui contenait une tonne de reproches, comme s'il me blâmait de ne pas lui en avoir parlé.

Ce n'était pas ses affaires, ni celles de mon frère d'ailleurs. Je ne leur devais rien, ni à l'un, ni à l'autre.

– Et pour la fac ? Tu vas y arriver ? reprit Jack d'un ton plus inquiet.

– Oui ! répétai-je.

– Sans te prostituer ? s'obstina-t-il, la bouche pincée.

– Arrête avec ça ! Oui, j'y arriverai ! m'exclamai-je, à bout de nerfs. Et au pire, je pourrai toujours m'engager chez les Marines. Il paraît qu'on vous paie vos études.

En réponse, ils échangèrent un regard complice et se mirent à pouffer. Ma fierté en prit un coup.

– Je ne suis pas assez bien pour vous ? maugréai-je. Je suis tout juste bonne à porter le tee-shirt USMC et à vous divertir ?

De l'autre côté du lit, Lilian me détailla avec malice et tendresse. Je me remis à observer le drap.

– Tu supporterais que des hommes te crient dessus toute la journée pour te dire quoi faire ? lança-t-il avec ironie.

Il avait raison, et ça m'agaçait encore plus qu'il me connaisse aussi bien.

– De toute façon, t'as dépassé la limite d'âge pour t'engager, ajouta Jack afin de clore le sujet. Écoute, j'ai des économies. Je peux te prêter la somme qu'il te faut pour l'inscription et tu me rembourseras plus tard. On nous encourage à investir notre fric dans des placements spéciaux qui rapportent un max quand on est en déploiement.

– Moi aussi, j'ai de l'argent de côté, ajouta Lilian. Je compléterai.

– Non, je me débrouillerai, affirmai-je en les regardant tour à tour.

– Mais pourquoi t'es aussi bornée ? brailla Jack, alors que Flynn secouait la tête, l'air exaspéré. Tu vois pas qu'on veut juste t'aider ?

Je ne répondis pas et baissai à nouveau les yeux. Nous n'allions pas régler ce problème, là, dans une chambre d'hôpital, alors qu'il y avait bien plus grave. Ma gorge se serra à nouveau.

– On verra ça plus tard, dis-je pour mettre un terme à cette conversation.

Jack soupira longuement et Lilian remua dans son fauteuil. Au bout de quelques secondes, la voix de mon frère s'éleva à nouveau par-dessus le bourdonnement des machines :

– Quoi qu'il en soit, ça ne me dérange pas que vous sortiez ensemble. La seule chose que j'exige, c'est de ne pas me retrouver au milieu de vos histoires. Lili est mon pote, Chiara, je ne lui tournerai *jamais* le dos. Et, mec, c'est ma sœur, donc ne déconne pas avec elle.

J'avais envie de lui dire que les choses avaient déjà dégénéré, mais Lilian intervint :

– Jack, je te jure que je ne joue pas avec Chiara.

– Je sais, assura calmement mon frère, me surprenant encore une fois. J'ai remarqué comment vous

vous regardez. C'est même pour ça que je ne suis pas intervenu jusqu'à présent. Évidemment, j'aurais préféré que vous me le disiez de vous-mêmes, mais au moins maintenant vous pouvez arrêter de me prendre pour un con.

Lilian chercha mon regard avec des yeux brillants de joie et un grand sourire. Je savais ce qu'il pensait, et d'ailleurs mon cœur se tendait déjà vers lui, trop avide de son contact.

Mais la raison revint toquer à la porte, brisant cette belle illusion, et je détournai le visage. Le bonheur, ce n'est pas se réjouir de l'absence d'émotions désagréables.

– Tu n'as pas à te faire du souci pour ça, Jack, parce que, comme je te l'ai dit l'autre soir, c'est fini entre Lili et moi.

En face, les yeux douloureux et paniqués de Lilian me suppliaient de revenir sur ma décision. Je secouai la tête alors qu'une boule de la taille d'un ballon de basket se formait déjà dans ma gorge. Bâtir une relation sans confiance s'apparentait à construire un château sur du sable. Ça ne tiendrait pas.

– Ça ne change rien, Lilian, confirmai-je d'une voix alourdie par les larmes que je retenais. Tu m'as quand même menti. Je ne sais plus si je peux te faire confiance.

– Chiara… commença-t-il d'un ton affolé et dans lequel perçait son désespoir.

– Non, je suis désolée.

Fidèle à ce qu'il venait de déclarer, mon frère resta silencieux. Il ne s'en mêlerait pas. Le pire dans tout ça, c'était qu'il n'avait servi à rien de mentir à Jack. À la limite, si je lui en avais parlé plus tôt, il m'aurait peut-être mise en garde en mentionnant le déploiement. J'aurais pu faire un pas en arrière. Protéger mon cœur.

Lilian hocha la tête une fois et la baissa vers ses mains jointes sur le drap blanc, ses épaules s'affaissèrent, comme si tout le poids du monde venait de lui tomber dessus. Finalement, après quelques secondes de silence, il se leva :

– Je vais y aller. J'ai encore plein de choses à préparer. Je passerai te voir demain, dit-il à son ami.

Une fois qu'il eut passé le seuil de la chambre, Jack se tourna vers moi :

– Je suis désolé.

Je ne demandai pas pour quoi. Si c'était pour la fin de ma relation avec Lilian ou pour s'être tiré dessus. Dans tous les cas, je me blottis davantage contre mon frère.

– Tu sors quand ?

– Dans trois jours au maximum, c'est la suite qui va faire chier.

Sans aucun doute.

CHAPITRE 22

– Lili sera là dans trente minutes. Il va passer la soirée ici.

La voix de Jack m'arracha à mon apathie. J'étais allongée sur le canapé devant la télé depuis le début de l'après-midi, à enchaîner des épisodes de série sans vraiment les voir.

La veille, j'avais travaillé pour la dernière fois au Smithy's. Avec les visites fréquentes chez le médecin, le psy et les convocations concernant l'enquête sur l'« accident », mon frère avait besoin d'un chauffeur à plein temps – un comble que ce soit moi. De toute façon, je ne comptais pas le quitter des yeux tant qu'un psy ne m'aurait pas assuré qu'il ne tenterait plus d'attenter à ses jours. Parce qu'il pouvait bien affirmer tant qu'il le voulait qu'il avait pris « un risque mesuré », je n'avais pas l'impression que la possibilité d'y rester avait pesé bien lourd dans sa décision.

Et ça faisait mal de l'admettre.

– Écoute, Kiki, reprit-il après un soupir, je sais que vous vous êtes disputés, mais il est hors de question que je laisse mon frère déprimer dans sa piaule alors qu'il s'en va demain.

Lilian partait le lendemain.

Comme si je pouvais l'oublier. La boule dans mon estomac qui grossissait au fur et à mesure qu'on se rapprochait de ce moment fatidique se chargeait très bien de me le rappeler.

Voilà une raison supplémentaire pour ne plus quitter ce divan où je pouvais prétendre que tout allait bien.

– Je l'aurais bien emmené se bourrer la gueule au club de strip-tease, mais je ne peux pas conduire, dit-il en agitant ses béquilles avec une grimace de douleur, ce qui l'obligerait, *lui*, à rester sobre pour nous ramener. Ça serait contre-productif, donc je te conseille de lever ton cul du canapé et d'arrêter de faire la gueule. Et pitié, prends une douche avant qu'il ne se pointe.

Je soufflai exagérément. Ça ressemblait plus à un ordre qu'à un conseil, mais après tout, on était chez lui et je ne pouvais pas l'empêcher de recevoir qui il voulait, même si mon estomac se contracta d'impatience et de nervosité à l'idée que Lilian soit bientôt là.

Ou alors c'était la nausée que m'inspirait le fait d'imaginer l'homme que j'aimais au milieu d'un club de strip-tease, entouré de superbes filles dénudées.

– Pour ce qui est de faire la gueule, je ne te promets rien, mais je peux fournir un effort pour le reste, dis-je en me levant.

Quand je sortis de la salle de bains, des voix masculines résonnaient déjà dans le couloir. Je pris une grande inspiration et me préparai à affronter le regard noisette qui me mettait chaque fois les nerfs et le cœur en vrac.

En arrivant dans l'entrée, je trouvai Jack à côté de deux cartons posés au sol, et Lilian qui entrait avec une caisse remplie de matériel informatique dans les bras.

Il avait vraiment besoin de tout ça en déploiement ?

Rien que de penser à ce mot, une flamme se raviva en moi. Mais c'était une colère étrange, une fureur mêlée de tristesse, qui me labourait et me brûlait en profondeur. Je me sentais à la fois trahie et abattue.

– Salut, me dit Lilian avec un sourire triste.

Il était tellement beau, malgré les cernes sous ses yeux, que mon cœur fit un salto dans ma poitrine. J'avais à la fois envie de me jeter dans ses bras et de m'enfuir le plus loin possible.

– Salut, répondis-je, la gorge nouée.

Il posa la caisse au sol et se débarrassa du gros sac beige dont il avait passé une bretelle sur l'épaule.

– C'était le dernier voyage, précisa-t-il à Jack qui ferma la porte d'entrée d'un coup de béquille. Tu veux que je les mette où ?

– Viens dîner, on verra ça après, trancha mon frère avec un geste vers le comptoir sur lequel reposaient des boîtes en carton du traiteur chinois. Il avait dû demander à Lilian de s'arrêter acheter à manger en chemin.

Par automatisme, je me dirigeai déjà vers le bar et Lilian me frôla de son avant-bras sur le chemin, provoquant sur mon épiderme ces petites décharges auxquelles j'avais fini par m'habituer, mais il ne sembla pas le remarquer.

Est-ce que ça serait toujours comme ça entre nous, maintenant ?

Non, très probablement pas, puisqu'il partait le lendemain. À cette pensée, ma gorge se contracta et brûla de plus belle.

Je focalisai mon attention sur la nourriture, tentai de refouler au plus profond de moi les larmes qui menaçaient de noyer mes joues et essuyai rapidement la perle solitaire qui avait réussi à s'échapper malgré tout.

Je pouvais survivre à cette soirée. Il me suffisait de rappeler la colère et de l'utiliser comme étendard pour refouler le chagrin.

Jack était déjà allongé dans le canapé, sa jambe gauche calée avec des coussins, lorsque je m'approchai du salon avec le sachet aux odeurs alléchantes d'épices.

– Y'a un « V » marqué sur les tiennes, m'informa Lilian en me montrant de l'index les boîtes que je disposais sur la table basse.

Pourquoi fallait-il toujours qu'il fasse des choses comme ça ? Comment rester en colère contre lui lorsqu'il me prouvait, un peu plus à chaque petite attention, combien il tenait à moi ?

– Merci… dis-je alors que mon cœur se gonflait d'amour.

Il était si près que je distinguais le cercle d'un vert plus foncé sur le pourtour de ses iris, ce qu'il sembla remarquer lui aussi, car il se recula soudainement avec un timide sourire gêné. C'était logique. Je ne pouvais pas rompre avec lui et continuer à le dévorer du regard.

Il fallait absolument que je me rappelle la colère.

Je me laissai tomber sur le tapis, entre la table et le canapé, où je repliai mes jambes en tailleur.

– Attends, prends le fauteuil… commença Lilian.

– C'est bon, dis-je en secouant la tête, ça m'évite de me lever pour filer des trucs à Jack.

– D'ailleurs, tu peux me passer la télécommande ? confirma mon frère.

Je mangeai en silence pendant que les gars commentaient un match de basket. Ils prétendaient que ce n'était qu'une soirée normale et faisaient comme si l'un d'eux ne s'était pas volontairement tiré dans la cuisse et que l'autre ne partait pas le lendemain à des milliers de kilomètres pour une durée indéterminée.

***

Après le dîner, les gars entreprirent de ranger les cartons de Lilian dans un grand placard alors que je débarrassais la table. Le sergent fit plusieurs allers-retours pour récupérer ses affaires, sans m'accorder un regard. Je n'avais pas le droit d'en éprouver de la déception. Pourtant ma poitrine se serra quand même autour d'un sentiment de gâchis.

Le clopinement des béquilles de Jack, accompagné d'un juron, m'apprit que mon frère revenait dans la cuisine. Il reparut seul en traînant la jambe, une grimace sur le visage. Il avait encore dû forcer. Il le faisait tout le temps, comme s'il oubliait qu'il était blessé.

Foutus Marines…

– J'ai dit que je ne m'en mêlerais pas, lâcha Jack d'une voix fatiguée, mais il faut que tu comprennes un truc, Kiki. Le déploiement fait partie de la vie d'un Marine. Il y aura toujours des missions sur le terrain, des formations et des déploiements. C'est son job, et Lili le fait foutrement bien. Il est sûrement le seul d'entre nous qui fera carrière chez les Marines, et tu sais pourquoi ? Parce qu'il aime ce métier.

Je fermai les yeux brièvement, en attendant que la pointe de douleur passe.

– Je sais, Jack. Ce n'est pas ce que je lui reproche.

Mon frère m'empêcha d'en dire plus d'un mouvement maladroit de la paume :

– Je voulais juste en être sûr. Je me permets aussi de te rappeler que tu regretteras peut-être de le laisser partir sur une dispute.

Wendy m'avait dit la même chose, après m'avoir engueulée parce que je lui avais caché cette relation et avant de m'en avoir réclamé tous les détails. Évidemment, elle savait que Lilian allait être déployé. Elle pensait même que c'était la raison pour laquelle que je lui résistais.

Si j'avais été honnête avec les personnes autour de moi, rien de tout ça ne serait arrivé.

– C'est dur pour chacun d'entre nous, ajouta Jack après une seconde, alors que je restais silencieuse.

– Oui, dis-je simplement.

– Je vais me pieuter. Tu peux sortir un oreiller et une couverture pour Lili, s'il te plaît ? me demanda-t-il alors que la porte de la salle de bains s'ouvrait sur un grincement.

Je hochai la tête et me dirigeai innocemment vers le placard, comme si je ne préparais pas le lit d'une personne importante. J'entendis Jack souhaiter bonne nuit à Lilian, puis des pas dans ma direction.

Sur la pointe des pieds, j'essayais d'attraper l'oreiller sur l'étagère du dessus – pourquoi Jack continuait-il à ranger des trucs en hauteur ? – quand une grande main bronzée passa dans mon champ de vision.

– Je m'en occupe, me dit Lilian, si proche de moi que son tee-shirt blanc m'effleura le bras, me faisant inlassablement frissonner.

Je me tournai vers lui et me perdis dans ses prunelles noisette qui contenaient tant d'amour et de remords. Jusqu'où on aurait pu aller, lui et moi ?

Les papillons commençaient à s'éveiller dans mon ventre alors qu'il détaillait mon visage et s'arrêtait sur ma bouche. J'avais tellement envie qu'il se penche.

Mais il se contenta d'un petit sourire triste et me prit la couverture des mains, en faisant bien attention à ne pas me toucher :

– Bonne nuit, Chiara, murmura-t-il avant de repartir vers le salon.

Mon cœur se serra en constatant qu'il m'avait appelée Chiara. Pas *Baby doll*. Je n'étais plus sa *Baby doll*, et même si je le lui avais demandé, cette prise de conscience me tomba dessus comme une enclume.

Quelques secondes plus tard, les lumières de la pièce s'éteignirent, me laissant là, avec l'impression que j'avais perdu quelque chose de vital.

***

0 h 54

Je tournais dans mon lit depuis plus d'une heure, sans parvenir à trouver le sommeil, ressassant les paroles de Jack. Savoir que Lilian était dans la pièce d'à côté, là, à quelques mètres de moi, derrière cette porte fermée, n'aidait pas.

Après plusieurs minutes de monologue intérieur, mon corps prit la décision de lui-même. Je me retrouvai debout, prête à sortir de ma chambre, sans en avoir vraiment pris conscience. Doucement, j'actionnai la poignée et me dirigeai à pas de loup vers le salon, même si Jack devait être assommé par les antidouleurs.

J'avançai dans la pénombre jusqu'à trouver la table basse sur laquelle étaient alignés un tee-shirt blanc plié, des *ID tags* et un téléphone, et le canapé sur lequel Lilian était étendu, dans sa position préférée pour dormir. Évidemment, cette scène ne manqua pas de m'en rappeler une autre, celle qui avait tout déclenché, même s'il manquait le rayon de lune pour parfaire la vision de son corps magnifique.

Je m'approchai sans un bruit mais avec hésitation. J'étais venue là sans avoir réfléchi aux conséquences, mais avec cette tension qui se dégageait de lui, même endormi, je sus ce que j'avais à faire.

Je posai délicatement la main sur sa joue chaude et légèrement piquante.

Il ouvrit les yeux, une question s'y formant instantanément en s'apercevant que c'était moi qui l'avais réveillé.

– Viens, dis-je en me reculant et en lui tendant la main.

Il repoussa la couverture et se leva sans se faire prier. J'attrapai sa paume, si grande et chaude dans la mienne, petite et glacée, pour le guider dans ma chambre.

Arrivé sur le seuil, il hésita, ce que je pouvais parfaitement comprendre. Après tout, je lui avais clairement signifié ma position à son égard, par deux fois.

Je tirai sur son bras et l'attirai en direction du lit :

– Tu veux bien dormir avec moi ? chuchotai-je.

Ses yeux contenaient tellement de tristesse et de regrets qu'une pointe de douleur traversa mon cœur. Pourtant, il acquiesça brièvement et se glissa sous la couette à ma suite. Naturellement, nos corps reprirent leurs habitudes. Il se cala derrière moi, et je m'abandonnai contre sa silhouette bouillante. Le sommeil m'emporta en quelques minutes.

***

Quand je rouvris les yeux, une lueur faiblarde pénétrait par les rideaux entrouverts. Ce n'était plus tout à fait la nuit, mais pas encore le jour. Celui où Lilian allait partir au loin pendant plusieurs mois, et je m'en rendais seulement compte. Et même si je ne voulais pas invoquer cette pensée, elle passa furtivement dans mon esprit : peut-être était-ce le dernier jour où je le verrais en vie.

Nous étions encore pressés fermement l'un contre l'autre, si proches que ses inspirations calmes et régulières plaquaient ses pectoraux contre mon dos à chaque nouveau souffle. Si proches que je ne pouvais pas manquer la bosse dure entre mes fesses.

Encore une fois, mon corps prit la décision avant que ma raison ne puisse l'en empêcher. Mon bassin remua lentement, se pressant davantage contre le sien. Je sus que Lilian était réveillé quand la main qu'il avait passée sous mon tee-shirt pendant la nuit se crispa sur mon ventre. Son souffle s'accéléra près de mon oreille. Il déposa un baiser léger sur le point sensible sous mon lobe, là où le moindre toucher de sa part me donnait immédiatement la chair de poule.

– C'est vraiment ce que tu veux ? murmura-t-il d'une voix ensommeillée et incertaine.

Pour toute réponse, je saisis sa main et la fis descendre de mon estomac à mon short sous lequel il se faufila et me caressa lentement, si doucement que je crus devenir folle, alors même qu'un brasier se réveillait à l'intérieur de moi.

Quand les halètements à mon oreille se transformèrent en grognements de plaisir, je m'assis et me déshabillai sans le quitter des yeux. Il me rendit mon regard, l'air partagé entre l'incertitude et le désir. Finalement, ce dernier l'emporta car il glissa ses mains sous la couette et les ressortit avec son boxer qu'il jeta sur le sol.

Je lui tendis un préservatif qu'il déroula promptement sur lui. Quand il s'allongea contre moi, la sensation de son grand corps sur le mien, sa chaleur, son poids, son odeur étaient à la fois si familiers et si lointains que mon cœur se serra à nouveau.

– Tu es sûre ? murmura encore Lilian.

– Oui, s'il te plaît, Lili, suppliai-je dans un souffle.

J'avais besoin de ça, de lui, pour survivre à ce qui nous attendait dans les mois à venir. Il m'observa encore une seconde, ses yeux débordaient d'émotion, puis il s'enfonça doucement en moi en réprimant un gémissement.

Sa bouche trouva la mienne et ne la quitta plus, ses yeux restèrent plongés dans les miens, tout au long de notre étreinte silencieuse, faite de longs et lents va-et-vient. Au moment où l'orgasme me fit exploser en un million de petits morceaux d'étoiles, je gémis « Lili » à voix basse.

– Je suis là, souffla-t-il contre ma bouche avant de se tendre dans la jouissance, son front appuyé contre le mien.

Mes lèvres cherchèrent encore les siennes, et je fermai les yeux pour essayer de contenir vainement les larmes qui s'accumulaient derrière mes paupières.

Je sus qu'il avait rouvert les yeux quand il soupira :

– Je savais que c'était une mauvaise idée.

Il essuya tendrement mes joues avant de déposer un baiser sur mes lèvres et de se dégager. Quand il faillit se lever, je l'arrêtai d'une main sur son avant-bras musclé.

– Reste, s'il te plaît. Je ne regrette pas, ajoutai-je pour le convaincre.

Avec un regard incertain et un soupir, il se rallongea face à moi puis il passa tendrement la main sur ma joue mouillée et m'attira contre son torse.

– Je suis toujours tellement en colère contre toi et, en même temps, je t'aime comme je n'ai jamais aimé personne, et je suis tellement, tellement perdue… balbutiai-je dans un souffle en pleurant doucement. Je m'étais promis de ne plus laisser un homme faire des cachotteries dans mon dos… Et je ne sais pas si je pourrai à nouveau te faire confiance… Mais tu t'en vas… Et je t'aime… J'ai besoin de temps seule pour démêler tout ça… Même si j'ignore si je pourrai te pardonner un jour…

– Je ne te le demande pas, murmura-t-il contre mes cheveux. Je déteste ce que j'ai fait, et j'en suis terriblement désolé. Mais je ne veux plus te mentir. Si c'était à refaire, je le referais, un million de fois. Tu ne m'aurais laissé aucune chance si tu avais su que je partais et je voulais juste me créer de bons souvenirs pour quand je serais là-bas. Quelque chose à me remémorer avant de dormir ou si les bombes commencent à péter. Au cas où…

Je ne reviendrai pas, complétai-je mentalement et les larmes coulèrent de plus belle sur mes joues. Ma poitrine se comprima sous le poids de cette vérité. J'avais l'impression d'étouffer.

– Je voulais juste être heureux quelques semaines. Et de façon encore plus égoïste, je voulais laisser ma trace, là, dit-il en touchant mon sein, juste au-dessus de mon cœur écorché. Je serai absent six mois minimum. Qui sait où et avec qui tu seras d'ici là ? Je voulais que tu te souviennes de moi, *Baby doll*, parce que j'ai conscience d'être complètement fou de toi depuis le jour où tu m'as engueulé pour mon soi-disant retard, rigola-t-il doucement et je laissai échapper un hoquet de rires et de sanglots.

Je pleurai encore quelques minutes dans ses bras, tandis qu'il me berçait tendrement.

– Je n'ai aucun droit de te demander de m'attendre, mais j'aimerais beaucoup qu'on reprenne là où on s'est arrêtés quand je reviendrai, murmura-t-il.

– Quand tu reviendras, répétai-je, comme un mantra, une prière à l'univers.

Il reviendrait.

Il *me* reviendrait.

***

Le moment du départ arriva bien trop vite.

Quand j'émergeai de ma chambre, je trouvai Jack et Lilian assis silencieusement au comptoir de la cuisine avec un mug de café devant eux. Bien qu'ils aient été différents ce jour-là – Flynn vêtu de son uniforme impeccable et Jack habillé en civil –, leurs visages cernés portaient tous les deux l'expression grave qui marquait le point de non-retour.

Lilian *partait*.

– Bonjour… murmurai-je d'une voix rauque.

Lilian me fit un petit clin d'œil, tandis que mon frère marmonna un « bonjour » peu convaincu. Nous ne passerions clairement pas une bonne journée.

– Allons-y, décrétai-je après avoir avalé le café qui me resta en travers de la gorge, mes mains tremblant tellement que la tasse m'échappa presque quand je la déposai dans le lave-vaisselle.

Le trajet se fit dans un silence pesant, personne n'étant d'humeur à bavarder. Je me contentai de regarder le paysage et, surtout, le profil de Lilian depuis la banquette arrière. Parfois, nos yeux se croisaient dans le rétroviseur central, en réjouissant et lacérant mon cœur à chaque fois.

Lilian gara la voiture sur un grand parking au milieu d'autres véhicules. Pendant que j'aidais Jack à sortir, il récupéra ses deux sacs dans le coffre, puis s'avança vers moi, une lueur peinée dans les yeux, et sans un mot, il déposa les clés de la Jeep dans la paume ouverte que je lui présentais. Il n'y avait plus de marche arrière possible.

Je tâchai d'emmagasiner le maximum de détails : la cicatrice sur son menton, son nez un peu dévié vers la droite, la façon dont les manches roulées enlaçaient ses biceps gonflés et celle dont sa casquette tactique ombrait ses yeux, rendant par contraste son regard plus perçant et ses pommettes, plus marquées. Une main glacée me saisit le cœur tandis que je pris conscience que je le voyais pour la dernière fois avant de longs mois… voire pire. Mes doigts tremblants se resserrèrent autour des clés, enfonçant le métal dans ma paume. Mes jambes vacillèrent un instant, avant que je n'aie d'autre possibilité que suivre un Lilian calme et un Jack clopinant vers les bus qui allaient emporter nos êtres chers.

Johnny passa en coup de vent dire au revoir à ses amis, avant d'être rappelé à son devoir. Garrett était accompagné de sa famille, venue depuis l'Ohio. Je lui souhaitai bon voyage avec le sourire.

Mais au moment où il fallut dire au revoir à Lilian, je ne parvins plus à faire bonne figure. Ma gorge commença à brûler et les larmes, à s'accumuler devant mes yeux. La sensation de pression dans ma poitrine s'accentua, mon souffle devint laborieux.

Lilian s'approcha de Jack, pour l'étreindre rapidement. Ils se regardèrent une bonne seconde, droit dans les yeux, suite à quoi Lilian hocha une fois la tête. Je supposai que mon frère lui avait formulé la même demande que moi : « Reviens ».

Puis il se tourna vers moi et remarqua avec un froncement de sourcils les larmes qui coulaient librement sur mes joues. Il hésita un instant, comme s'il ne savait pas comment me dire au revoir. Je choisis pour lui en m'avançant résolument et en le serrant contre moi de toutes mes forces. Il referma ses bras dans mon dos, me plaquant contre son torse ferme. Je m'enivrai de son odeur boisée et savourai le contact de ses lèvres sur mon front, à la naissance de mes cheveux, où il déposa un baiser si doux que ma poitrine se gonfla de bonheur, apaisant un instant les battements effrénés de mon cœur affolé.

Trop vite, il relâcha son étreinte et s'écarta.

Un long frisson glacial dévala mon échine quand je me rendis compte qu'il venait peut-être de me prendre dans ses bras pour la dernière fois. Sous mes côtes, mon cœur s'arrêta de battre une seconde.

J'aurais voulu hurler que c'était trop tôt, mais je ne pouvais tout simplement plus respirer. Il ne pouvait pas partir. Je ne le laisserais pas. Je ne pouvais pas. Pas comme ça.

– Attends ! m'exclamai-je dans un cri étranglé en agrippant sa main.

Il se retourna vers moi avec une question dans le regard. Mais sans plus réfléchir, je laissai parler mon cœur, cette partie de moi qui lui appartenait tant et qui ne pourrait peut-être pas battre si loin de lui. Je me précipitai, me dressai sur mes pieds, lui enlevai sa casquette et fondis sur sa bouche.

Il emprisonna mon visage dans ses grandes mains et me rendit mon baiser avec fougue. Il me sembla entendre des exclamations à côté de nous, mais je m'en fichais. J'en avais fini avec les mensonges et le qu'en-dira-t-on.

– Je t'aime, Lili, soufflai-je contre ses lèvres.

– Je t'aime, *Baby doll*, murmura-t-il.

Il sourit tendrement, me reprit sa casquette, déposa un dernier baiser sur ma bouche, et il était déjà parti, me laissant là, figée, vide, déjà en manque de lui.

Quelques secondes plus tard, mon frère m'attira contre son flanc droit et je me demandai qui soutenait l'autre :

– Je suppose que c'est à nouveau toi et moi contre le reste du monde, frangine…

TROISIÈME PARTIE

Surmonter

(« OVERCOME »)

CHAPITRE 23

Août-septembre

– Kiki ? Tu peux m'apporter le chargeur de la tablette ?

Je posai mon téléphone, récupérai le câble sur la table basse et me levai pour rejoindre Jack dans sa chambre.

Nous venions de rentrer de nos trois rendez-vous de la journée et Jack, épuisé physiquement et moralement, était allé s'allonger. Nous avions commencé par le cabinet médical, puis nous avions enchaîné avec une petite convocation très sympathique avec ses supérieurs, dont mon frangin était ressorti le visage froissé et la mâchoire serrée. Nous avions fini par la première séance chez le psy, ce qui, rétrospectivement, était la bonne chose à faire. Quand Jack était revenu dans la salle d'attente où je patientais, son agacement avait disparu, mais ses yeux étaient rougis et il était passé devant moi sans me regarder, avec seulement quelques mots à mon attention :

« On rentre. » Il n'avait pas ouvert la bouche dans la Jeep et s'était dirigé directement dans sa chambre en arrivant à l'appartement. Il devait avoir des choses à digérer tout seul.

Jack était redressé sur ses oreillers, son attention rivée sur sa tablette, une de ses jambes allongée devant lui. Je ne pus m'empêcher de grimacer à la vue des bandages blancs qui dépassaient de son short, sans arriver à décider si je devais le plaindre ou le maudire, ce petit con.

– Putain, râla une voix éraillée, quelle bande de connards ! Ils veulent juste sauver leur cul.

– C'est Lili ? murmurai-je à Jack alors que je connaissais parfaitement la réponse.

Il n'y avait qu'une tessiture capable d'emballer mon cœur aussi vite.

– Oui, me répondit mon frère en levant ses yeux cernés et brumeux, me prouvant qu'il avait pris un comprimé d'antalgiques avant de s'allonger. Tu veux lui parler ?

Quelqu'un du bureau d'Allemagne avait déjà prévenu Jack, en tant que contact d'urgence, que le sergent Flynn était bien arrivé à destination, mais nous n'avions pas encore eu l'occasion de discuter avec lui de vive voix. En tout cas, pas moi, ce qui était normal. C'était ce que j'avais voulu. J'avais rompu et je lui avais demandé de me laisser du temps. Pour autant, cela ne signifiait pas que je ne m'inquiétais pas pour lui et qu'il ne me manquait pas chaque minute de chaque jour. Ça ne voulait pas dire que je ne me forçais pas à faire bonne figure devant Jack alors que je pleurais régulièrement dans ma salle de bains, ou dans mon lit en serrant l'oreiller sur lequel Lilian avait dormi cette dernière nuit. Bref : je m'écroulais partout où mon frère ne pouvait ni me voir, ni m'entendre.

J'étais malheureuse et terrifiée, mais au moins je savais le cacher.

– Bien sûr, dis-je calmement alors même que mon cœur battait la chamade à l'idée d'affronter Lilian.

Je pris place avec précaution sur le bord du lit pour ne pas secouer Jack. Comme pour le confirmer, poser les yeux sur le superbe visage de Lilian me donna l'impression que quelqu'un m'enfonçait un couteau chauffé à blanc dans la poitrine. Il était si beau, si charismatique, même à travers l'écran et même avec les traits tirés, que c'en était douloureux.

Il devait être dans une espèce de salle informatique : d'autres gars en uniforme manipulaient des ordinateurs derrière lui, certains concentrés sur leur propre visio. Lilian était appuyé contre le dossier de sa chaise, les bras croisés sur son torse couvert de camouflage.

– Eh, lançai-je d'une voix prudente, comment ça va ?

– Bien. Entre l'installation, le décalage horaire, les réunions et tout ça, je n'ai pas eu le temps de vous appeler avant.

Nous continuâmes par des banalités, les soins de Jack, la vie de Lilian à la base. Peu importe, ça faisait du bien de voir son visage et d'entendre sa voix.

***

Une sorte de routine s'installa rapidement pour Jack et moi. Il y avait les soins infirmiers quotidiens. Deux fois par semaine, je le conduisais chez le psy. J'aurais aussi pu noter dans l'agenda nos rendez-vous nocturnes sur le canapé et les siestes dans l'après-midi, tant elles étaient régulières.

Enfin, moi, je complétais avec les courses, les repas et le ménage, si bien que j'étais sur les rotules.

Tous les matins, en remarquant l'avancement des jours sur le calendrier, je me rassurais en me disant que j'avais bien fait de quitter mon boulot, que je n'aurais pas pu m'occuper de mon frère sans cela, mais chaque jour qui passait témoignait aussi un peu plus de ce que je considérais comme mon échec personnel : sans emploi, le solde de mon compte en banque ne faisait que dégringoler et mon rêve d'université s'éloignait aussi vite que se rapprochait la date fatidique du 16 novembre.

La seule bonne nouvelle, c'était que Tom avait visiblement soldé l'intégralité du prêt en une fois, comme en attestait le mail du créancier que j'avais reçu. Comment avait-il trouvé les huit mille dollars restants ? Aucune idée, et je ne voulais pas le savoir. J'avais déjà suffisamment de choses à gérer.

Tout ça, la blessure de Jack, le départ de Lilian, l'abandon de mes projets… C'était trop pour une seule personne. Je me sentais à la fois lourde et vidée. Certains jours, j'avais juste envie de rester au lit et de ne plus jamais me lever jusqu'à ce que tout se règle comme par miracle.

Mais Jack avait besoin de moi. Et les miracles n'existaient pas.

Enfin, si, il y en avait bien un.

Chaque nuit, lorsque je le rejoignais sur le canapé car il s'était encore levé, Jack et moi avancions dans le visionnage de notre nouvelle série préférée sur la Formule 1. Je n'aurais jamais imaginé que l'on finirait par trouver un programme télé que nous aimerions tous les deux. Bon, on se disputait quand même parce que nous n'avions pas les mêmes favoris.

Évidemment, notre vie sociale était réduite à son minimum.

Johnny passait régulièrement nous voir. Il venait pour jouer à la console ou regarder les matchs de présaison de NFL avec Jack, il dînait avec nous, mais parfois, mon frère planait tellement à cause des médicaments – quand il ne somnolait carrément pas – que Johnny ne s'attardait jamais vraiment. Il m'avait proposé une fois de le rejoindre, lui et d'autres gars, au Smithy's pour boire un verre et j'avais vraiment fait l'effort de m'y rendre… Sauf que je n'avais pas réussi à franchir la porte, assaillie par les souvenirs et les espoirs brisés. J'aurais passé mon temps à chercher Lilian ou à scruter avec ressentiment les porte-additions débordant de billets, alors que je n'avais plus l'un ni les autres. Alors j'avais refusé les invitations après celle-ci.

De toute façon, je n'en avais pas envie et l'énergie me manquait autant que l'argent pour aller à la plage avec Wendy et ses amis ou faire du shopping.

Cependant, la proposition la plus étonnante vint de Stacy. Quand elle m'appela à la mi-septembre, je pensais qu'elle voulait prendre des nouvelles, comme elle l'avait déjà fait une ou deux fois depuis le départ de Paul et Lilian. Après qu'elle eut fini de se plaindre de son lave-linge qui venait de la lâcher – un grand classique juste après que votre cher et tendre soit déployé –, elle enchaîna sur les réunions du Family Support Center – quoi que ça puisse être. Ma préoccupation principale ce jour-là était de conduire Jack à une nouvelle convocation avec ses supérieurs, si bien que je ne l'écoutais que d'une oreille.

– Tu n'as pas écouté un traître mot de ce que je viens de te raconter ? s'amusa-t-elle.

– Si, affirmai-je, sans pour autant en être sûre. Tu vas aux réunions et activités du Family Support Center.

– Et je te disais que tu devrais venir ! Tu n'es pas une épouse, mais il y a d'autres copines de Marines.

C'est sympa, on fait des sorties ensemble, il y a même des cours de yoga à la base et…

– Stacy, la coupai-je, je ne suis pas la copine d'un Marine.

Aux dernières nouvelles, j'étais juste la grande sœur d'un Marine bougon qui ne voulait pas manger du riz sauté aux légumes parce qu'il y avait du tofu.

– Bien sûr que si ! Tu crois que personne ne vous a vus vous embrasser, Flynn et toi, le jour de son départ ?

Ses mots me choquèrent tellement que je dus m'asseoir sur le sol, devant le sèche-linge. Mais étant donné toutes les vipères avec lesquelles traînait Stacy, je n'aurais pas dû être si surprise. Le sergent *Ladykiller* devait lui aussi avoir sa liste d'attente…

– Je lui disais juste au revoir. Et, la coupai-je avant qu'elle ne puisse ajouter quoi que ce soit, on a rompu juste avant son départ.

– Chiara, chacun sait qu'on ne prend aucune décision importante dans un délai de six semaines avant ou après un déploiement ! On est tous sur les nerfs, donc ça ne compte pas ! Vos mots ont sûrement dépassé votre pensée. Vous allez vous réconcilier.

Était-ce le moment de lui révéler que, six semaines avant le déploiement, je n'étais même pas au courant que Lilian ferait partie du convoi ? Non, je sentais qu'elle ne m'écouterait pas.

Je déclinai gentiment sa proposition et raccrochai, encore plus perdue qu'avant.

***

Jack sortit du cabinet médical avec un grand sourire.

– Qu'est-ce qui te rend si joyeux ? demandai-je en constatant qu'il s'installait dans la voiture beaucoup plus facilement que quelques semaines auparavant.

– C'est bon, c'est cicatrisé ! On commence la kiné la semaine prochaine.

Je savais que l'inactivité lui pesait, mais je n'avais pas mesuré à quel point avant de le voir tant se réjouir d'entamer la physiothérapie. Est-ce qu'ils avaient encore abusé avec le protoxyde d'azote ? Un jour, l'infirmière avait fait respirer ce gaz à Jack pour limiter la douleur des soins, il était sorti complètement défoncé, et avait gloussé pendant quinze bonnes minutes.

– T'es au courant que tu vas en chier ? dis-je une fois derrière le volant.

Jack éclata de rire, un son que je n'avais pas entendu depuis longtemps et qui rassura mon petit cœur, soudainement gonflé d'amour.

– Ouais ! Mais ça veut aussi dire que je vais recommencer à récupérer et… peut-être bientôt pouvoir prendre mon job au garage.

– T'en as enfin marre de végéter sur le canapé ? le taquinai-je.

– Tu sais bien que je ne suis pas fait pour ça… Et toi non plus, précisa-t-il d'une petite voix.

J'entendis à son ton qu'il avait quelque chose à ajouter, mais qu'il ne savait pas comment aborder le sujet. J'attendis de m'arrêter à un feu rouge avant de me tourner vers lui.

– Vas-y. Dis-le.

Il soupira longuement puis détacha ses yeux bleus du fascinant pare-brise de la Jeep. Il n'était d'ailleurs pas aussi propre que lorsque son propriétaire la bichonnait.

– Kiki… commença-t-il d'une voix douce. Il est temps que tu reprennes le boulot.

Je savais par Wendy que Jim avait engagé une autre serveuse. Je n'avais plus de travail. J'allais protester, mais Jack ne m'en laissa même pas l'opportunité.

– Je ne parlais pas du Smithy's. Ça, c'était du dépannage. Je pense à un travail qui te permette d'économiser assez pour la fac.

Je secouai la tête et redémarrai le moteur dès que le feu passa au vert.

– Je ne peux pas travailler *et* te servir de chauffeur.

– Mes soins médicaux sont finis. On a réduit la fréquence de mes séances de psy à une par semaine. L'enquête est bouclée.

C'était vrai. Lors de la dernière convocation, ses chefs avaient appris à Jack que la thèse de l'accident était établie. Il n'y aurait pas de conséquences pour lui, à part une décharge anticipée car il ne récupérerait visiblement jamais la condition physique qu'exigeait sa fonction avant sa fin de service actif. Suite à ça, on lui avait remis son certificat de décharge. Il ne manquait plus que l'aval du médecin pour qu'il attaque au garage.

– Je ne devrais pas avoir plus de deux à trois séances de kiné par semaine, continua-t-il d'un ton assuré. On pourra les fixer en accord avec ton emploi du temps ou, mieux, je m'y rendrai moi-même.

– Comment tu ferais ça ? crachai-je.

– Tu te sers de ta jambe gauche pour conduire, là ? contra Jack avec un petit mouvement de tête.

Il marquait un point.

– Et moi ? J'irai bosser comment sans véhicule ?

Johnny avait ramené la Honda à la base, car la seule voiture que nous utilisions, Jack et moi, c'était la Jeep de Lilian. De toute façon, on ne pouvait pas continuer à en garer trois sur le parking de la résidence sans faire râler les voisins.

– Tu pourrais prendre Pamela. Sinon, tu sais que j'ai droit à un transport médicalisé avec mon assurance santé ? J'ai vérifié.

Je restai silencieuse le temps d'entrer dans le lotissement et de me garer devant l'immeuble. Lorsque je coupai le contact, Jack posa sa main sur mon avant-bras.

– Kiki, il existe plein de solutions, mais ce n'est pas vraiment un problème de voiture, hein ? Tu as peur de recommencer à bosser. Je voudrais juste comprendre pourquoi.

Ma gorge commença à picoter et, à mon tour, je scrutai le pare-brise devant moi, sans vraiment le voir, alors que l'émotion me compressait la poitrine.

– N'abandonne pas ton rêve pour moi, murmura mon frère d'un ton empreint de tristesse. Tu l'as déjà fait une fois, et je me sens suffisamment coupable comme ça.

Les larmes roulèrent sur mes joues tandis que la pression se faisait plus forte sur mon bras.

– Kiki, je suis désolé. Je n'ai pas pensé que mes actes auraient aussi des conséquences pour toi. Je me suis conduit comme un égoïste, sans imaginer une putain de seconde que tu allais encore tout lâcher pour t'occuper de mon cul. Mais j'aurais dû m'en douter. C'est ce que tu fais toujours.

– Non, pas toujours, chuchotai-je. Sinon, on n'en serait pas là.

– Ah bon ? Tu crois vraiment que je t'aurais écoutée ? Que je serais gentiment allé voir le psy parce que t'aurais été sur mon dos toutes les nuits ? J'avais besoin de me prendre un mur, peu importe ce que Lili et toi pouviez me dire. Si tu dois en vouloir à quelqu'un, c'est à moi. Mais ne te punis pas pour mes conneries.

Je me contentai de rester là, à pleurer doucement. Ses séances chez le psy lui faisaient visiblement du bien.

– Tu as peur de ne pas avoir assez pour payer tes frais de scolarité, pas vrai ?

J'acquiesçai en silence. C'était l'objectif que je m'étais fixé, un but simple quand on y réfléchissait, et je n'avais même pas été capable de l'accomplir. Qu'est-ce que ça disait de moi ?

– Je t'ai proposé plusieurs fois de t'avancer ce qui te manque, et je suis sérieux. Je préférerais que cet argent te serve, au lieu de dormir sur un compte. Lili aussi a du fric. Il a mis toutes ses primes de déploiement de côté, puisqu'il est célibataire et qu'il n'a à s'occuper que de lui-même. Il n'arrête pas de me dire que tu peux piocher dedans. Paie tes frais de scolarité et rembourse-nous après.

– C'est là le problème, Jack : je ne pourrai *pas* vous rembourser, ricanai-je en pensant au solde de mon compte en banque.

Jack émit un grognement réprobateur.

– Eh bien, tu t'en chargeras plus tard, quand t'auras dégoté un super boulot avec ton diplôme ! Tu crois qu'on a besoin de ce fric, là, tout de suite ? Sinon, trouve-toi un job maintenant.

Le claquement de la portière me fit sursauter, me sortant de ma stupeur. Jack avait déjà récupéré ses béquilles et clopinait jusqu'à l'entrée de l'immeuble quand je me décidai enfin à bouger.

Oui, il fallait que je me bouge.

***

En sortant de la salle de bains, j'entendis Jack prononcer mon nom depuis le salon, puis une autre voix, rocailleuse et grave, s'éleva, me permettant de comprendre qu'il discutait en visio avec Lilian.

Je m'approchai à pas de loup jusqu'au bout du couloir, là où je pourrais espionner leur conversation sans me faire repérer. J'en avais le droit puisqu'ils parlaient de moi. S'il ne voulait pas que je l'entende, Jack n'avait qu'à utiliser ses écouteurs et s'enfermer dans sa chambre.

– C'est quoi comme job ? demanda Lilian.

– Manager d'un restaurant au centre commercial, *healthy* comme elle dit. Bref, un truc où ils vendent des plats dont tu ne comprends même pas les ingrédients…

Le rire de Lilian me fit l'effet d'une caresse sur tout le corps. D'ailleurs les poils de mes avant-bras nus se soulevèrent, comme s'il était près de moi.

Après avoir ruminé la nuit entière, j'avais fini par suivre le conseil de Jack et chercher un nouveau boulot. Il ne m'avait fallu que quelques jours à traîner sur les sites d'offres d'emploi pour décrocher ce poste. Je commençais le lendemain.

– Et ses conditions de travail ? reprit la voix rauque, avec une pointe d'inquiétude.

– C'est mieux qu'au Smithy's. Le salaire horaire est plus élevé. Elle va gagner bien plus, même sans les pourboires. Et il n'y a plus de travail de nuit. Elle sera rentrée au max à vingt-trois heures, et encore, un jour par semaine.

– C'est cool. Ça m'inquiétait de la savoir dehors à trois heures du mat'. Elle aurait pu tomber sur n'importe qui…

– Ouais, moi aussi ça me rassure, confirma Jack.

Ils s'étaient tous les deux fait du souci pour moi, mais aucun d'entre eux ne m'avait rien dit.

Bien qu'aussi protecteurs que des chiens de garde, ils m'avaient laissé assumer mes choix. Je ne les en aimais que plus.

– Et pour la fac ? reprit Lilian, d'un ton préoccupé.

– J'en sais rien… Déjà elle s'est bougé le cul pour trouver ce job. Je lui en reparlerai plus tard.

– T'as accès à mes comptes, pioche dedans si elle en a besoin.

– Ça marche, merci Lili. Comment ça va, toi ?

Un long soupir lui répondit.

– Bien… Enfin, non, c'est dur et pas comme je m'y attendais. On se fait chier comme des rats morts. On est là, à tourner en rond en attendant que quelque chose se passe, et en même temps, c'est dégueulasse de souhaiter qu'une guerre se déclare juste pour faire autre chose que s'entraîner. Le seul truc cool, c'est qu'il y a des mecs d'autres pays de l'OTAN et qu'on peut échanger sur les techniques et apprendre des nouvelles choses. Mais bon, je vais pas me plaindre, je l'ai voulu. C'est juste que j'ai beaucoup de temps pour ressasser et vous me manquez…

Je m'éloignai pour ne pas entendre le reste, le cœur à la fois rasséréné et meurtri.

***

Jack en avait pour une heure avec son kiné, ce qui me laissait le temps de faire quelques courses. Je grimpai dans la Jeep, en maudissant son propriétaire. J'avais l'impression de jouer comme une enfant qui pique la bagnole de ses parents chaque fois que je montais dedans. C'était un miracle que j'arrive à toucher les pédales.

La vérité, c'était que mon cœur se déchirait chaque fois que je m'asseyais sur le siège conducteur. Cette voiture, c'était à lui. *C'était* lui.

Ostentatoire, mais confortable et rassurante. Comme lui.

Au moment où j'allais mettre le contact, mon téléphone s'illumina dans un bourdonnement sur le siège passager. Machinalement, je le saisis avant de me rendre compte que ce n'était pas le mien, mais celui de Jack.

Je ne recevais pas d'appels de « Lili Flynn », moi…

Mes doigts se déplacèrent vers le bouton vert avant que je n'aie le temps d'y réfléchir :

– Hey, salut, Lilian, dis-je rapidement alors que son visage s'affichait à l'écran.

Il était adossé à un mur blanc, vêtu d'un tee-shirt kaki qui faisait ressortir le vert de ses iris, beau à mourir comme d'habitude, ou alors c'était juste que j'avais perdu l'habitude de contempler la perfection de ses traits si masculins.

– Hey *Baby doll*, quoi de neuf ? répondit-il avec un grand sourire, alors qu'une bulle d'espoir se réveillait dans ma poitrine à l'idée que, malgré la distance et le temps, j'étais toujours sa *Baby doll*.

– Je viens de déposer Jack chez le kiné, cet idiot a oublié son téléphone dans la voiture. Je lui dirai de te rappeler quand il aura fini. Enfin, si c'est possible pour toi, ajoutai-je en me souvenant qu'il y avait six heures de décalage horaire avec la Pologne.

Il était clair que j'étais en train de meubler, mais c'était trop dur de lui parler. Face à lui, je sentais mes émotions se battre pour remonter à la surface et je ne pouvais pas les laisser gagner. Sinon j'allais m'effondrer pour de bon. D'ailleurs, ça devait se voir car, à l'écran, le sourire de Lilian se fana, comme s'il avait bien conscience que j'essayai de me débarrasser de lui.

– Oui, c'est bon. Il peut même me rappeler demain. Il n'y a pas d'urgence. Je voulais simplement prendre de ses, enfin de vos, nouvelles.

– Bien sûr, dis-je avec un petit sourire crispé, prête à raccrocher.

Avant que je ne puisse le suggérer, Lilian poursuivait déjà :

– Tu t'en sors avec la Jeep ?

Il avait sans aucun doute reconnu l'intérieur de son bébé.

– Je crois qu'elle ne m'aime pas, lâchai-je sans réfléchir.

Lilian éclata de ce rire insouciant qui m'émouvait chaque fois, celui qui transportait tout son charme. Et juste comme ça, le mur de glace que j'essayais de maintenir depuis le début de la conversation se fissura et je me mis à raconter n'importe quoi.

Seulement parce qu'il m'observait avec ces yeux débordants de joie et d'affection :

– Ce que je veux dire, c'est que je me sens mal à l'aise dès que je monte dedans, comme si son esprit me rejetait. Après tout, elle a été le témoin privilégié de nos disputes, et je pense que maintenant que tu es loin, elle me le fait payer.

Lilian commença par rigoler encore plus fort, puis il sembla se rappeler quelque chose qui alluma une lueur brûlante dans ses prunelles. Il jeta un bref coup d'œil à sa droite, comme pour vérifier que ses compagnons n'entendraient pas, mais avec ses écouteurs, ça ne risquait pas d'arriver.

Je compris son intention quand il murmura :

– C'était il y a longtemps. Depuis, elle a assisté à d'autres moments qui devraient lui prouver sans équivoque que je n'ai rien contre toi, au contraire.

Nous nous étions embrassés dans la Jeep, le genre de baiser marqué par de la buée sur les vitres comme dans les films. Je l'y avais même caressé…

À ce souvenir, tout mon sang se concentra dans mes joues. Lilian me fit un petit clin d'œil malicieux, qui prouvait que c'était exactement à ça qu'il pensait lui aussi.

– Et si elle était jalouse de Pamela ? repris-je pour changer de sujet. Même s'il ne peut pas la conduire, Jack n'arrête pas de la bichonner dès qu'on passe à côté d'elle. Ta Jeep se sent peut-être exclue…

À mesure que je prononçais ces mots, une idée se forma dans mon esprit, et je dis sans réfléchir :

– On pourrait la baptiser !

– Tu veux donner un nom à ma voiture !? demanda Lilian d'un ton clairement incrédule, avec les yeux écarquillés de surprise et d'incompréhension.

– Ça nous aiderait à créer une bonne relation, elle et moi.

Maintenant que la suggestion était lancée, mon cerveau tournait à toute allure :

– Il nous faut quelque chose de sexy, pour qu'elle ne se dévalorise pas face à Pamela. Qu'est-ce que tu penses de… Kelly ? Ou… Ashley ?

Sur l'écran du téléphone, Lilian affichait une expression ébahie, l'air complètement dépassé par les événements. Puis il se mit à rire doucement et ses yeux prirent une nuance plus chaude :

– Là tout de suite, le seul prénom qui me fait penser à une femme sexy, c'est le tien, susurra-t-il.

Son regard devint si brûlant que mes joues se mirent à chauffer à nouveau.

– Oh… balbutiai-je, prise au dépourvu. Chiara dans Chiara, c'est bizarre.

Une lueur sauvage s'échappa de son regard et quelque chose d'oublié se contracta dans mon ventre.

– Ouais… murmura-t-il, même si moi, ça ne me déplairait pas, tu sais, d'être dans Chiara.

L'esprit de la Jeep devait avoir allumé le chauffage à fond pour me punir de parler à son papa chéri de la sorte, car j'avais des bouffées de chaleur. Je déglutis douloureusement avant de dire d'une voix étranglée :

– Et qu'est-ce que tu penses de… Kim ?

Lilian éclata d'un rire portant tant d'amour que les papillons dans mon ventre tentèrent un petit décollage.

Celui qui a dit : « Loin des yeux, loin du cœur » était un menteur. Car même s'il était à l'autre bout du monde, ça allait être difficile d'oublier toutes ces sensations.

De l'oublier *lui*.

CHAPITRE 24

Octobre

Octobre passa à toute allure.

Entre les rendez-vous matinaux de Jack chez le psy ou le kiné et mon nouveau job, j'avais à peine du temps pour moi. Tant mieux, car trop de temps libre ne m'apportait rien de bon. Ce n'était qu'une occasion de plus pour ressasser et je n'étais pas faite pour ça.

Si bien qu'un jour, alors que je traînais encore sans but entre les quatre murs beiges de l'appartement, je pris une décision. J'avais besoin de me changer les idées, de ne pas penser à toutes les mésaventures qui pouvaient encore m'arriver. Le projet nécessitait de longues heures sur l'ordinateur de Jack et de dévaliser une boutique de décoration, mais quand j'eus tout installé, un sourire satisfait se dessina sur mon visage… pendant une bonne heure, au moins.

Lorsque mon frère rentra, il observa silencieusement mais d'un air circonspect les cadres remplis de photos de nos parents et de nous, à différents stades de notre enfance, ainsi que des photos de Jack et de ses potes que j'avais trouvées dans les sauvegardes de son téléphone sur le Cloud.

Le lendemain matin, je surpris une partie de sa visio avec Lili :

– Elle va me rendre cinglé. Elle s'est mis en tête de redécorer l'appart', parce que « c'est déprimant », dit Jack en essayant lamentablement de m'imiter. Elle a foutu des photos partout. J'espère qu'elle ne crame pas tout son fric pour ces conneries.

Des conneries…

Rendre plus chaleureux notre lieu de vie, ce n'était visiblement pas indispensable. Évidemment, Jack avait eu l'aval du médecin pour commencer son job au garage, donc il se foutait que les murs soient vides. Quand il rentrait, il était tellement crevé d'avoir passé la majorité de la journée debout qu'il avait à peine besoin de ses somnifères pour s'écrouler dans son lit. Bien sûr, il ne pouvait pas encore se glisser sous les véhicules, mais il n'avait « pas besoin de sa jambe pour les diagnostics », si bien que, pour l'instant, il se contentait de donner des directives aux autres. S'il y a bien une chose qu'il savait faire, après quelques années à être militaire, c'était ça.

Foutus Marines.

Au milieu du mois, Johnny s'en alla. Mais avant, j'avais besoin de son aide pour régler un détail.

Un petit pépin de rien du tout que j'allais exterminer pour de bon.

À la fois impatiente et nerveuse, j'attendais tranquillement que la connexion FaceTime avec Tom s'établisse, Jack et Johnny à mes côtés, invisibles sur l'écran pour l'instant.

Quand le visage séduisant de Tom apparut, mon cœur eut un raté. J'avais oublié à quel point ses yeux étaient bleus et son sourire, charmeur, avant que je ne remarque la lueur calculatrice dans ses prunelles et le pli forcé de ses lèvres. J'avais l'impression de voir derrière le masque. Et puis, en toute honnêteté, son charme ne me faisait plus autant d'effet depuis que j'avais succombé à celui, beaucoup plus dévastateur, du sergent *Ladykiller*. Comme je l'avais affirmé une fois, j'étais vaccinée. De Tom, en tout cas.

C'est pourquoi je ne pris pas la peine de répondre à ses amabilités et entrai dans le vif du sujet :

– Tu veux bien m'expliquer ton mail d'hier ?

À l'écran, Tom passa sa main dans ses cheveux bruns, sûrement un geste répété pour me charmer, mais constater que ça ne prenait plus m'emplit de fierté. Il dut s'en apercevoir car il se renfrogna un instant :

– Comme je te l'ai écrit, pour solder le prêt, j'ai emprunté de l'argent à des…

Il chercha le mot juste alors que des émotions diverses passaient sur son visage.

– … connaissances, et elles me le réclament plus vite que prévu, au moins en partie.

C'était bien ce que j'avais cru lire entre les lignes de son mail : cet imbécile avait emprunté de l'argent aux mauvaises personnes. Vu la façon dont il se tenait sur sa chaise, un peu rigide, c'était même sûrement avec des coups bien placés qu'on lui avait réclamé le paiement. Malgré tout ce qu'il m'avait fait, je le plaignis sincèrement pendant une seconde. Il avait la capacité unique de faire systématiquement les mauvais choix. Mes bons sentiments s'évaporèrent la seconde suivante quand il exposa la raison pour laquelle il m'avait écrit :

– Je n'ai pas l'argent pour les rembourser, et je me disais que tu pourrais peut-être me dépanner, une dernière fois.

– Une « dernière fois » qui va se transformer en « encore une fois », et puis en une « c'est vraiment la dernière, je te promets », et je ne serai jamais débarrassée de toi ! Je connais ton manège. De toute façon, moi non plus, je n'ai pas cet argent.

– S'il te plaît, bébé ! Je vais bientôt décrocher un boulot…

Une grande main passa brusquement dans mon champ de vision pour tourner la tablette. Je repérai facilement le moment où Tom aperçut mon frère : il écarquilla tellement les yeux qu'ils faillirent lui sortir des orbites.

– Salut Tom, tu me reconnais ? lâcha Jack d'un ton menaçant.

– Salut Jack, marmonna Tom, tout d'un coup beaucoup moins sûr de lui, mais toujours avec malice. C'est donc là que tu es, Chiara ? Chez ton frère ?

Jack ne me laissa même pas le temps de répondre à cette provocation :

– Pourquoi ? Tu veux venir la chercher ? Viens, je t'attends ! Tu sais depuis combien de temps j'ai envie de te refaire le portrait ? J'ai les mains qui me démangent tellement…

Une lueur incertaine passa dans les yeux de Tom et je sus que j'avais pris la bonne décision. En ouvrant le mail de mon ex, la veille, une petite pointe de panique s'était emparée de moi en prenant conscience qu'il ne me laisserait jamais tranquille. Puis j'avais repensé aux mots de mon frère, au fait que Tom avait toujours été mal à l'aise en sa présence et j'avais enfin compris. Ce genre de mec, seule l'intervention d'un mâle encore plus alpha pouvait le faire reculer. J'avais même un plan de secours qui trouva le moment opportun pour se faire connaître. Johnny se pencha à son tour vers l'écran :

– Coucou ! s'exclama-t-il d'un faux air amical. Moi, par contre, tu me connais pas. Mais je suis un bon ami de Chiara et Jack, donc si tu débarques dans les parages, on fera connaissance !

Il était évident, même à travers l'écran, que Johnny était une montagne, et d'ailleurs, Tom déglutit nerveusement. Je crois que le message était enfin passé.

– Tom, je te conseille d'oublier mon adresse mail, repris-je en tentant de cacher ma joie malsaine, et de régler tes problèmes sans moi. Tu t'es mis dans la merde tout seul, à toi de t'en sortir.

– Mais Chiara, ils vont… balbutia-t-il, le souffle court, comme s'il se rendait enfin compte de l'étendue de ses conneries. Faut que tu m'aides !

– Non, je ne te dois rien du tout. J'ai assez donné pour toi. Et si tu me recontactes, c'est Jack qui te rappellera.

Je n'eus pas besoin de tourner la tête pour savoir que Jack devait acquiescer avec un sourire mauvais. Il me suffit d'observer la lueur apeurée dans les yeux de Tom.

– Mon dernier conseil pour toi, c'est de te trouver un job fissa, même si tu dois griller des burgers dans un fast-food. Maintenant, il ne me reste plus qu'à te souhaiter une belle vie, en espérant ne jamais te revoir.

Et je raccrochai.

Un peu plus tard, comme pour célébrer cette petite victoire, nous nous retrouvâmes au restaurant chinois et, fidèle à lui-même, Johnny essaya de nous remonter le moral avec sa bonne humeur habituelle. Il nous parla des projets qu'il avait en tête pour s'investir dans l'entreprise de ses parents. Mais ni Jack ni moi n'avions le cœur à ça.

C'était encore un ami qui partait.

Un abandon de plus.

Même si Jack apprenait à connaître ses nouveaux collègues, avec qui il était déjà sorti une fois, je le sentais perturbé. C'était une page qui se tournait, un nouveau chapitre qui commençait, et dans l'état actuel des choses, il avait plutôt besoin de la stabilité d'une ligne infinie.

Sur le parking, Johnny m'attira dans ses bras pour un câlin, le dernier avant trop longtemps. Alors qu'il me pressait délicatement contre sa large poitrine, je ne pus retenir mes larmes.

– Ne pleure pas pour moi, Minus, me murmura Johnny en me repoussant doucement pour trouver mes yeux. Tout ira très bien, et pour vous aussi. Il est sur la bonne pente, ajouta-t-il plus bas, et je savais que c'était de Jack qu'il parlait.

J'acquiesçai alors que les larmes roulaient toujours sur mes joues.

– Tu vas me manquer, Johnny…

Ses yeux se mirent à briller et il fit une petite grimace.

– Toi aussi, tu vas me manquer. Mais tu sais que je ne suis qu'à un coup de fil de distance, si tu as besoin de ton grand frère, non ?

– Je suis toujours plus vieille que toi, lâchai-je, entre le rire et les sanglots.

– Oui, mais je reste quand même plus grand en taille que l'autre nain, là, dit-il avec un signe de tête vers Jack qui s'était avancé vers nous et rigolait, les prunelles aussi scintillantes que les nôtres.

Et moi, je sombrais.

À mesure que les jours raccourcissaient, mon humeur s'assombrissait. Pourtant, mon compte en banque allait mieux, même si je n'avais toujours pas amassé assez d'argent pour payer l'intégralité de mes frais de scolarité.

Je n'avais plus vraiment l'excuse de m'occuper de Jack pour éviter d'affronter mes propres problèmes, alors mes émotions tentèrent une percée vers la surface.

Ce jour-là, dans une allée du centre commercial, j'aperçus une haute silhouette qui fit brutalement accélérer mon cœur. Cheveux bruns, rasés sur les côtés. Larges épaules vêtues de noir. Démarche assurée.

Sans réfléchir, je me précipitai vers l'homme, bousculant presque les badauds sur mon passage, en les maudissant d'avancer si lentement. Je devais le rejoindre à tout prix. Je ne réussis pas à parvenir à sa hauteur avant qu'il ne s'engouffre dans un fast-food. Mais quand il se tourna vers la femme qui l'accompagnait, son profil se dévoila enfin et je m'arrêtai net dans mes baskets.

Ce n'était pas *lui*.

Comment ce serait possible ?

Il était à sept mille putains de kilomètres !

La sensation s'abattit brutalement sur moi telle une couverture lestée lorsque je me couchai dans mon lit trop grand, trop vide, trop dépeuplé de *lui*.

Pourquoi le manque se traduit-il comme un poids sur la poitrine, une lourde compression sur le cœur, un bloc sur les poumons, une boule dans la gorge, alors que c'est l'absence qui le provoque ?

Je ne parvins à m'endormir qu'épuisée par les larmes, en emprisonnant dans mes bras l'oreiller sur lequel il avait dormi la nuit précédant son départ, et dont je n'avais jamais eu le courage de changer la taie.

Mais quand, au petit matin, je me réveillai avec les yeux gonflés et l'impression d'avoir arpenté la terre des cauchemars toute la nuit, l'émotion pesante avait laissé place à un sentiment brûlant, prêt à tout ravager sur son passage.

J'attrapai mon téléphone, ouvris l'application des mails et commençai à taper furieusement sur le clavier :

Cher Lilian,

Je n'aurais jamais imaginé penser ça quand tu m'as annoncé ton départ, mais finalement, c'est une bonne chose que tu sois sur un autre continent. Là, tout de suite, j'ai une envie dévorante de botter ton cul parfaitement bombé.

Quand je suis arrivée à Jacksonville, j'avais UN objectif : remettre ma vie sur ses rails.

Tu vois, ce n'était pas compliqué.

Et à la place, qu'est-ce que j'ai récolté ?

Un frère en plein stress post-traumatique, enfoncé jusqu'au cou dans la dépression.

Un rêve inatteignable quand t'as pas un sou en poche.

Un boulot sympa, mais qui ne me permettait même pas de payer ma part du loyer à Jack et encore moins d'économiser assez pour atteindre mon objectif.

Un cœur brisé.

Je sais que tu n'es directement responsable que de la dernière ligne, mais si je n'avais pas été distraite par tes foutus abdos et ton sourire en coin à la con, je me serais peut-être préoccupée du reste.

Clairement, tu ne faisais pas partie du plan. Je n'avais pas prévu de te rencontrer.

Je n'avais absolument pas prévu de tomber amoureuse de toi. Et qu'est-ce que je fais de ça, maintenant que tu t'es barré à l'autre bout de la planète ? Tu savais qu'on n'est pas censé prendre de décisions importantes six semaines avant un déploiement ? Si on avait écouté ce conseil, on n'aurait même pas couché ensemble.

(Ouais, j'ai écrit « couché ensemble », fais-moi un procès.)

On n'aurait pas dû tomber amoureux. Je ne devrais pas être là, en manque de toi, comme une droguée qui attend sa dose.

Je ne devrais penser qu'à amasser assez d'argent pour me payer la fac, et pas suivre des inconnus au centre commercial parce qu'ils te ressemblent vaguement.

(Tu sais combien il y a de Marines bruns dans cette ville ? Beaucoup trop.)

Je suis pathétique et je ne sais même pas pourquoi je me mets dans des états pareils. Enfin, si, je sais.

Je t'aime. Je te déteste.

Et maintenant que Jack va de l'avant, je suis obligée d'affronter mes démons. Mais je ne suis pas une putain de guerrière comme toi. Je n'y arriverai pas, Lili. Pas sans toi.

J'ai besoin de toi.

Tu me manques. Tous les jours. À chaque seconde.

Le problème, c'est que je ne sais pas comment revenir vers toi. Saloperie de fierté, hein ?

En attendant que je trouve, prends soin de toi. Je ne supporterais pas qu'il t'arrive quelque chose. Je te buterai si tu reviens abîmé (et l'option où tu ne reviens pas du tout n'est même pas envisageable).

Chiara

Quand j'arrivai au bout de mon message, j'étais en pleurs, le cœur battant à tout rompre dans la poitrine. Puis j'éclatai de rire en prenant conscience que je ne pouvais pas envoyer ce torchon : je ne connaissais même pas l'adresse mail de Lilian.

Je laissai tout de même le brouillon s'enregistrer, au cas où j'aurais la force de la demander à Jack un jour.

CHAPITRE 25

Novembre

J'avais fini par comprendre pourquoi Jack et Lilian étaient accros aux chaînes d'information : parce que leur sort dépendait directement de celui du monde et de la folie de ses dirigeants.

Lorsque je passai la porte de l'appartement à vingt et une heures, le cœur battant la chamade, la peur me comprimant les entrailles à la limite de la nausée, je trouvai Jack concentré sur l'écran de télé, une manette de console dans les mains. Il me lança un coup d'œil, haussa un sourcil, puis déclara :

– Les mecs ? Je fais une pause.

Il retira son casque et se tourna vers moi avec un soupir :

– Qu'est-ce qu'il t'arrive ?

– Tu es au courant ? m'écriai-je, au bord de la panique. Les missiles en Pologne ? Je viens de l'entendre à la radio ! Ils disent qu'il y a eu deux morts et qu'ils ne savent pas d'où viennent les…

– Tu te demandes si Lili va bien, c'est ça ? coupa Jack, d'un ton clairement exaspéré.

J'acquiesçai, la gorge en feu.

– Tu lui as parlé aujourd'hui ? croassai-je d'une voix étranglée.

Jack prit le temps de poser sa manette sur le canapé avant de me répondre, alors que j'avais l'impression que mon cœur allait me sortir par les lèvres. Il ouvrit la bouche une microseconde avant que j'aille le secouer par les épaules pour obtenir l'information dont j'avais désespérément besoin :

– Oui, je lui ai parlé. Il va bien. Il est stationné à cinq cents kilomètres du village qui a été bombardé.

Je n'eus pas le temps de soupirer de soulagement que déjà mon frère balançait la seconde salve, pleine de reproches cette fois-ci :

– Mais tu le saurais si tu lui parlais directement au lieu de compter sur moi pour faire l'intermédiaire…

– Pardon ? hoquetai-je.

– Notre rôle, en tant que proches, c'est d'être derrière lui, pas de le laisser ruminer. Comment veux-tu qu'il parvienne à se focaliser sur sa mission sinon ?

– Mais c'est justement pour ça que je me tiens en retrait ! Pour qu'il puisse se concentrer sur ce qui est important !

– Ce dont il a besoin, c'est de notre support inconditionnel ! Il a besoin qu'on soit là pour lui et qu'on le rassure. Pas le contraire.

Je levai les mains devant moi, résignée. C'était exactement ce que j'avais l'impression de lui donner, et pourtant je semblais tout faire de travers.

– Je vais me doucher, dis-je en commençant à reculer vers le couloir.

– T'as envoyé ton dossier d'inscription à la fac ? balança Jack dans mon dos.

Je m'arrêtai sur place et me retournai. Il avait remis le casque sur ses oreilles, mais n'avait pas recommencé à jouer.

– Pas encore.

– C'est pas demain, la date fatidique ?

– Si, soupirai-je.

Jack souffla à son tour, avant de récupérer son téléphone sur la table basse.

– De combien, le virement ?

Il n'eut pas besoin de préciser de quoi il parlait. Nous le savions tous les deux. De l'argent qu'il me manquait encore pour finaliser mon inscription.

– Trois mille cinq cents dollars, dis-je sur un ton entre l'affirmation et la question.

Il pianota en silence sur son mobile, avant de lever la tête vers moi.

– C'est fait.

C'était aussi simple que ça. Un clic sur un écran, qui prit moins de trente secondes, et le problème que j'essayais de régler depuis des mois venait d'être résolu.

– Merci, Jack.

Il soupira une dernière fois et récupéra la manette sur le canapé.

– De rien, frangine. De toute façon, je le fais pour moi. Tu vas me rendre cinglé si tu restes là à tourner en rond. Autant que tu te barres à Raleigh, ajouta-t-il avec un sourire affectueux.

Je fus sur lui avant qu'il n'ait le temps de reprendre sa partie, un jeu de guerre si j'en croyais l'image figée sur l'écran, et l'enserrai dans mes bras.

– Merci, vraiment, murmurai-je contre son épaule.

– De rien. Mais j'étais sérieux, tout à l'heure. Tu devrais parler à Lili.

Je savais qu'il avait raison. Je n'avais juste pas la force de tout gérer en même temps.

***

– Joyeux Thanksgiving, Lili !

Je m'approchai de Jack pour entrer dans le champ de son téléphone.

– Salut ! Joyeux Thanksgiving.

Lilian me fit un clin d'œil et un grand sourire qui firent s'emballer mon cœur bien trop fort. Appuyé contre le dossier de sa chaise, les bras croisés sur son torse habillé d'un tee-shirt kaki, les muscles jouant sous les ronces de son tatouage, il semblait presque détendu.

Des exclamations retentirent un peu plus loin, dans l'écran, me ramenant au présent.

– Les gars vous passent le bonjour, répéta Flynn après un coup d'œil vers sa gauche. Vous êtes où ?

– On est dans la famille d'Etta. Elle a eu la gentillesse de nous inviter pour le dîner, répondis-je avec un sourire reconnaissant à l'attention de la fille d'Etta, de l'autre côté de la table.

– C'est le grand Marine brun ? demanda la vieille dame, assise un peu plus loin.

J'acquiesçai pendant que l'homme en question racontait qu'ils avaient eu droit à une journée de relâche, à un repas amélioré et qu'ils avaient joué au foot avec des gars de l'Air Force.

– Passez-le-moi, ordonna-t-elle en tendant une main autoritaire vers le téléphone.

Ne sachant pas quoi faire d'autre, je haussai les épaules et fis signe à Jack de me donner le portable pour aller m'installer à genoux à côté d'Etta.

– Bonjour Madame, dit poliment Lilian. Joyeux Thanksgiving.

– Joyeux Thanksgiving, Marine. Ils vous traitent bien là-bas ? Vous êtes où, d'ailleurs ?

– En Pologne, Madame. Et oui, ça va.

– Vous surveillez les Russes ?

Lilian rigola d'un rire insouciant qui détendit tout son visage, departi une seconde de la gravité qu'il affichait habituellement. Ça me rappelait qu'il n'avait que vingt-cinq ans.

– Oui, on se tient prêts à toute éventualité.

La semaine précédente nous avait prouvé que les choses pouvaient arriver bien plus vite qu'on ne le pensait. Il suffisait qu'un missile russe tombe sur le sol polonais, et alors Lili serait le premier sur le terrain.

Mon cœur et ma gorge se contractaient rien qu'à envisager cette possibilité.

– Et qu'est-ce que vous faites alors ? continuait Etta.

– On s'entraîne, on attend, on mange, on se maintient en forme, et puis on attend encore.

Il disait cela avec légèreté, et Etta hocha la tête, comme si tout cela avait du sens pour elle. Elle m'avait affirmé n'avoir jamais regretté son rôle de femme de Marine, et parfois, quand je la conduisais au supermarché, j'avais envie de lui demander comment elle avait géré tout ça, les déploiements, l'éloignement, la peur, le manque, les doutes. Et puis invariablement, je me dégonflais, peut-être parce que j'avais peur de la réponse ou bien parce que je ne voulais pas qu'on me fasse remarquer encore une fois que j'avais peut-être laissé passer ma chance avec ce mec-là.

– Merci pour votre service, Marine.

– Avec plaisir, Madame. Merci d'avoir invité Chiara et Jack aujourd'hui.

Alors que je rendais le téléphone à Jack, la vieille dame m'attrapa le poignet :

– Tu vois, je te l'avais dit, c'est un bon gars, Chiara, avec de bonnes manières. Tu devrais mettre la main dessus avant qu'une autre ne s'en rende compte.

Je suppose qu'elle avait eu l'intention de chuchoter, mais au silence qui s'abattit autour de la table, je compris que tout le monde, dont le principal intéressé, avait entendu. Mes joues se mirent à chauffer furieusement et mon cœur s'affola dans ma poitrine.

– Merci, Etta, murmurai-je ironiquement, sans vraiment savoir pourquoi je la remerciais – le conseil malavisé, l'humiliation ou les deux –, avant de rejoindre ma place, sous le rire à peine dissimulé de mon frère.

Cela lui valut une tape sur l'arrière du crâne.

– Au fait, je me suis occupé de l'entretien de Jennifer hier, reprit Jack dans le but évident de changer de sujet, en contenant son hilarité. Le patron a dit que tu pourrais bénéficier de ma réduction employé quand tu reviendrais, du fait que tu sers et tout ça.

Lilian fronça les sourcils, les yeux teintés d'incompréhension :

– C'est qui, Jennifer ?

Jack tourna la tête vers moi avec un regard désabusé et soupira :

– C'est toi qui lui expliques.

– Jennifer, c'est ta voiture, expliquai-je à Lilian qui se mit à rire. Je t'avais dit qu'il fallait qu'on lui trouve un nom. Comme tu n'avais pas d'avis, j'ai choisi Jennifer, parce que ça commence par un J comme Jeep, mais on peut changer si tu n'aimes pas. Tu préfères Jessica ? Ou… Jenna ?

Lilian secoua la tête en se marrant de plus belle, l'air à la fois décontenancé et attendri :

– Non, je… balbutia-t-il, ne trouvant plus les mots.

– Tu t'en fous, c'est ça ? m'indignai-je.

– Il s'en fout, confirma Jack avec un air entendu.

– Vous êtes vraiment dérangés, tous les deux, se moqua Flynn.

– C'est elle ! répliqua Jack en me montrant du doigt.

Au vu de la lueur d'affection qui passa dans les prunelles de Lili, ça ne me dérangeait pas. À vrai dire, cela me réchauffa de l'intérieur, comme une couverture molletonnée sur le cœur.

***

Je pris mon courage à deux mains avant de saisir la tablette de mon frère et d'ouvrir l'application FaceTime. Mon doigt trembla légèrement quand j'appuyai sur la touche du contact et, soudain, la communication s'établit.

Le visage de Lilian apparut, sur un fond blanc qui devait être le mur derrière sa couchette. Ses bras étaient croisés sur sa poitrine couverte de ce kaki qui réveillait le vert dans ses iris. Il souriait, mais ses yeux brillaient d'inquiétude et d'interrogation. Clairement, il s'attendait au pire et c'était compréhensible.

D'une part, c'était la première fois que je prenais l'initiative de le contacter depuis qu'il était parti, et d'autre part, mon SMS de la veille l'avait forcément intrigué :

Chiara
Je peux t'appeler ?
Il faut que je te dise un truc.
Rien de grave ni d'urgent.
Quand tu as le temps.

Lilian m'avait donné rendez-vous sans poser plus de questions.

Pourtant, au pli de sa bouche, je savais qu'il n'était clairement pas rassuré. J'aurais dû lui donner plus d'indices, au lieu de le laisser seul avec son imagination. Il croyait peut-être que nous allions être parents ou que je déménageais en Australie avec un mec que je venais de rencontrer. Rien de tout ça heureusement, mais il fallait quand même que je lui parle de vive voix. De toute façon, Jack avait été très clair : « Démerde-toi toute seule. Je ne le lui dirai pas à ta place. »

– Hey Chiara, qu'est-ce qui se passe ?

Je devais avoir l'air stressée, car ses sourcils se froncèrent davantage et son regard se fit plus perçant. D'ailleurs, il avait utilisé mon prénom, ce qui démontrait son incertitude.

– Laisse-moi aller au bout avant de t'énerver, s'il te plaît.

Sans lui permettre de répliquer, je débitai tout ce que j'avais répété dans ma tête :

– Jennifer et moi avons eu un petit accrochage. Mais ne t'inquiète pas, l'assurance prend tout en charge puisque je ne suis pas responsable et Jack est en train de lui refaire une beauté. Tu ne remarqueras même pas que l'arrière a été embou… Enfin qu'elle a été légèrement esquintée. Je suis sincèrement désolée et je comprendrais si tu ne veux plus que je la conduise…

– Attends ! T'as eu un accident ? me coupa-t-il d'un ton alarmé.

– Oui, je suis vraiment désolée.

Honteuse, je baissai la tête vers mes mains posées sur le comptoir de la cuisine où je m'étais installée.

– Tu es blessée ? demanda-t-il d'une voix pleine d'inquiétude, m'obligeant à relever les yeux vers lui.

– Non, je vais bien. Pas une égratignure.

– Qu'est-ce qui s'est passé ?

– Eh bien, visiblement, certains conducteurs ne comprennent pas qu'il faut marquer un arrêt au panneau « Stop », même quand il n'y a personne sur la route, marmonnai-je.

À ma grande surprise, Lilian se marra, un son qui contenait à la fois de l'affection et du soulagement.

– Je parie que tu as aboyé très fort sur celui qui conduisait !

J'avais eu peur et j'avais été surprise, si bien que oui, il était très probable que je sois sortie en trombe de la Jeep pour aller hurler sur le conducteur de la berline qui venait de me rentrer dedans. En y repensant, je me mis à pouffer moi aussi.

– Ouais… Disons qu'il risque de se méfier des personnes plus petites que lui la prochaine fois. D'autant qu'au début, il a voulu me prendre de haut…

– Quel con ! rigola Lilian.

– Il devait se sentir stupide, en effet, parce que c'est lui qui m'a heurtée et que sa voiture était beaucoup plus amochée que la Jeep. Jennifer a beau tuer un bébé phoque à la minute, elle m'a quand même bien protégée. J'aurais pris beaucoup plus cher avec la Honda.

Les prunelles de Lilian s'obscurcirent à nouveau et sa bouche se tordit en un pli amer.

– T'es sûre que tu n'as pas de douleurs aux cervicales ? Tu aurais pu te faire le coup du lapin…

– Non, vraiment, ça va ! Et Jennifer est bichonnée, Jack est à fond dessus…

– Eh, je me fous de la voiture ! Enfin, ça me ferait chier de la retrouver à la casse, mais je suis plus inquiet pour toi, tu sais ? Tu me promets d'aller consulter si tu commences à avoir mal ?

Mon rythme cardiaque eut un raté et les papillons dans mon estomac se réveillèrent timidement. Il avait vraiment l'air de se faire du souci pour moi, ce qui me rappela comment il avait réussi à se faufiler sous le mur en béton que j'avais érigé autour de mon cœur.

– Bien sûr, murmurai-je.

Voilà, j'avais dit ce que j'avais à confesser, et pourtant, je n'arrivais pas à le saluer et à appuyer sur le bouton de fin d'appel. À la place, j'étais figée en pleine contemplation de la perfection de ses traits.

Il ouvrait tout juste la bouche pour parler quand son téléphone sur le drap blanc s'illumina d'une notification. Il la consulta, ses pouces volèrent rapidement sur l'écran, puis il revint à moi avec un sourire.

– Et à part ça, comment tu vas ? demanda-t-il, sa voix rauque plus incertaine que d'habitude.

– Je vais bien. Je ne fais pas grand-chose en dehors du boulot.

Cela le fit rire. On pouvait certainement en dire autant pour lui.

– Et la fac, c'est tout bon ? T'as besoin de plus ?

Je compris alors que Jack avait pris, ou une partie en tout cas, de l'argent sur le compte de Lilian et mon cœur se pinça devant la sincérité de son expression.

– Non, c'est bon, j'ai envoyé le dossier d'inscription et le paiement. Merci.

– Pas de problème. S'il te faut une rallonge, pour t'acheter des fournitures ou du matériel, tu n'as qu'à demander. C'est pas comme si j'avais de quoi dépenser mon fric ici. Et puis j'ai touché une prime pour m'être réengagé en avance.

– C'est vrai ? Pourtant je croyais… commençai-je avant de m'interrompre avec un pincement désagréable dans la poitrine.

D'après la conversation que j'avais surprise deux mois plus tôt, je pensais qu'il en avait marre de son métier, et qu'il allait peut-être… arrêter, comme l'avaient fait Jack et Johnny, et reprendre une vie civile. Est-ce que ça changerait les choses pour moi ? Pour nous ?

Il fallut que je me force à revenir à la réalité. Il n'y avait pas de *nous*.

– Chiara ?

– Je croyais qu'il te restait deux ans à tirer, lançai-je, perturbée.

– C'est pour ça que c'est un réengagement en avance. J'ai signé pour quatre ans supplémentaires à l'issue de ces deux ans.

Donc il allait encore servir pendant au moins six ans. Je ne savais pas pourquoi je me sentais contrariée. Il pouvait prendre des décisions importantes pour son avenir sans m'en parler. Je n'étais pas sa copine.

– En tout cas, c'est gentil pour le prêt, dis-je pour changer de sujet. Je devrais pouvoir te rembourser intégralement avant la fin de l'année.

– Y'a pas d'urgence…

Son téléphone s'illumina une nouvelle fois avec l'arrivée d'une nouvelle notification, le forçant à s'interrompre.

Avais-je le droit d'être jalouse des autres personnes avec qui il parlait ? Probablement pas. J'avais rompu, et je devais en assumer les conséquences.

Pourtant, je ne pouvais nier que le sentiment qui saisissait mon ventre à ce moment-là avait tout de la jalousie. L'éclat de rire de Lilian à la lecture du message ne fit même qu'en renforcer la douleur.

Il dut remarquer mon silence car il leva la tête vers la caméra avec un petit sourire :

– C'est Jack ! Attends, je te montre, il y a un message pour toi, dit-il en rigolant.

J'étais jalouse de mon frère. De mieux en mieux…

Lilian tourna l'écran de son téléphone vers moi et le rapprocha :

Jack Johnson
Sauve-moi ! Vidange à faire !

Lilian Flynn
Attends.
Déjà en ligne.

Jack Johnson
Dis à Chiara qu'elle doit
me laisser la place.
Raccroche Kiki !
C'est MON pote !

Je ris à mon tour, soulagée.

Quand il n'y avait pas de réparations nécessitant son expertise en or, Jack devait aussi s'occuper de l'entretien courant, dans la mesure de ses capacités, ce qu'il trouvait « chiant à mourir » selon ses propres mots.

Au moment où j'allais sauter sur l'occasion pour dire au revoir en prenant Jack comme excuse, Lilian ferma la fenêtre des SMS et j'aperçus rapidement l'écran d'accueil de son portable. Je crus reconnaître quelque chose de familier.

– Attends, dis-je. C'est quoi, ton fond d'écran ?

Lilian releva la tête vers moi avec un air coupable, prouvant que je venais de toucher un nerf sensible.

– Lili… insistai-je.

Il poussa un soupir résigné, puis après m'avoir sondée du regard un long moment, il tourna de nouveau son téléphone vers moi. Ce que j'y vis me laissa sans voix pendant cinq bonnes secondes. C'était bien ce que je pensais.

C'était une photo de nous.

Lilian était allongé sur des draps blancs, torse nu, et j'avais la tête sur son pectoral, là où j'aimais me blottir pour écouter le tempo de son cœur. Mes yeux étaient fermés et un petit sourire flottait sur ma bouche. Son bras tatoué était enroulé autour de mon dos nu. Ma petite main pâle était posée sur sa poitrine bronzée. Mais surtout, ce qui me frappa, c'était le sourire qu'il arborait, à la fois fier et rayonnant. Il avait l'air si heureux.

À la luminosité grise qui baignait dans la pièce, je sus tout de suite quand il avait pris cette photo : à son réveil, le dimanche que j'avais passé chez lui, avant qu'il ne parte courir.

– T'es fâchée ? s'enquit-il prudemment.

– Non, pas du tout.

– Si ça te dérange, je peux l'enlever du fond d'écran, mais s'il te plaît, ne me demande pas de la supprimer, supplia-t-il avec la voix si tendue que ça me fit mal.

Pourtant, je devais bien avouer que j'étais tout sauf contrariée par l'existence de cette photo et le fait qu'il l'affiche aussi ouvertement. Au contraire, j'étais surprise, flattée et aussi incroyablement touchée. Quelque part, j'espérais même que les femmes qui gravitaient à la base l'avaient remarquée, elles aussi.

Seul un homme amoureux exposerait ainsi un tel cliché.

– Non, garde-la, s'il te plaît, dis-je finalement.

Il hocha la tête avec un sourire franchement soulagé, ses épaules se décrispèrent et ses yeux s'éclaircirent.

Son téléphone s'alluma à nouveau.

– Jack, confirma-t-il d'un coup d'œil.

– Je ne vais pas te monopoliser davanta…

Un visage que je connaissais bien fit brusquement apparition dans le champ de la caméra. Paul me fit un signe de la main, bientôt suivi par Garrett. Lilian sembla me mettre en haut-parleur.

– Salut les gars ! m'exclamai-je alors, quand tout le monde put m'entendre. Flynn allait appeler Jack si vous voulez lui faire coucou.

– Ouais, ça serait sympa, lança Garrett avec son beau sourire.

– Dis donc, Chiara, reprit Paul, l'air espiègle, ça fait longtemps que vous sortez ensemble, Flynn et toi ? Il n'a rien voulu nous dire.

– On n’est pas… commençai-je.

– Qu’est-ce que je t’ai déjà dit, Davis, putain ? Lâche-moi avec ça ! gronda Lilian en faisant mine de lui décocher un coup dans l’estomac.

Le sujet semblait aussi sensible pour lui que pour moi. Même si je ne frappais pas, Wendy avait déjà essuyé plusieurs salves féroces de « on n’est pas ensemble » quand elle me demandait des nouvelles de Lilian. Et souvent, juste après, elle me disait que je n’étais qu’une idiote.

Peut-être que je l’étais… Je l’étais même très sûrement.

Je relisais régulièrement le brouillon du mail que je ne lui avais jamais envoyé et dans lequel j’avais écrit, sans vraiment réfléchir, que je ne savais pas comment revenir vers lui.

– C’est toujours ce que tu réponds, continua Paul, mais on peut facilement deviner chaque fois que tu as parlé à Chiara, parce que tu souris comme un con pendant dix bonnes minutes après avoir raccroché.

Son ami me décocha un sourire complice, et je ne pus m’empêcher de pouffer devant l’air déconfit de Lilian.

***

En sortant de mon travail, ce soir-là, j’osai enfin formuler la requête qui avait tourné en boucle dans mon esprit toute la journée.

Chiara

Tu peux m'envoyer la photo ?

Le lendemain, au réveil, je me précipitai sur mon téléphone, et la photo était là, à portée de téléchargement.

C'était vraiment une très belle image, et bien qu'elle représente deux personnes qu'on devinait nues, elle n'avait rien de pornographique, au contraire. Grâce à la façon dont j'étais pressée contre le flanc de Lilian, avec mes longs cheveux étendus dans mon dos, mon bras replié sur son torse, on ne voyait rien.

Ce n'était même pas la première chose qui sautait aux yeux.

On remarquait d'abord le sourire rayonnant de Lilian, la lueur de bonheur dans ses yeux, l'expression bienheureuse de mon visage endormi. Ce n'était que la capture parfaite d'un moment d'intimité entre deux personnes amoureuses.

Je comprenais qu'il ait choisi cette image, et aussi la peine que lui causait l'idée de la supprimer. J'avais sous les yeux la preuve incontestable de ce que j'avais vécu. J'avais été aimée, profondément. Et si Lilian ne m'avait pas menti, compris-je, cette magnifique photo n'existerait pas.

Il n'y aurait jamais eu de *nous*.

Je dormis mal, l'esprit en ébullition, le cœur déchiré. Pourtant, quand je me réveillai, j'étais toujours sûre de moi.

J'avais laissé le temps suivre son cours, pensant que c'était ce qu'il me fallait pour soigner la blessure que m'avait infligée la duperie de Lilian, et effectivement, la plaie avait fini par cicatriser, même si j'en garderais probablement une marque sur le cœur, des sortes de tissus plus rugueux qui résisteraient davantage avant de laisser entrer quelqu'un d'autre. Un peu comme Jack, dont la plaie s'était refermée, mais qui conserverait toujours une preuve de son acte stupide.

Moi aussi, j'avais réagi de façon impulsive.

La colère avait pris le pas sur la raison. Elle avait joué son rôle de bouclier protecteur pour m'éloigner d'une énième source de douleurs, cette trahison que j'avais ressentie quand il m'avait annoncé son départ, sans pour autant apaiser la peur qui se cachait derrière.

Celle que tous les gens que j'aime finissent par m'abandonner.

Mais Lilian pouvait encore être là pour moi, à condition que je le laisse entrer.

D'ailleurs, son mensonge s'expliquait sans doute par la même peur d'être rejeté. Avec l'enfance qu'il avait vécue, c'était compréhensible. Qui sait ce qu'il se serait passé s'il m'avait avoué la vérité dès le début ? Aurais-je vraiment pu lui résister, même en sachant qu'il partait ?

Nous ne le saurions jamais.

Mais ce qui était certain, c'était que si les États-Unis finissaient par intervenir dans cette guerre en Europe ou une autre, et que le sergent Flynn revenait dans une boîte en bois, je m'en voudrais à vie d'avoir laissé pourrir l'une des plus belles choses qui me soient arrivées.

C'est pourquoi j'attrapai mon téléphone, les yeux tellement brouillés de larmes que j'eus du mal à taper sur mon clavier :

Chiara
Je te pardonne.

La réponse ne mit qu'une petite heure à me parvenir :

Lilian Flynn
Ça compte beaucoup pour moi.

Peut-être que lui et moi pourrions essayer de devenir amis avant son retour ? D'y aller lentement, pour une fois. D'apprendre à nous connaître, avant de décider de reprendre où on s'était arrêtés.

Dans ce but, je brandis un drapeau blanc sous la forme d'un autre SMS :

Chiara
Merci pour la photo.
Je n'en avais aucune de toi.

Lilian Flynn
T'en veux plus ?

Chiara
Tu vas inonder mon téléphone
de photos de toi, c'est ça ?

Il suffirait que je m'abonne à ton compte.
C'est quoi, déjà ? @marines_beaugosse ?

Se souviendrait-il de cette pique que je lui avais envoyée quand il m'avait proposé de le suivre sur Instagram ?

Lilian Flynn
Non, toi, t'as un abonnement unique.
Une photo rien que pour toi par jour.

Dans la foulée, je reçus un selfie de lui, vêtu de son uniforme camouflage, un clin d'œil et un sourire charmeur sur le visage. Il l'avait pris en deux secondes, juste le temps de tendre le bras et d'appuyer sur le déclencheur, et il était à tomber. C'était énervant.

Lilian Flynn
Pour aujourd'hui.
Une de toi pour la suite.

Chiara
C'est du chantage ? Ou un spam ?
On peut se désabonner ?

Lilian Flynn
C'est un marché.
Une compensation
pour avoir embouti ma voiture.

Je soupirai. Même si je n'étais pas responsable, je me sentais toujours coupable d'avoir abîmé sa précieuse Jeep.

Je tendis mon téléphone devant moi et pris une photo telle que j'étais, dans mon uniforme de travail – chemise blanche et blazer noir, cheveux tressés, maquillage léger, prête à partir bosser…

… et bon sang ! J'en avais oublié l'heure !

Chiara
Faut que j'y aille.
Tu m'as encore mise en retard, abruti.

Lilian Flynn
Je peux t'appeler de temps en temps ?

Chiara
Ouais, mais n'en fais pas une
habitude.

Suite à cette conversation, je commençai à recevoir des photos de Lilian à un rythme régulier, au moins une par jour, comme promis par l'« abonnement » qu'il m'avait imposé. Il y en avait parfois de lui avec les gars, en train de regarder un film, par exemple. Mais la plupart du temps, c'était juste lui : en uniforme dans le miroir de la salle de douche, ou alors son visage aux yeux encore embrumés par le sommeil et le haut de ses épaules nues, la rose noire se devinant à peine. Et il les accompagnait toujours d'un « Bonjour, *Baby doll* ».

Cette dernière était ma préférée. En dehors de sa beauté au réveil, il y avait quelque chose de réconfortant dans le fait que j'étais sa première pensée quand il ouvrait les yeux.

De mon côté, je pensais à lui tout le temps. Il me manquait continuellement, et recevoir ces photos quotidiennes apaisait à la fois le manque tout en réveillant ma faim. Étrange, non ? Je n'avais jamais ressenti autant de sentiments contradictoires en même temps. Il me retournait complètement le cerveau alors qu'il n'était même pas là.

Pour assurer ma part du marché, je lui envoyai également des photos, mais rien d'aussi excitant que les siennes. Je documentais ma vie passionnante, entre le boulot, les courses avec Etta, les soirées glande avec Jack, mes sessions de révision en prévision de ma rentrée prochaine à la fac, mes visites chez Stacy et les sorties avec Wendy, en me demandant périodiquement si tout cela avait vraiment un sens.

CHAPITRE 26

Décembre

– Joyeux aaaaanniveeeeersaire, Chiara ! Joyeux aaaaanniveeeeersaire !

Je soufflai les bougies plantées sur le gâteau, rencontrant les sourires de Wendy, Stacy, Jack et Etta, autour de moi sur le canapé, ainsi que celui de Lilian de l'autre côté de l'écran d'ordinateur posé sur la table.

Voilà, j'avais trente ans. Bilan de ma vie à ce stade significatif ?

Un boulot d'appoint.

Logée par mon petit frère.

Pas de copain.

Des amies au nombre de trois, dont une de soixante-douze ans.

Un compte en banque entièrement vide.

Pas terrible, donc.

Pourtant, je tâchai de faire bonne figure lorsque Wendy récupéra le gâteau pour le découper et qu'on me tendit des paquets emballés : une tablette pour « mes visios avec cet enfoiré », une carte-cadeau pour une boutique de loisirs créatifs, une magnifique blouse en dentelle qui avait appartenu à Etta et, quand vint le tour de Wendy, celle-ci se mit à rougir.

– Tu déballeras mon cadeau plus tard, proposa-t-elle avec un regard fuyant qui s'arrêta brièvement sur Etta.

– À mon âge, je pense avoir tout vu, trancha cette dernière à qui l'attitude de Wendy n'avait pas échappé. Ouvre donc cette boîte, Chiara !

Je jetai un regard interrogateur en direction de Wendy qui haussa les épaules. Traduction : « Fais ce que tu veux. »

– Allez, ouvre, putain ! s'exclama Lilian depuis l'ordinateur.

Il s'était avancé sur ses avant-bras vers l'écran, comme pour s'approcher de nous depuis sa salle informatique, dans cette position qu'il prenait chaque fois qu'il se concentrait. Lui aussi avait vraiment envie de savoir. Ses manches étaient baissées jusqu'aux poignets, car depuis novembre, les Marines étaient passés à l'uniforme d'hiver. Quel gâchis…

Je retirai le papier cadeau puis, les joues en feu, je contemplai l'appareil rose vif qui me promettait de passer de très bons moments seule dans ma chambre. Lorsque je rencontrai le regard de Wendy, au-dessus de la tête d'Etta, nous éclatâmes de rire.

– C'est quoi ? demanda Lilian.

Jack m'arracha la boîte des mains et la lui montra :

– C'est Jody[32], mec !

Flynn éclata de rire à son tour.

Quand je pus reprendre mon souffle, je remerciai Wendy. Puis Jack me donna, à nouveau, un petit paquet carré. Je lui jetai un regard interrogateur : tout le monde m'avait déjà offert quelque chose, lui y compris. Visiblement pas, car Jack fit un petit signe de la tête en direction de la table basse, et plus précisément de l'ordinateur.

Un petit bonheur s'empara de moi.

– Tu m'as acheté un cadeau ? demandai-je, incrédule.

– Bien sûr ! Tu sais, il y a de la civilisation autour de la base !

Sous l'emballage, se trouvait une boîte à bijoux en velours noir, et à l'intérieur, une chaîne argentée sur laquelle était glissé un pendentif orné d'une pierre bleue et ronde, taillée à la manière d'un diamant, et entourée de petits brillants blancs translucides.

Ma main couvra spontanément ma bouche alors que les larmes me montaient aux yeux. Quand je sortis délicatement la chaîne pour la tendre à hauteur de mon visage, mes amies s'exclamèrent de ravissement ; mais les sons semblaient assourdis tant j'étais émerveillée par le collier. Les facettes

32. Terme utilisé chez les Marines pour désigner un homme qui couche avec les femmes ou compagnes des militaires absents.

du pendentif accrochaient furtivement la lumière, comme des morceaux d'étoiles.

Jack me prit le bijou des mains et le glissa autour de mon cou pendant que je trouvais les yeux de Lilian, brillants d'émotion dans l'écran de l'ordinateur.

– Merci, chuchotai-je, la gorge nouée, trop émue pour parler à voix haute, mais je sus qu'il avait réussi à lire sur mes lèvres à son petit hochement de tête.

Mon cœur se gonfla de ce sentiment trop grand pour moi, et je faillis laisser échapper ces mots qui ne parvenaient jamais à franchir la barrière de mes lèvres quand je discutais avec lui. Nous parlions du boulot, du quotidien, beaucoup de Jack et de ses progrès. On se donnait rendez-vous pour regarder des films ou des épisodes de série, chacun sur notre tablette, mais ensemble malgré tout, en commentant ce qu'on voyait par SMS.

On parlait de tout, sauf de l'éléphant dans la pièce, c'est-à-dire cette relation particulière que nous partagions. Peut-on vraiment être ami avec quelqu'un dont on connaît le goût ? Pour qui on a des sentiments aussi forts ? Qui vous envoie quotidiennement une photo qui vous fait saliver ? Chaque jour qui passait, je me disais que j'allais aborder la question avec lui. Mais au final, je n'en trouvais jamais le courage.

Un claquement de main sur ma gauche me fit sursauter et me força à détourner le regard.

– Allez, Chiara, mange ton gâteau et file te préparer ! ordonna Wendy en riant. Mets la blouse d'Etta, tu seras superbe.

– Vous allez où ? demanda Lilian, les sourcils froncés.

– Elles sortent, le renseigna Jack. Et non, avant que tu me demandes, c'est soirée filles, je ne suis expressément « pas invité ».

– Laisse-la vivre, gronda Wendy en levant les yeux au ciel, sans que je sache exactement auquel des deux elle s'adressait. Il faut bien qu'elle fête ses trente ans !

– Si ça peut te rassurer, intervint Stacy, je suis le chauffeur désigné de la soirée et je m'assurerai qu'elles rentrent saines et sauves.

Elle s'approcha de l'écran et lui murmura quelque chose qui fit apparaître son fameux sourire en coin et sa fossette.

– Compte sur moi pour rappeler à Paul qu'il a une femme formidable et qu'il ferait bien de t'offrir une journée entière au spa *et* de s'occuper à temps plein de votre fille quand il sera rentré.

Je ne sus jamais ce qu'elle lui avait dit, mais ne doutai pas une seule seconde que c'était en ma faveur.

Ce n'est que le lendemain après-midi, en émergeant de ma chambre avec la sensation qu'une armée de piverts avait élu domicile dans ma boîte crânienne, que j'eus accès à son cliché.

Lilian Flynn
Je peux participer à tes séances avec Jody ?

La photo du jour, prise dans le miroir d'une salle de bains, me donna l'eau à la bouche. Lili y apparaissait vêtu uniquement d'un boxer noir, les muscles du torse et des bras gonflés, la peau luisante comme s'il sortait de la douche et qu'il s'était à peine essuyé. On aurait dit une pub Calvin Klein.

Et c'est ainsi que mon vibro rose fuchsia tout neuf fut baptisé Jody.

***

Depuis la mort de nos parents, le mois de décembre avait toujours été difficile pour Jack et moi. Et ça ne s'arrangeait pas avec l'absence de Lili.

Un jour où mon humeur était particulièrement maussade, je me retrouvai agenouillée devant les cartons de Lilian alors que j'étais juste venue récupérer l'aspirateur dans le placard du couloir. Avant d'en avoir conscience, j'avais déjà ouvert la boîte portant la mention « Vêtements » d'une écriture nette et acérée, à l'image de son propriétaire.

Quand je plongeai les deux mains dans les étoffes, je me sentis tout de suite déjà mieux. Bien qu'il n'ait pas servi depuis trois mois, je portai le premier tee-shirt que je trouvai à mon visage et respirai sa faible odeur de lessive, savourant la caresse du tissu noir si doux sur ma joue. Sans m'en rendre compte tout de suite, je me découvris avec une brassée de ses vêtements et les emportai dans ma chambre, puis je retournai au carton et le fouillai jusqu'à reconnaître la chemise blanche qui me donnait tant envie de lui. Elle était un peu froissée, mais je l'incorporai telle quelle à ma penderie.

Il était minuit passé quand la sonnerie d'un SMS me tira d'un demi-sommeil agité.

Lilian Flynn
T'es là ?

Chiara
Oui.

Son nom s'afficha en grand sur l'écran, accompagné de la photo de lui à son réveil que j'avais attribuée à sa fiche contact.

J'allumai ma lampe de chevet et répondis en m'adossant à la tête de lit :

– Hey, murmurai-je pour ne pas réveiller Jack, bien que nos chambres soient séparées par deux salles de bains et qu'il ait maintenant un sommeil de plomb.

C'était la troisième nuit d'affilée que mon frère ne prenait pas de somnifères et ne se relevait pas avant son réveil. Bientôt, il pourrait à nouveau espacer les séances chez le psy. J'étais tellement fière de ses progrès, mais surtout extrêmement soulagée. Il y avait encore quelque temps, je culpabilisais de partir pour la fac début janvier, en le laissant seul cinq jours par semaine. Mais maintenant, je savais qu'il irait bien, ou tout du moins, qu'il saurait chercher de l'aide si le moral baissait à nouveau.

En tout cas, Jack allait mieux que moi.

Sur l'écran de mon téléphone, Lilian portait un bonnet de maille kaki qui cachait ses cheveux et un épais manteau. Derrière lui, tout était sombre. Cela faisait ressortir les arêtes de ses hautes pommettes et la structure acérée de son visage. Il était à couper le souffle, malgré les cernes profonds qui entouraient ses yeux, marron sous cette luminosité.

– Hey, dit-il produisant un nuage de vapeur dans la nuit. Tu ne dormais pas ?

– Non… chuchotai-je en essayant d'avoir l'air heureuse.

Mes talents de comédienne ne devaient pas être très bons car il fronça les sourcils.

– Qu'est-ce qui se passe ?

– Je ne suis censée parler que de choses joyeuses et réconfortantes avec toi, pour ne pas te pourrir le moral, donc changeons de sujet si tu veux bien.

– T'es allée écouter les conneries du Centre de support ? se marra-t-il.

– Ouais, Stacy m'a demandé de venir avec elle…

Et cette fois-ci, j'avais cédé, même si je n'étais toujours pas une « copine de Marine ». Je m'étais retrouvée à cette réunion, entourée d'épouses qui me demandaient qui était mon cher et tendre, ce à quoi je répondais un laconique « personne ». Et Stacy s'entêtait à dénoncer « le sergent Flynn ». J'étais ressortie de là encore plus déprimée qu'en entrant.

– Je préfère que tu me dises la vérité, plutôt que d'embellir la réalité pour me faire plaisir. Ils ne vous ont pas dit que « la communication est la clé d'un déploiement qui se passe bien » ? imita Lilian d'une voix hautaine.

– Si, rigolai-je.

Je poussai un soupir résigné :

– C'est juste que je déprime toujours un peu en décembre avec tout ce blabla autour de Noël et de l'esprit de famille. C'est bien quand t'en as une, de famille, mais Jack et moi, on est tout seuls, donc c'est dur de ne pas penser à ce qu'on a perdu…

Lilian acquiesça, alors qu'une lueur de compassion passait dans ses prunelles :

– Ouais, je comprends. Mais au moins, vous pouvez compter l'un sur l'autre.

Je voulus me gifler pour ma maladresse. Flynn était seul au monde alors que j'avais encore mon frère. La tristesse me comprima le cœur, il ne méritait rien de ce que sa « famille » lui avait fait subir.

– Oh, je suis désolée, je ne disais pas ça pour…

– C'est bon, me coupa-t-il avec un petit sourire désabusé. J'imagine que c'est plus difficile quand tu as vécu le rêve de la famille parfaite et qu'on t'a tout arraché. Moi, je ne sais pas ce que c'est. Je ne peux pas regretter quelque chose que je n'ai jamais connu.

– Si tu veux, on peut te faire de la place avec nous. À trois, on sera plus fort pour affronter le reste du monde.

Ses prunelles s'illuminèrent de bonheur et un sourire sincère étira son beau visage :

– Avec plaisir. Mais pour être totalement honnête, je vous considère déjà comme ma famille, Jack et toi.

Une seconde passa dans le silence, alors que j'absorbais les moindres détails de son visage. Puis, je posai la question que j'avais à l'esprit depuis le début de l'appel :

– Qu'est-ce que tu fais dehors ? Il n'est pas quelque chose comme six heures du matin pour toi ?

– Si. On a fait un exercice sur le terrain cette nuit, je vais aller me coucher. Comme je ne t'ai pas appelée hier, je voulais me rattraper avant d'aller au lit.

– Oh, c'est gentil, mais tu n'es pas obligé de me téléphoner dès que tu as un moment de libre. Je sais que tu as d'autres obligations.

Son expression s'obscurcit, comme si j'avais dit quelque chose qu'il ne fallait pas.

– Ce n'est pas une contrainte, Chiara. J'en ai envie. Besoin, même. Ça m'aide à ne pas devenir cinglé. Tu comprends ?

Je comprenais, trop bien même. N'étais-je pas allée récupérer ses vêtements dans une boîte en carton quelques heures plus tôt ? Si ce n'était pas pathétique…

– Moi aussi, ça me fait du bien de te parler, avouai-je en me redressant dans mon lit.

Lilian fronça les sourcils alors qu'il me détaillait avec plus d'attention :

– Attends… C'est mon tee-shirt, non ?

Je baissai les yeux vers mon vêtement de nuit, qui n'était autre que son tee-shirt noir tout doux. J'avais complètement oublié que je l'avais mis avant de me coucher, dans l'espoir fou de recréer sa présence apaisante autour de moi. Quand bien même ça ne fonctionnait pas. Il me manquait toujours atrocement.

– Ouais… balbutiai-je. Désolée…

– Eh, non, ne t'excuse pas ! Ça ne me dérange pas, dit-il dans un sourire attendri. Au contraire, ça me touche. J'adore quand tu portes mes vêtements. J'ai oublié de te le dire, mais tu peux prendre tout ce que tu veux de mes affaires, d'accord ? Dans la caisse, il y a plein de trucs. Prends mon ordinateur pour la fac si t'en as besoin.

– Pour ton information, Jack a récupéré ta console dès le lendemain de ton départ.

– Ça ne m'étonne pas ! rigola Flynn, avant que son visage ne devienne plus grave. Mais je suis sérieux. Tu peux tout prendre, Chiara.

J'acquiesçai, avec l'impression diffuse qu'il ne parlait pas seulement de quelques tee-shirts ou d'un ordinateur portable pour les cours.

– Toi aussi, tu me manques, souffla-t-il.

Mes yeux s'emplirent de larmes, peut-être parce qu'il était tard, que j'étais déprimée ou que je ressentais chaque minute loin de lui comme un coup de tison chauffé à blanc dans mon cœur.

Je portai les doigts à mes lèvres puis les déposai doucement sur l'écran de mon smartphone. De l'autre côté du monde, il posa ses doigts sur les miens.

***

Le jour de Noël, Jack et moi nous installâmes devant l'ordinateur, en attendant que Lilian nous appelle. Lorsque nous fûmes connectés, mon cœur battit la chamade dans ma poitrine, si fort que je me demandais quand Jack allait s'en apercevoir et me demander ce que je trafiquais. Et enfin, le visage de Lilian apparut à l'écran, sur un fond blanc que j'avais appris à reconnaître comme le mur derrière sa couchette. Il chercha immédiatement mes yeux, un sourire carnassier étira sa bouche et une lueur animale traversa ses prunelles. Je lui souris en retour.

On dirait qu'il avait apprécié mon cadeau de dernière minute…

Le sien n'était pas mal non plus.

– Joyeux Noël, mec !

– Joyeux Noël à tous les deux, répondit Lilian, avec la voix plus rauque que d'habitude.

Un frisson dégringola le long de mon échine quand il trouva à nouveau mon regard.

– Prêt à ouvrir ton cadeau ? dis-je avec un sourire malicieux.

Une étincelle s'alluma dans ses yeux. À mon avis, il avait envie de déballer autre chose. Quelqu'un en particulier.

– Paré, affirma-t-il en montrant la boîte en carton sur ses cuisses. Vous avez les vôtres ?

Je tendis une enveloppe à Jack qui me donna un paquet argenté en échange. Il fut le premier à découvrir son présent. Son visage s'illumina de joie au fur et à mesure qu'il parcourait les lignes de la feuille et il s'exclama :

– Oh putain ! C'est génial ! Merci.

C'était une inscription dans un club de course automobile, qui possédait son propre circuit, sur lequel Jack pourrait aller plusieurs fois par an pour pousser Pamela ou louer d'autres voitures de sport.

– C'est de notre part à tous les deux, Lili et moi… l'informai-je alors que je déballais à mon tour mon cadeau, mais je m'interrompis en découvrant le contenu de la boîte.

C'était un ordinateur portable et sa coque de protection bleue.

– Avant que tu ne demandes : oui, il est d'occasion. Et c'est de notre part à tous les deux, à Lili et moi ! rigola Jack.

Mon cœur se gonfla d'amour pour les deux hommes les plus importants de ma vie.

– Merci à tous les deux, alors !

Lilian nous jeta un regard, tout en finissant d'ouvrir son colis. Puis il plongea les mains à l'intérieur et en sortit les objets un par un, en poussant des cris de ravissement. Il y avait de la nourriture, des cartes à jouer, un tube de crème « protection grand froid », des lingettes pour bébé (apparemment c'était le « top pour nettoyer son fusil ! ») et un tas d'objets que je ne lui aurais jamais offert si Jack n'avait pas insisté. Quand Lilian sortit le lot de chaussettes chaudes, il émit carrément un grognement orgasmique :

– Oh putain ! J'en rêvais !

Mon frère m'adressa un regard entendu.

– OK, tu avais raison, bougonnai-je.

Lilian releva un visage ravi et désigna les sachets zippés dans lesquels on avait emballé chaque objet :

– Merci pour ça aussi, je vais les récupérer.

Une autre idée brillante de Jack à laquelle je n'aurais jamais pensé. *A priori*, ça servait pour transporter des trucs dans ses poches, comme des snacks, et à éviter les accidents de déversement de liquides.

– Et merci pour ton message de ce matin, me dit Lilian avec son sourire en coin.

Jack se tourna vivement vers moi, l'air suspicieux.

– Je lui ai juste envoyé un SMS pour lui souhaiter joyeux Noël. Merci pour le tien, déclarai-je à Lilian, en me mordillant la lèvre.

– Avec plaisir. Je lui ai aussi souhaité joyeux Noël, affirma-t-il pour Jack.

– Ouais… fit mon frère, l'air de ne pas nous croire.

Il n'avait pas tout à fait tort de se méfier de notre sincérité.

J'avais bien envoyé un message à Lilian pour lui souhaiter un joyeux Noël, mais je l'avais accompagné d'une photo un peu spéciale, un cadeau plus personnel que tout ce qu'on avait inclus dans le colis.

Sur la photo, j'étais agenouillée au beau milieu de mon lit, sur la couette blanche. Je ne portais rien d'autre que sa fameuse chemise blanche déboutonnée, une culotte claire et le collier qu'il m'avait offert. Mon visage maquillé d'un *smoky eye* gris était tourné vers la fenêtre, comme si j'attendais quelqu'un. Mes longs cheveux bruns tombaient sur mes bras sagement posés sur mes genoux. La chemise ouverte ne dévoilait qu'une bande de peau pâle et mon nombril.

C'était la photo la plus dénudée que j'avais jamais envoyée à qui que ce soit et mon cœur avait battu la chamade quand j'avais appuyé sur la touche « envoyer ».

Mais j'étais fière de l'avoir fait.

J'avais été récompensée par un message similaire au mien, avec également une photo de Lilian, allongé sur son lit, torse nu, son treillis déboutonné, sous lequel dépassait la ceinture élastiquée de son boxer noir. J'en avais salivé.

CHAPITRE 27

Janvier

J'accueillis avec soulagement le havre de paix que représentait l'appartement de mon frère après cette semaine passée à l'université.

Clairement, ça ne se passait pas aussi bien que je l'avais espéré. Les cours étaient intéressants et j'appréciais vraiment de me replonger dans l'effort intellectuel, même si c'était dur de s'y remettre après sept ans dans la vie active. Ce que je n'avais pas prévu en revanche, c'était l'hostilité de l'une de mes colocataires.

Cette semaine-là, alors que je revenais de la salle de bains, j'avais entendu les mots « la copine du Marine » déversés avec beaucoup de fiel depuis une chambre dans laquelle plusieurs étudiantes s'étaient réunies, porte grande ouverte. Je m'étais plaquée contre le mur, les jambes flageolantes et invisible depuis l'intérieur de la pièce, et avais tendu l'oreille, bien qu'elles ne cherchent pas à diminuer le volume de leur voix :

– Non, mais qu'est-ce qu'elle croit ? Tu l'as vu, le mec ? Elle lui court après comme un petit chien.

– En même temps, il est canon ! Moi aussi je m'accrocherais, à sa place. L'autre jour, son téléphone a sonné pendant qu'elle prenait sa douche et, comme j'étais aux lavabos, elle m'a demandé de répondre et de lui dire qu'elle le rappellerait dans cinq minutes. Franchement, j'étais à deux doigts de lui filer mon numéro pour qu'il me rappelle, moi.

J'avais sans doute réagi de façon excessive, ce jour-là. Lilian revenait de dix jours d'exercice grand froid en Norvège, pendant lesquelles nous n'avions pu échanger qu'épisodiquement, et j'avais vraiment hâte de lui parler. Il m'avait manqué encore plus que d'habitude.

– Je te jure ! reprit une des voix. Tu as maté les photos qu'elle a sur son mur ?

Afin d'égayer ma chambre, j'avais réalisé un grand collage avec des clichés des gens qui m'étaient chers, dont Lilian. Évidemment, j'avais gardé les photos dénudées bien au chaud dans mon téléphone, mais j'en avais quand même incorporé plusieurs de lui en uniforme et même celle où il se réveillait. Mon nouveau réflexe au réveil était d'ailleurs de passer mes doigts sur le cadre, à l'endroit où il se trouvait.

– À mon avis, il est déjà passé sur la moitié des nanas de la base et des Polonaises de la ville d'à côté !

Et les autres avaient rigolé méchamment.

Depuis ce moment, la question tournait en boucle dans mon esprit : Lilian couchait-il avec d'autres femmes ?

Même si tout le monde nous proclamait ensemble et qu'on m'appelait continuellement « la copine du Marine », ça ne voulait rien dire. On n'avait toujours rien défini, lui et moi. Me dire que je lui manquais ne l'empêchait pas de s'accorder des extras.

Comme un fait exprès, la photo qu'il m'envoya ce jour-là fut prise dans un bar, avec Garrett, Paul et Madison – je ne savais même pas qu'elle faisait partie du voyage ! – et je ne pus m'empêcher de remarquer les regards des filles de la table d'à côté, et merde, c'était vrai qu'elles étaient jolies.

Mon retour vers Jacksonville se fit dans une ambiance morose. Je ruminais les paroles de ces étudiantes que je n'aimais pas et j'étais furax de les laisser m'atteindre. D'être jalouse. D'imaginer une autre que moi dans les bras de Lilian.

Alors ce soir-là, incapable de trouver le sommeil, je décidai d'en avoir le cœur net.

Je commençai par récupérer dans le placard un des uniformes que Lilian n'avait pas emportés parce qu'il n'avait pas la bonne couleur (« motif désert », selon Jack). J'enfilai la veste, beaucoup trop grande, sans rien en dessous que ma culotte, m'allongeai sur mon lit et tint l'appareil à bout de bras devant moi.

La photo donnait l'impression que le spectateur se tenait au-dessus de moi, allongée sur mon lit, les cheveux en halo autour de la tête. Le plus important était l'inscription FLYNN sur la poche de poitrine de la veste. Il ne pouvait pas la manquer.

Je l'envoyai sans hésiter, puis écrivis :

Chiara
Pour toi, qu'est-ce qu'on est ?
Ensemble ?
Je veux dire, comme un couple ?
Exclusif ?

Je m'attendais à passer une nuit agitée en attendant sa réponse, étant donné que c'était le milieu de la nuit en Pologne, mais j'avais eu trop peur de me dégonfler si j'avais remis cet élan de courage à un moment plus propice. Pourtant, il se passa cinq minutes tout au plus avant que mon smartphone ne vibre sur la couette, là où je l'avais déposé pendant que j'échangeais la veste camouflage pour un des tee-shirts de Lilian. J'avais d'ailleurs fini par tous les sortir du carton et les ranger dans mon armoire.

En voyant s'afficher son nom sur l'écran, mon cœur accéléra si fort dans ma poitrine que je me demandai s'il pourrait l'entendre à l'autre bout du fil quand je décrochai :

– Oui, oui et OUI, putain ! affirma-t-il sans préambule d'une voix rauque qui m'enflamma.

Il était en mouvement dans un couloir obscur, juste éclairé par quelques appliques ici et là, et parlait à voix basse dans le micro de ses écouteurs. Il semblait tout juste sorti du sommeil, le visage chiffonné, mais ses yeux paraissaient alertes quand ils se posèrent sur moi.

– Pourquoi t'as enlevé mon *cammie*[33] ? gronda-t-il sans me laisser le temps de réagir à ses précédentes paroles.

« On est ensemble ? » « Oui »

« Comme un couple ? » « Oui »

« Exclusif » « OUI, putain ! »

– Tu veux que je le remette ? bégayai-je, alors que mon cœur battait la chamade et que mon esprit était trop bouleversé pour formuler une pensée cohérente.

– Oui !

Je posai le téléphone en équilibre contre ma lampe de chevet, l'écran vers le miroir du placard, et me changeai, dos à lui, en sachant très bien qu'il n'en louperait pas une miette. Je laissai la veste déboutonnée. De toute façon, elle était tellement grande que les pans se superposaient devant.

Je récupérai le téléphone et m'adossai à la tête de lit, avant de caler l'appareil sur mes cuisses relevées.

– Si mes supérieurs tombaient sur cette photo, je me ferais sans doute botter le cul, mais putain, j'aime beaucoup trop voir mon nom sur toi… Ne la mets juste pas en ligne.

– Désolée, je ne savais pas que je n'avais pas le droit, m'excusai-je, un peu piteuse, même si je n'avais

33. Surnom donné à l'uniforme camouflage standard que portent les Marines.

jamais eu l'intention de publier cette photo où que ce soit.

– T'inquiète. Il y en a qui pensent que c'est un manque de respect à l'uniforme, parce que tu n'as pas mérité de le porter, mais moi, je me sens simplement flatté quand je te vois dedans. D'ailleurs, j'ai laissé plein d'autres accessoires dans ton placard. N'hésite pas à faire joujou avec.

Une pensée qui me fit monter le rouge aux joues bouscula les autres, ce qui ne passa pas inaperçu.

– Quoi ? siffla-t-il entre ses dents.

– Tu as des *silkies* quelque part ? demandai-je innocemment, en me mordant la lèvre inférieure et en repensant au minuscule short dont Stacy m'avait parlé une fois.

Les Marines les portaient auparavant pour leur pratique sportive et la plupart les choisissaient deux tailles en dessous. Je vis les rouages tourner dans l'esprit de Lilian, une lueur sauvage traversa ses pupilles et il déglutit :

– Merde, non…

– J'en trouverai un, promis-je, ce qui dessina un sourire carnassier sur son visage sculptural.

À l'écran, je le vis entrer dans une pièce sombre, fermer la porte et s'asseoir par terre, adossé contre un mur clair.

Il perdit aussitôt son sourire joueur.

– Soyons sérieux. Qu'est-ce qui se passe ?

Je soupirai, ne sachant pas par où commencer.

– Tu es loin… Depuis longtemps… Et tu as peut-être envie de… Tu sais… Coucher avec des jolies Polonaises ou une pilote sexy…

Cela le fit sourire, de ce rictus typiquement masculin qui transpire l'ego et la vantardise.

– Tu crois que c'est ce que je veux ? dit-il calmement.

– Je ne sais pas. Tu l'as peut-être déjà fait. Tu es un homme célibataire, plutôt beau, parti depuis cinq mois.

– Et donc ça signifie que je ne suis pas capable de garder ma queue dans mon pantalon ?

Je ne répondis pas tout de suite, en pinçant les lèvres et en regardant mes mains jointes sur mes cuisses, et je me rendis compte que j'avais beau critiquer les filles de la fac, je venais de lui servir exactement le même discours. En fait, je ne valais pas mieux qu'elles.

Mais en vérité, s'il avait envie de se vautrer dans d'autres bras, mon avis à moi n'avait aucun poids, même si ça me faisait mal d'y penser.

– Je n'ai pas à te juger ni à t'en vouloir parce que c'est moi qui ai rompu… finis-je par dire.

– Tu le regrettes ?

– Oui. J'ai réagi sur le coup de la colère au lieu d'aborder le problème comme une adulte et d'en discuter avec toi. J'ai juste mis du temps à m'en rendre compte et après, je…

Je cherchai mes mots sur le tissu Liberty bleu de ma housse de couette.

– Je ne savais pas comment t'en parler parce que je pensais que tu étais peut-être heureux comme ça, seul en déploiement. Tu m'as dit que c'est moins d'emmerdes et je n'aurais pas supporté de savoir que tu étais mieux sans moi, parce que moi, je suis malheureuse sans toi. Au final, c'était plus facile de se voiler la face et… Je me suis dit qu'on a peut-être une chance de devenir amis, de mieux se connaître et de décider de ce qu'on fera en connaissance de cause quand tu reviendras… Sauf que je n'arrive plus à faire semblant.

Je levai finalement les yeux vers le téléphone et Lilian, petit sourire attendri et prunelles brillantes, était là à m'observer. Mon cœur eut un raté.

– Tu te rends compte que toi et moi, on n'a jamais été amis et on ne pourra jamais le devenir, non ? lâcha-t-il avec amusement.

– Qu'est-ce que tu veux dire ? demandai-je d'une voix tendue.

Lilian laissa échapper un petit rire avant de répondre :

– Ce que je veux dire, c'est que si je n'avais pas prévu de partir, je t'aurais proposé un rencard dès notre rencontre. Je ne t'ai jamais considérée comme une amie parce que j'ai toujours voulu plus de ta part.

Envahie par le soulagement, je rigolai à mon tour :

– De toute façon, je ne vois pas comment on pourrait être amis alors qu'on se gueule dessus toutes les cinq minutes.

– C’était juste ta manière de gérer ta frustration de ne pas pouvoir toucher mon corps de rêve. Mais il t’aurait suffi de demander, dit-il en m’adressant un clin d’œil.

– Espèce de crétin prétentieux !

– Tu vois ? Ça recommence, lança-t-il d’un air faussement blasé.

Il soupira avec un demi-sourire, puis planta à nouveau ses prunelles dans les miennes, plus sérieux :

– Ça te rassure de savoir que je n’ai couché avec personne depuis mon départ ?

– Oui, soufflai-je, apaisée, parce que je lisais dans ses yeux que c’était la vérité.

– Je ne sais pas si je devrais te dire ça, mais tu as conscience que la proportion de femmes, ici, à la base, est très faible ? Je suis un mec parmi des milliers pour elles. Il faut vraiment vouloir se faire remarquer.

Je roulai des yeux au plafond.

– Tu n’es pas « un mec parmi des milliers ». Regarde-toi, sergent *Ladykiller* !

– C’est toi qui me vois comme ça.

– Je ne suis pas la seule ! Pour commencer, il y a ta jolie *lance corporal*, ta charmante voisine et sûrement d’autres avec qui tu n’as aucun lien hiérarchique…

Il roula des yeux à son tour, mais sa bouche se fendit d’un petit sourire flatté.

– Dans ce cas, peut-être que c'est parce que moi, je ne vois que toi, dit-il plus doucement. Et soyons honnêtes, j'ai trois fois plus de soucis à me faire sachant que, toi, tu évolues dans le monde extérieur, avec tous ces abrutis, au restaurant, à la fac, quand tu sors avec tes copines, qui n'attendent que de te draguer. En plus, ainsi que tu me le faisais justement remarquer, c'est toi qui as rompu. Tu aurais pu te taper tous les gars de Jacksonville sans que j'aie le droit d'ouvrir ma gueule.

Comme si j'avais le temps pour ça ! Ces cinq derniers mois, j'avais jonglé entre des services de dix heures au restaurant, prendre soin de Jack et d'Etta, rattraper mes cours d'économie afin d'être à niveau pour cette rentrée et consacrer le peu de temps qu'il me restait à mes amies. Je n'avais pas de place pour quelqu'un de plus, d'autant que Lilian prenait déjà tout l'espace dans mon esprit.

– Je n'ai pas besoin de ça, dis-je, j'ai Jody. Il est bien moins exigeant qu'un mec choisi au hasard et il me garantit un orgasme à chaque fois. Pourquoi je voudrais m'embarrasser d'un abruti ?

Lilian éclata de rire.

– C'est sûr que personne ne peut rivaliser avec ce brave Jody ! Faut que je remercie Wendy pour ce beau cadeau qu'elle t'a fait… et qui me sauve bien les miches, ajouta-t-il d'un ton plus bas après une fraction de seconde de réflexion.

– Personne ne peut te remplacer, murmurai-je.

Il hocha la tête, en levant un sourcil, comme pour marquer son approbation.

– C'est pareil pour moi. Il n'y a toujours que toi qui comptes, là, dit-il en se touchant la tempe, puis le cœur. Et là.

Ses yeux descendirent vers sa ceinture et son visage se para de son sourire en coin insolent.

– Comme je te l'ai déjà dit, ce qu'il y a entre nous ne peut pas disparaître en un claquement de doigts. Même si tu as rompu et que je suis loin. Je ne t'ai pas oubliée, et je n'en ai pas envie. En vérité, je comptais me jeter à tes pieds pour te supplier de me reprendre dès que je foulerais le sol américain ! rigola-t-il.

Son visage redevint sérieux et il prit une grande inspiration.

– J'ai répondu à tes questions, mais en fait, c'est à toi de décider. Est-ce que tu veux qu'on soit ensemble ? Pour le côté « exclusif », c'est non négociable.

Je rigolai faiblement, un sourire discret sur les lèvres, et répondis, laissant s'échapper des mots que j'avais retenus trop longtemps :

– Oui. Je t'aime, Lili.

– Je t'aime, *Baby doll*. Et sache que je prends la devise « Semper fi » très au sérieux. Donc, tout va bien entre nous ?

– Oui, tout va très bien, affirmai-je.

On se dévisagea en souriant pendant une bonne dizaine de secondes, jusqu'à ce qu'une étincelle s'allume dans ses prunelles et souffle sur les braises à l'intérieur de moi.

– Où est Jack ? demanda-t-il soudainement.

– Avec Johnny. Il est là pour le week-end. Ce soir, ils sont sortis avec des collègues du garage.

Les gars m'avaient proposé de me joindre à eux pour la soirée, mais j'avais un devoir à finir à la bibliothèque universitaire avant de rentrer, donc j'avais promis de me rattraper le soir suivant.

– Tu es toute seule à l'appart' ? murmura-t-il d'une voix qui devenait dangereuse.

– Oui… répondis-je, incertaine.

Il passa sa langue sur ses lèvres discrètement, une ombre envahit ses yeux, avant qu'il ne parle d'une voix basse et grave :

– Alors enlève ce *cammie*.

– T'es sérieux ? m'indignai-je. Tu veux le faire au téléphone ? Mais si tu te fais choper ?

– Petit un, il est trois heures du mat', personne ne le saura. Et petit deux, je ne suis pas en train de fraterniser avec quelqu'un. Je parle juste à ma copine.

Peut-être que c'était l'étincelle de désir dans ses yeux ou le fait qu'il me désigne comme sa « copine » et que pour la première fois, j'y croyais, mais je retirai lentement la veste et exposai ma poitrine. L'air frais de la chambre sur mon buste me fit frissonner jusqu'à ce que ma peau se couvre de chair de poule.

Dans le téléphone, Lilian prit une grande respiration sifflante.

– Putain, t'es tellement belle… Comment tu veux que je passe à autre chose ? Je pense à toi tout le temps… J'ai tellement envie de toi… Je voudrais te toucher, maintenant… Tu peux faire ça pour moi ?

Je fermai les yeux et, portée par le son de sa respiration rapide et ses grognements dans le téléphone, j'imaginai que mes doigts étaient ceux de Lilian.

Quand je fus proche de toucher les étoiles, je murmurai :

– Lili…

– Je suis là… répondit-il d'une voix hachée.

C'était tout ce qu'il me fallait pour basculer.

Le lendemain, nous étions réunis tous les trois, Jack, Johnny et moi, devant l'ordinateur pour parler à Lilian.

Lorsque son visage apparut sur l'écran, je ne pus retenir un grand sourire et le souvenir de ce qu'on avait fait la veille raviva une rougeur sur mes joues.

– Hey ! dit-il en m'apercevant avec un clin d'œil.

Son sourire était aussi éclatant que le mien et ses pupilles, vertes ce jour-là, brillaient de malice. Lui aussi, il y pensait.

– Enfin ! s'exclama Johnny de sa grosse voix.

Il se tourna ensuite vers Jack.

– Je me demandais quand ils allaient finir par se sauter dessus.

– Oh, mais ils l'ont déjà fait ! Avant que Lili parte. Et après Chiara l'a plaqué, mais je suppose qu'ils se sont réconciliés maintenant, vu qu'ils se font les yeux doux comme deux collégiens, dit mon frère en haussant les épaules, sans avoir l'air plus concerné que ça.

– Vous auriez pu m'en parler, marmonna Johnny en nous regardant alternativement, comme un parent qui jauge ses enfants impertinents.

– Ils ne m'avaient rien dit non plus. Mais c'était plutôt évident, ajouta Jack, et Johnny approuva d'un hochement de tête. C'est pour ça que j'ai été obligé de faire la morale à Gableston. Depuis le début, Chiara veut Lili et personne d'autre, je ne voulais pas que le *boot* se fasse des idées.

Mon perspicace de frère avait compris les choses bien avant moi, et si je n'étais pas estomaquée par leur conversation, je lui ferais sûrement un câlin.

– Je vous rappelle qu'on est là, crachai-je, mal à l'aise. Tu sais quoi, Lili, je vais prendre l'ordi et on va aller discuter que tous les deux, parce qu'ils n'ont visiblement pas besoin de nous.

À l'écran Lilian se marra, les bras croisés sur la poitrine, l'air d'assister au meilleur spectacle de sa vie, tandis que mes paroles réussirent enfin à attirer l'attention de Jack… mais pas pour les bonnes raisons :

– Il te rappellera plus tard pour « discuter », dit-il en mimant des guillemets. Dès qu'il aura trouvé un coin tranquille.

Jack dut lire quelque chose en moi car son visage se fendit d'un sourire narquois.

– Oh putain, il a déjà trouvé… Ça doit être plus agréable de se branler dans une base en Pologne que dans un chiotte portable en plein désert où il fait cinquante degrés et où tu manques de t'évanouir avant d'avoir fini, lança-t-il à Lilian qui rigolait de plus en plus.

– Je refuse de discuter de ma vie sexuelle avec mon petit frère, lâchai-je d'un ton tranchant.

– Dans ce cas-là, il ne fallait pas faire des trucs sexuels avec le meilleur pote de ton petit frère, me répondit platement Jack.

– Je dirais même plus, ajouta Johnny, il ne fallait pas faire des trucs sexuels avec le Marine qui est le meilleur pote de ton petit frère, si tu ne voulais pas qu'on en parle.

– Puisque je suis le Marine et le meilleur pote du petit frère en question, intervient Lili, j'apprécie beaucoup les trucs sexuels qu'elle fait avec moi, donc merci de fermer vos grandes gueules.

– Vous êtes épuisants, me plaignis-je, et je récoltai une petite pression amicale de la grande paluche de Johnny sur l'épaule.

– Il y a autre chose que j'ai loupé ? demanda Johnny à la cantonade, l'air chiffonné.

– Je ne sais pas, reprit Lilian d'une voix amusée. T'aurais pas entendu parler de la Polonaise du *boot* par hasard ?

À son visage, yeux écarquillés, sourcils levés jusqu'à la lisière de ses cheveux noirs, bouche grande ouverte, Johnny ne savait rien de ce nouvel amour que portait Garrett à une Polonaise de la ville d'à côté depuis deux bons mois. Cela dit, moi non plus. Et il n'était pas le seul à nous cacher des choses.

– Et alors, quoi de neuf, Brown ? reprit Flynn.

– Figure-toi que c'est caporal Brown, maintenant ! Eh ouais, ils m'ont promu deux mois après mon EAS[34] !

Ils se lancèrent dans une conversion pleine d'acronymes à propos de toutes les façons que l'US Marine Corps avait de les « baiser » selon leurs propres termes. Pendant ce temps, je me perdis, sourire aux lèvres, dans l'observation de ces trois hommes qui possédaient chacun une partie différente de mon cœur.

34. « End of Active Service » : fin du service actif.

CHAPITRE 28

Février

Jack et moi patientions depuis plus d'une heure sur des chaises inconfortables. J'avais passé les pires moments de ma vie dans des salles d'attente d'hôpital.

Nos parents, Jack, et maintenant…

La tristesse et la culpabilité me compressaient la poitrine et l'envie de me faire toute petite se faisait très grande.

Parfois, quand les choses vont trop bien pour vous, vous commencez à douter… Et à vous demander quand est prévue la prochaine catastrophe.

Elle venait tout juste de tomber.

À la fac, tout allait comme sur des roulettes. J'obtenais de bonnes notes, qui laissaient présager que mes examens de fin avril ne seraient qu'une formalité pour décrocher mon diplôme. Lilian et moi allions bien, très bien, même. Nous nous parlions le plus souvent possible. Il me disait constamment qu'il m'aimait et que je lui manquais. Quand il m'appelait le soir, au milieu de la nuit pour lui, ça signifiait qu'il avait trouvé un placard ou une salle de bains déserte pour combler son envie de moi. Parfois nous invitions Jody à se joindre à nos sessions de pelotage.

J'avais aussi pris l'habitude de lui envoyer une photo « spéciale » par week-end, quand je rentrais à Jacksonville. Avec mon tee-shirt USMC noué autour de la taille, dévoilant ma culotte en dentelle noire, je lui envoyai un bisou par-delà l'océan.

Je réussis à mettre la main sur un *silkie* dans une boutique de surplus militaire et lui montrai innocemment comment il tombait sur mes fesses, de dos, alors que je ne portais que le short et que je m'appuyais contre le mur de ma chambre.

Mais celle qu'il préféra fut la photo où j'étais allongée sur le ventre en travers de mon lit, une jambe pliée vers le haut, les bras et les épaules nues alors que la couette blanche soulignait ma chute de reins et mes fesses. J'étais appuyée sur un coude et mon autre main était nonchalamment posée sur la visière de sa casquette blanche de cérémonie.

Jack aussi allait bien. Il avait récupéré la majorité de ses capacités physiques et son psy lui avait proposé de basculer sur des séances à la demande. Ses insomnies avaient disparu, il souriait, s'était fait de nouveaux amis au garage.

Nous étions tous sur un petit nuage.

C'est là que l'univers décida de nous faire un rappel à l'ordre.

Mon téléphone vibra à l'intérieur de mon sac posé sur le sol, mais je n'avais pas la force de me pencher pour l'attraper. Jack se tourna vers moi, sourcils froncés, puis plongea la main dans ma besace en soupirant devant mon immobilité, pour prendre l'appel en FaceTime d'une voix lasse :

– Eh, mec…

– Où vous êtes ? Vous allez bien ? demanda une voix rauque d'un ton affolé.

– Ouais, soupira Jack en tournant la caméra vers moi pour que Lili me voie et se rassure.

D'habitude, la simple vision de son visage sur mon smartphone suffisait à étirer ma bouche en sourire et faire naître un sentiment d'apaisement dans ma poitrine, mais ce jour-là, j'étais beaucoup trop angoissée pour que ça fonctionne. Il m'aurait fallu la force de ses bras autour de moi et la douce mélodie de son cœur sous mon oreille, deux choses qui m'étaient inaccessibles.

– On va bien, reprit Jack d'une voix fatiguée. C'est Etta, elle est tombée chez elle. Chiara l'a accompagnée dans l'ambulance, étant donné que sa fille habite à Raleigh. Là on attend que le médecin revienne pour nous en dire plus.

– Merde, lâcha Lilian avec une inquiétude sincère dans la voix. Comment elle va ?

– C'est la hanche… raconta Jack. Probablement cassée.

Nous savions tous ce que ça signifiait. À son âge, un rétablissement complet était à exclure. Pour une femme aussi indépendante qu'Etta, une perte d'autonomie, même minime, ne serait pas très bien reçue.

– C'est ma faute, murmurai-je.

– Non, souffla Jack d'un ton exaspéré. Arrête de dire ça !

– Si ! C'est moi qui l'ai fatiguée pour rien ! Je l'ai conduite au supermarché aujourd'hui, expliquai-je à Lilian dans le téléphone, et à la sortie, des bénévoles du refuge pour animaux promouvaient leurs portes ouvertes, et j'avais tellement envie d'y aller… Etta a bien voulu m'y accompagner, et en échange, je l'ai fait rester debout pendant deux heures, parce que je n'arrivais pas à partir, alors que de toute façon, Jack m'aurait arraché la tête si j'avais rapporté un chat…

– Ça, c'est sûr ! affirma Jack. Tu aurais fini sur le trottoir devant la résidence avec ta bestiole en moins de temps qu'il n'en faut pour le dire !

– Mais peut-être que tu crèves d'envie de me foutre dehors, continuai-je d'un ton mordant, vexée qu'il m'ait coupé la parole. Je me suis assez imposée, c'est ça ?

Jack leva les yeux au plafond et passa un bras réconfortant autour de mes épaules pour me ramener vers lui.

– Je voulais juste te chambrer pour te changer les idées, mais mes mots ont dépassé ma pensée. Excuse-moi.

– C'est tout sauf le moment de faire tes plaisanteries à la con ! m'agaçai-je.

– Je sais, je suis désolé. Tu es la bienvenue chez moi tant que tu le souhaites, d'accord ? Je suis sincère.

J'acquiesçai contre son épaule. On était sur les nerfs depuis que la sirène de l'ambulance avait retenti dans le parking de l'immeuble. Je sursautais au moindre bruit brusque et j'avais déjà rongé tous les ongles de ma main droite.

– N'empêche qu'elle a dû se fatiguer à déambuler comme ça avec moi, et que c'est pour ça qu'elle est tombée en se relevant cette nuit, repris-je d'une voix étouffée contre son tee-shirt.

– Elle est tombée parce qu'elle est âgée, Kiki, répliqua Jack d'un ton plus doux. Ça n'a rien à voir avec toi.

Il s'avéra que c'était une fracture du col du fémur, conséquence d'une chute provoquée par une perte de vision qu'Etta avait évidemment « oublié » de signaler et de faire traiter. Comme elle avait besoin d'aide pour marcher, et de rééducation, sa fille décida de la rapatrier à Raleigh.

D'un côté, j'étais rassurée de savoir que quelqu'un serait toujours présent pour veiller sur elle, mais de l'autre, j'étais triste de perdre celle qui était devenue, au fil des mois, une sorte de grand-mère de substitution.

J'avais développé une vraie affection pour cette vieille dame d'apparence revêche qui révélait un cœur d'or quand on la connaissait mieux. En me disant que je lui faisais penser à elle quand elle était jeune, la fois où on avait feuilleté son album photo, elle m'avait offert l'un des plus beaux compliments que l'on pouvait me faire.

CHAPITRE 29

Mars

– Alors, c'est quoi, cette grande nouvelle ? demanda Lilian.

Comme d'habitude lorsqu'il m'appelait en visio depuis la salle informatique, il était assis au fond de sa chaise, les bras croisés sur son torse, ses biceps contractés sous sa peau dorée. Une vision de rêve.

– Paul t'a dit que Stacy avait eu une idée pour monter sa boîte ?

Lilian acquiesça.

– Ce matin, j'ai donc accompagné Stacy dans une association d'aide aux femmes qui fait des choses très diverses, comme reloger les femmes victimes de violences ou les aider à trouver un emploi, une formation, et même à se lancer dans l'entrepreneuriat. Bref, elle voulait aller là-bas pour qu'ils lui filent un coup de main afin de construire son *business model* et trouver des financements. Et figure-toi, qu'en fait, ils veulent développer cette activité, mais n'ont personne qui sache monter des projets, faire des budgets, démarcher les banques et tout ce qui va avec.

– Je sens que c'est là que tu interviens, dit Lilian en s'avançant sur ses avant-bras.

Les muscles qui roulèrent sous sa peau me déconcentrèrent une seconde avant que je ne me rappelle sa remarque.

– Exactement ! C'est mon job de rêve, la combinaison parfaite de mon expérience professionnelle et de mon diplôme. Du coup, j'ai discuté avec la présidente de l'association et elle est prête à me faire une promesse d'embauche. Je commencerai tout de suite après mes examens.

– Félicitations ! s'exclama Lilian avec un grand sourire.

– Le problème, repris-je, c'est que ça ne serait qu'un mi-temps, mais comme ils cherchent un comptable au refuge pour animaux, ça pourrait le faire en cumulant les deux…

J'avais passé trois ans à enchaîner les services quand Jack était au lycée, je pouvais bien jongler avec deux postes en attendant de trouver autre chose, même si je pressentais que je n'allais pas me lasser de sitôt de ces deux causes qui me tenaient à cœur.

Lilian hocha la tête, me montrant qu'il avait compris à quel point mon indépendance financière était importante pour moi.

– T'es bien partie pour changer le monde, comme tu le voulais, dit-il doucement avec une pointe de fierté dans la voix qui me fit monter les larmes aux yeux.

– À mon échelle et dans un périmètre très limité, ouais ! approuvai-je avec la gorge serrée. Mais je suis sur la bonne voie… En tout cas, ça veut aussi dire que j'aurai bientôt assez d'argent pour un dépôt de garantie et donc que je pourrai commencer à me chercher un appart' ! précisai-je en remarquant qu'il avait froncé les sourcils. Je ne pourrai pas me payer un palais, évidemment, mais au moins, ça sera chez moi, et je n'aurai plus à supporter les grimaces de Jack chaque fois que je prépare un repas.

Lilian hocha la tête avec un demi-sourire et ses yeux quittèrent l'écran une seconde pour se perdre dans le vide. Quand ils revinrent vers moi, ils étaient illuminés d'une lueur calculatrice.

– T'as pensé à prendre un colocataire ?

– Oh, gémis-je. Non. Je n'ai pas envie de m'embêter avec ça. Sinon, il me suffirait de rester ici.

– Et que dis-tu d'un coloc à la situation stable, avec une paie versée par le gouvernement qui tombe automatiquement le premier et le quinze du mois, qui ne grimace pas devant ta bouffe végane et effectue sa part de tâches ménagères sans broncher ?

Le sourire malicieux qui était apparu sur sa bouche pulpeuse ne laissait aucun doute sur l'identité du colocataire en question. Je n'avais pas réfléchi au fait que l'appartement qu'il sous-louait n'était plus disponible. Je ne savais même pas s'il voulait renouveler l'expérience. Après tout, en tant que Marine non marié de son rang, il n'avait pas droit aux compensations financières pour un logement hors-base.

Pourtant, un sentiment d'euphorie me remplit la poitrine et dessina un large sourire sur mon visage.

– Oh… répétai-je. Ce genre de colocataire…

– Si ça peut te convaincre, je suis presque sûr qu'il accepterait de te frotter le dos sous la douche et de réchauffer ton lit en hiver.

– Et l'été ?

– Toute l'année, en fait. À mon avis, ça ne le dérangerait pas du tout. Je crois même qu'il serait ravi de se mettre entièrement à ton service.

Nous nous sourîmes par-delà les kilomètres qui nous séparaient.

– J'aimerais bien un colocataire comme ça. T'en connais un ?

– Oui, je pense que je peux faire quelque chose pour toi.

– Eh bien, on en rediscutera quand ce coloc idéal sera sur le sol américain.

Le visage de Lilian redevint sérieux, et je devinai avant qu'il n'ouvre la bouche qu'il allait me lâcher une nouvelle bombe :

– Ça tombe bien parce qu'on m'a donné ma « fenêtre de vol ».

Je restai interdite une seconde, me refusant à tirer des plans sur la comète. Pourtant mon cœur se mit à battre plus vite et une excitation légère s'empara de moi.

– Ça veut dire quoi ? demandai-je finalement, voyant qu'il n'en disait pas plus.

Un grand sourire étira ses lèvres pleines. Ses yeux se mirent à briller de joie, faisant tambouriner mon cœur à la limite de la crise cardiaque, alors que l'espoir enflait dans ma poitrine.

Stacy avait eu vent d'un possible retour de nos êtres chers le mois dernier et finalement, ça n'était qu'une rumeur. Elle avait passé une journée à pleurer après cela, tellement elle était déçue.

Je n'osais pas y croire, et pourtant :

– Ça veut dire que je rentre à la maison, *Baby doll*.

ÉPILOGUE

Aujourd'hui

– Mais il est où ? râlé-je pour la dixième fois d'affilée.

Être petite, c'est parfois une vraie plaie.

Coincée parmi les familles brandissant des drapeaux américains et des pancartes fabriqués à la réunion du Centre de support où Stacy a essayé de me traîner en vain, je ne vois rien à deux mètres devant moi.

Et puis, de loin, les Marines en uniforme ont tous l'air identiques. Je sais bien que c'est justement l'effet voulu, mais quand on cherche à en repérer un en particulier, c'est exaspérant.

Il est forcément là. Jack et moi lui avons parlé il y a un peu plus de trente minutes alors qu'ils partaient de l'aérodrome de Cherry Point, là où leur avion a atterri. Alors que je m'apprête à rouspéter à nouveau, des bras puissants s'enroulent autour de ma taille et mes pieds s'envolent. Je me retrouve plaquée contre un torse ferme, les yeux à hauteur des iris noisette qui hantent mes rêves depuis des mois.

– Tu es là… murmuré-je, sans vraiment y croire, en posant mes mains sur ses joues chaudes, un peu piquantes.

– Je suis là, confirme une voix rauque issue des lèvres pleines qui s'étirent en un sourire radieux.

Je ne perds plus une seconde et fonds sur cette bouche si appétissante. J'avais oublié son goût et la sensation enivrante de sa langue contre la mienne, mais il suffit d'une seconde pour que tout me revienne.

– Eh, Lili ! dit mon frère. Bienvenue à la maison !

Mes pieds retrouvent délicatement le sol, puis la main gauche de Lilian quitte ma taille pour serrer, je le suppose, celle de mon frère. Je refuse de décoller mes lèvres des siennes pour vérifier.

Quand je finis par me détacher de Lilian, je plonge dans son regard animé par une tornade de sentiments :

– Tu m'as manqué, chuchoté-je.

– Toi aussi, *Baby doll*, répond-il sur le même ton.

Il m'est physiquement impossible de détourner les yeux de son visage. Je voudrais pouvoir le contempler toute ma vie. Mes lèvres sont tendues en un grand sourire, même si je sens l'émotion gonfler dans ma poitrine et les larmes me piquer les yeux. Je ne crois pas avoir déjà ressenti une telle joie.

Au bout d'un moment, il m'offre un baiser bref, mais d'une tendresse incommensurable, avant de me faire pivoter vers le reste du monde. Évidemment, il glisse aussitôt son bras autour de moi et me ramène d'autorité contre son flanc. On ne pourrait pas passer une feuille de papier entre nous.

On nous avait prévenus que l'attente serait longue, mais je pensais qu'une fois nos Marines arrivés, nous pourrions tous rentrer gentiment à la maison. Ce n'est pas le cas. Je découvre ce que signifie le fameux « Dépêche-toi et attends » dont Lilian m'a parlé et je n'aime pas ça.

Nous finissons par retrouver Paul et Garrett, entourés de leur famille, notamment Stacy qui arbore une expression resplendissante. Jack se tient aux côtés de ses amis, tout sourire, et même s'il porte un jean et un tee-shirt, il ne fait aucun doute qu'il a un jour lui aussi revêtu le *cammie*. L'adage « Marine un jour, Marine toujours[35] » semble se confirmer. Avec leurs silhouettes athlétiques et cette façon de se tenir droits et fiers, ils ont de l'allure, tous les trois, mais pas autant que Lilian dont le charisme me coupe le souffle.

– J'ai le droit à un câlin de bienvenue ? demande timidement Garrett en tendant les bras vers moi.

– Bien sûr ! réponds-je avec enthousiasme.

---

35. « *Once a Marine, always a Marine.* »

Je me détache à contrecœur de mon Marine et prends brièvement Garrett dans mes bras, tout en sentant le regard lourd de Lilian sur nous, sans doute à l'affût du moindre geste déplacé.

– Alors comment se passe ta maîtrise du polonais ? Mieux que tes cours d'ingénierie, je suppose ? le taquiné-je.

Garrett éclate d'un rire à la fois contrit et heureux. Les démarches sont en cours pour que Magda, sa copine, intègre l'université de Caroline du Nord au prochain semestre en tant qu'étudiante étrangère.

Dès que je me détache de mon ami, Lilian attrape mon bras et me ramène contre lui. Je ne cautionne pas les démonstrations de mâle alpha et les concours de qui pisse le plus loin, mais je comprends qu'aujourd'hui en particulier, il ait besoin de marquer son territoire. C'est la première fois que les autres nous voient officiellement ensemble, et il est important que tout le monde imprime que Lili et moi, c'est du sérieux.

En tout cas, moi, c'est ainsi que je le ressens, comme en atteste mon cœur qui bat la chamade depuis qu'il a posé les yeux sur moi. Il nous faut patienter encore une éternité avant qu'on nous donne enfin l'autorisation de quitter la base.

Une impression de retour à la normalité après de longs mois passés au loin m'emplit. Devant la Jeep, Jack remet solennellement les clés à son propriétaire légitime. Une délicieuse joie semble illuminer le visage de Lilian, alors qu'il s'installe au volant, juste après avoir déposé ses sacs dans le coffre. C'est la première fois que je le vois aussi détendu.

Je laisse mon frère installer sa grande carcasse sur le siège avant de Jennifer et reprends ma place derrière lui, là où je pourrai contempler sans vergogne le profil de Lilian. Nos yeux se croisent fréquemment dans le rétroviseur interne, si bien que Jack se sent obligé d'intervenir :

– Lili, je sais que le trajet est court, mais ça ne serait pas mal que tu regardes la route si tu veux qu'on arrive tous entiers à l'appart'.

Heureusement, nous finissons rapidement par entrer dans le parking de la résidence et par trouver une place juste devant l'immeuble. Une fois ses sacs récupérés, Lilian prend ma main dans la sienne et nous nous engageons dans l'allée pavée. Alors que nous passons devant la terrasse vide d'Etta aux rideaux tirés, je ne peux m'empêcher d'y jeter un coup d'œil.

– Elle est toujours chez sa fille ? demande-t-il d'un ton préoccupé.

J'acquiesce en silence.

À peine Lilian a-t-il déposé ses sacs sur le sol de l'appartement qu'il se tourne vers moi avec une faim reconnaissable entre mille dans les pupilles. Je m'approche de lui et m'apprête à me dresser sur la pointe des pieds pour l'embrasser quand il jette un regard par-dessus ma tête :

– Mec, je suis super content de te retrouver, mais sans vouloir te vexer, on va s'isoler un moment, Chiara et moi… gronde-t-il alors que ses yeux affamés reviennent sur moi.

Jack ! Je l'avais complètement oublié, perdue que j'étais par la proximité de l'homme qui fait battre mon cœur plus vite.

– Ouais, j'avais prévu d'aller faire un tour ! s'esclaffe mon frère. Je vous rappelle quand même la seule règle de cette cohabitation : pas de copulation sur le canapé !

Un sourire involontaire se forme sur mes lèvres. Lilian et moi avons déjà prouvé à plusieurs reprises à quel point nous aimons les canapés. Les pensées de Lili doivent suivre le même chemin que les miennes car il se met à rire lui aussi.

Derrière moi, Jack soupire :

– Je ne veux pas savoir… Allez, à tout à l'heure, les tourtereaux !

Dès que la porte claque, nous nous jetons l'un sur l'autre.

***

Lilian a à peine le temps de délacer ses bottes que je l'entraîne déjà dans ma chambre et que je le plaque contre la porte fermée pour déboutonner lentement sa veste camouflage. Depuis le temps que j'attends ça ! Cela fait plus de huit mois que j'avais envie de lui ôter son uniforme alors aujourd'hui, c'est comme déballer un cadeau de Noël.

Il me laisse faire, un sourire malicieux aux lèvres, mais ne me quitte pas des yeux. Lorsque les derniers boutons sont défaits, j'ouvre sa veste pour profiter de son odeur envoûtante, mélange de son parfum boisé, de la senteur de sa peau et d'une faible émanation de sueur. Le vêtement se laisse docilement écarter sur ses larges épaules mais j'ai besoin de sa coopération pour faire passer ses bras dans les manches roulées – qui sont heureusement revenues avec le printemps. Je n'avais pas conscience à quel point ce pliage maintenait le tissu proche de ses biceps. Finalement, la veste atterrit au sol.

J'en suis à défaire la ceinture beige de son treillis quand il rigole doucement :

– Tu ne veux pas me laisser cinq minutes pour prendre une douche rapide ? Je ne suis pas très frais, j'ai passé la journée à voyager, dit-il d'un ton incertain, comme s'il s'excusait.

Délaissant la boucle de ceinture, je lève la tête vers lui. C'est vrai qu'il a les traits tirés et des poches sous les yeux, mais il y a aussi dans ses pupilles une lueur affamée qui prouve qu'il en a autant envie que moi. Je comprends alors qu'il ne veut juste pas m'incommoder. Mais bizarrement, je trouve encore plus excitant de lui sauter dessus comme ça, à la sortie de l'avion, peu importe qu'il sente un peu la transpiration.

– Et m'empêcher de réaliser mon fantasme ? répliqué-je, la voix lourde de reproches. Je ne crois pas, non.

Mes mains reprennent leur chemin vers sa ceinture, alors que son sourire en coin qui m'avait tant manqué fait apparaître sa fossette :

– Un fantasme, hein ? répète-t-il d'un ton narquois.

– Tu ne peux pas parader comme ça, dans ton uniforme et t'attendre à ce que nous autres, pauvres mortels, résistions à ton sex-appeal. Je fantasme de te retirer ton *cammie* depuis le premier jour où je t'ai vu le porter.

Lilian éclate d'un rire qui résonne de fierté masculine avant de lever les mains en guise d'abdication :

– Loin de moi l'idée de priver une dame de son fantasme dans ce cas ! s'exclame-t-il en se décalant de la porte, pour me laisser plus d'accès à son corps. Je t'en prie, je suis tout à toi…

Dès que la ceinture est défaite et son pantalon, déboutonné, je fais remonter son tee-shirt kaki le long de son torse, dévoilant d'abord ses abdos parfaitement dessinés, puis ses pectoraux gonflés. Peut-être est-ce parce que je ne l'ai pas vu autrement qu'en photo depuis sept mois, mais il me semble plus massif. Je me perds un instant dans la contemplation de ses reliefs sculptés et un gémissement s'échappe de ma bouche. Lilian se marre doucement devant ma réaction. Il sait que j'ai toujours trouvé son torse appétissant.

– Tu es plus musclé qu'avant ton départ, non ? demandé-je, les yeux rivés sur sa peau.

– La muscu, ça fait passer le temps quand t'as rien à faire, déclare-t-il platement.

– J'aime bien, lâché-je, avec une furieuse envie de suivre de la langue ces nouveaux chemins.

– Je m'en doutais, rigole-t-il.

Aussi beau soit-il, mes bras levés et tendus me rappellent que j'ai été distraite dans le processus de déshabillage. Je maintiens son tee-shirt au niveau de ses aisselles, incapable de l'ôter sans son aide tant il est grand. Il se contente d'attraper le vêtement par le col, de le faire passer par-dessus sa tête et de le jeter au sol, libérant une nouvelle bouffée de son odeur délicieuse que j'inspire à fond. J'ai eu la chance de pouvoir le voir et lui parler régulièrement, ce qui fait que je n'ai pas oublié les traits de son visage ou le son de sa voix, mais j'avais zappé les effluves de sa peau et le goût de ses lèvres. C'est maintenant que je prends conscience de tout ce que j'ai loupé.

Heureusement, je vais pouvoir me rattraper.

Lilian se tient droit et immobile, attendant la suite, mais un sourire espiègle se dessine sur ses lèvres pulpeuses alors que ses yeux brillent de plus en plus dangereusement. C'est en plongeant mon regard dans le sien que je fais glisser le treillis sur ses cuisses, mais lorsque mes doigts s'approchent de l'élastique de son boxer noir, mes yeux dévalent d'envie. Lilian frémit.

Sans vraiment m'en rendre compte, je tombe à genoux devant lui sur la moquette pour être aux premières loges. Je le sens se tendre dans une inspiration quand mes doigts saisissent son sous-vêtement et le libèrent de sa prison de tissu. Comme je m'en doutais, il est déjà prêt pour la suite, aussi excité que moi, avec mon entrejambe qui pulse de désir depuis que j'ai commencé à le déshabiller.

Je prends sans plus attendre son membre dur dans la bouche. Sa peau est lisse et chaude contre ma langue.

– Putain… gémit Lili, alors que ses mains se crispent dans mes cheveux lâchés. Chiara, ça fait trop longtemps… Je ne vais pas tenir…

À contrecœur, je le relâche et, après un dernier coup de langue qui le fait tressaillir, je me remets sur mes pieds. Il y a quelque chose de terriblement excitant à le voir, là, complètement nu devant moi, alors que je suis encore totalement habillée.

Lilian doit penser la même chose car il s'approche de moi, d'une démarche souple et prédatrice, les prunelles brûlantes, jusqu'à ce que nous soyons plaqués l'un contre l'autre. Ses mains se positionnent naturellement dans mon dos pour me rapprocher davantage, et il continue à me faire reculer jusqu'à ce que mes mollets rencontrent le bord du lit.

– À ton tour, gronde-t-il en me repoussant légèrement pour déboutonner mon jean.

Il est bien moins patient que moi, car une minute plus tard, je suis entièrement nue. Alors il me fait basculer sur le matelas et se positionne au-dessus de moi avec un sourire machiavélique. Mes pensées fusent, je suis incapable de deviner ce qu'il va faire de moi.

Je le comprends quand, après m'avoir roulé une pelle d'anthologie, il descend vers ma poitrine où il s'arrête suffisamment longtemps pour me faire gémir, puis continue plus bas, jusqu'à ce que je ne distingue plus que le haut de son crâne brun. Je perds toute pensée cohérente pendant qu'il me dévore et qu'il m'entraîne de plus en plus haut. J'avais oublié à quel point il était doué avec sa langue. Même Jody ne peut pas rivaliser.

Pourtant, j'ai envie de le sentir en moi. Il m'a trop manqué. C'est lui que je veux.

– Lili… gémis-je. S'il te plaît… Viens…

Il relève les yeux vers les miens, la bouche brillante, cherchant la confirmation de ce que je lui demande.

– Je te veux en moi, murmuré-je, trop ébranlée pour parler à voix haute.

Il s'essuie rapidement les lèvres sur son avant-bras et remonte vers moi avec un visage grave :

– Tes désirs sont des ordres, *Baby doll.*

En moins d'une minute, il est équipé d'un préservatif et positionné au-dessus de moi :

– Je te préviens, ça ne va pas durer longtemps… dit-il avec regret en se guidant en moi.

Trop impatient, mon bassin va à la rencontre du sien. Je savoure cette sensation de plénitude quand il m'emplit. C'est tellement bon. J'ai l'impression d'avoir récupéré une partie de moi, celle qui manquait depuis qu'il était parti en emportant un morceau de mon cœur. Les pièces viennent de se remettre en place.

C'est pourquoi je réponds :

– Je m'en fous.

Avant de l'embrasser à pleine bouche et de sentir mon goût sur sa langue. Il devient vite évident que Lili reste dans le contrôle, tant ses mouvements sont mesurés. Mais ce n'est pas comme ça que je le veux. Je veux le voir se déchaîner et abandonner sa réserve. Je veux tout de lui.

– Plus fort, ordonné-je.

Ses sourcils se lèvent d'étonnement, mais il obéit sans broncher. Ses poussées se font plus rapides et profondes, nos souffles, plus courts, à la mesure de la faim que j'ai de lui.

Il suffit qu'il glisse sa main entre nous et que ses doigts trouvent la petite boule de nerfs entre mes cuisses pour que toute la pression accumulée là explose comme une bombe à fragmentation, me faisant crier son nom. Il me rejoint un instant plus tard avec un râle de plaisir et nous nous affalons, pantelants et comblés, sur le drap.

***

Le mouvement du matelas me tire à regret de la douce torpeur dans laquelle m'ont plongée les brumes du plaisir. Je suis pourtant récompensée par une vision de rêve quand j'ouvre les paupières : Lilian me présente l'arrière de son corps, alors qu'il fait glisser son boxer sur ses longues jambes et finit par recouvrir – malheureusement – ses fesses bombées. Mon soupir de déception le fait se retourner et son sourire en coin apparaît quand il remarque que j'étais en train de le reluquer. Visiblement, il aime que je le mate, alors pourquoi s'en priver ? Son corps est une œuvre d'art que je suis ravie d'avoir dans ma collection privée.

– J'allais chercher de l'eau, m'explique-t-il.

Je rigole en voyant quelle piètre hôtesse je fais.

– Je ne t'ai même pas proposé des rafraîchissements avant de te sauter dessus. Tu parles d'un accueil ! me moqué-je.

Il se marre à son tour, mais ses prunelles brillent de satisfaction.

– J'ai adoré ta façon de m'accueillir…

– Jack a rempli le frigo de Mountain Dew et il sera vexé comme un pou si tu n'en bois pas. Il y a aussi des brownies sur le comptoir de la cuisine si tu as un petit creux.

– Je reviens, dit-il en me faisant un petit clin d'œil et en se dirigeant vers la porte.

Il ne s'approche pas du lit au passage, ce que je regrette, mais je suppose qu'il devine que je l'aurais attiré vers moi et qu'il n'aurait jamais pu rejoindre la cuisine.

Jamais je ne lui avais adressé un sourire aussi rayonnant, cinq minutes plus tard, lorsqu'il passe le seuil de la porte avec une canette de soda dans la main gauche, deux parts de brownie dans la droite et un autre morceau coincé entre ses dents. Il a aussi la lanière de son sac marin autour de son épaule. Il referme la porte d'un coup de pied, lâche le bagage sur le sol et s'approche du lit. Je me décale immédiatement pour lui laisser la place de s'installer.

Nous nous calons contre la tête de lit, sur une montagne d'oreillers, pour déguster notre collation. Quand j'ai fini mon gâteau, je m'allonge contre son flanc et appuie mon oreille sur sa poitrine pour écouter les battements de son cœur, ma mélodie favorite au monde, tout en suivant du bout des doigts les contours de ses muscles nouvellement acquis, savourant la sensation de sa peau sous la mienne, cette impression de « justesse » qui se traduit par des petits picotements sur mon épiderme. Après avoir pris une gorgée, Lilian me propose le dernier brownie qu'il a rapporté, que je refuse d'un mouvement de tête. Je préfère le voir se délecter de ma pâtisserie, observer ses lèvres charnues autour du gâteau quand il mord dedans, jusqu'à ce qu'une miette se détache et tombe sur son torse, juste à côté de ses *ID tags*. Sans en avoir conscience avant de l'avoir fait, j'enjambe ses cuisses et me penche sur sa poitrine pour récupérer l'importune d'un coup de langue. Sous ma bouche, la peau lisse se couvre de chair de poule. Je risque alors une œillade vers le visage de Lilian pour constater qu'une lueur de désir vient de s'allumer dans ses yeux. Il enfourne le reste du gâteau, me confirmant ce que j'avais compris d'un coup d'œil. La pause est finie.

Alors je me penche de nouveau vers son torse et je le couvre de baisers, jouant de ma langue et de mes dents, sur tous les reliefs de cette merveille, encouragée par ses gémissements et sa respiration, de plus en plus rapide, à mesure que je descends vers son boxer.

– Je peux maintenant ? demandé-je, taquine, en trouvant ses yeux embrumés.

– Tout ça est à toi, susurre-t-il avec un geste vers son corps, alors qu'une étincelle d'affection traverse ses prunelles vertes et marron. Fais-toi plaisir.

– C'est à toi que je veux faire plaisir, soufflé-je avec honnêteté tandis qu'une bouffée d'émotion me submerge.

Un sourire tendre se forme sur sa bouche sensuelle.

– Tout ce que tu me fais me rend heureux, murmure-t-il d'un ton dans lequel je perçois clairement l'intensité de ses sentiments pour moi.

Et Flynn est intense, tout avec lui l'est, le bon comme le mauvais. La vie à ses côtés ressemble sûrement à des montagnes russes, mais je suis bien accrochée, alors ça devrait me plaire.

– Eh bien, tu es sur le point de l'être encore plus, affirmai-je en baissant son boxer.

Le reste n'est qu'un concert de grognements, de « putain… », de soupirs et de râles.

Quand notre excitation est à son comble, je m'arrête et récupère un préservatif dans le tiroir de la table de chevet pour le lui enfiler avant de m'empaler sur lui dans un long gémissement. Les yeux dans les yeux, le souffle court, les joues rouges, nous grimpons toujours plus haut. Hâtivement je place machinalement ma main sur sa poitrine pour me stabiliser. Ce n'est que lorsque ses doigts enserrent les miens, fort, que je prends conscience que je l'ai placée sur son cœur.

Alors je le dis à voix haute :

– Je t'aime, Lilian.

– Je t'aime, Chiara, répond-il d'une voix hachée et plus rauque encore.

Il n'en faut pas plus pour que nous atteignions les étoiles, ensemble.

***

– Ça t'embête si je prends une douche ? dit une voix éraillée à ma droite.

– Tu vas passer beaucoup de temps ici, Lili, fais comme chez toi, marmonné-je, les yeux toujours fermés.

Je l'entends se marrer doucement.

– Ce que je voulais surtout savoir, c'était si tu en avais fini avec moi pour le moment.

Un sourire se forme sur mes lèvres, et j'ouvre les paupières sur son visage sculptural :

– Ouais… Je pourrai me passer de toi cinq minutes…

Lilian sourit de façon insolente et se penche pour un baiser léger avant de sortir du lit, entièrement nu. Encore une fois, je ne peux m'empêcher de soupirer de contentement devant sa perfection. Il surprend mon regard concupiscent alors qu'il fouille dans son sac pour en sortir des vêtements :

– Ne me regarde pas comme ça… gronde-t-il, alors que ses yeux s'obscurcissent.

Et à mon habitude, je réponds :

– Comme quoi ?

– Comme si tu voulais me bouffer tout cru.

– C'est une idée… Reviens-là tout de suite.

Il éclate d'un rire purement masculin. Je me redresse dans le lit, le drap plaqué contre ma poitrine, et mordille doucement ma lèvre inférieure.

– Tu es la tentation incarnée, soupire-t-il.

– Tu peux parler…

L'indécision fait rage dans son esprit, si j'en crois les émotions qui se bousculent dans ses yeux. Son sérieux finit malheureusement par gagner la bataille car il se précipite vers la porte en lançant :

– Je reviens vite.

Ses pas s'éloignent sur le parquet, fuyant presque pour résister à la tentation, puis la porte de la salle de bains claque. Pourtant, elle se rouvre à peine quelques minutes plus tard :

– Chiara, tu peux m'apporter ma trousse de toilette ?

J'éclate d'un rire satisfait.

– Je te manque déjà ? rigolé-je.

J'attrape son tee-shirt kaki sur le sol, celui chargé de son odeur, le revêts et m'agenouille à côté de son sac. La trousse a glissé sous les vêtements, si bien que je suis obligée de farfouiller jusqu'à rencontrer la surface dure et veloutée d'une petite boîte. Je ne devrais pas, et pourtant je l'ouvre instinctivement. Et mon cœur s'affole.

Dans l'écrin, repose une bague à la monture argentée et sertie d'une pierre transparente entourée d'éclats bleus. Mes doigts trouvent machinalement à mon cou le pendentif dont je ne me sépare jamais, confirmant ce que j'avais déjà deviné. Elle s'assortit parfaitement à mon collier. Il ne fait aucun doute que le même artisan a réalisé les deux bijoux, et j'ai tellement peur de ce que ça implique.

– Chia… fait une voix chantante et impatiente un peu plus loin, mais je ne parviens pas à me tirer de la contemplation de l'intérieur de la boîte.

Le sang bat tellement fort à mes oreilles que les sons sont assourdis et distendus, comme si j'étais dans une boule de coton.

Une main chaude se referme sur la mienne, celle qui tient l'écrin, et je relève la tête vers des yeux à la fois verts et marron. Ils sont emplis d'un amour à la hauteur de mes inquiétudes.

Lilian est agenouillé sur la moquette à côté de moi, une serviette autour de la taille, l'air mal à l'aise.

– Je suis désolée, bredouillé-je. Je ne voulais pas fouiller, mais la trousse était tout au fond et j'ai dû…

– C'est pas grave, me coupe-t-il d'une voix douce. Je n'avais pas prévu que tu trouves ça aujourd'hui, mais c'est aussi bien que tu saches dans quoi tu t'embarques.

Ses yeux quittent les miens une seconde, un muscle se contracte dans sa mâchoire, il prend une grande inspiration, puis :

– Tu te souviens du jour où on s'est rencontrés ? Tu m'as demandé comment j'ai su que c'était toi que je devais ramener. J'ai dit que c'étaient tes yeux mais, en réalité, j'ai juste su. Dès que je t'ai vue, mon monde a été bouleversé… Tu avais l'air déboussolée, comme un oiseau tombé du nid. Et puis après, t'as ouvert la bouche et j'ai compris que l'oisillon avait des crocs… rigole-t-il. Mais, ce que je veux dire, c'est qu'il m'a suffi de t'apercevoir pour que j'en perde mes mots. J'en ai eu le souffle coupé. Alors heureusement que c'était bien toi, la sœur de Jack, parce que je t'aurais ramenée quoi qu'il arrive. Il n'y avait pas moyen que je parte sans toi. C'était toi, c'est tout.

Il me prend délicatement la boîte des mains et la referme aussi doucement que possible, mais le claquement me fait quand même sursauter.

– Je t'aime, Chiara, reprend-il d'une voix tremblante. On a été séparés pendant sept mois et pourtant, on n'a rien perdu de notre magie. Pour moi, ça veut dire quelque chose. Je suis sûr de mes sentiments pour toi. Jusqu'à présent, il n'y a qu'avec les Marines que je me suis engagé, parce que ma vie peut changer d'un jour à l'autre et que je ne voulais m'attacher à personne. Mais aujourd'hui, je sais que je suis prêt à m'engager autrement. Avec toi. Alors j'ai refait un tour à la bijouterie avant de quitter la Pologne.

Il repose la boîte dans son sac et prend mes mains dans les siennes, si grandes et si fortes.

– Je sais que tu as besoin de plus de temps, donc ne panique pas. On va passer du temps ensemble, et dans quelques mois, quand tu seras prête, je te poserai la question et j'espère vraiment que tu me répondras « oui ». OK ?

Je me contente de hocher la tête parce que ma voix est bloquée dans ma gorge.

Est-ce qu'un jour je m'habituerai à ces marques d'affection qu'il me porte ? J'espère que non. Je veux l'entendre me répéter encore et encore combien il tient à moi parce que, de mon côté, je suis folle de lui.

Je l'aime tellement que mes yeux se remplissent de larmes et que l'émotion vient faire exploser ma poitrine. Il acquiesce à son tour, ses lèvres étirées en un sourire tendre, puis il dépose un doux baiser sur mes lèvres.

Évidemment, le baiser ne tarde pas à s'approfondir et mes mains s'approchent déjà de la serviette qui ne tient que par un nœud à sa taille tandis que les siennes se faufilent sous mon tee-shirt.

Et pourtant, nous n'irons pas plus loin car, à distance, la porte d'entrée claque.

– Je suis là ! braille Jack. Habillez-vous ! J'ai rapporté le dîner.

Nous éclatons de rire dans la bouche l'un de l'autre.

– Il faut vraiment qu'on se trouve un appart', murmure Lilian avec frustration.

Même si j'ai encore plus d'un mois à passer à la fac, nous avons décidé de nous mettre à la recherche d'un appartement pour nous deux le plus vite possible. Au fond, c'est idéal : Lilian pourra se réaccoutumer progressivement à la vie normale en mon absence, et notre emménagement en tant que couple se fera doucement puisque je ne serai là que les week-ends, dans un premier temps, du moins.

– À ce propos, que penses-tu d'un F2 près d'ici et à dix minutes de Camp Lejeune, en rez-de-jardin d'une résidence avec piscine et salle de sport, et disponible tout de suite ?

Une lueur d'intérêt s'allume dans ses prunelles noisette :

– Ça me semble parfait. On peut le visiter quand ?

Un sourire d'excitation tend mes lèvres alors que je m'apprête à faire mon annonce :

– On peut descendre après le repas si tu veux, dis-je en pointant le sol. J'ai les clés.

Il ne lui faut qu'une fraction de seconde pour comprendre :

– L'appartement d'Etta ?

– Oui. Elle ne reviendra pas, dis-je avec tendresse, partagée entre cette opportunité en or et la tristesse de ne plus l'avoir près de moi. Quand elle m'a appelée pour me le dire, je lui ai demandé si elle accepterait de nous le louer. Son gendre et ses petits-fils ont tout vidé le week-end dernier. On peut redécorer si on veut et il n'y a qu'à le meubler.

L'excitation vient animer le visage de mon amoureux. Il a l'air tellement heureux que mon cœur va vraiment finir par éclater.

– Bon eh bien voilà comment on va occuper mes deux semaines de permission post-déploiement !

Je dois repartir à Raleigh dès demain, puisque j'ai séché les cours aujourd'hui pour l'accueillir, mais je serai de retour dans deux jours, pour contribuer à notre nouvelle aventure ensemble.

– Lili ! s'impatiente Jack, loin dans le salon.

Flynn se lève, et je suis une nouvelle fois frappée par la fluidité de ses mouvements malgré sa carrure.

– Ouais, Jack, je t'ai entendu. Je file sous la douche !

Il attrape cette fois-ci sa trousse de toilette dans son sac, me vole un baiser au passage et disparaît dans le couloir, son sourire toujours en place.

Alors que mes yeux reviennent sur la petite boîte en velours, je prends conscience que j'aurais dit oui s'il avait posé la question aujourd'hui. Et j'aurais probablement angoissé pendant plusieurs mois en me demandant si ce n'était pas trop tôt, si je ne commettais pas une erreur ou une folie.

Mais j'aurais accepté.

Même si les derniers mois m'ont semblé interminables, j'avoue que j'apprécie la séparation forcée que nous avons subie. Ils nous ont appris à communiquer et poser des bases saines à notre relation, sans nous laisser distraire par la tentation de se jeter l'un sur l'autre. Je sais maintenant que je l'aime tout entier, de tout mon cœur.

Comme dirait Etta : « Quand la vie te donne des citrons, fais-en de la citronnade. »

Ça tombe bien, l'homme de ma vie adore les agrumes.

Un grand sourire étire mon visage.

À partir de maintenant, tout ira bien.

FIN

REMERCIEMENTS

Comme souvent avec moi, tout est parti d'un rêve. Je me suis réveillée avec la voix d'une jeune femme en pleurs qui appelait « Lili » et tout le reste a défilé devant mes yeux. Ce jour-là, je me suis assise devant mon ordinateur avec la seule intention de débarrasser mon esprit de toutes ces scènes… et tu tiens le résultat dans tes mains.

Alors, s'il y a bien une personne que je dois remercier en premier, c'est toi, lecteur ou lectrice, parce que tu as choisi de faire ce voyage en compagnie de Chiara et Lilian (et Jack et Johnny, qui m'en voudront si je ne les mentionne pas). J'espère que tu as apprécié mes protagonistes imparfaits, tout simplement parce que la vie n'est pas parfaite, mais qu'on fait tous de notre mieux. Comme dirait Etta : « Si la vie te donne des citrons, fais-en de la citronnade ! » (c'est bon, en plus, la citronnade). En tout cas, *welcome to the squad !*

Bref, tu l'as compris, la concision n'est pas mon point fort. Heureusement, pour m'aider, j'ai eu la chance de bénéficier d'une équipe de choc.

Tout d'abord, j'ai les meilleures bêta-lectrices du monde et je n'exagère même pas. Merci à Charlène, Élise, Manon, Mireille et Steffie qui m'ont conseillée et soutenue tout au long de ce projet (à rebondissements !). On y a cru, ensemble, et on l'a fait, *ladies* ! En réalité, on était certaines que le charme de Lili allait opérer, ce qui m'amène aux personnes suivantes.

Mes éditrices ont porté ce roman avec un enthousiasme sans faille : Alice qui m'a donné le « oui » tellement espéré après m'avoir apporté de précieux conseils pour améliorer l'intrigue et Marie qui a sublimé le texte et la couverture. Votre ferveur et vos retours ont été précieux et le roman ne serait pas ce qu'il est sans vous. Alors, MERCI (oui, en majuscules).

Merci aussi à toute l'équipe Hugo Publishing qui a mis le sergent *Ladykiller* à ton entière disposition dans ce bel écrin. J'ai rêvé de rejoindre cette maison d'édition à la minute où j'ai écrit la première ligne d'un roman, il y a des années. Objectif accompli ! Mais l'aventure continue.

Je n'aurais pas pu écrire ce roman sans les encouragements de ma famille. Je les ai sans doute saoulés en parlant de mes personnages, de mon intrigue et des Marines pendant des heures. Merci d'assurer mes arrières et de ne pas vous vexer quand j'ai la tête ailleurs parce que je pense à une ligne de dialogue ou à un point du récit.

Enfin, j'ai une pensée pour mes proches, qui n'ont toujours pas compris pourquoi une personne aussi peu romantique que moi écrit des romances, mais qui les lisent quand même et m'affirment que c'était bien.

Si tu veux papoter avec moi, retrouve-moi sur Instagram @delphineaudret où je parle de mes projets écriture en cours, de mes lectures et partage beaucoup de photos de mes chats.

Composition et mise en pages
Nord Compo à Villeneuve-d'Ascq